THE SILENT COMPANIONS
Copyright © Laura Purcell, 2017
Todos os direitos reservados.

Tradução para a língua portuguesa
© Camila Fernandes, 2020

Diretor Editorial
Christiano Menezes

Diretor Comercial
Chico de Assis

Gerente Comercial
Giselle Leitão

Editores
Bruno Dorigatti
Lielson Zeni
Marcia Heloisa
Raquel Moritz

Editora Assistente
Nilsen Silva

Projeto Gráfico
Retina 78

Designers Assistentes
Aline Martins / Sem Serifa
Arthur Moraes

Finalização
Sandro Tagliamento

Revisão
Amanda Mendes
Cristina Lasaitis
Isadora Torres
Retina Conteúdo

Impressão e acabamento
Ipsis Gráfica

DADOS INTERNACIONAIS DE CATALOGAÇÃO NA PUBLICAÇÃO (CIP)
Angélica Ilacqua CRB-8/7057

Purcell, Laura
 O silêncio da casa fria / Laura Purcell; tradução de Camila Fernandes. — Rio de Janeiro : DarkSide Books, 2020.
 288 p.

 ISBN: 978-85-9454-185-7
 Título original: The silent companions

 1. Ficção inglesa 2. Ficção gótica 3. Ficção paranormal I. Título
 II. Fernandes, Camila

19-1946   CDD 823.6

Índices para catálogo sistemático:
1. Ficção inglesa

[2020]
Todos os direitos desta edição reservados à
DarkSide® *Entretenimento LTDA.*
Rua Alcântara Machado, 36, sala 601, Centro
20081-010 — Rio de Janeiro — RJ — Brasil
www.darksidebooks.com

O SILÊNCIO DA CASA FRIA

LAURA PURCELL

TRADUÇÃO:
CAMILA FERNANDES

DARKSIDE

Para Juliet

O SILÊNCIO DA CASA FRIA
LAURA PURCELL

HOSPITAL ST. JOSEPH

O novo médico a pegou de surpresa. Não que sua chegada fosse incomum; os médicos iam e vinham com certa frequência. Mas esse era jovem. Novo na profissão, assim como no lugar. Havia nele um brilho que fazia os olhos dela doerem.

"É ela? A sra. Bainbridge?" O *senhora* foi um detalhe gentil. Ela não conseguia se lembrar da última vez que fora chamada de maneira tão cortês. A palavra soava como a lembrança distante de uma canção. Ele ergueu o olhar das anotações, concentrando-se nela. "Sra. Bainbridge, sou o dr. Shepherd. Estou aqui para ajudá-la. Para garantir que a senhora receba os cuidados necessários."

Cuidados. Sentada na beira da cama, ela queria se levantar de onde estava, pegar o braço do jovem e conduzi-lo delicadamente até a porta. Esse lugar não era para os inocentes. Ao lado da auxiliar de meia-idade, robusta e feiosa, ele parecia tão vibrante, tão cheio de vida. As paredes caiadas ainda não haviam drenado a cor de seu rosto, nem embotado o tom de sua voz. Nos olhos do médico, ela viu a chama do interesse. Isso a inquietou mais do que a carranca da auxiliar.

"Sra. Bainbridge? Entende o que estou dizendo?"

"Eu bem que falei", disse a auxiliar, em tom de desdém. "Essa aí não vai dizer nada."

O médico suspirou. Enfiando os papéis debaixo do braço, avançou alguns passos para dentro da cela. "Acontece. É frequente em casos de grande angústia. Às vezes, o choque é tão intenso que o paciente perde a capacidade de falar. É provável, não é?"

As palavras ferviam em seu peito. As costelas doíam e os lábios formigavam perante sua força. Mas eram fantasmas, ecos de eventos passados. Coisas que ela nunca mais viveria.

Ele se inclinou para a frente de modo a ficar com a cabeça à altura da dela. Ela se viu bem diante dos olhos grandes e atentos por trás dos óculos. Esferas pálidas de um verde-água.

"A cura é possível. Com tempo e paciência. Já vi acontecer."

A auxiliar respirou fundo, discordando. "Não se aproxime, doutor. Essa aí é bem arisca. Já cuspiu na minha cara." Com que firmeza ele a observava. Estava perto o bastante para ela sentir seu aroma: sabão carbólico, cravo-da-índia. A lembrança cintilou como uma fagulha. Ela se recusou a deixar que o fogo se acendesse.

"A senhora não quer se lembrar do que lhe aconteceu. Mas é capaz de falar. A inalação da fumaça não foi grave a ponto de deixá-la muda."

"Ela não quer falar, doutor. Não é boba nem nada. Sabe aonde vai parar se não ficar aqui."

"Mas ela sabe escrever?" Ele olhou em torno de si. "Por que não há nada aqui para ela escrever? Vocês não tentaram se comunicar com ela?"

"Não confio nela com uma caneta na mão."

"Lousa e giz, então. Você os encontrará na minha sala." Tirou uma chave do bolso e a ofereceu para a auxiliar. "Vá buscá-los agora mesmo, por favor."

Franzindo o cenho, a auxiliar aceitou a chave e saiu arrastando os pés.

Ficaram a sós. Ela sentiu o olhar dele; não era um peso, mas um incômodo, como as cócegas de um inseto a rastejar por sua perna.

"A medicina está mudando, sra. Bainbridge. Não vou lhe dar choques elétricos nem banhos gelados. Quero ajudar." Ele inclinou a cabeça. "Deve saber que certas... acusações foram feitas contra a senhora. Há quem sugira que a senhora deveria ser transferida para um local mais seguro. Ou que talvez não devesse estar em um hospício."

Acusações. Nunca explicaram a base da alegação, só a chamaram de assassina, e, por algum tempo, ela fizera jus a essa reputação: jogava copos, arranhava os enfermeiros. Mas agora que recebera um quarto todo seu e medicação mais forte, agir de tal maneira exigia muito esforço. Preferia dormir. Esquecer.

"Estou aqui para definir o seu destino. Mas, para ajudá-la, preciso que *me ajude*. Preciso que me conte o que aconteceu." Como se ele pudesse entender. Ela vira coisas além da compreensão daquele cérebro pequenino e científico. Coisas que ele negaria serem possíveis até que surgissem ao seu lado, sorrateiras, e pusessem as mãos rugosas e alquebradas nas dele.

Uma covinha apareceu no lado esquerdo quando ele sorriu. "Sei o que a senhora está pensando. Todo paciente diz a mesma coisa: que não vou acreditar neles. Admito que há muitos delírios aqui, mas a maior parte tem fundamento. Foram gerados por alguma experiência. Mesmo que a história pareça extraordinária, gostaria de ouvir... o que a senhora *acha* que aconteceu. Às vezes, o cérebro não consegue lidar com as informações que deve processar e encontra modos estranhos de dar sentido ao trauma. Se eu puder ouvir o que sua mente lhe diz, poderei entender como ela funciona."

Ela sorriu para ele. Era um sorriso desagradável, que afugentava os enfermeiros. Ele não se esquivou.

"E talvez possamos usar sua situação a nosso favor. Quando ocorre um trauma, geralmente é benéfico para a vítima escrever sobre ele. Com certa distância. Como se tivesse acontecido com outra pessoa." A porta soltou um lamento; a auxiliar estava de volta, com o giz e a lousa na mão. O dr. Shepherd os recebeu e se aproximou da cama, estendendo-os como uma oferenda de paz. "Então, sra. Bainbridge, pode fazer isso por mim? Escreva alguma coisa."

Hesitando, ela esticou a mão e pegou o giz. Era estranho ao toque. Depois de todo esse tempo, não lembrava como começar. Apertou a ponta na lousa e fez um círculo. O giz rangeu, um guincho estridente e horrendo que a fez rilhar os dentes. Entrou em pânico, aplicou força demais. A ponta do giz se quebrou.

"Eu realmente acho que usar um lápis seria mais fácil para ela. Veja, ela não é perigosa. Está só tentando fazer o que pedimos."

A auxiliar endereçou um olhar fulminante a ele. "O senhor é quem sabe, doutor. Trarei um depois."

Ela conseguiu rabiscar algumas letras. Eram fracas, mas ela temia usar muita força outra vez. Lá estava, quase invisível, um trêmulo *olá*.

O dr. Shepherd a recompensou com outro sorriso. "Isso mesmo! Continue treinando. Acha que poderia prosseguir, sra. Bainbridge, e fazer o que pedi? Escrever tudo de que se lembra?"

Se fosse assim tão fácil.

Ele era muito novo. Jovem e otimista demais para perceber que, um dia, haveria momentos na vida que gostaria de apagar; anos e anos de momentos insuportáveis.

Ela os havia enterrado tão fundo que agora só conseguia alcançar um ou dois. O suficiente para confirmar que não queria tocar o resto. Sempre que tentava recordar, ela *os via*. Os rostos horrendos bloqueando o caminho para o passado.

Usou o punho da manga para limpar a lousa e escrever novamente. *Por quê?*

Ele piscou por trás dos óculos. "Bem... O que a senhora acha?"

Cura.

"Isso mesmo." A covinha reapareceu. "Imagine se pudéssemos curá-la? Libertá-la deste hospital?"

Que ingenuidade. *Não.*

"Não? Mas... não entendo."

"Eu bem que falei, doutor", disse a auxiliar em sua voz áspera de gralha. "Ela é culpada, sim."

Ela ergueu as pernas e se deitou de costas na cama. A cabeça latejava. Levantou as mãos e agarrou o couro cabeludo, tentando manter os pensamentos no lugar. Os tufos de cabelo se arrepiaram na cabeça raspada. Os fios crescendo, os meses passados em confinamento.

Há quanto tempo estava ali? Um ano, ela imaginava. Poderia perguntar a eles, escrever a pergunta na lousa, mas temia saber a verdade.

Já era hora de tomar o remédio, hora de amortecer o mundo, não?

"Sra. Bainbridge? A senhora está bem?"

Ela continuou de olhos fechados. Chega, chega. Cinco palavras, e já escrevera demais.

"Talvez eu a tenha pressionado em excesso hoje", comentou ele. Mas permaneceu ali, uma presença inquietante ao lado da cama.

Estava tudo errado. Sua mente se desfazia.

Por fim, ela o ouviu se levantar e endireitar. Chaves tilintaram, uma porta se abriu.

"Quem é o próximo paciente?"

A porta se fechou e abafou as vozes. As palavras e os passos se dissiparam pelo corredor.

Ela ficou sozinha, mas o isolamento não a confortou como costumava fazer. Ruídos que em geral passavam despercebidos surgiram dolorosamente altos: o rumor de uma fechadura, uma risada distante.

Aflita, ela enterrou o rosto debaixo do travesseiro e tentou esquecer.

A verdade. Não conseguiu parar de pensar nela durante as horas frias e cinzentas de silêncio.

Não havia jornais na sala comunitária — pelo menos, não quando ela recebia permissão para estar lá —, mas os boatos conseguiam se infiltrar por debaixo das portas e através das rachaduras nas paredes. As mentiras dos jornalistas chegaram ao hospício muito antes dela. Desde que havia acordado naquele lugar pela primeira vez, recebera um novo nome: *assassina*.

Os outros pacientes, os auxiliares, até os enfermeiros, quando achavam que ninguém iria ouvir, torciam a boca e arreganhavam os dentes ao pronunciar a palavra com avidez. *Assassina*. Como se quisessem assustá-la. Logo *ela*.

Não era a injustiça que detestava, mas o som, o som sibilando nos ouvidos como... *Não*.

Revirou-se na cama e abraçou os próprios braços arrepiados, tentando se recompor. Até agora, estivera segura. Segura atrás dos muros, atrás do silêncio, com as drogas gentis que afogavam o passado. Mas o novo médico... Ele era o relógio indicando com um dobre pavoroso que seu tempo estava chegando ao fim. *Talvez não devesse estar em um hospício*.

O pânico aflorou em seu peito.

De volta às mesmas três opções. Não dizer nada e ser considerada culpada. Destino: a forca. Não dizer nada e, por algum milagre, ser absolvida. Destino: o mundo exterior, frio e rude, sem nenhum remédio para ajudá-la a esquecer.

Só lhe restava uma escolha: a verdade. Mas qual era a verdade? Ao olhar para o passado, os únicos rostos que via com clareza eram os de seus pais. Em torno deles, silhuetas sombrias se aglomeravam.

Figuras cheias de ódio que a aterrorizaram e desviaram o rumo de sua vida.

Mas ninguém acreditaria nisso.

A lua cheia brilhava em linhas prateadas através da janela no alto da parede, tocando sua cabeça. Estava deitada ali, observando o luar, quando a ideia lhe ocorreu. Nesse reino desgovernado, tudo estava de cabeça para baixo. A verdade era loucura, ultrapassava o território da imaginação saudável. E era por isso que a verdade era sua única garantia de continuar trancafiada.

Deslizou da cama para o chão. Estava frio e um tanto pegajoso. Não importava quantas vezes o lavassem, o cheiro de urina pairava no ar. Ela se agachou ao lado da cama, finalmente encarando a sombra volumosa no outro lado do quarto.

O dr. Shepherd havia mandado que a pusessem lá: a primeira novidade em um cenário imutável. Uma simples escrivaninha. Mas era mais um instrumento para abrir o ossuário e exumar tudo o que ela havia enterrado.

Com a pulsação latejando no pescoço, ela rastejou pelo chão. De algum modo, sentia-se mais segura assim, abaixada, olhando as pernas nodosas da mesa. *Madeira*. Estremeceu. Certamente não havia razão para tanta cautela. Certamente não poderiam pegar qualquer pedaço de madeira e... Não era possível. Mas nada daquilo era possível. Nada daquilo fazia o menor sentido. No entanto, *tinha acontecido*.

Devagar, ela se levantou e examinou a superfície da mesa. O dr. Shepherd havia deixado todas as ferramentas para ela: papel e um lápis grosso de ponta rombuda.

Pegou uma folha. Na escuridão, viu um vazio branco à espera de suas palavras. Engoliu a dor na garganta. Como poderia reviver tudo aquilo? Como seria capaz de fazer isso com eles outra vez?

Contemplou a página em branco, tentando ver, em algum lugar na vasta extensão de nada, aquela outra mulher de muito tempo atrás.

O SILÊNCIO DA CASA FRIA
LAURA PURCELL

A PONTE, 1865

Não estou morta.

Elsie recitou as palavras enquanto sua carruagem atravessava estradas rurais, revolvendo torrões de lama. As rodas produziam um ruído úmido de sucção. *Não estou morta.* Mas era difícil acreditar quando olhava, através da janela salpicada de chuva, para o fantasma de seu reflexo: pele pálida, faces cadavéricas, cachos eclipsados pela gaze preta.

Lá fora, o céu era de um cinza ferroso, a monotonia rompida apenas pelos corvos. Quilômetro após quilômetro, a paisagem não se alterava. Campos ceifados, árvores esqueléticas. *Estão me enterrando*, ela percebeu. *Estão me enterrando com Rupert.*

Não era para ser assim. A essa altura, deveriam estar de volta a Londres; a casa aberta, transbordando vinho e velas. Naquela estação, tecidos de cores intensas estavam na moda. Os salões seriam inundados de azulina, malva, magenta e verde-Paris. Ela deveria estar lá, no centro de tudo: convidada para todas as festas adornadas com diamantes; de braços dados com o anfitrião de colete listrado; a consorte escoltada à sala de jantar. A recém-casada era sempre a primeira a entrar.

Mas a viúva, não. A viúva fugia da luz e se enclausurava no luto. Tornava-se uma sereia afogada em crepe preto, como a rainha. Elsie suspirou e fitou o reflexo vazio de seus olhos. Devia ser uma esposa terrível, pois não desejava viver reclusa. Sentar em silêncio, refletindo sobre as virtudes de Rupert, não amenizaria a dor. Só a distração poderia fazer isso. Ela queria frequentar o teatro, ir para toda parte em diligências ruidosas. Preferiria estar em qualquer lugar que não sozinha nesses campos ermos.

Bem, não exatamente sozinha. Sarah estava sentada nas almofadas em frente, encurvada, examinando um livro com capa de couro gasta. Enquanto lia, a boca larga se mexia, sussurrando as palavras. Elsie já a desprezava. Aqueles olhos bovinos, cor de lama, em que não se via o menor lampejo de inteligência, as maçãs do rosto salientes e o cabelo escorrido que sempre escapava do chapéu. Já vira vendedoras de aparência mais refinada.

"Ela lhe fará companhia", prometera Rupert. "Cuide dela enquanto eu estiver na Ponte. Leve-a para passear. A pobrezinha não sai muito de casa."

Ele não havia exagerado. Sua prima Sarah comia, respirava e piscava. Às vezes, lia. Nada mais. Não havia iniciativa, nem vontade de melhorar sua posição social. Vivera contente em sua rotina como dama de companhia de uma anciã aleijada até a morte da velha.

Como bom primo, Rupert a acolhera. Mas agora cabia a Elsie ficar com ela.

Folhas amarelas em forma de leque caíram das castanheiras e pousaram no teto da carruagem. *Pá, pá.* Terra em cima do caixão.

Só mais uma ou duas horas e o sol começaria a se pôr.

"Quanto tempo falta?"

Sarah ergueu a vista da página com olhos turvos. "Hum?"

"Quanto tempo?"

"Para quê?"

Deus do céu. "Para chegarmos."

"Não sei. Nunca estive na Ponte."

"O quê? Você também não conhece o lugar?" Era incompreensível. Para uma família antiga, os Bainbridge não se orgulhavam muito da casa de seus ancestrais. Nem mesmo Rupert, aos quarenta e cinco anos, tivera lembranças do lugar. Só parecera recordar que tinha uma propriedade quando os advogados estavam ratificando seu contrato de casamento. "Não acredito. Você não o visitou nem quando pequena?"

"Não. Meus pais falavam muito dos jardins, mas nunca os vi. Rupert não se interessou pela casa até..."

"Até me conhecer", concluiu Elsie.

Ela conteve as lágrimas. Tinham chegado tão perto de uma vida perfeita juntos! Rupert partira antes, com a intenção de preparar a casa para a primavera e também para o herdeiro. Mas agora ele a havia deixado, sem nenhuma experiência na administração de uma casa de campo, para lidar sozinha com o legado da família e a criança vindoura. Teve um vislumbre de si mesma amamentando o bebê em um salão decadente com assentos verde-pálidos esfarrapados e um relógio sobre a lareira, envolto em teias de aranha.

Os cascos dos cavalos pisoteavam o barro. As janelas começaram a embaçar. Elsie cobriu a mão com a manga do vestido e a esfregou no vidro. Lá fora, a paisagem se descortinava em uma lenta sucessão de imagens melancólicas. Tudo estava descuidado e envelhecido. Restos de um muro de tijolos cinza brotavam da grama como lápides, e trevos e samambaias cresciam ao redor. A natureza vicejava, reivindicando o espaço com espinheiros e musgos.

Como a estrada para a casa de Rupert pudera ficar *nesse estado*? Ele era um homem de negócios meticuloso, bom com os números, ponderado em suas finanças. Então por que deixaria uma de suas propriedades degenerar a tal ponto?

A carruagem sacudiu e parou bruscamente. Na boleia, Peters soltou um palavrão.

Sarah fechou o livro e o deixou de lado. "O que está acontecendo?"

"Acho que estamos perto." Inclinando-se para a frente, ela olhou até onde a vista alcançava. Uma neblina leve se desprendia do rio ao longo da estrada e amortalhava o horizonte.

Deviam estar em Fayford agora, não? Pareciam ter sacudido por horas e horas. O embarque no trem em Londres, na madrugada suja e cor de uísque, parecia ter acontecido na semana passada, não nessa manhã.

Peters estalou o chicote. Os cavalos bufaram e retesaram os arreios, mas a carruagem só balançou.

"O que foi agora?"

O chicote estalou mais uma vez. Os cascos chapinharam na lama.

Alguém bateu no teto como quem bate à porta. "Ei, senhora. Terá que sair."

"Sair?", repetiu ela. "Não podemos sair nessa imundície!"

Peters pulou da boleia, aterrissando na lama. Alguns passos molhados e ele já estava à porta, abrindo-a. A névoa invadiu o interior e rodopiou no limiar. "Infelizmente, não tem jeito, senhora. A roda está bem presa. Só podemos puxar e esperar que os cavalos façam o resto. Quanto menos peso no coche, melhor."

"Duas damas não podem pesar tanto assim, não é?"

"O suficiente para fazer diferença", respondeu ele, sem hesitar.

Elsie gemeu. O nevoeiro tocou sua face, úmido como o hálito de um cão, carregando o aroma da água e um cheiro acre de terra.

Sarah guardou o livro e recolheu as saias. Ela se deteve com as anáguas erguidas acima dos tornozelos. "A senhora primeiro, sra. Bainbridge."

Em outras circunstâncias, Elsie teria ficado satisfeita com a deferência de Sarah. Mas, dessa vez, preferiria não ir primeiro. A névoa havia se acumulado com uma velocidade surpreendente. Ela pôde apenas distinguir a silhueta de Peters e a mão estendida em seu auxílio. "Os degraus?", perguntou ela, sem muita esperança.

"Não posso baixá-los neste ângulo. Vai ter que pular. A distância é curta. Eu pego a senhora."

Toda a sua dignidade reduzida a isso. Soltando um suspiro, ela fechou os olhos e pulou. A mão de Peters tocou sua cintura por um instante antes de colocá-la de pé na lama.

"Agora a senhorita."

Elsie se afastou da carruagem, pois não queria que os pés grandes de Sarah pisassem na cauda de seu vestido. Era como andar em arroz-doce. As botas escorregavam e se prendiam em ângulos estranhos. Não conseguia enxergar onde pisava; a névoa chegava aos joelhos, acobertando tudo o que havia abaixo. Talvez fosse melhor assim; não queria ver a bainha do novo vestido de bombazina suja de barro.

Mais castanheiras apareceram em meio à neblina. Ela nunca vira nada assim; não era amarela e sulfurosa como o denso nevoeiro de Londres, não pairava, mas *se movia*. Quando as nuvens de um tom de prata e cinza deslizaram para o lado, revelaram uma parede rachada junto à fileira de árvores. Tijolos haviam desmoronado, deixando lacunas como dentes faltantes em uma boca. Não muito distante, havia uma moldura de janela, vazia e apodrecida. Ela tentou enxergar melhor, mas as imagens se dissolveram quando o nevoeiro avançou.

"Peters? Que construção medonha é essa?"

Um grito rasgou o ar úmido. Elsie se virou, o coração acelerado, mas seus olhos não encontraram nada além da névoa branca.

"Calma, senhorita." A voz de Peters. "Está tudo bem."

Ela soltou a respiração e a viu se infiltrar na névoa. "O que está acontecendo? Não consigo vê-lo. Sarah caiu?"

"Não, não. Peguei a moça a tempo."

Provavelmente era o acontecimento mais empolgante que a garota vivera o ano todo. Elsie tinha um gracejo na ponta da língua, mas ouviu outro som: mais baixo, mais persistente. Um gemido gutural e prolongado. Os cavalos deviam ter ouvido também, pois sacudiram os arreios, alvoroçados.

"Peters? O que foi isso?"

O barulho surgiu outra vez: grave e lastimoso. Ela não gostou do que ouviu. Não estava acostumada aos sons e névoas campestres — nem queria se acostumar. Erguendo a cauda do vestido, cambaleou de volta à carruagem. Foi rápido demais. O pé escorregou, o chão deslizou por baixo dela e suas escápulas colidiram com a lama.

Elsie ficou deitada de costas, aturdida. Um lodo frio entrou pelo vão entre a gola e o chapéu.

"Sra. Bainbridge? Cadê a senhora?"

O golpe havia tirado seu fôlego. Não estava ferida; não precisava se preocupar com o bebê, mas não conseguia recuperar a voz. Fitou a bruma, branca e ondulante, acima. A umidade encharcava seu vestido. Em um ponto longínquo da mente, ela chorou pelos danos causados à bombazina preta.

"Sra. Bainbridge?"

Aquele gemido veio mais uma vez, agora mais próximo. Acima dela, a névoa vagava como uma alma penada. Sentiu uma forma sobre a cabeça, uma presença. Soltou um gemido fraco.

"Sra. Bainbridge!"

Elsie se encolheu quando os viu, a centímetros de seu rosto: dois olhos mortiços. Um nariz úmido. Flancos pretos como as asas de um morcego. A criatura a farejou, depois mugiu. *Mugiu*.

Uma vaca. Era só uma vaca, amarrada a um pedaço de corda esfarrapada. A voz de Elsie retornou em uma onda veloz de vergonha. "Xô! Saia daqui, não tenho comida nenhuma para você."

A vaca não se mexeu. Elsie imaginou se era capaz disso; não era uma criatura saudável. Um pescoço fibroso sustentava a cabeça, e moscas rondavam as costelas salientes. Pobre animal.

"Aí está a senhora!" Peters tirou a vaca do caminho com alguns pontapés. "O que aconteceu? A senhora está bem? Eu ajudo."

Foram necessárias quatro tentativas até que ele conseguisse levantá-la. O vestido se descolou do atoleiro com um rasgo pegajoso. Arruinado.

Peters abriu um sorriso torto. "Não se preocupe, senhora. Aqui não precisa de roupa bonita, não é?"

Ela espiou por cima do ombro dele, onde os últimos tentáculos de névoa se contorciam e recuavam. Certamente que não. O povoado que pouco a pouco surgia à vista não poderia ser Fayford, não é?

Uma fila de cabanas dilapidadas se espalhava sob as árvores, cada uma com uma janela quebrada ou porta gasta. Os buracos nas paredes tinham sido tapados às pressas com lama e esterco. A palha fazia uma tentativa patética de servir como telhado, mas estava salpicada de bolor.

"Não admira a carroça ter ficado presa." Peters indicou a estrada que se estendia diante das cabanas. Era pouco mais que um rio marrom. "Bem-vinda a Fayford, senhora."

"Isto aqui não pode ser Fayford", retorquiu ela.

O rosto pálido de Sarah surgiu ao lado deles. "Creio que é!", arfou ela. "Oh, céus."

Elsie não pôde fazer mais que olhar, boquiaberta. Já era péssimo ter de morar no campo, mas *ali*? O casamento com Rupert deveria elevar seu nível social, fornecer aldeões bem alimentados e bons inquilinos.

"Fiquem aqui, senhoras", disse Peters. "Vou tirar esta roda enquanto a neblina não vem." Ele voltou, passando com cuidado por cima da lama.

Sarah se aproximou de Elsie. Pela primeira vez, Elsie ficou feliz com sua presença. "Eu esperava passeios agradáveis pelo campo, sra. Bainbridge, mas receio que devamos passar este inverno em reclusão."

Reclusão. A palavra era como uma chave girando na fechadura. Aquele velho sentimento da infância, o de estar presa. Como poderia deixar de pensar em Rupert se tivesse que ficar dentro de casa?

Havia os livros, ela ponderou. Jogos de cartas. Não demorariam muito a se tornar enfadonhos.

"A sra. Crabbly a ensinou a jogar gamão, Sarah?"

"Ah, sim. E depois, é claro..." Ela parou, arregalando os olhos.

"Sarah? O que foi?"

Ela virou a cabeça na direção das cabanas. Elsie se voltou. Rostos imundos pairavam nas janelas. Pessoas miseráveis, em estado pior que o da vaca.

"Devem ser meus inquilinos." Ela ergueu a mão, sentindo que deveria acenar para eles, mas a coragem lhe faltou.

"Devemos..." Sarah torceu as mãos. "Devemos tentar falar com eles?"

"Não. Mantenha distância."

"Mas parecem tão pobres!"

De fato. Elsie se esforçou em busca de modos de ajudar. Visitá-los com uma cesta de comida e ler uma passagem da Bíblia? Era isso que as damas ricas faziam, não era? Por alguma razão, achava que eles não valorizariam o empenho.

Um cavalo relinchou. Ela ouviu um palavrão e se virou para ver a roda da carruagem sair do atoleiro com um gorgolejo portentoso, espirrando lama sobre Peters.

"Bem", disse ele, lançando um olhar zombeteiro para o vestido de Elsie. "Agora estamos iguais."

A carruagem avançou alguns metros. Atrás dela, Elsie viu as ruínas desgastadas de uma igreja. A torre havia desaparecido, deixando apenas uma haste de madeira quebrada. A grama amarela e esparsa a cercava, assim como as lápides. Alguém os observava do portão do cemitério.

Elsie sentiu um movimento na barriga. O bebê. Pousou uma das mãos no corpete enlameado e com a outra pegou o braço de Sarah. "Venha. Vamos voltar à carruagem."

"Ah, sim." Sarah a acompanhou. "Vamos chegar à casa o mais rápido possível!"

Elsie não pôde compartilhar de seu entusiasmo. Afinal, se esse fim de mundo era o povoado, o que encontrariam na casa?

O rio sussurrava para elas; um som veloz e incorpóreo. Pedras pintalgadas de musgo formavam uma ponte por sobre a água; devia ser a mesmíssima ponte que dera o nome à casa.

Não se parecia com nenhuma das pontes de Londres. Em vez de arquitetura e engenharia modernas, Elsie viu arcos fragmentados, assolados por espuma e respingos. Um par de leões de pedra desbotada flanqueavam os pilares nas duas margens. Isso a fez pensar em pontes levadiças, na Torre de Londres. O Portão dos Traidores.

Contudo, esse rio não era como o Tâmisa; não era cinza nem marrom, mas limpo. Ela estreitou os olhos, captando movimento debaixo d'água. Silhuetas escuras, rodopiantes. Peixes?

Quando chegaram ao outro lado, uma velha casa de guarda surgiu como se do nada. Peters reduziu a velocidade da carruagem, mas ninguém saiu para recebê-los. Elsie abriu a janela, retraindo-se ao sentir a manga úmida do vestido roçar seu braço. "Vá em frente, Peters."

"Olhe!", exclamou Sarah. "Ali está a casa."

A estrada descia por uma cordilheira, onde o sol começava a se pôr. No final, aninhada em um arco de árvores vermelhas e alaranjadas, estava a Ponte.

Elsie ergueu o véu. Viu um prédio jacobino baixo, com três frontões no telhado, um zimbório ao centro e chaminés de tijolos avermelhados nos fundos. Heras se derramavam dos beirais e engolfavam as torres em cada lado da casa. O lugar parecia morto.

Tudo estava sem vida. Os jardins se prostravam ao olhar vazio das janelas, as sebes estavam secas e crivadas de buracos. Trepadeiras sufocavam os canteiros de flores. Até os gramados eram amarelos e escassos, como se uma doença contagiosa se espalhasse aos poucos por todo o terreno. Somente os cardos prosperavam, eriçando os espinhos roxos em meio aos cascalhos coloridos do chão.

A carruagem se deteve em uma passagem de pedra, diante da fonte que constituía o principal elemento do jardim decadente. Antigamente, quando as pedras eram brancas e os cães esculpidos no alto da fonte eram novos, devia ter sido uma bela estrutura. Os esguichos não vertiam mais água. Rachaduras serpenteavam no reservatório abandonado.

Sarah recuou. "Todos saíram para nos ver", disse ela. "Todos os empregados!"

Elsie sentiu um frio na barriga. Estivera ocupada demais fitando os jardins. Agora, observava três mulheres vestidas de preto paradas diante da casa. Duas usavam toucas e aventais brancos, enquanto a terceira tinha a cabeça descoberta, exibindo cachos de cabelos cinzentos como ferro. Ao lado dela estava um homem de ar formal e cerimonioso.

Elsie olhou para as próprias saias. Estavam manchadas como um portão enferrujado. A lama tornava a bombazina pesada e a prendia em torno dos joelhos. O que os novos empregados pensariam se a vissem nesse estado? Estaria mais limpa com as roupas que usara para trabalhar na fábrica.

"Toda patroa deve conhecer sua criadagem. Mas eu não esperava fazer isso coberta de lama."

Sem aviso, a porta da carruagem se abriu. Ela arfou de susto. Havia um jovem diante dela, uma silhueta esguia de terno preto.

"Ah, Jolyon, é você. Graças a Deus."

"Elsie? Céus, o que aconteceu?" Seu cabelo castanho-claro estava penteado para trás, exibindo o rosto, como se para destacar a expressão assombrada.

"Um acidente. A roda da carruagem se prendeu e eu caí..." Ela indicou a saia. "Não posso conhecer a criadagem assim. Mande-os voltar para dentro."

Ele hesitou. As faces ficaram coradas em torno do bigode. "Mas... seria tão estranho. O que devo dizer a eles?"

"Não sei! Diga qualquer coisa!" Ela ouviu o som trêmulo da própria voz e sentiu que estava à beira das lágrimas. "Invente alguma desculpa."

"Está bem." Jolyon fechou a porta e se afastou da carruagem. Ela o viu se virar, a brisa erguendo um cacho de cabelo próximo ao colarinho.

"A sra. Bainbridge está... indisposta. Terá que ir direto para a cama. Acendam a lareira e preparem um chá."

Murmúrios soaram lá fora, mas a seguir ouviu-se o grato ruído dos pés pisando nos cascalhos, em retirada. Elsie suspirou de alívio. Não teria que enfrentá-los. Ainda não.

Dentre todas as pessoas, Elsie considerava os empregados os mais propensos a julgar: invejavam a posição dos patrões, já que estava intimamente ligada à sua. A criadagem de Rupert em Londres havia torcido o nariz para ela quando chegara da fábrica de fósforos. Sua confissão de que não tivera empregados domésticos desde a morte da mãe selara o desprezo. Apenas o respeito que tinham por Rupert e os olhares de advertência do patrão os forçaram a tratá-la com cortesia.

Sarah se inclinou para a frente. "O que a senhora vai fazer? Precisa mudar de roupa imediatamente, e sem que a vejam. E Rosie não está aqui!"

Não. Rosie não estava disposta a deixar a vida e os salários de Londres para viver nesse fim de mundo. Elsie não a culpava. E, para dizer a verdade, sentia um alívio secreto. Nunca se sentira à vontade ao trocar de roupa na presença de sua camareira e receber o toque de mãos estranhas em sua pele. Mas precisaria contratar outra em breve, ainda que só para manter as aparências. Não queria adquirir a reputação de uma daquelas viúvas excêntricas que povoavam o campo.

"Creio que conseguirei ficar sem Rosie por enquanto."

O rosto de Sarah se iluminou. "Posso ajudar a senhora com os botões na parte de trás. Sou boa com botões."

Bem, pelo menos *nisso* ela era boa.

Jolyon apareceu de novo ao lado da porta, voltou a abri-la e estendeu a mão. "Os empregados estão dentro de casa. Venha, pode sair."

Ela se esforçou para descer os degraus e pousou desajeitada, espalhando pedriscos. Jolyon fitou o vestido e ergueu as sobrancelhas. "Deus do céu."

Elsie soltou a mão dele.

Enquanto Jolyon ajudava Sarah a descer, ela observou a casa. A visão não revelava nada. Nas janelas, cortinas estavam fechadas em um véu preto implacável. Na parede, heras se agitaram ao vento.

"Venha. Os baús que chegaram antes estão no seu quarto."

Subiram um curto lance de degraus até a porta aberta. Antes que a atravessassem, um cheiro penetrante de mofo se adiantou e invadiu as narinas de Elsie. Alguém tentara disfarçá-lo com um aroma mais suave e empoado. Havia perfume de lençóis limpos: lavanda e ervas frescas.

Jolyon foi na frente a passos vigorosos, como fazia em Londres, pisando em um chão de pedras cinzentas entremeadas com losangos. Elsie e Sarah ficaram para trás, a fim de ver melhor a casa. A porta levava diretamente ao Salão Principal, uma caverna de esplendores antigos. Detalhes medievais sobressaíam-se: uma armadura, espadas exibidas em painéis na parede e vigas de madeira devoradas por carunchos.

"Sabia que Carlos I e sua rainha já estiveram aqui?", perguntou Sarah. "Minha mãe me contou. Imagine só os dois pisando neste mesmo chão!"

Elsie estava mais interessada no fogo que ardia em uma lareira com grade preta, de ferro. Correu naquela direção e estendeu as mãos enluvadas diante das chamas. Estava acostumada ao carvão; havia algo de inquietante no crepitar da lenha e no cheiro forte e adocicado da fumaça. Faziam-na lembrar do material que usavam na fábrica de fósforos para fazer os palitos. Do modo como a serra dividia a madeira.

Ela desviou o olhar. De cada lado da lareira havia duas portas pesadas de madeira, reforçadas com ferro.

"Elsie." Jolyon soava impaciente. "Há uma lareira acesa no seu quarto."

"Sim, mas eu..." Ela se voltou e sentiu o próprio rosto endurecer como uma máscara de cera. Debaixo das escadas. Ela não havia notado antes. Havia um caixão, longo e estreito, sobre uma mesa no centro de um tapete oriental. "Aquilo é...?"

Jolyon baixou a cabeça. "Sim. Antes, estava na sala de visitas. Mas a governanta me informou que é mais fácil manter esta sala arejada e fresca."

Claro: o aroma das ervas. Elsie recuou, sentindo as entranhas se contorcerem. Queria se lembrar de Rupert sorridente e garboso, como sempre fora, não como um boneco sem vida em exposição.

Pigarreou. "Entendo. E pelo menos os vizinhos não terão que perambular pela casa quando vierem prestar condolências." Aquela indiferença espantosa que a possuíra ao saber da morte de Rupert ameaçou tomá-la outra vez, mas ela resistiu. Não queria submergir na tristeza e na amargura. Só desejava fingir que aquilo nunca, jamais acontecera.

"Não parece haver muitos vizinhos." Jolyon se apoiou no corrimão. "Até agora, só veio o vigário."

Como era triste e terrível. Em Londres, os homens ficariam honrados em ver Rupert pela última vez. Novamente, ela lamentou que não o tivessem levado de volta à cidade para receber um belo funeral, mas Jolyon dizia que era impossível.

Sarah se aproximou do caixão e perscrutou o interior. "Ele parece estar em paz. Tão querido, é o que merece." Ela se voltou para Elsie e estendeu a mão. "Venha ver, sra. Bainbridge."

"Não."

"Está tudo bem. Venha. Será bom para a senhora ver como ele está sereno. Aliviará sua tristeza."

Ela duvidava seriamente disso. "Não quero."

"Sra. Bainbridge..."

Um pedaço de lenha explodiu na lareira. Elsie gritou e pulou de susto. Uma rajada de faíscas rolou por suas saias e se desfez em cinzas antes de chegar ao tapete. "Céus." Ela levou a mão ao peito. "Essas lareiras velhas. Poderia ter me incendiado."

"Não foi nada." Jolyon passou a mão pelos cabelos. "Precisamos levá-la para cima antes que os empregados venham e... Elsie? Elsie, está me ouvindo?"

O salto para longe do fogo havia bastado. Agora ela estava perto o suficiente para ver o perfil de Rupert se sobressair no cetim branco: a ponta cinza-azulada do nariz; os cílios; cachos dos cabelos grisalhos. Era tarde demais para desviar o olhar. Ela se aproximou, dando cada passo com o cuidado que teria para se acercar de uma criança adormecida. Aos poucos, o muro alto do caixão diminuiu.

O ar fugiu veloz de seus pulmões. Não era Rupert. Não de fato. O que estava diante dela era uma imitação, tão fria e inexpressiva quanto uma efígie de pedra. Os cabelos estavam perfeitamente penteados e assentados, sem o menor sinal do cacho que sempre caía sobre o olho esquerdo de Rupert. A pequena trama de veias que haviam adornado sua face eram um mero borrão cinza. Até mesmo o bigode parecia falso, proeminente demais na pele murcha.

Como aquele bigode fazia cócegas. Ela o sentiu novamente junto do próprio rosto, debaixo do nariz. O modo como sempre ria quando ele a beijava. O riso era o dom de Rupert. Parecia errado estar perto dele em um silêncio tão solene. Isso não o teria agradado.

Quando os olhos de Elsie vagaram até o queixo e os tocos da barba que nunca mais cresceria, notou pequenas manchas azuis na pele. Elas a lembravam da infância e das agulhas de costura, chupando com força o dedo ferido.

Eram farpas, não agulhas. Mas por que haveria farpas no rosto de Rupert?

"Elsie." A voz de Jolyon foi firme. "Temos que subir. Haverá tempo para despedidas amanhã."

Ela assentiu e esfregou os olhos. Não foi difícil se afastar. Não importava o que Sarah pensasse, olhar para um caixão não se assemelhava em nada a apartar-se de seu marido. A hora do adeus havia acabado quando ele dera o último suspiro. O que haviam deposto no caixão não passava de uma sombra pálida do homem que fora Rupert Bainbridge.

Tiveram que subir dois lances de escada até ultrapassar as vigas do Salão Principal e emergir em um pequeno patamar. Só havia algumas lamparinas acesas, ardendo em clarões e revelando um papel de parede vermelho e aveludado.

"Por aqui", disse Jolyon, virando à esquerda.

Nuvens de poeira se ergueram sob os pés de Elsie à medida que ela o seguia, as saias úmidas farfalhando ao roçar o tapete. O corredor transmitia um ar de grandeza gasta. Sofás bordados espreitavam junto das paredes, intercalados com bustos de mármore lascado. Eram peças horríveis, que a observavam com expressão morta, sombras rastejando sobre as maçãs do rosto e afundando nas órbitas dos olhos. Não reconheceu nenhum deles como escritores nem filósofos famosos. Talvez fossem os antigos proprietários da Ponte? Procurou algum sinal de Rupert naqueles rostos impassíveis, mas não encontrou nenhum.

Jolyon virou à direita, depois rapidamente à esquerda. Chegaram a uma porta em arco. "Esta é a suíte de hóspedes", explicou ele. "Achei que ficaria bem acomodada aqui, srta. Bainbridge."

Sarah piscou, aturdida. "Uma suíte só para mim?"

"Isso mesmo." Ele sorriu ligeiramente. "Seu baú está aqui dentro. Vou dormir no quarto perto da escada de serviço." Ele fez um gesto com o braço. "A sra. Bainbridge ficará em uma suíte igual na outra ala."

Elsie ergueu as sobrancelhas. Uma suíte igual. Teria decaído tanto assim?

"Esplêndido. Seremos como gêmeas." Tentou conter a acidez em sua voz, mas receava não ter conseguido.

"Vou me acomodar", disse Sarah, constrangida. "Depois vou ajudá-la a se vestir, sra. Bainbridge."

"Leve o tempo que precisar", respondeu Jolyon. "Vou acompanhar minha irmã até seu quarto. Depois ceamos juntos."

"Obrigada."

Agarrando o braço de Elsie, ele a rebocou de volta pelo mesmo caminho.

"Você não deveria tratar Sarah como uma serviçal", resmungou ele.

"Não mesmo, pois ela não trabalha para ganhar o pão de cada dia. É uma solteirona que viverá aqui por caridade minha, não é?"

"Ela era o único membro que restava da família de Bainbridge."

Elsie balançou a cabeça. "Isso não é verdade. *Eu* era a família de Rupert. *Eu* era sua parente mais próxima."

"Ah, sim, você conseguiu convencê-lo disso."

"O que quer dizer com isso?"

Jolyon parou subitamente. Olhou para trás, verificando se não havia empregados vagando nas sombras. "Sinto muito. Foi grosseiro da minha parte. Não é culpa sua. Mas achei que Bainbridge e eu tivéssemos concordado, antes do casamento, sobre o que aconteceria nesta situação. Foi um acordo de cavalheiros. Mas Bainbridge..."

Um mal-estar rastejou no íntimo de Elsie. "O que está dizendo?"

"Ele não contou a você? Mudou o testamento um mês antes de morrer. O advogado leu o documento para mim."

"O que dizia?"

"Ele deixou tudo para você. Tudo. A casa em Londres, a Ponte, sua parte da fábrica de fósforos. Não há nenhum outro herdeiro."

Claro que ele havia feito isso. Um mês antes: foi quando Elsie contou que estava grávida.

E pensar que, depois de tudo o que havia passado, ela conseguira se casar com um homem atencioso, um homem prudente — e o havia perdido. *Que descuido*, Mamãe teria dito. *É bem do seu feitio, Elisabeth.*

"É estranho que ele tenha mudado o testamento? Sou a esposa de Rupert, levo seu filho no ventre. Não é uma providência totalmente natural?"

"Seria. Se tivesse acontecido daqui a um ou dois anos, eu não me queixaria." Balançando a cabeça, ele avançou pelo corredor.

Ela tentou acompanhá-lo, incapaz de se concentrar no caminho que tomou; as paredes vermelho-vinho pareciam ondular como um tecido solto. "Não entendo. Rupert se comportou como um anjo. Isso é uma resposta às minhas preces."

"Não, não é. Pense, Elsie, pense! O que lhe parece? Um homem que todos viam como um solteirão inveterado se casa com uma mulher dez anos mais jovem e investe na fábrica do irmão dela. Muda o testamento para fazer dela sua única herdeira. Então, apenas um mês depois, ele morre. Um homem que parecia forte como um touro está morto e ninguém sabe como isso aconteceu."

Cristais de gelo pareceram se formar no peito de Elsie. "Não seja ridículo. Ninguém sugeriria..."

"Ah, estão sugerindo, pode ter certeza. E sussurrando pelos cantos. Pense na fábrica de fósforos. Pense na minha reputação! Terei que enfrentar esse turbilhão de boatos sozinho."

Ela estacou, quase perdendo o equilíbrio. Era por isso que Jolyon a trouxera para o campo e se recusara a levar o corpo de Rupert para um funeral em Londres: o escândalo.

Ela se lembrava do último escândalo. Os policiais com capacetes de ferro, tomando depoimentos. Os murmúrios que surgiram em seu encalço como um rastro de moscas e aqueles olhares vorazes, ferinos. Por anos e anos. O boato levaria anos para desaparecer.

"Deus do céu, Jo. Por quanto tempo eu e o bebê teremos de ficar neste lugar?"

Ele hesitou. Pela primeira vez, ela notou a dor nos olhos do irmão. "Droga, Elsie, o que há de errado com você? Estou falando de uma mácula na nossa reputação, na fábrica, e você só consegue pensar em quanto tempo ficará longe de Londres. Ao menos sente falta de Rupert?"

Sentia, era como se lhe faltasse o ar. "Você sabe que sinto."

"Bem, devo dizer que você esconde isso muito bem. Ele era um homem bom, um grande homem. Sem ele, teríamos perdido a fábrica."

"Eu sei."

Ele parou no final do corredor. "Este é o seu quarto. Talvez, depois que se acomodar, você tenha a decência de sofrer a perda dele."

"*Já estou* sofrendo", retrucou ela. "Só que meu modo de demonstrar é diferente do seu." Passando por ele, abriu a porta e a fechou com força.

Cerrou os olhos e se apoiou na madeira, as mãos espalmadas na superfície, antes de expirar e deslizar até o chão. Jolyon sempre tinha sido assim. Elsie não devia levar suas palavras em consideração. Doze anos mais jovem que ela, o irmão sempre fora livre para sentir, chorar. Era Elsie quem resistia. E não era esse o objetivo? Cuidar para que o pequeno Jolyon não soubesse o que ela sofria?

Depois de alguns minutos, já era senhora de si. Esfregou a testa e abriu os olhos. Havia um quarto limpo e iluminado à sua frente, com janelas dos dois lados, uma voltada para o semicírculo de árvores castanho-avermelhadas que abraçavam a casa e a outra alinhada com a ala oeste, onde ficava a suíte de Sarah. Seus baús estavam empilhados em um canto. O fogo chiava na lareira, e Elsie ficou aliviada ao ver um lavatório ao lado dele. Fios de vapor subiam do jarro. Água quente.

Ouviu a voz de Mamãe, nítida em seus ouvidos. *Menina boba, fazendo todo esse estardalhaço. Vamos mandar esses pensamentos ruins por água abaixo.*

Levantando-se, tirou as luvas e foi lavar o rosto. Na mesma hora, sentiu alívio nos olhos doloridos, e a toalha que usou para enxugar a pele era maravilhosamente macia. Quaisquer que fossem os defeitos do lugar, não podia criticar a governanta.

Uma pesada cama de dossel esculpida em jacarandá parecia espreitá-la da parede oposta. Estava coberta por lençóis cor de creme bordados com flores. Depois notou a penteadeira, o espelho de três peças envolto em tecido preto. Elsie suspirou. Era o primeiro espelho que via desde que saíra da estação. Hora de avaliar os danos causados por sua queda na lama.

Devolvendo a toalha ao suporte, ela se aproximou e sentou-se no banco. Removeu o tecido preto e o deixou de lado. Era uma superstição tola: cobrir os espelhos para impedir que os mortos ficassem presos. Não havia nada retido no vidro, a não ser três mulheres de cabelos loiros e olhos castanhos, cada uma no mesmo estado lastimável. Ergueu o véu de gaze, que pairou atrás de sua nuca como um corvo preso em uma rede. Os cachos alvoroçados pelo vento se encrespavam em torno da testa e, apesar da breve lavagem, restava uma mancha de lama no lado direito do rosto. Elsie a esfregou até que sumisse. Graças a Deus, se recusara a ver os serviçais.

Ergueu vagarosamente os braços cansados para remover o chapéu e a touca e começar a longa tarefa de soltar os grampos dos cabelos. Seus dedos não eram tão ágeis quanto costumavam ser; ela se habituara a deixar que Rosie fizesse isso. Mas Rosie e todos os confortos daquela vida passada estavam muito distantes.

Um grampo se enroscou em uma mecha embaraçada, fazendo-a gemer. Baixou as mãos, imensamente perturbada por esse pequeno contratempo. *Como isso aconteceu?*, perguntou às mulheres desgrenhadas diante de si. Elas não tinham nenhuma resposta.

O espelho ali era frio e duro. Não continha a noiva bela e sorridente que ela fitara havia tão pouco tempo. Sem convite, uma cena surgiu de sua memória: Rupert, de pé atrás dela, na primeira noite, escovando os cabelos da esposa. O orgulho no olhar do homem, os vislumbres da escova prateada. Uma sensação de segurança e confiança, tão rara, enquanto ela contemplava a imagem refletida dele. Poderia tê-lo amado.

O casamento era uma relação comercial, firmado para garantir o investimento de Rupert na fábrica de fósforos, mas naquela noite ela realmente havia olhado para o homem e percebido que poderia passar a amá-lo. Com o tempo. Infelizmente, tempo foi a única coisa que não tiveram.

Uma batida à porta a sobressaltou.

"Botões?" A voz de Sarah.

"Sim. Entre, Sarah."

Sarah havia trocado o vestido de viagem por um traje formal que já tivera uma aparência melhor. O tecido preto estava pintalgado de manchas desiguais. Ela não chegava a estar apresentável, mas pelo menos tinha trançado os cabelos castanho-claros. "Já escolheu um vestido? Posso pedir um ferro de passar a uma das empregadas..."

"Não. Por favor, pegue uma camisola qualquer." Se Jolyon queria que ela se recolhesse em luto, era o que faria. Agiria exatamente como ele após a morte de Mamãe. Seria bem feito para ele. Veria como era irritante e inútil deixá-la chorando no andar de cima.

O reflexo de Sarah torceu as mãos no espelho. "Mas... o jantar..."

"Não vou descer. Estou sem apetite."

"Mas... mas não posso jantar sozinha com o sr. Livingstone! O que as pessoas vão dizer? Mal nos conhecemos!"

Irritada, Elsie se levantou e foi procurar, por sua própria conta, uma camisola. Sarah tinha sido mesmo a dama de companhia de uma senhora? Devia saber que não era correto ficar parada discutindo com a patroa. "Bobagem. Você deve ter conversado com Jolyon no casamento."

"Não fui ao seu casamento. A sra. Crabbly estava doente. Não se lembra?"

"Ah." Elsie levou um instante para tirar uma camisola de um baú e forjar uma expressão facial apropriada antes de se virar. "É claro. Queira me perdoar. Naquele dia..." Olhou para o algodão branco em suas mãos. "Foi tudo tão rápido, e tão feliz."

A célebre renda Honiton, as flores de laranjeira. Nunca pensara em ser noiva. As moças abandonavam tais fantasias depois dos vinte e cinco anos. Para Elsie, as perspectivas pareciam ainda mais improváveis. Perdera a esperança de encontrar alguém em quem pudesse confiar, mas Rupert tinha sido diferente. Trouxera alguma coisa no ar à sua volta, uma aura de bondade inata.

"Entendo", respondeu Sarah. "Agora, venha cá. Vamos cuidar desse vestido."

Elsie teria preferido trocar de roupa sozinha, mas não teve escolha. Não poderia contar à prima de Rupert que possuía um gancho para abotoar — só as prostitutas deveriam usar esse tipo de coisa.

Sarah trabalhou com habilidade, os dedos passando pelos ombros de Elsie e descendo pela cintura como as gotas mais leves da chuva. O vestido caiu ciciando em suas mãos. "Um tecido tão bonito. Espero que seja possível lavar a lama."

"Poderia levá-lo consigo quando descer? Deve haver uma empregada que possa lavá-lo sem contar a ninguém."

Sarah assentiu. Dobrou o vestido e o abraçou junto ao peito. "E... o restante?" Lançou um olhar recatado à gaiola de anáguas, hastes e aros de aço que continham Elsie. "A senhora conseguirá...?"

"Ah, sim." Constrangida, ela levou as mãos às fitas que prendiam a crinolina. "Nem sempre tive uma camareira, sabe."

Foram o silêncio e a inércia de Sarah que causaram arrepios à pele de Elsie. Seus olhos se fixaram na cintura de Elsie e se dilataram, ficando mais escuros e estranhamente cintilantes.

"Sarah?"

Sarah estremeceu. "Sim. Está bem. Vou me retirar."

Elsie olhou para o próprio corpo, confusa. O que teria feito Sarah olhá-la assim? Com um tremor doloroso, percebeu: suas mãos. Havia tirado as luvas para lavar o rosto e revelado as mãos em toda a sua feiura e aspereza. Mãos endurecidas pelo trabalho, mãos de operária. Não eram as mãos de uma dama.

Mas, antes que Elsie pudesse dizer alguma coisa em sua defesa, Sarah abriu a porta e saiu.

O SILÊNCIO DA CASA FRIA
LAURA PURCELL

HOSPITAL ST. JOSEPH

Apareceu da noite para o dia. Ela mal havia erguido a cabeça do travesseiro e tirado as remelas dos olhos quando o viu. Discrepante. Errado.

Ela saiu da cama, pisando no chão frio. A coisa pendia à sua frente. Estreitou os olhos. Doía observá-la, era brilhante demais, mas ela não se atreveu a desviar os olhos. Amarelo. Marrom. Linhas e formas espiraladas.

Havia chegado sem que ela soubesse. Se deixasse de olhar, a coisa se moveria? Apesar de ser muda, parecia gritar, arrebentar dentro de sua mente.

Ela não podia voltar para a cama; tinha que mantê-la à distância. A luz do dia se infiltrava pelas janelas altas, austera e caiada como as paredes. Seus raios se espalharam pelo chão, depois passaram ao lado dela. Por fim, a porta se abriu.

"Sra. Bainbridge."

Era o dr. Shepherd.

Sem se virar, ela ergueu a mão trêmula e estendeu o dedo indicador.

"Ah. Você viu a pintura." O ar se deslocou quando ele se aproximou, parando perto de seu ombro. "Espero que seja do seu agrado."

O silêncio se prolongou.

"Alegra o lugar, não é? Imaginei que, por não ter permissão para entrar na sala comunitária e no pátio de exercícios com os outros pacientes, talvez lhe agradasse ver um pouco de cor." Ele transferiu o peso do corpo para o outro pé. "Esta é a direção que nosso hospital está tomando. Não vamos mais submeter os pacientes a celas sombrias. Este é um santuário de recuperação. Deve oferecer elementos alegres e estimulantes."

Agora, ela via o que o artista tentara captar: um quarto de criança. Um cômodo iluminado pelo sol, a mãe amorosa debruçada em um berço. Seu vestido era como um narciso, os cabelos, fios de ouro. Havia rosas brancas em um vaso sobre a mesa perto do bebê.

"Isso... Isso a incomoda, sra. Bainbridge?"

Ela assentiu.

"Por quê?" Os sapatos do médico rangeram quando ele trouxe a lousa. Embora o lápis fosse melhor para escrever sua história, o giz e a lousa facilitavam a conversa. Ele os colocou em suas mãos. "Conte."

Mais uma vez. Ele a estava lapidando, lasca após lasca. Esse era o plano, imaginava ela. Desbastar cada centímetro dela; mais uma confissão, mais uma lembrança, até esgotá-la.

À noite, passara a ter sonhos que eram, na verdade, vislumbres do passado. Paisagens de sangue, madeira e fogo. Ela não os queria. Até que ponto deveria mergulhar no passado para que o médico finalmente a considerasse desequilibrada e a deixasse em paz?

"Não gostou da cor? Ela não renova seu ânimo, não a faz lembrar de dias melhores?"

Ela balançou a cabeça. Dias melhores. Ele presumia que tal coisa existisse em seu passado.

"Lamento ter gerado esse incômodo. Acredite, minha intenção era agradá-la." Ele suspirou. "Que tal se sentar? Mandarei retirar a pintura assim que terminarmos."

Com o olhar cravado no chão, ela cambaleou de volta à cama e sentou-se, segurando o giz e a lousa com a firmeza de quem porta armas. Como se pudessem defendê-la.

"Não leve em consideração esse pequeno revés", disse ele. "Estou feliz com seu progresso. Li o que a senhora escreveu. Vejo que seguiu meu conselho e escreveu como se os acontecimentos tivessem ocorrido a outra pessoa." Ela não conseguia olhar para ele; tinha aguda consciência da pintura, pendurada ali. As pinceladas, a moldura. Ele esboçou um riso forçado. "A memória é uma coisa complicada. São engraçados, não são, os detalhes de que se lembra? Aquela vaca...!"

Ela pegou o giz, ainda desajeitada. *A vaca não tem graça.*

Ele baixou a cabeça. "Eu não quis dizer... Perdoe-me. Foi errado rir disso."

Sim.

Mas, na verdade, ela invejava aquela risada. Invejava o fato de que ele ainda fosse capaz de rir.

Riso, conversa, música. Todas essas coisas pareciam relíquias, atividades que seus antepassados poderiam ter adotado, muito tempo atrás, mas que não significavam nada para ela.

Voltou a observar a mesa.

"A senhora olha com tanta atenção para a mesa. O que a incomoda?"

Os dedos tremeram conforme ela escrevia. *Madeira.*

"Madeira. Não gosta de madeira?"

A palavra evocava outros sons: o zunido de uma serra, uma porta se fechando com um baque.

"Interessante. Muito interessante. É claro, depois do incêndio e de suas lesões... Talvez seja esse o motivo?"

Ela piscou para ele, confusa.

"Talvez por isso a senhora não goste de madeira. Porque a faz lembrar do fogo. Porque queima."

O fogo?

Ele era rápido demais. Estava vivendo a uma velocidade três vezes maior que a do mundo sedado e submarino que ela habitava. Era por isso que seus braços estavam tão cheios de cicatrizes? Por isso nunca a deixavam se olhar em um espelho? Ela estivera em um incêndio?

"Mas é claro que pode haver outras razões. Folheei sua ficha." Pela primeira vez, ela notou os papéis que o médico trazia debaixo do braço. Ele os espalhou sobre a escrivaninha: o passado esparramado, exposto, como um corpo na mesa de um necrotério. "Vejo que a senhora cresceu em uma fábrica de fósforos. Primeiro o lugar pertenceu a seu pai, e, depois que ele faleceu, foi administrado por outros até que a senhora e seu irmão chegassem à maioridade. Em uma fábrica de fósforos, imagino que tenha visto uma boa quantidade de madeira e fogo."

Até mesmo isso? Nada era sagrado. Tudo devia ser trazido à tona.

A dúvida aflorou no peito dela, e ele deve ter percebido, pois disse: "Creio que entenda, não é mera curiosidade o que me leva a investigar. Também não é um simples desejo de curá-la, embora eu espere fazer isso também. O hospital e a polícia me incumbiram de escrever um relatório." Ele pegou duas folhas de papel na mesa e se aproximou dela. "Quando a senhora chegou, não havia como interrogá-la. Seus ferimentos eram graves demais." Mostrou o primeiro item: um recorte de jornal com uma gravura. Era a imagem granulada de uma pessoa coberta por bandagens, com manchas escuras nos pontos em que o sangue penetrava o tecido. "Mas agora que a senhora está fisicamente recuperada, se não também mentalmente, é questão de certa importância estabelecer a causa do incêndio."

Ele não estava sugerindo... Aquela múmia na gravura não era ela, era? O pânico a dominou. A data do jornal era de mais de um ano atrás. Todo aquele tempo havia se passado e ela não se lembrava de muito mais que uma vaca e os rostos de figuras de madeira pintada.

Ele sentou-se ao lado dela na cama. Ela se retraiu. O calor do corpo dele, o cheiro. Tudo era real demais.

"A polícia encontrou os restos de quatro corpos. Duas das mortes já haviam sido registradas. São os outros dois que precisamos identificar." Ele ajeitou os óculos na ponte do nariz. "Deve haver um inquérito. Levando em conta sua condição atual, provavelmente pedirão que eu fale em seu nome. A senhora entende por que devo insistir em minhas perguntas. Descobrir a verdade. Quero ajudar."

Ele não parava de dizer isso. Repetir só fazia com que parecesse falso. O que o médico realmente queria, podia-se deduzir, era consolidar sua carreira ao resolver o caso.

Mas, ainda que ela não confiasse nele, tinha razão quanto a isto: deveria haver um depoimento. Por mais doloroso que fosse, ela precisava fazer um esforço e se lembrar do resto, ou poderia acabar pendurada na forca.

Não deveria ter medo. Deus sabia que não lhe restavam muitas razões para viver. Mas imaginava que era o instinto, no fundo de seu ser, lutando como um animal selvagem. Não queria morrer; só queria dormir, ali, em segurança. Embalada por drogas e paredes brancas.

Lascas de ouro cintilavam diante de seus olhos. Os óculos; ele estava se aproximando, perscrutando o rosto dela. "Talvez a senhora ainda não se lembre de tudo, mas tenho certeza de que, juntos, conseguiremos despertar a parte de sua mente que adormeceu."

Ela se afastou dele, fazendo a cama ranger. Pousando o giz na lousa, começou a escrever desajeitadamente. *Scriiic, scriiic*. Parecia que agora esta era sua voz: um som agudo e abrasivo, desprovido de palavras.

Onde foi o incêndio?

As sobrancelhas do dr. Shepherd se ergueram. "Não se recorda do incêndio? De seus ferimentos?"

Imagens vagas voltaram à sua mente. Lembrava-se de mil insetos, feitos de dor, picando suas costas. A estranha noção de que havia enfermeiras, aromas medicinais. Tudo estava enterrado muito profundamente. Havia camadas e camadas a desencavar até que pudesse enxergar com clareza.

Colocando a mão em seu ombro, o dr. Shepherd tirou a lousa de seus dedos. Por um instante, ela pensou que ele pegaria sua mão. Mas percebeu o que ele estava mostrando: a pele brilhante e marmorizada no pulso dela. Com delicadeza, dobrou a manga áspera do vestido. Manchas rosadas surgiram ao redor do cotovelo, disformes, enrugadas como uma fruta velha. Cicatrizes tão profundas que nunca desapareceriam. Sim, agora ela entendia. Eram queimaduras. Como não havia percebido antes?

"Esta fotografia", disse ele, soltando sua mão, "foi tirada há algumas semanas. A senhora se recorda?"

Lembrava-se do clarão e da fumaça, do modo como pareceram explodir dentro de sua cabeça. Mas, quando ele deixou a fotografia em seu colo, o rosto que a encarava era de uma estranha. Era uma mulher — pelo menos o vestido listrado e o lenço em torno do pescoço pareciam sugerir que era —, mas os cabelos estavam curtos, crescendo em tufos em um couro cabeludo desigual. A pele da face se esticava, escurecida e esburacada. Uma das pálpebras inferiores pendia, frouxa.

Ela viu seu próprio nome escrito abaixo.

Elisabeth Bainbridge. Detida por suspeita de incêndio criminoso.

O SILÊNCIO DA CASA FRIA
LAURA PURCELL

A PONTE, 1865

Elsie se levantou de repente ao ouvir uma batida à porta, sem saber onde estava. A tarde cinzenta escurecera até o breu de uma noite de outono. O fogo ardia baixo na lareira. Uma única vela tremeluzia na penteadeira, com uma camada serpenteante de cera endurecida na lateral. A memória voltou de repente: estava detida no campo — e Rupert estava morto.

A batida soou mais uma vez. Ela pegou as luvas de renda e as calçou. "Entre", murmurou. Sentia um gosto rançoso na boca. Por quanto tempo havia dormido?

A porta se abriu. Elsie ouviu o som de louça tilintando no metal, e uma jovem baixa, com cerca de dezoito anos, se apresentou carregando uma bandeja.

"Senhora." A jovem deixou a bandeja na penteadeira, pegou a lamparina a gás e a acendeu usando a vela.

Elsie piscou, confusa. Certamente seus olhos lhe pregavam uma peça. Aquela era mesmo a arrumadeira? Estava coberta de imundície da cozinha, o avental rústico manchado de fuligem. O rosto não era dos mais comuns; tinha longos cílios, lábios fartos e rosados que teriam sido bonitos, não fosse a expressão impertinente.

Não usava touca. Os cabelos pretos estavam divididos ao meio, em um penteado austero, arrumados para trás das orelhas e presos por um coque.

Era esse o tipo de criatura que se passava por arrumadeira nessa parte do país? Se Elsie soubesse disso, não teria se preocupado com a própria aparência ao chegar.

"Senhora", repetiu a jovem. Tarde demais, curvou-se em uma mesura desajeitada. A bandeja sacudiu. "O sr. Livingstone disse que a senhora poderia estar com fome."

"Ah." Ela não sabia se isso era verdade: a combinação de odores que emanavam da bandeja a fazia sentir-se faminta e nauseada na mesma medida. "Sim. Foi muito gentil da parte dele. Ficarei com a bandeja aqui." Ela apoiou uma almofada atrás das costas.

A garota se aproximou. Não tinha o andar cauteloso das empregadas em Londres; seu passos confiantes balançaram a tigela e fizeram a sopa escorrer pela borda. Depositando a bandeja sobre as pernas de Elsie com um baque, recuou e dobrou os joelhos fazendo mais uma reverência.

Elsie não sabia se achava ofensivo ou engraçado. A garota era claramente uma moça do interior. "E você é...?"

"Mabel Cousins. Empregada." Sua voz era estranha; uma mistura de sotaque *cockney* com a fala arrastada do campo. "Senhora."

Ocorreu a Elsie que talvez Mabel não tivesse permissão para subir com frequência ao andar superior. Talvez tivessem ficado desesperados por um par de mãos extras e aceitado qualquer uma. Pelo modo como olhava a pilha de roupas de Elsie no chão e a gola de renda de sua camisola, parecia nunca ter visto nada tão caro na vida. "Você é arrumadeira? Ajudante de cozinha?"

Mabel encolheu os ombros. "Só empregada. Eu e Helen. Não tem mais ninguém."

"Ora, então isso faz de você uma encarregada de serviços gerais."

"Se a senhora diz."

Elsie acomodou a bandeja no colo. O vapor subia da superfície de uma sopa marrom-amarelada, salpicada de ervas. Junto dela havia um prato com carne grelhada e uma substância encaroçada, cor de creme, que parecia fricassê de frango. Estava com fome, mas a ideia de comer lhe revirou o estômago. Franzindo o rosto, pegou uma colher e a mergulhou na sopa.

Ficou surpresa ao ver Mabel ainda parada ali. Que estaria esperando? "Pode ir, Mabel. Não preciso de mais nada."

"Ah." Pelo menos teve a decência de corar. Limpando as mãos no avental, fez outra reverência inábil. "Desculpe. Senhora. Faz uns quarenta anos que não tem uma patroa na Ponte. A gente não está acostumada."

Elsie baixou a colher e deixou a sopa escorrer de volta à tigela. "É mesmo? Tanto tempo assim? Que estranho. Por que será?"

"Um monte de empregados morreu, acho. Faz muito tempo. Aí a família não quis morar aqui. Ouvi umas conversas no povoado. Alguma coisa sobre um esqueleto que desenterraram no tempo do rei George. Um esqueleto no jardim! Imagine só!"

De fato, havia tantas coisas mortas naquele jardim que isso não chegava a surpreender.

"Realmente! Você cresceu no povoado de Fayford, não é?"

A gargalhada de Mabel a sobressaltou. A empregada jogou a cabeça para trás como uma moça qualquer em uma peça de teatro.

Era inaceitável. Absolutamente inaceitável.

"Eu a faço rir, Mabel?", indagou, ríspida.

"Deus abençoe a senhora!" Mabel enxugou o olho na ponta do avental. "Ninguém do povoado trabalha aqui."

"E qual seria o motivo disso?"

"Eles têm medo deste lugar. Morrem de pavor."

Elsie sentiu certa tensão no pescoço. Superstição? Premonição? Fosse o que fosse, não queria que Mabel percebesse. "Ora, parece uma grande tolice. Foi só um esqueleto. Não há nada a temer, não é?" Mabel encolheu os ombros. "Por enquanto é só, Mabel."

"Tudo bem, senhora." Sem se curvar, ela se virou, apagou a lamparina e marchou porta afora. Não se deu o trabalho de fechá-la.

"Mabel!", gritou Elsie. "Você apagou a luz por engano, não consigo ver..."

Mas já podia ouvir os passos pesados de Mabel descendo as escadas.

Ninguém veio fechar a porta nem retirar a comida. Desesperada, Elsie deixou a bandeja de jantar intocada no chão e se recostou nos travesseiros.

Quando acordou, o quarto estava preto como o véu de uma viúva. O fogo havia se extinguido, deixando o ar frio. O cheiro daquela maldita sopa ainda pairava, revirando o estômago de Elsie. Como a empregada pôde deixá-la ali para azedar e apodrecer? Pela manhã, teria que falar com a governanta.

Foi então que ouviu: um ruído baixo e áspero, como uma serra cortando madeira. Ficou rígida.

Teria mesmo ouvido aquilo? Na escuridão, os sentidos podiam pregar peças. Mas logo ouviu novamente. *Ssss.*

Não queria lidar com outro problema essa noite. Se continuasse de olhos fechados debaixo do cobertor, o barulho desapareceria, não? *Ssss, ssss.* Um som ritmado e abrasivo. *Ssss ssss, ssss ssss.* O que era *isso*?

Cobriu os ouvidos com a manta até abafar o barulho. Finalmente, parou. Sua cabeça pendeu sob o peso da exaustão. Provavelmente era alguma tolice sem importância; animais silvestres. Não reconheceria os sons que faziam; sempre havia dormido na cidade. Agora havia silêncio, e podia voltar a dormir...

Ssss, ssss. Levantou-se de repente, o corpo todo arrepiado.

Ssss. Dentes mascando madeira. Raspando.

Às cegas, procurou sua caixa de fósforos debaixo do travesseiro. Não estava lá. Claro que não, ela ainda não havia desfeito as malas. Sem a caixa, sentia-se de mãos vazias, vulnerável. Precisava tomar cuidado, não devia se entregar ao pânico.

Descendo da cama aos tropeços, tateou na escuridão em busca de uma válvula de gás, uma caixa de pederneira, qualquer coisa. Seus dedos não encontraram nada além de poças de cera enrijecida onde a vela derretera. *Ssss, ssss.*

A escuridão era total. Os olhos se recusavam a se adaptar. Não era como Londres; não havia postes de luz lá fora. Foi obrigada a avançar, tenteando o caminho à frente. A perna da penteadeira, uma forma arredondada e flexível: um aro da crinolina. Ela a contornou, ouvidos atentos ao som. O próprio silêncio parecia pesado. Alerta, como se à espera.

Ela baixou a mão e a sentiu afundar em alguma coisa. Recuou e gritou. Ouviu o som de algo se espatifando, e um líquido encharcou sua camisola. Os odores de frango e carne anunciaram que havia alcançado a bandeja do jantar.

Ssss, ssss. Elsie se afastou da bandeja. Escuridão, nada além de escuridão diante dos olhos. Como conseguiria sair daquele quarto?

Finalmente, distinguiu um tom de cinza. Engatinhou naquela direção e tocou uma superfície sólida. A porta. Esforçando-se para levantar, procurou a maçaneta e a abriu.

O corredor estava mais claro. Ela deu alguns passos, os pés afundando no tapete empoeirado. Pequenas nuvens evolavam dali enquanto andava.

Não havia o menor sinal da origem do barulho. Nada se mexia. O luar atravessava a cúpula em raios prateados e os bustos de mármore cintilavam.

Ssss, ssss. Elsie foi na direção do som. Precisava fazê-lo parar; nunca conseguiria dormir com aquele chiado. *Ssss, ssss.* Agora estava mais rápido, frenético. Seus passos seguiram esse ritmo ao passar pela galeria, virando rumo às escadas. Tinha certeza: vinha de cima.

Os degraus levaram a um patamar estreito com paredes caiadas. O último andar da casa, tradicionalmente o domínio dos empregados. Ela seguiu o som por um corredor, passando pela cúpula da casa, até que o farol do luar se reduziu a um brilho turvo. O assoalho deu lugar a um piso frio de ladrilhos. Ela estremeceu, desejando ter trazido um xale ou cobertor. Sentia-se pequena e exposta na camisola de algodão e renda.

Parou para descansar e se orientar. Mais à frente, um tênue círculo amarelo manchava a parede.

Ssss, ssss. O barulho estava próximo. Ela deu um passo à frente — e sentiu alguma coisa roçar a perna.

"Diabo!", berrou ela. Cambaleou, quase perdendo o equilíbrio. "Mas que diabo!"

Pequenos estalos soaram no piso. Ela não se atreveu a olhar para baixo e ver o que os produzia.

O som áspero de serra estava ao seu redor, por toda parte, como a voz de Deus. E, logo abaixo dele, uma batida constante. Passos.

Uma esfera amarela flutuava nas sombras, vindo em sua direção. Elsie se retesou, sem saber o que esperar.

A esfera se aproximou. Por trás dela surgiu a silhueta de uma mulher, lançando uma sombra longa nos azulejos a seus pés. Ela viu Elsie, arfou de susto — e as duas mergulharam mais uma vez na escuridão.

Ssss, ssss. Novamente, uma coisa lisa e quente roçou sua panturrilha. Desta vez, Elsie gritou.

"Sra. Bainbridge?" Ouviu-se um ruído como o de um tecido rasgando, depois a chama de um fósforo se acendeu. A face de uma mulher surgiu em um halo cintilante. Já havia passado da meia-idade e tinha rugas vincando a pele. "Meu Deus! É a senhora, sra. Bainbridge, acordada a esta hora? A senhora me deu um susto. Soprei a vela sem querer."

Os lábios de Elsie se mexeram, tentando encontrar palavras. "Eu vim... O som..." Enquanto falava, ouviu novamente aquele terrível *ssss, ssss*.

A mulher assentiu. À luz da vela, seus olhos pareciam úmidos e amarelados, como se as íris nadassem em mel. "Vou mostrar qual é o problema, senhora. Por favor, venha comigo."

Ela se virou, levando a vela. A escuridão se tornou ainda mais assustadora depois do momento de luz. Em sua fantasia fatigada, Elsie imaginou um segundo par de pés andando atrás dela.

"Sou a governanta aqui, sra. Bainbridge. Meu nome é Edna Holt. Esperava conhecê-la em circunstâncias mais tradicionais, mas não há nada a fazer." Sua voz era gentil e respeitosa, sem a cadência lenta e horrível da fala de Mabel. Elsie seguiu o som daquela voz, uma corda que a ligava a um mundo de realidade e empregados, em vez da fantasmagoria que assolava sua imaginação. "Está se sentindo um pouco melhor, senhora? Ouvi dizer que não estava bem."

"Sim. Sim, eu só precisava dormir. Mas depois..." O ruído áspero a interrompeu. Sibilou e arranhou enquanto a sra. Holt parava no final do corredor, ao lado da escada com degraus de madeira.

O que poderia ser? Na fábrica, a serra circular fazia um som vagamente parecido, porém mais rápido e com pausas breves. Esse era vagaroso. Como alguma coisa a se rasgar lentamente.

Alguma coisa deslizou sobre seus pés, fazendo cócegas nas pernas. Ela arquejou de susto. Uma silhueta pequena e escura subiu os degraus à frente. "Sra. Holt! A senhora viu isso?" Duas fendas de um verde brilhante se materializaram ao lado da porta no alto da escada. O fôlego de Elsie se prendeu na garganta. "Deus tenha piedade."

"Eu sei", disse a sra. Holt em tom gentil. Mas não olhava para Elsie — seus olhos estavam fixos na porta. "Eu sei, Jasper. Desça aqui."

As sombras tomaram forma. Elsie viu um gatinho preto trotar escada abaixo até ficar ao lado da sra. Holt. Um *gato*. Ela nunca se sentira tão idiota.

"Acho que devem ser ratos, senhora. Ou quem sabe esquilos. Alguma coisa com dentes e o hábito de roer. Eles vivem distraindo o pobre Jasper."

O gato passeava em um círculo protetor em torno delas, emitindo um rosnado gutural. A pelagem e a cauda resvalavam nas saias.

"Bem", disse Elsie, recuperando o domínio da voz, "é melhor mandarmos um homem subir para ver do que se trata. É fácil eliminar um ninho."

"Ah, senhora, esse é o problema." Com a mão livre, a sra. Holt tirou um molho de chaves do cinto e o ergueu. "O sótão foi trancado há anos, antes da minha época. Nenhuma destas chaves serve na fechadura."

"Está dizendo que não há como entrar lá?" A governanta balançou a cabeça. "Então que alguém quebre a porta com um machado. Não posso permitir que essas criaturas façam ninhos aqui a seu bel-prazer. Pense nos danos que podem causar à estrutura da casa! Ora, a estrutura toda pode desmoronar em cima de nós."

A vela dançou sob sua respiração. Ela não conseguiu distinguir a expressão da sra. Holt. "Não se preocupe, senhora. Não podem ter causado tamanho estrago. Só passei a ouvi-los nas últimas semanas. Na verdade, só depois que o patrão chegou."

As duas ficaram imóveis. De repente, Elsie se deu conta do cadáver, três andares abaixo, talvez exatamente debaixo do ponto em que seus pés pisavam a contragosto nos azulejos frios. Ela abraçou o próprio corpo. "E o que o sr. Bainbridge dizia a respeito?"

"O mesmo que a senhora. Ele ia escrever para Torbury St. Jude e pedir que alguém viesse resolver o problema... Não sei se chegou a fazer isso."

Todas as cartas por enviar, as palavras por dizer. Era como se Rupert tivesse deixado a festa no meio de uma dança. Ela ansiava por ele, queria que viesse simplificar tudo, remover o fardo de seus ombros.

"Bem, sra. Holt, vou verificar a biblioteca do sr. Bainbridge pela manhã e ver o que encontro. Se não achar nada, escreverei eu mesma."

A governanta parou. Quando sua voz voltou, estava infinitamente mais suave; uma carícia verbal. "Está bem, senhora. Agora é melhor que eu ilumine seu caminho de volta à cama. Deus sabe que amanhã será um dia longo e cansativo."

Por um momento, Elsie se indagou o que ela queria dizer com isso. De repente, entendeu: estavam esperando por ela. Amanhã, enterrariam Rupert.

Seus joelhos cederam. A mão livre da sra. Holt a segurou depressa pelo cotovelo. "Calma, senhora."

De repente, tomou consciência do estado de sua camisola úmida de sopa e molho, colada às pernas, e da língua do gato lambendo-a até limpar. Repulsivo.

Pensou na desordem em que havia deixado o próprio quarto, depois na desordem em que deixara a vida de Jolyon. Suas pálpebras ficaram insuportavelmente pesadas. "Acho que tem razão, sra. Holt. É melhor eu voltar para a cama."

O céu era de um azul frio e severo, sem nuvens. O vento fresco mantinha as árvores em movimento contínuo. Uma miscelânea de folhas verdes, amarelas e castanhas se esparramavam pelas estradas, trituradas pelas rodas das carruagens que as percorriam. Elsie ficou impressionada com a distância que conseguia ver dali, mesmo submersa em seu véu preto. Não havia fragmentos de fuligem no ar, nem a mortalha de fumaça de carvão ofuscando a luz. Isso a inquietava.

"Sim, este é o dia certo para Rupert", suspirou Sarah. "Agitado e luminoso, assim como ele." Seu rosto magro e equino estava mais feio que ontem, pálido e assolado por olheiras depois de ter passado a noite toda velando o corpo de Rupert.

Elsie se arrependia de não ter mantido vigília também. No Salão Principal, bem no fundo da casa, o ruído áspero não a teria incomodado; Sarah não mencionou tê-lo ouvido. E Rupert merecia uma última vigília. Ela não tivera a intenção de menosprezá-lo, mas, com o bebê no ventre, tornara-se egoísta em nome do próprio conforto. O sono, o fogo da lareira e uma poltrona confortável passaram a ser fundamentais em sua vida.

Encostou a cabeça na janela. Sob a luz do sol, a região era mais bonita. Distinguiu lariços e olmos crescendo entre as castanheiras, e avistou um esquilo cruzando a estrada. O animal parou apoiado nas patas traseiras, olhando o cortejo fúnebre passar, depois disparou rumo ao tronco mais próximo.

O portador de plumas vinha primeiro, com uma bandeja de plumas pretas equilibrada na cabeça. Em seguida caminhava o lamentador profissional com seu bastão. De seu chapéu pendia uma faixa funerária que chegava até abaixo da cintura.

"Você criou um belo espetáculo para ele." Elsie estendeu a mão e apertou a de Jolyon, a fim de anular a tensão entre eles. "Estou grata."

"Ele fez por merecer."

O caixão de Rupert brilhava no carro funerário. Pobre Rupert, preso para sempre nesse lugar sinistro. Vigiado para todo o sempre por aquela igreja arruinada com só meia torre. Ao se casar, Elsie nunca duvidara que passariam a eternidade enterrados lado a lado. Teria que rever esse plano.

Quando as carruagens pararam, ela ficou aliviada ao ver que nenhum dos aldeões se arriscara a espiar pela janela, embora isso a surpreendesse. Em Londres, um funeral era um espetáculo. Aqui, não parecia um acontecimento digno de nota.

Jolyon pegou sua bengala. "Está na hora." Sua capa preta ciciou quando ele desceu as escadas e ofereceu a mão, primeiro a Elsie, depois a Sarah.

Ela se sentiu frágil ao pousar no chão; tão leve quanto um dos ramos agitados pelo vento no cemitério da igreja. Não sabia como se comportar.

Mamãe ficara histérica com a morte de Papai. Ao lembrar-se de seus soluços trêmulos, Elsie sentiu-se um fracasso como esposa. Não conseguia chorar. Passava os dias tentando se distanciar da morte de Rupert, como quem evita um punhal contra a garganta, temendo deixar que se cravasse e trouxesse consigo a consciência de sua perda. Suas únicas sensações eram torpor e náusea.

A maldita Sarah começou a chorar no momento em que se apoiou no outro braço de Jolyon. Ver suas lágrimas fez com que Elsie fosse tomada por uma raiva inexplicável.

"Sr. Livingstone. Sra. Bainbridge, srta. Bainbridge. Minhas sinceras condolências."

Elsie se curvou perante o vigário. Através da rede do véu, distinguiu um homem jovem com cabelos loiro-escuros. Tinha nariz longo e queixo grande, sugerindo boas origens, mas sua estola branca estava bem encardida.

"Antes, só tive o prazer de conhecer o sr. Livingstone. Meu nome é Underwood. Richard Underwood." Uma voz cavalheiresca, cada sílaba bem pronunciada. O que um homem como esse estava fazendo no medonho cenário de Fayford? Seus vínculos sociais não poderiam alçá-lo a posições melhores? Quando ele uniu as mãos sobre um livro de orações e o segurou de encontro ao peito, Elsie notou furos nas mangas da batina. "Agora devo perguntar às senhoras, antes de começarmos: têm certeza de que querem acompanhar a cerimônia? Não é vergonha alguma ficar descansando em casa."

Sarah pôs-se a chorar novamente.

"Tudo bem, tudo bem, srta. Bainbridge", disse Jolyon. "Faço minhas as palavras do sr. Underwood. Gostaria de ficar na carruagem?" Ele olhou para Elsie em busca de socorro. Ela quase sorriu de desdém. Ele queria mesmo uma irmã mais sensível?

O sr. Underwood interveio. "Cara srta. Bainbridge, por favor. Apoie-se no meu braço." Ele a apartou de Jolyon com tanta delicadeza que Elsie se convenceu: só podia ser um aristocrata. Devagar, conduziu Sarah para longe dali. "Pode esperar no vicariato até que se sinta melhor. Minha empregada fará um chá para a senhorita. Sais calmantes? A senhorita tem sais calmantes?"

Sarah deu uma resposta sufocada que Elsie não entendeu.

"Muito bem. Venha, é por aqui." A casa do vigário era uma das choupanas degradantes que invadiam o cemitério; não era, de modo algum, adequada a um pároco. Elsie ficou quase preocupada com a permanência de Sarah naquele local durante a cerimônia: parecia o tipo de lugar onde se poderia contrair febre tifoide. "Ethel, traga o banquinho. Você fará companhia a esta dama por mim. Prepare um chá doce para ela."

Uma velha feiosa e esquálida, com falhas nos dentes, surgiu à porta. "Mas está quase acaban..."

"Sei disso, Ethel", respondeu ele com rudeza. "Agora, faça o que eu digo."

Resmungando, a mulher levou Sarah para dentro e fechou a porta.

O sr. Underwood voltou a se aproximar deles, inabalável.

"Foi muita gentileza sua, senhor. Obrigado", disse Jolyon.

"Não há de quê. Sra. Bainbridge, a senhora está mesmo decidida a ir conosco?"

"Eu apostaria minha vida na firmeza dela", respondeu Jolyon.

Underwood a avaliou com interesse. Os olhos do vigário eram grandes, mas estranhamente velados; faziam mais que olhar, sondavam.

"Muito bem. Agora, sra. Bainbridge, vou até a porta da igreja receber o caixão. Ele entrará primeiro, depois, o restante do cortejo."

Ela assentiu. Era só o que podia fazer.

Os carregadores ergueram o caixão sobre os ombros e seguiram em frente. O vento se infiltrou sob a mortalha de veludo preto, agitando-a no ritmo dos passos. O brasão da família ondulou: azul, dourado, azul, dourado, e um machado, por fim.

Ela puxou o braço de Jolyon. "Preciso me sentar."

Lápides desgastadas pelo tempo contornavam o caminho até a porta da igreja, com inscrições rústicas. Três túmulos seguidos exibiam o nome *John Smith* com datas que mal chegavam a dois anos de diferença. Depois vinham outras duas, ao lado de uma roseira, ambas com o nome *Jane Price, 1859*.

Elsie não ergueu o olhar. Não queria ver os membros do cortejo saírem das carruagens nem se deparar com seu olhar de compaixão. Poucos meses atrás, ela havia caminhado na outra direção, enfeitada com seda e flores, ao som dos sinos matrimoniais. Tinha olhado o próprio vestido branco e entendido que a solteirona srta. Livingstone desaparecera para sempre. Ali estava a sra. Bainbridge, uma nova pessoa, recém-nascida.

Das cinzas às cinzas, do pó ao pó. Com que rapidez girava a roda da fortuna. A mulher que entrou na igreja depois do caixão, quem era agora? Livingstone, Bainbridge? Talvez nenhuma das duas. Talvez não fosse alguém que Elsie quisesse conhecer.

"Foi uma linda cerimônia." Um cavalheiro gordo pegou a mão de Elsie e a tocou com o bigode em um beijo simbólico. Ele fedia a tabaco.

"Sim. Realmente... linda", disse ela pela milésima vez. "Obrigada por ter vindo. Gostaria de levar uma lembrança de luto?" Ela tirou a mão do toque suarento do homem e a substituiu por um cartão com moldura preta. Então passou à próxima pessoa.

Como eram ridículos: aqueles homens da cidade, com chapéus decorados por faixas, charutos e vozes asininas, aglomerados em um cemitério decadente. O que deviam pensar da casa da família de Rupert e de sua esposa operária?

Agora, o sol era um disco amarelo-pálido, velado, mas ainda assim ela desfilava de um lado para o outro da fileira de estranhos, agradecendo a presença. Distribuindo a vida de Rupert resumida a uma simples série de fatos em um cartão monocromático.

Em memória afetuosa a Rupert Jonathan Bainbridge
Que partiu desta vida em 3 de outubro de 1865, em
seu quadragésimo quinto ano de idade
Sepultado no jazigo da família na Igreja
de Todas as Almas, em Fayford
MEMENTO MORI

Jolyon cumpriu seu papel, passando de grupo em grupo, aceitando as condolências. Era ele que os convidados vieram ver; poucos conheciam Elsie. Será que perceberiam se ela escapulisse? Talvez devesse procurar sua velha companheira, a vaca faminta. Pelo menos a pobre criatura havia demonstrado interesse por ela.

Ficou parada por um momento, olhando distraída por entre os espaços quadrados do véu. Aves cujos nomes ela nem sequer sabia cantaram nas árvores distantes. Aves gorduchas e curiosas que pareciam pombos londrinos, a não ser pela cor bege. Animais carniceiros e atrevidos de penas pretas. Gralhas? Melros? Corvos? Ela nunca soubera a diferença. Uma ave que reconhecia — uma pega — sacudiu as asas para ela no portão do cemitério. A faixa azul-cobalto na cauda apontava para a mais pobre das lápides: tombada, devorada por líquens e cardos.

"Está curiosa quanto às lápides." A voz a sobressaltou. Ela se voltou e viu o sr. Underwood, parado ao seu lado a uma distância cortês. As mãos do vigário estavam ocultas debaixo da sobrepeliz que usava; ou estava com frio, ou queria esconder os buracos nas mangas.

"Sim, estou. Parece haver uma grande quantidade com os mesmos nomes."

Ele suspirou. "É verdade. E não importa o que eu diga aos meus paroquianos, o padrão continua. As pessoas... Bem. Não preciso amenizar a verdade para a senhora, sra. Bainbridge. Já viu como é o povoado. As pessoas não têm esperança. Nem sequer esperam que seus bebês sobrevivam, então, reutilizam os nomes. Ali", ele estendeu a mão e indicou as Jane Prices que ela vira antes. "Aquelas garotinhas viveram durante a mesma época. A mais velha estava doente, e a mais nova nasceu fraca. Morreram com um mês de diferença."

"Que coisa terrível. Pobrezinhas! Mas pelo menos a família as relembra com uma lápide."

"Um débil consolo."

"Acha mesmo? Já esteve em Londres, sr. Underwood?"

Ele franziu a testa. "Poucas vezes. Antes da minha ordenação."

"Então deve ter visto os cemitérios, não? Covas com vinte pés de profundidade, um caixão em cima do outro, todos empilhados até a superfície. Lugares horrendos. Já ouvi falar de corpos retirados, até mesmo desmembrados, para abrir espaço para novos cadáveres. Então considero um ato de compaixão que os falecidos recebam sua própria porção de terra debaixo de uma pedra com um nome, ainda que emprestado. Os pais podem fazer coisas muito piores que essa."

O vigário a encarou, reavaliando-a. "Com toda a certeza."

Ela julgou prudente mudar de assunto. "Minha empregada contou que encontraram um esqueleto em minha propriedade, anos atrás. Por acaso sabe se ele também foi enterrado aqui, sr. Underwood?"

"Qual deles?"

Ela piscou, confusa. "Não entendi."

"Houve... mais de um", confessou ele. "Mas é uma casa muito antiga, sra. Bainbridge. Não há motivo para se alarmar."

As palavras de Mabel faziam mais sentido agora. Seria tolice as pessoas evitarem a casa por causa de um único esqueleto, mas era compreensível que o fizessem devido a múltiplas descobertas. Ninguém queria se deparar com uma pilha de ossos enquanto executava suas tarefas.

"Não estou alarmada, só... surpresa. Meu falecido marido não sabia muito sobre a história da casa."

"É uma história estranha. A propriedade ficou vazia durante a Guerra Civil e depois dela. Então, com a Restauração, os proprietários começaram a voltar. No entanto, nunca ficavam muito tempo. A família Bainbridge tinha o hábito desagradável de perder seus herdeiros, e a casa passou muitas vezes para os segundos filhos, que nunca vieram reivindicá-la."

"Que tristeza."

"Imagino que estivessem ocupados com seus negócios." Ele cruzou os braços. "Há muitos registros em Torbury St. Jude. Para mim, seria um prazer trazê-los aqui, se for de seu interesse."

Ao que parecia, a história da casa era um folhetim macabro de má qualidade. A última coisa que ela queria era um conto sobre mortes e esqueletos. Mas o sr. Underwood foi tão fervoroso em sua oferta que ela não teve coragem de recusá-la. "O senhor é muito gentil."

Ficaram em silêncio, observando os túmulos. Não havia arranjos de flores adornando o terreno. Em vez disso, os cardos imperavam. Suas flores roxas estavam murchando, transformando-se em punhados de sementes delgadas.

"Talvez eu possa ir buscar sua prima para a senhora", disse ele, por fim. "Imagino que tenha se recuperado."

"Sim. Imagino que sim. Obrigada." Ela inclinou a cabeça em um cumprimento quando o vigário se afastou, os cabelos loiros agitando-se em torno das têmporas enquanto andava.

A pega não estava mais lá. Elsie olhou para o portão onde a ave estivera, pensando nas pequenas Jane Prices. O véu flutuou à brisa, causando a ilusão de que as sepulturas ondulavam, como se acenassem para ela.

Elsie acordou de mau humor. Por mais uma noite, não tinha dormido bem. O sibilo irritante havia recomeçado, embora só tivesse durado uma hora. Depois que cessou, ela ficou deitada, apreensiva, investigando a mente em busca de um modo de ajudar o povoado e lembrando-se do pobre Rupert na cripta fria.

Sem ele, a cama era grande demais. Embora não fosse o tipo de mulher que dormia agarrada ao marido, havia algo de tranquilizador na presença de Rupert debaixo dos lençóis e no rangido ocasional que fazia ao se virar durante o sono. Era como se a protegesse. Sem ele, o outro lado do colchão se expandia, frio e sinistro. Tanto espaço, tantas oportunidades para alguma coisa se esgueirar no leito.

Sabendo que não receberia nenhum auxílio das empregadas, ela se vestiu e conseguiu ajeitar a touca de viúva antes de descer as escadas.

As palavras do sr. Underwood continuavam a perturbá-la. Devia haver alguma coisa que pudesse fazer por Fayford. Não tinha visto nenhuma das crianças, mas, a julgar pelo estado da vaca, seriam pele e ossos. Sabe Deus que tipo de horrores domésticos elas enfrentavam. Contudo, se os pais tinham medo dos Bainbridge e de sua casa de esqueletos, ela não poderia invadir o povoado com uma cesta de caridade e um sorriso condescendente. Seria melhor se...

Partículas de poeira dançaram no ar à sua frente, fazendo-a tossir. Parou e olhou escada abaixo. A saia preta havia erguido uma nuvem daquele material: um pó diferente da poeira comum. Mais denso. Ela se abaixou e apanhou um fragmento entre o polegar e o dedo indicador. Os grãos eram ásperos, de um tom de bege.

Ela trouxe os dedos até o nariz. As narinas se dilataram com cheiros que a transportaram de volta à fábrica. Uma fragrância penetrante e pura: óleo de linhaça. E ao fundo um aroma mais intenso, amadeirado. Ela espirrou. Sim, era serragem.

Ali?

Serragem, fósforo, o giro da serra...

Apressada, limpou os dedos e espanou as saias, não querendo o menor traço daquele pó em suas roupas.

Talvez fossem as vigas que sustentavam o teto; podiam estar desmoronando, como tudo o que havia na Ponte. Teria de perguntar à sra. Holt depois.

Quando se levantou, viu a escada balouçar — ia desmaiar. Apoiada ao corrimão, desceu devagar os últimos degraus. *Respire, respire.*

Às vezes, era assim; a menor coisa a lançava de volta no tempo, ressuscitando as memórias e reduzindo-a ao estado de uma criança amedrontada.

Com o sangue pulsando nos ouvidos, chegou ao Salão Principal e inspirou com força, estremecendo. Estava ali agora, segura.

O passado já lhe havia roubado o bastante. Não permitiria que afetasse também seus anos de maturidade.

Entrou pela porta à esquerda da lareira e chegou à sala de jantar. Jolyon e Sarah já estavam sentados a uma mesa de mogno, o brocado amarelo-ouro na parede conferindo um tom doentio à pele dos dois. Quando ela entrou, tiraram os guardanapos do colo e se levantaram.

"Aí está você." Jolyon limpou a boca com delicadeza. "Infelizmente, começamos sem você. Não sabíamos se viria."

O relógio de chão soou as horas.

"Creio que preciso seguir com a vida." Sua voz tremeu. Desabou na cadeira que Jolyon puxou para ela, bem a tempo.

As empregadas espreitavam junto do aparador: a arrumadeira desmazelada, Mabel, e uma mulher mais velha, que devia ser Helen. Era uma criatura robusta de ar alegre, o rosto corado em um tom permanente de morango — sem dúvida, o efeito de passar muitos anos debruçada sobre a água quente. Fios de cabelos ruivos escapavam da touca, junto à têmpora. Elsie imaginou que tinha em torno de quarenta anos.

Um homem alto e grisalho supervisionava as duas empregadas. Tinha a expressão de alguém que jamais dera um sorriso na vida.

Jolyon encheu uma xícara de café enquanto Helen servia ovos mexidos com manteiga na torrada com arenque, mas o cheiro de serragem havia revirado o estômago de Elsie. Ela pegou o garfo e brincou com a pilha tremelicante de ovos.

"A srta. Bainbridge estava me contando sobre a casa do vigário." Jolyon levantou a cauda do casaco e sentou-se ao lado dela.

Sarah corou até a raiz dos cabelos escorridos. "Não foi bondoso da parte dele, sra. Bainbridge, me acolher assim? Quando estava tão ocupado?"

"Sim."

"Ele me parece um tipo superior de homem", comentou Jolyon. "Creio que não estava destinado à igreja. Pelo menos, não a uma igreja em Fayford."

"Não, não estava mesmo", murmurou Sarah, interessando-se pelo assunto. "Ele abandonou uma família rica e uma herança para tentar fazer o bem. O pai o deixou sem um centavo, mas ele tinha algum dinheiro guardado, que usou para construir uma vida em Fayford. Já viram atitude mais nobre?"

Elsie levou uma garfada à boca e mastigou devagar. Foi um erro; a textura dos ovos lhe causou ânsia de vômito.

"Está bem, sra. Bainbridge?"

"Sim, sim." Ela aproximou um guardanapo da boca e cuspiu o ovo discretamente. "Mas e você? Já se recuperou do mal-estar de ontem?"

"Já, obrigada. Estou bem mais forte hoje."

"Fico feliz em saber disso. Imagino que já esteja farta de funerais, após a morte da sra. Crabbly e de seus pais."

"Sim." Sarah tomou um gole de chá, a mão trêmula. "Se bem que não compareci ao enterro da sra. Crabbly. Ela era extremamente antiquada. Teria se revirado no túmulo se soubesse que havia uma mulher presente em seu funeral. Mas meus pais..." Olhou para o chá.

"Rupert não me contou muito sobre seus pais", disse Elsie com delicadeza.

"Bem, eu mesma mal tenho o que contar. Acredito que Rupert os conhecesse melhor do que jamais conheci. Eles me entregaram à sra. Crabbly quando tinha oito anos, para ser treinada como dama de companhia. Meu lado da família nunca foi rico, a senhora sabe. Alguma coisa a ver com um desentendimento entre meu avô e o pai dele. Então, todos trabalhávamos. Meus pais não tinham muito tempo para mim." Sarah tomou outro gole de chá, como se para ganhar forças. "Depois, eles morreram. Não havia dinheiro para o funeral. Eu não poderia tê-los enterrado, não fosse por Rupert... Ele sempre foi tão bom para mim." Sua voz estava embargada. "Eu queria..."

Constrangida, Elsie pegou o garfo e desfiou o arenque. Estava começando a se arrepender de tratar a garota com tanta petulância. Sarah podia ser tão desagradável quanto água parada em uma vala, mas havia sofrido bastante. "Sinto muitíssimo."

Jolyon pigarreou. "Nós entendemos, srta. Bainbridge." Ele não olhou nos olhos de Elsie. "Também perdemos nossos pais muito cedo."

Sarah balançou a cabeça, o cabelo escapando do coque. "São águas passadas. Mas podem compreender por que fiquei tão grata ao sr. Underwood e à sua empregada por cuidarem de mim. Sabiam que o sr. Underwood me deu sua última xícara de chá? Eu me senti péssima por aceitá-la. Os armários da casa estavam vazios. Não restava mais que uma colherada de açúcar, e nem um gole de leite!"

"Leite!" Elsie espetou um pedaço de arenque, triunfal. "Claro, essa é a resposta. É assim que posso ajudar o povoado! Jolyon, tome providências. Vou adotar aquela vaca."

Jolyon resfolegou em seu café. As empregadas se remexeram. "Que vaca?"

"A vaca que vi no caminho para cá. Pobre animal, parecia totalmente esgotado. Quanto mais penso nisso, mais acredito que estava pedindo minha ajuda. Se eu comprar a vaca, posso trazê-la para cá, cuidar dela e engordá-la, e assim ela produzirá leite. Podemos fazer queijo. E posso dar o leite e o queijo para os aldeões, de graça."

"Como você é tola, Elsie." Ele deixou a xícara na mesa. "Não é mais simples visitar os moradores com uma cesta de comida?"

"Assim vou me sentir menos condescendente. Não concorda?"

Jolyon ergueu as mãos. "Não importa o que eu diga. Você fará exatamente o que quiser. Mas terá que pedir ao sr. Stilford aqui, ou à sra. Holt, que tome as providências. Pegarei o trem de volta para Londres hoje à tarde."

"Hoje à tarde?!"

"Receio que sim. Falar com os cavalheiros no funeral me fez perceber como é urgente cuidar dos negócios."

"Mas..." Como ele podia abandoná-la, deixá-la sozinha com Sarah? "Quando voltará?"

"Creio que ficarei fora por um bom tempo." Os lábios de Jolyon se comprimiram; ela sentiu que havia coisas que ele não podia dizer na frente de Sarah. "Sinto muito, Elsie. Mas tenho de voltar. Pela fábrica."

E como ela poderia discordar disso? Ela, que dera tanto de si por aquele lugar?

"É claro. Claro, entendo."

***

Quando a carruagem de Jolyon partiu espalhando pedriscos, Elsie ficou desacorçoada. O lugar parecia ainda maior e mais vazio sem ele. Ela vagou pelo quarto e pela sala de estar, mas não encontrou nada para fazer.

Nuvens cinzentas revoluteavam lá fora. O vento açoitava as árvores. Até a luz dentro da casa era branda e granulada. Os únicos sons que se ouviam eram o tique-taque do relógio, o ranger das paredes e uma empregada limpando uma lareira em algum ponto do primeiro andar.

Não gostava de ficar sozinha ali: sentia que a própria casa a observava. Que acompanhava seus movimentos entre as paredes, do mesmo modo como ela sentia o bebê se mexer no ventre.

Não era bom. Precisava de companhia, ainda que detestável. Depois de duas horas de tédio, seguiu pelo corredor marrom, passando pelos bustos de mármore pavorosos, rumo ao quarto de Sarah.

Batendo uma vez à porta, entrou e viu Sarah aninhada na cama com um livro e o gato da sra. Holt, Jasper. O quarto era idêntico ao de Elsie — como afirmara Jolyon —, porém invertido. As árvores que agitavam-se para além das janelas de Sarah eram um tesouro de ouro e bronze; o lado de Elsie tinha as de cobre, com tons vermelho-queimados.

"Ah! Sra. Bainbridge. Não estava esperando a senhora." Sarah marcou a página do livro e se levantou, constrangida. Jasper apenas a olhou, sem abrir mão de seu lugar na cama. "Perdão. Precisa de mim?"

"Sim. Na verdade, vou explorar a casa. Gostaria que me acompanhasse."

"Explorar?" Os olhos castanhos de Sarah se arregalaram. "Ora, será que... Imagino que a sra. Holt não vá se importar, não?"

"A sra. Holt? O que ela tem a ver com isso? Esta é a *minha* casa. Posso fazer o que quiser."

"Sim. Acredito que sim." Por um momento, a boca larga de Sarah se retorceu, tristonha. Talvez tenha entendido, como Elsie compreendera, que fora excluída do testamento. Mas logo uma ideia feliz pareceu inspirar Sarah, pois ela sorriu e disse: "Esta casa pertenceu à minha família por muito tempo. É a única parte dela que ainda me resta. Um vínculo. Gostaria de explorá-la ao máximo".

Elsie estendeu a mão enluvada. "Então venha."

Sarah hesitou. De repente, Elsie lembrou que expusera as mãos ásperas na noite em que chegaram: as palmas com a cor e a textura do couro de um porco. Tentou não deixar que a lembrança transparecesse em seu olhar.

"Tem medo de quê?"

Suspirando, Sarah a acompanhou.

Começaram no andar térreo da casa. A Ponte, de fato, era muito maior do que tinham imaginado. Parecia se contorcer em torno de si. Saindo do Salão Principal, em frente à lareira diante da qual Elsie havia se aquecido na primeira noite, encontraram uma sala de estar revestida com painéis de madeira escura até a altura dos ombros. Um papel cinza-azulado cobria o restante das paredes; o tom fazia Elsie pensar em centáureas mortas. Era uma sala fria, repleta de tapeçarias e urnas de mármore.

"Por que alguém ficaria aqui?", perguntou ela. "Aposto que há asilos com decoração mais acolhedora."

A sala de estar se ligava a um espaço vasto, rosa-claro, cheio de instrumentos. Havia uma harpa encardida encostada à janela, como se quisesse escapar por ela. Uma das cordas estava partida. Elsie olhou de relance para as cortinas cor-de-rosa que bloqueavam a luz do dia. O teto era todo esculpido, como a cobertura de glacê em um bolo.

Sarah foi até o piano de cauda, o abriu e apertou uma tecla. Uma nuvem de poeira voou com a nota. "Sei tocar piano", comentou ela. "Só algumas composições. A sra. Crabbly gostava delas. Hoje à noite tocarei para a senhora."

O fato de ansiar por isso mostrava a Elsie o quanto estava entediada.

A seguir ficava a sala de jogos, decorada em verde. Uma cabeça de cervo empalhada as encarava do alto da parede, as galhadas lançando sombras que imitavam os ramos de uma árvore.

"Que coisa macabra." Elsie torceu o nariz.

"Acha mesmo?" Sarah olhou para a cabeça do animal. A pelagem estava suja. Cada um dos cílios castanho-claros fora minuciosamente separado, revelando as esferas de ébano encaixadas nas órbitas. "Há certa beleza nisso. Em outra situação essa criatura estaria apodrecendo, mas aqui está ela, ainda majestosa. Preservada para sempre."

"Presa na Ponte por toda a eternidade? Não a invejo."

O cervo marcava o fim da ala; não havia alternativa senão voltar pelas salas que já conheciam. Quando chegaram ao Salão Principal, a empregada ruiva surgiu pela porta de baeta verde das dependências dos empregados.

"Helen!" A empregada se deteve bruscamente ao ouvir a voz de Elsie. "Seu nome é Helen, não é?" Ela assentiu em silêncio e dobrou as pernas em uma reverência muito superior à de Mabel. "Helen, agora que o funeral terminou, quero que vire os quadros no segundo andar. E em qualquer outro lugar, aliás. A srta. Bainbridge e eu queremos ver os retratos. Pode fazer isso por mim?"

"Sim, senhora."

"Excelente."

Fazendo uma nova reverência, Helen se virou e voltou pela porta de baeta. Ouviram seus passos através das paredes, subindo a escada em espiral. Elsie e Sarah subiram os degraus mais largos e acarpetados reservados à família.

"Hoje cedo, havia serragem aqui", disse Elsie, observando o chão com atenção. "Parece ter sumido."

A exploração do primeiro andar começou bem, com uma sala cor de mel adjacente a um salão de bilhar na ala oeste. Mas, quando se dirigiram à ala leste, Elsie sentiu um arrepio nauseante tomar conta de si. Um sexto sentido informou o que estavam prestes a ver.

"Ah, olhe, sra. Bainbridge! Que amor!" Sarah avançou, deixando-a apoiada ao batente da porta. "Olhe que lindo quarto de criança!"

Ontem mesmo uma criança poderia ter brincado ali. O lugar estava impecável. O papel de parede com estampa floral não exibia sinais de idade, e o tapete, de chintz vermelho e amarelo, fora batido e lavado. Um cavalo de balanço reluzia com orgulho no centro do quarto, com pintinhas claras nas ancas. Sarah o empurrou levemente e riu ao vê-lo balançar nos suportes verdes.

Elsie olhou à sua volta. O cavalo não era o único brinquedo. Havia bonecas dispostas em torno de uma mesa de chá em miniatura. No chão ao lado delas havia uma arca de Noé de madeira, repleta de animais. Uma grade alta cobria a lareira. Ao alcance do calor estava um berço decorado com faixas de tecido verde-limão. Estava acompanhado de uma cama de ferro coberta com uma colcha de retalhos para uma criança mais velha. Elsie sentiu um nó na garganta.

"Há uma sala de aula ao lado", disse Sarah.

"Acho que já explorei o suficiente por um dia."

Voltou à galeria e olhou para o Salão Principal abaixo. As flâmulas cinzentas e pretas dançaram diante de seus olhos. Santo Deus, não conseguiria. Era o mesmo que pedir a ela que fosse à Universidade de Oxford fazer uma prova. Não conseguiria ser uma mãe como outra qualquer, de um bebê como outro qualquer.

Todos aqueles brinquedos, as recordações da infância. Talvez fosse diferente para aquelas que cresciam felizes, com lembranças do pai balançando-as nos joelhos e da mãe beijando-as quando choravam. Mas, para Elsie, não havia nada além de medo. Temia pelo bebê. Temia o bebê.

Lembrou que tudo dera certo para Jolyon. Mas para ele fora mais fácil, por ser menino. E se o bebê de Rupert nascesse menina? Não poderia amar uma filha que se parecesse com ela. Não suportaria olhar um espelho do próprio passado sem ficar enojada.

"Sra. Bainbridge?" Sarah apareceu ao seu lado. "Está se sentindo mal?"

"Não. Só... cansada."

"Vamos explorar mais amanhã?"

"Não resta muito que ver. A biblioteca e a sala de estar ficam no mesmo andar que nossos quartos, podemos vê-las a qualquer momento. Depois, só resta..." Sua testa se franziu ao relembrar o sótão. Aquela noite e o som áspero logo atrás da porta, fora de alcance. O que era aquilo? Não podia acreditar que fossem ratos. Não fariam um barulho como aquele.

Queria saber a verdade. Erguendo a mão, tirou um grampo da touca. Dois cachos loiros despencaram.

"Sra. Bainbridge?"

"Gostaria de me ver abrir uma fechadura sem chave?"

O corredor do terceiro andar parecia menos lúgubre à luz do dia. Era diferente daquele que a havia amedrontado. O piso de cerâmica holandesa revelou uma cor de cobre e estalou sob suas botas. Nas paredes, notou manchas de umidade e pequenas rachaduras que não tinha visto antes.

"Não acredito, sra. Bainbridge. Está zombando de mim. A senhora não sabe arrombar uma fechadura."

Elsie sorriu. "Você verá. Sou uma mulher muito hábil." Ela girou o grampo entre os dedos. Fazia muito tempo desde a última vez que fizera isso. Hoje em dia, não havia portas trancadas na fábrica.

Um tamborilar soou nos azulejos atrás dela. Voltou-se e viu Jasper vindo juntar-se a elas a galope.

"Ah, gatinho." Sarah parou para esperar. Quando Jasper a alcançou, roçou sua perna, fazendo o vestido ciciar.

"Que sorte você tem, Sarah. Eis aí um amigo fiel." Era estranho, mas parecia impossível passar por esse corredor sem o gato. Estaria protegendo alguma coisa? Ou sua chegada significava que a sra. Holt estava por perto? Uma coisa era deixar que Sarah a visse violar a fechadura; fazer isso na frente da governanta era outra. "Então venha. Depressa. Precisamos fazer isso enquanto ainda há luz."

Viu a porta no final do corredor; três degraus rasos levavam a uma barreira de madeira lascada. Não parecia ser resistente. Ela não imaginava que pudesse conter um ninho de esquilos ou ratos. A essa altura, os dentinhos vorazes das criaturas já a teriam roído, não?

Estava prestes a subir os degraus quando Jasper passou veloz por ela, miando. "Bichinho bobo!" Ele ficou diante da porta como fizera naquela noite, os olhos verdes cintilando, e miou. Ela se virou para Sarah. "Talvez seja bom que ele esteja conosco. A sra. Holt acha que pode haver algum tipo de roedor vivendo aí dentro." Sarah estremeceu. "Não tenha medo. Eles não podem lhe fazer mal. E o gato vai matá-los."

"Acho que não consigo assistir a isso. Odeio ratos."

"Está bem. Então fique aí enquanto cuido da fechadura. Jasper e eu entraremos." Ela parou. Esperava não estar prestes a fazer uma das descobertas esqueléticas que o sr. Underwood mencionara. "Devo admitir que estou curiosa para ver que espécie de criatura existe aí dentro. Você não acreditaria no som estranho que ouvi."

"Ah! Mas eu também o ouvi, à noite. É daí que vem?" Sarah fitou a porta com os olhos arregalados. Alguma coisa em sua expressão fez o estômago de Elsie se embrulhar. "Será... será que um animal é capaz de *emitir* aquele som?"

Jasper miou e arranhou a porta. O som foi uma imitação mais baixa do silvo que ela ouvira à noite. Linhas finas e brancas marcavam a madeira nos pontos que ele havia arranhado ao longo do tempo. "Jasper. Saia da frente."

Ele olhou para ela, os olhos de esmeralda insondáveis, a pata erguida. Então, raspou a porta novamente. Ela se entreabriu com um rangido.

Sarah recuou. "Olhe! Está aberta."

Elsie não conseguia acreditar na sorte. "A sra. Holt deve ter escrito para Torbury St. Jude pedindo um chaveiro. Eu não esperava que ela fosse tão rápida." Guardou o grampo debaixo da touca outra vez. "Vou entrar e explorar."

Nenhuma criatura escapou pela porta. Um bom sinal. Subindo os degraus, ficou ao lado de Jasper e espiou o interior. O ar estagnado pesava. Não havia ratos, nem esquilos, nem esqueletos; apenas baús e móveis antigos. A poeira recobria cada superfície, espessa como veludo. "Sarah", chamou ela. "Não há perigo." Ela tossiu, depois espirrou. "Há muita poeira, mas é seguro."

Empurrou a porta e a viu se escancarar com um longo ruído. Esperava que Jasper corresse à sua frente, mas, em vez disso, ele deu as costas e fugiu de volta pelo corredor. Ela riu e tossiu novamente. "Gatos são criaturas tão maldosas, não são?"

Ela avançou quatro passos para dentro da sala, a barra do vestido erguendo uma nuvem de poeira. No sótão, era como se o tempo estivesse parado havia séculos. Teias de aranha ocupavam os cantos, mas nenhum inseto se contorcia nelas; estavam todos mortos no interior dos casulos, ou murchos e secos. Na parede oposta, havia um relógio que não funcionava mais. O vidro estava estilhaçado e os ponteiros pendiam em ângulos estranhos. Lençóis brancos finos cobriam formas quadradas que poderiam ser retratos.

Ela foi até uma mesa ao lado da janela suja. Estava repleta de livros amarelados. A poeira escondia os títulos. Com a ponta do dedo, ela cutucou a pilha, livro por livro. Alguns volumes na base ainda tinham capa limpa. Tratados sobre jardinagem de dois séculos atrás. Blocos encadernados em couro que pareciam diários. *Herbário Completo de Culpeper* e *História Geral das Plantas de Gerard*. "Sarah, entre!" Tentou não inalar muita poeira ao gritar. "Não há nenhum rato. Mas há livros."

O rosto comprido de Sarah apareceu, pairando ao lado da porta. "Livros?"

"Sim, se é que ainda podem ser lidos. Coisas velhas e mofadas! Acho que alguns devem estar aqui desde a Conquista Normanda, pelo menos."

Sarah entrou e se aproximou. "Ah! Meu Deus." Em um gesto reverente, pegou os volumes com a ponta dos dedos. Manchas de umidade maculavam algumas das páginas; outras estavam tão amareladas e finas quanto a casca de uma cebola. "Recibos. Ingredientes. Uma lista de gastos com ferraduras. Ah, olhe só isso! Mil seiscentos e trinta e cinco! Dá para acreditar?" Ela soprou para limpar a poeira da capa. "'O Diário de Anne Bainbridge'. Em dois volumes. Ora, ela deve ser uma das minhas ancestrais!"

"Não deve ter sido das mais interessantes, já que seus diários estão aqui apodrecendo há duzentos anos", comentou Elsie. Estendeu o pé e experimentou a firmeza do assoalho. As tábuas rangeram, mas resistiram. "Eu me pergunto o que haverá debaixo destes lençóis." Removeu um deles com um floreio da mão. Isso gerou uma nuvem de poeira. As duas arfaram e tossiram. Quando a poeira baixou, distinguiram uma cadeira de balanço e um pequeno estojo que parecia a maleta de viagem de um médico. Elsie o abriu. No interior, frascos de vidro transparente com rolhas tilintaram. "Deve ter havido um boticário na família", disse ela. "Os resíduos no fundo parecem ser de ervas."

Sarah se virou, abraçando um livro junto ao peito. "Deixe-me ver." Deu dois passos na direção de Elsie — e gritou.

Elsie largou o frasco que segurava. Ele se abriu e liberou um cheiro terroso e bolorento. "O quê? O que foi?"

"Há alguma coisa ali... Olhos."

"Ah, não seja ridícula…" Sua voz sumiu enquanto acompanhava o olhar de Sarah.

Sarah tinha razão. Olhos castanho-esverdeados espreitavam nas sombras no fundo da sala. Um lençol branco escondia a maior parte do rosto, mas ela pôde ver as pupilas, cravadas nela com uma atenção peculiar.

"Uma pintura. É apenas uma pintura, Sarah. Veja, os olhos não piscam."

Elsie percorreu a sala atravancada, puxando e empurrando objetos para abrir caminho. Seu vestido ficou polvilhado de cinza, a barra arrastando fitas de poeira. Os olhos pintados chamejaram quando ela se aproximou, como se cumprimentassem uma velha amiga.

Elsie pegou a ponta do lençol que cobria o retrato e o puxou. O material pareceu se prender e finalmente se soltou com um som de rasgo.

"Ah!", gritou Sarah. "Essa é… essa é…"

Sou eu, pensou Elsie, horrorizada.

Era uma menina, com nove ou dez anos de idade. Nariz pequenino e lábios franzidos. Olhos que ao mesmo tempo convidavam e desafiavam o espectador a se aproximar. Elsie encarava o rosto da criança que havia sido: a menina cuja juventude fora ceifada.

Como? Sua mente vacilou e parou. O rosto diante de seus olhos era o seu, mas ela não sentia nenhuma afinidade com ele. *Vá embora*, queria gritar. *Vá embora, tenho medo de você.*

"Não é uma pintura", disse Sarah. "Quero dizer… É pintado, mas não é uma tela. Parece um painel." Deixou o livro de lado, se aproximou e estendeu o pescoço para olhar por trás da figura. "Ah, é plano. Mas tem um suporte de madeira, está vendo?"

O campo de visão de Elsie se expandiu. O rosto adquiriu a proporção certa e ela viu a silhueta completa da menina pintada. Chegando ao nível da cintura, como uma criança de verdade, a figura representada vestia seda verde-oliva com barras de renda dourada. Um avental de tecido rodeava as pernas. Não tinha cabelos loiros como Elsie; eram castanho-avermelhados e arrumados em uma espécie de pirâmide no alto da cabeça, entremeados por uma fita laranja com contas. Segurava uma cesta de rosas e ervas diante da cintura. A outra mão estava erguida, mantendo uma flor branca junto do coração. Não era deste século; talvez nem mesmo do anterior.

"Extraordinário." Sarah pousou a mão no contorno de um dos ombros da silhueta. As cores tinham esmorecido com o tempo e havia pequenos arranhões na madeira. "É como se alguém tivesse recortado a figura de uma pintura e a pregado em uma tábua de madeira."

"Ela... ela a faz lembrar alguém?"

Sarah mordiscou o lábio inferior. "Um pouco. O formato dos olhos. Deve ser uma das ancestrais dos Bainbridge. Não é de admirar que se pareça um pouco com Rupert."

"Rupert?", repetiu Elsie, incrédula. Mas então viu: um sinal muito tênue, rastejando pela pintura descamada. *Ela se parece comigo e com Rupert.* Seu coração acelerou. Essa seria a aparência de seu bebê?

Sarah passou a mão pela borda do braço de madeira. "Ela é linda. Devemos levá-la para baixo. Vamos colocá-la no Salão Principal. Talvez, juntas, possamos carregá-la. Se nós... Ah!" Ela recuou com um salto. Uma farpa de madeira espetara a palma de sua mão. "Ai."

"Venha cá." Com cuidado, Elsie segurou os dedos de Sarah entre os seus. "Fique firme. Um, dois... três!"

A lasca deslizou para fora da pele. Gotículas de sangue brotaram do orifício; Sarah levou a mão à boca e sugou.

"As antiguidades se desfazem mesmo", disse Elsie. "Provavelmente será melhor deixar essa coisa onde está."

"Ah, não, sra. Bainbridge, por favor! Eu gostaria tanto de vê-la na casa."

Elsie estremeceu. "Bem, talvez você devesse mandar uma empregada levá-la para baixo", respondeu, relutante. "Elas têm pele calejada."

Atrás delas, as tábuas do assoalho rangeram. "Porcaria!"

Elsie se virou de uma vez. Mabel, a arrumadeira, jazia estatelada perto da porta com as saias espalhadas em torno de si.

"Deus do céu, o que está fazendo, Mabel?"

"Eu não fiz nada, não! O piso arriou e engoliu meu pé!"

"Meu Deus!" Sarah se adiantou, esquecendo o próprio ferimento. "Você se machucou? Consegue sentir o tornozelo?"

"E como sinto! Dói feito o diabo." Mabel apertou os lábios, reprimindo uma onda de dor. "Senhorita."

Pegando um braço cada uma, Elsie e Sarah encaixaram os ombros embaixo das axilas de Mabel e a libertaram do buraco entre as tábuas. Um cheiro emergiu dali; um fedor de cinzas molhadas e decomposição.

Sentada no chão, Mabel estendeu a mão para apalpar o tornozelo. "Rasgou a meia e a pele. Sorte que não cortou a desgraça da perna inteira."

"É melhor chamar a sra. Holt", disse Elsie. "Tenho certeza que ela terá um cataplasma para aplicar. O que você estava fazendo, Mabel, vindo atrás de nós às escondidas?"

Mabel baixou o queixo até o peito. Parecia mais truculenta do que nunca. "Não ia fazer nada de mais. Desde que trabalho aqui, nunca vi essa porta aberta. Não sabia o que tinha dentro. Aí escutei a srta. Sarah gritar. Achei que ela precisava de ajuda. Que belo agradecimento eu ganhei", acrescentou, amarga.

"Estou muito grata", afirmou Sarah. "Venha cá, vou enrolar sua saia ao redor do corte. Mantenha a pressão até que possamos enfaixá-la com ataduras." Ela caminhou devagar, mas ainda assim Mabel gemeu. "Como é estranho que você tenha aparecido exatamente nessa hora! A sra. Bainbridge e eu estávamos prestes a chamá-la. Queríamos sua ajuda para levar nossa nova descoberta ao andar de baixo."

"Que descoberta?" Sarah apontou para a figura de madeira. Mabel fitou-a e se encolheu. "Que raio é isso aí?"

"Mabel", ralhou Elsie, "sei que está ferida, mas isso não é pretexto para continuar usando esse linguajar horrível. Por favor, lembre quem está ao seu lado neste momento."

"Desculpe, senhora", murmurou ela, embora não parecesse arrependida. "É que... nunca vi nada assim na vida. O que é, um quadro?"

"Não. Achamos que é algum tipo de enfeite para apoiar no chão. Uma silhueta em pé. Não é uma estátua nem um quadro, mas uma peça híbrida."

"Não gostei." Havia tensão na mandíbula de Mabel. "Ela me olha esquisito. Uma coisa dessas me dá arrepios."

"Bobagem", disse Elsie. "Não é nada diferente dos retratos pendurados no corredor."

"É, sim", insistiu Mabel. "É ruim. Não gostei."

A pele de Elsie se arrepiou. Também achava a peça sinistra, mas não tinha a menor intenção de admitir isso a uma empregada. "Não há necessidade de gostar. Sua tarefa é apenas carregá-la para a srta. Sarah e limpá-la."

Mabel mostrou-se amuada. Como se viesse em sua defesa, um novo jato de sangue aflorou pelo corte em seu tornozelo. "Não consigo limpar nada agora, não é?"

Elsie suspirou. "Creio que é melhor chamar Helen."

Com as mãos nos quadris largos, Helen observou a silhueta de madeira. Rugas apareceram no canto dos olhos enquanto espiava através da poeira. "Isso é novo, senhora?"

"Novo?", repetiu Elsie. "Não, acredito que seja muito antigo."

"Não, senhora, eu quis dizer novo na casa. Tenho certeza de que o patrão tinha uma peça parecida."

Um espasmo nos músculos do ombro. Ouvir Rupert ser mencionado assim, como se ainda estivesse presente, no comando. "Ele nunca me contou sobre tal objeto. Não tínhamos nada assim em Londres, e, se ele encontrou um aqui... Bem, não vi nenhum outro nesta casa, você viu?"

Helen encolheu os ombros e pegou a figura. "Não posso dizer que vi, senhora."

"Então o que a faz supor que o sr. Bainbridge possuía um?"

"Ele era um bom homem, o sr. Bainbridge", disse Helen, enquanto manobrava a silhueta de madeira, contornava o buraco no chão e saía pela porta do sótão. "Não era esnobe. Costumava conversar comigo enquanto eu limpava a biblioteca. Um dia ele começou a me contar sobre as figuras de Amsterdã, como esta aqui. Disse que estava pesquisando sobre elas em um livro."

No corredor, Elsie apertou a crinolina contra a parede para abrir caminho. "É mesmo? Não consigo imaginar por que o assunto interessaria a ele."

"Nem eu, senhora. Não perguntei porque simplesmente imaginei que ele possuía uma dessas."

Rupert sempre fora dono de uma mente ativa e questionadora. Isso o havia levado à fábrica de fósforos dos Livingstone. Ele adorava a ideia do progresso e as novas invenções. Elsie não havia percebido que ele também se interessava pelo passado.

As palavras de Helen a fizeram se sentir melhor por levar a estranha menina de madeira até o andar de baixo. Talvez fosse perturbadora, mas era mais um vínculo com Rupert. Ele mesmo poderia ter se animado ao ver a figura, caso tivesse aberto o sótão.

"O sr. Bainbridge contou o que eram essas peças, Helen?"

"Ele as chamava de companheiros. Companheiros silenciosos."

Os lábios de Elsie se curvaram em um sorriso. Olhou para o outro lado do corredor, onde Sarah apoiava a manca Mabel. "Ouviu isso, Sarah? Helen diz que é uma companheira! Assim como uma dama de companhia. A sra. Crabbly poderia ter economizado dinheiro. Sua espécie foi substituída por estátuas de madeira."

"Ah, que maldade!", riu Sarah. "Eu adoraria ver um pedaço de madeira rechear almofadas, ler poesia, tocar piano e fazer mingau. Se ele fizesse isso, eu arranjaria um para mim."

Helen puxou a manga do vestido por cima dos dedos, protegendo-os, e encaixou a companheira debaixo do braço. A menina ficou deitada, como se tivesse desfalecido.

"Por aqui", disse Elsie. "A srta. Sarah quer que ela fique no Salão Principal. Não muito perto do fogo, é claro. Ela pode receber nossos convidados quando chegarem."

"Convidados, senhora?"

Ela franziu o rosto. "Tem razão. Creio que não receberemos nenhum por enquanto."

"Ah!" Sarah parou no corredor à frente delas. "Sra. Bainbridge, se incomodaria de voltar? Sinto muitíssimo... Deixei um dos diários para trás. Com o acidente da pobre Mabel, esqueci de pegar o segundo volume. Adoraria ler a história da minha ancestral."

Elsie olhou para trás. Não queria ficar correndo de um lado para o outro; já estava cansada pelos esforços do dia. "Não pode esperar até mais tarde? Eu..." Ela parou, confusa. A porta do sótão estava fechada. Não escutara o som. "Helen", ralhou ela, "mandei deixar a porta do sótão aberta. Deus sabe que precisamos arejar o lugar."

"Não a fechei, senhora."

"Não fechou? Então o que me diz daquilo?" Apontou para a porta.

Helen estufou as bochechas vermelhas e bufou. "Lamento, senhora. Não me lembro de ter feito isso."

Onde a sra. Holt arranjava empregadas como aquelas? "Vou abri-la", suspirou, "e pegar o livro da srta. Sarah."

"Muito obrigada, agradeço imensamente. Se puder deixá-lo no meu quarto, ficarei muito grata", respondeu Sarah. "Talvez o diário tenha um registro da visita de Carlos I! Vou colocar Mabel na cama. E talvez a senhora possa perguntar à sra. Holt..."

"Sim, sim, vou chamá-la também." Ela voltou à porta com passos bruscos e irritados, balançando a crinolina atrás de si. De que adiantava ser a dona da casa se tinha de fazer tudo sozinha?

Lembrando como Jasper havia simplesmente empurrado a porta para abri-la, ela estendeu a mão enquanto se aproximava do sótão. A palma atingiu a madeira com força, lançando o ombro para trás. Ela grunhiu e tentou novamente, aplicando um pouco mais de força. A porta não cedeu. "O que está havendo?" Pegou a maçaneta; sacudiu-a de um lado para o outro. Não virava. "Inferno."

Devia haver alguma coisa no trinco que ficara presa — por isso a porta estivera emperrada até então. Precisariam mandar alguém substituir o mecanismo, ou até mesmo instalar uma nova porta. Mais um trabalho a fazer.

Exausta, Elsie refez seus passos e começou a longa descida até o térreo. De fato, não estava se sentindo muito bem. Devia ser essa casa: o peso da construção oprimindo-a. Depois de falar com a sra. Holt, tiraria um cochilo.

Passou por Helen no Salão Principal, acomodando a companheira ao lado da janela. "Pensei em deixá-la aqui", Helen sorriu, "assim ela pode ver o jardim." Inclinou a cabeça. "Lembra um pouco a senhora."

À luz mais forte, a semelhança da menina de madeira com Elsie era *mais* pronunciada. Isso fez com que calafrios subissem ao couro cabeludo.

"Um pouco. Não é estranho?" Observando a figura uma última vez, ela se encaminhou à ala oeste e desapareceu pela porta de baeta verde dos aposentos dos empregados.

Desse lado da parede, o ar estava tomado por um cheiro misto de sabão, cinzas e gordura queimada. Um labirinto de paredes nuas e pedras serpenteava no fundo da casa, o caminho quase invisível sob a luz oleosa.

Na porta do quarto da sra. Holt lia-se *Governanta* em letras brancas. Elsie bateu à porta — era a segunda vez hoje que precisava bater para entrar em um quarto em sua própria casa.

"Entre."

Ela se esgueirou para dentro de um quarto cuja atmosfera lembrava uma nuvem de poluição de Londres. Uma única lamparina ardia sobre a escrivaninha, lançando uma claridade anêmica sobre os papéis e gavetas da sra. Holt. Sentada em uma poltrona de madeira, a governanta se virou e, ao vê-la, se levantou. "Ora, sra. Bainbridge! Que visita inesperada. Por favor, fique à vontade."

Havia uma mesinha posta para o chá com xícaras azuis e brancas. Elsie sentou-se, aliviada. Estava envergonhada demais de seu cansaço para pedir uma bebida, mas queria que a sra. Holt oferecesse.

"Eu ia mesmo falar com a senhora", confessou a governanta enquanto arrumava os papéis na escrivaninha. "Acabamos de receber uma entrega de Torbury St. Jude e eu queria consultá-la sobre os cardápios que elaborei."

"Tenho certeza de que servirão muitíssimo bem. A srta. Sarah e eu viveremos uma vida reservada até o sr. Livingstone voltar."

"Imagino que sim, senhora. Mas isso não é motivo para não comer bem."

"Tem toda razão. Na verdade, sra. Holt, já que estou aqui... há um assunto que preciso discutir com a senhora."

"Sim, senhora?"

Era apenas a governanta olhando para ela com aqueles olhos amarelados e turvos, então por que parecia uma luz agressiva apontada para seu rosto? Ela engoliu em seco, sem saber como começar. Não havia nada de que se envergonhar, lembrou a si mesma. O bebê fora concebido de modo honesto, por mais ilegítimo que pudesse parecer. "Em breve precisaremos de... mais empregadas. Contudo, Mabel me levou a acreditar que ninguém de Fayford aceitaria trabalhar nesta casa."

"Ah." As rugas no rosto da sra. Holt se aprofundaram. Elsie gesticulou para que ela se sentasse. "É uma situação muito estranha, senhora. Houve uma longa hostilidade entre o povoado e a família. Acredito que remonte à época da Guerra Civil. Eles acreditam que uma de nossas damas era uma bruxa, ou alguma outra bobagem."

Elsie olhou para a toalha de mesa e suas pequenas guirlandas de flores bordadas. Quando Mabel dissera que os aldeões tinham medo da casa, imaginara fantasmas e duendes, não uma bruxa. Mas todos sabiam que, naquela época, as mulheres podiam ser, e muitas vezes eram, acusadas de bruxaria por qualquer motivo. "A senhora ao menos tentou recrutar alguém em Fayford?"

"Ah, sim. Mas a família Roberts não facilitou minha tarefa. Um deles trabalhou nesta casa em torno da virada do século, e sofreu um infeliz acidente."

"Como assim, *acidente*?"

A sra. Holt levou a mão ao peito e ajeitou um broche de camafeu. "Ninguém sabe ao certo como aconteceu. O pobre rapaz caiu da galeria no Salão Principal. Quebrou o pescoço, é claro. Uma grande tragédia. Mas alguns dos Roberts afirmam, ainda hoje, que ele foi empurrado."

"Por quem?"

"Bem, o patrão daquela época perdeu a esposa pouco depois do ocorrido. Há uma história sobre o empregado Roberts ter sido um admirador da esposa... Sabe como são essas coisas." A sra. Holt abanou a mão. Sua pele era como a de uma galinha. "A vingança de um marido ciumento."

"Minha nossa, o povoado parece repleto de histórias, e todas são sobre nós."

A sra. Holt sorriu. "Gente do campo, senhora. Eles precisam de alguma coisa com que ocupar as noites de inverno. Mas não tenha medo. Tenho certeza de que encontraremos trabalhadores excelentes em outros lugares, tanto para sua casa quanto para seu jardim."

"Espero que sim." Pigarreando, ela continuou: "Saiba que tenho motivo para ser criteriosa quanto a meus funcionários. Em breve haverá, quero dizer, na primavera, tenho razão para esperar que haverá...". O calor tomou conta de seu rosto. Não havia um modo delicado de contar a verdade.

"A senhora não está dizendo que... Ora, sra. Bainbridge, está dizendo que pegou barriga?"

Pegar barriga. Há muito não ouvia aquela expressão, mas entendeu perfeitamente. "Sim. O bebê deve nascer em maio." Foi perturbador ver lágrimas cintilarem nos olhos da velha senhora. Constrangida, ela continuou. "Precisarei de babás e de uma nova arrumadeira para mim. Pretendo ir a Torbury St. Jude e visitar o cartório de registro civil. Foi lá que a senhora encontrou Mabel e Helen?"

A sra. Holt abriu a boca. Depois, fechou-a. "Eu... não tinha um grande salário a oferecer, senhora. E, considerando o estado deserto da propriedade, sem uma família residente nem oportunidades para o progresso..." Ela se ajeitou na cadeira. "Achei melhor pegar garotas do asilo dos pobres, senhora."

"O asilo", disse ela, inexpressiva. É claro, isso explicava muitas coisas. "Imagino que elas não tenham passado por nenhum treinamento formal?"

A sra. Holt corou. "Helen passou."

"E como exatamente Helen veio a deixar seu emprego anterior?"

Mais uma vez, a sra. Holt manuseou o broche. "Não investiguei."

"Devo dizer que estou surpresa que a senhora tenha pensado que tais mulheres seriam empregadas adequadas na minha casa! A senhora não sabia nada sobre seus caráteres. Como averiguou se eram honestas? E como posso deixar que se aproximem de meu filho? Mabel é uma péssima influência. Deixou bandejas de comida para azedar no meu quarto. O linguajar que usa, sua incapacidade até mesmo de fazer uma reverência... Não posso aceitar o risco de que meu filho imite esse comportamento!"

"Lamento muitíssimo. Falarei com ela, senhora. As duas não estão acostumadas a servir uma dama e talvez eu tenha sido branda demais com elas, no passado." Ela respirou fundo. "Mas achei a limpeza geral e a culinária bastante satisfatórias."

"Gostaria de poder concordar. Contudo, a quantidade de poeira no corredor marrom é fenomenal. Dentre todas as coisas, encontrei até mesmo *serragem* nas escadas. De onde pode ter vindo? Alguns dos tapetes parecem nunca ter sido batidos, coisa que escapa à minha compreensão, já que o quarto das crianças está na mais perfeita ordem."

A governanta ergueu a cabeça de repente. "O quarto das crianças?"

"Sim. É um quarto que, por sorte, não terei de preparar. Está praticamente pronto para o meu filho."

A sra. Holt a encarou com um estranho olhar. "Talvez tenha havido alguma confusão. As garotas raramente vão àquele quarto."

"Está enganada, sra. Holt. Elas até mesmo escovaram o cavalo de balanço e organizaram os bonecos em torno de uma mesa de chá."

"Meu Deus." A governanta balançou a cabeça. "Eu não imaginava. Helen disse que tinha medo daquele quarto. Tudo estava coberto por lençóis."

"Hoje de manhã, não. Venha, vou mostrar à senhora." Ela se levantou.

A sra. Holt também se ergueu, segurando as chaves que pendiam de sua cintura. "Quase nunca entro lá", confessou. "As escadas dos empregados levam ao patamar logo ao lado. A senhora se incomodaria em usá-las?"

"Não, de jeito nenhum. Sou perfeitamente capaz de subir as escadas dos empregados."

Elsie falou com bravura, mas logo encontrou razão para se arrepender. Na escada estreita não havia espaço para a crinolina; emperrou e ficou empinada atrás dela em uma cauda pesada que se arrastou de degrau em degrau.

Chegaram ao patamar pelo qual ela havia passado com Sarah mais cedo. Seguiu a sra. Holt até a porta. Mais uma vez, aquela sensação tensa e inquietante se apoderou dela. *É só um quarto de criança*, disse a si mesma. *Não há necessidade de chorar.*

A sra. Holt balançou as chaves em sua cintura e enfiou uma na fechadura. O trinco se moveu, estalando.

"Mas não estava trancado quando..." Não podia ser. Era simplesmente impossível.

O quarto arejado e perfeitamente arrumado havia desaparecido. Cortinas surradas cobriam as janelas, deixando que apenas lampejos de luz entrassem. Os bonecos não estavam mais lá. A arca sumira. Restavam alguns baús de brinquedos, mas cobertos pelo pó de anos incontáveis. Grandes lençóis brancos, como os do sótão, criavam volumes desiguais onde o cavalo de balanço e o berço haviam estado. A ferrugem corroía a grade da lareira e a cama de ferro.

A sra. Holt não disse nada.

"Eu... Isso não..." As palavras afluíram à boca, mas Elsie não conseguiu articular nenhuma. Como isso podia ter acontecido? Indo até o berço, pegou o lençol. "Bem aqui, havia um lindo..." Ela arfou. Quando o lençol deslizou, ergueu-se um cheiro bolorento de cânfora. A estrutura do berço permanecia, mas seus delicados dosséis estavam manchados e roídos por traças.

"Eu não achei que elas fossem interferir muito aqui", disse a sra. Holt com cuidado. "É um lugar triste. Não o abrimos a não ser para varrer a cada poucos meses, desde que os pequeninos partiram."

Elsie a fitou. O quarto havia sido glorioso. Não poderia ter imaginado as coisas que vira. Sarah também estivera lá; havia balançado o cavalo.

"O que... o que a senhora disse? Os pequeninos?"

As chaves de metal tilintaram quando a sra. Holt mudou de posição. "Sim, que Deus os tenha."

"Filhos de quem?"

"Do... do patrão e da patroa. Isto é, os pais do patrão Rupert. Ele era o terceiro filho. Ou foi isso o que me contaram."

Elsie se apoiou no berço. O móvel rangeu. "A senhora conheceu os pais de Rupert? Antes que morressem?"

"Conheci, senhora. Conheci." De repente, pareceu mais velha e profundamente triste. "Trabalhei para eles em Londres. Na época eu era só uma menina. Vi o patrão Rupert nascer." Sua voz ficou rouca. "Ele... foi o primeiro dos bebês a nascer longe da Ponte. Os outros morreram, disseram eles, antes que se mudassem. Por isso, foram morar em Londres." Ela desviou o olhar. "A senhora pode imaginar como seria viver em uma casa onde perdeu um filho."

"Os outros bebês *morreram*?" Elsie olhou para o berço apodrecido e sentiu náusea. Soltou a borda, e ele balançou, vazio. Deus, que herança para seu bebê: uma mãe nervosa e um quarto cheio de morte. "Sra. Holt, não quero incomodá-la. Mas..." Deu um passo hesitante na direção da governanta. "A senhora foi uma das últimas pessoas a ver meu marido vivo. Ninguém me contou exatamente como ele morreu. Por carta, ele não disse que estava doente. Ele faleceu assim, de repente?"

A sra. Holt tirou um lenço e enxugou os olhos. "Ah, senhora. Foi um choque para todos nós. Ele parecia são e saudável. Talvez um tanto preocupado. Tive a impressão de que, ultimamente, não estava dormindo. Mas não parecia prestes a morrer!"

"E depois...?" Ela prendeu o fôlego.

"Helen o encontrou. Deu um grito que nunca vou esquecer. Congelou até meus ossos, com certeza."

"Mas como? Como ele morreu?"

"Em paz, senhora, não se aflija. Em paz. Acomodado confortavelmente na cama."

"Não na minha cama?"

"Não, não. No quarto ao lado do seu. O legista suspeita que tenha sido o coração. O coração pode parar de repente, ele disse. Às vezes, alguém passa toda a vida com um coração doentio e nunca se dá conta disso até... Bem, *nunca* se dá conta."

Então aquele coração que era tão caloroso e gentil se esgotou. Elsie suspirou. "Espero que ele não tenha sentido muita dor. Vi farpas de madeira perto do pescoço dele. A senhora tem ideia de como foram parar ali?"

A sra. Holt estreitou os olhos. "Farpas? Não sei, senhora. Às vezes, esses embalsamadores fazem coisas estranhas. Mas, quando Helen o encontrou, não parecia ter havido nenhum tipo de luta. Um ataque súbito, talvez. Os olhos do patrão estavam abertos." Uma lágrima verteu do olho e desceu como um regato por uma das rugas. "Vi os olhos abertos, senhora, e os fechei para ele. Que Deus nos ajude, que mundo é esse."

"Um mundo cruel para com os Bainbridge", afirmou Elsie, e refletiu por um momento. "Mas a senhora disse que estava presente quando Rupert nasceu, em Londres. Como veio parar aqui?"

Ela enxugou os olhos com toques delicados e dobrou o lenço, olhando para ele em suas mãos. "Foi decisão do patrão."

"Do pai de Rupert?"

"Sim." Ela hesitou; Elsie sentiu que ela estava escolhendo as palavras com cuidado. "Ele gostava de mim. Eu o ajudei a cuidar da patroa. Ela ficou em mau estado, pobrezinha. Nunca se recuperou totalmente do parto. Pouco antes de a perdermos, ela andava com as ideias mais estranhas sobre este lugar. Tagarelava sobre ele com uma espécie de... tristeza desvairada."

"O que quer dizer com ideias estranhas?"

A governanta balançou a cabeça. "Não sei. Não conseguia entender muito. Ela falava um bocado sobre este quarto e o cavalo de balanço. Pura tolice. Mas, depois que ela se foi, essas ideias começaram a perturbar o patrão também. Foi por isso que ele me pediu para vir. Disse que a esposa descansaria melhor sabendo que alguém estava de olho na casa." O esboço de um sorriso brincou nos cantos da boca enrugada. "Eu não queria vir. Não queria deixar o pequeno Rupert logo quando ele estava aprendendo a andar. Mas, no fim, o patrão me convenceu."

"Como?"

Ela riu. "Com bajulação. Bajulação e suborno, que mais? Uma moça tão jovem ser promovida a governanta... Não é o tipo de oportunidade que se recusa. Não se quiser sustentar sua mãe na velhice. Era um homem rígido e estranho, o sr. Bainbridge, mas disse a coisa mais curiosa. Desde então nunca a esqueci. 'Aquela casa precisa de uma pessoa jovem e pura', ele me disse. 'Uma pessoa bondosa. Sem amargura. Você tem de ser esse anjo, Edna.' Que bobagem, não? Mas me comoveu. Desde então, sempre tentei. Tentei ser o anjo que ele achava que eu era."

Elsie mordeu o lábio novamente. A pele estava quente e ferida. "Não. Não é bobagem. Mas por que Rupert não veio morar com a senhora após a morte do pai? Vir para cá faria sentido."

"Eu teria ficado feliz com isso." A sra. Holt olhou com carinho para a silhueta do cavalo de balanço em sua mortalha. "Mas a família materna o acolheu. Gente da cidade. Não tinham tempo para passear no campo."

"Mas todo esse tempo! Nunca tiveram curiosidade em conhecer a casa?"

"Bem, eram os parentes da mãe. Sabiam que as outras criancinhas haviam morrido aqui e como ela tagarelava a respeito da casa. Devem ter pensado que ela não os perdoaria se trouxessem seu filho de volta."

Parecia absurdo que ninguém tivesse tentado reivindicar a casa por todo aquele tempo. Nem mesmo um obscuro primo de quarto grau. "É surpreendente quanta infelicidade uma família pode sofrer. Três filhos, e não resta ninguém."

A sra. Holt pigarreou. "A não ser..."

A não ser o bebê de Elsie. Ela pousou a mão na barriga.

O enjoo voltou.

"Estou sendo muito negligente, sra. Holt. Toda essa conversa sobre a família de Rupert me fez esquecer minha incumbência original. Vim contar que Mabel machucou a perna. Fui ao sótão e ela me seguiu."

"Ao *sótão*, senhora?"

"Sim. Há outra coisa que esqueci. Deveria agradecer à senhora. Foi muita bondade sua mandar a carta depois que conversamos. Mas quem quer que a senhora tenha chamado terá que voltar, infelizmente. A porta voltou a emperrar."

A sra. Holt a encarou como se lhe tivesse brotado uma segunda cabeça. "Não entendi..."

"A porta", repetiu Elsie. "A porta do sótão. A senhora mandou vir alguém de Torbury para abri-la, e ela emperrou outra vez. Preciso que mande outra carta."

"Mas... mas não posso. Acho que deve haver algum engano..."

"Pelo amor de Deus, por quê? Por que não pode mandar o chaveiro voltar?"

A sra. Holt se encolheu. "Porque nunca escrevi para Torbury St. Jude, senhora."

O SILÊNCIO DA CASA FRIA
LAURA PURCELL

A PONTE, 1635

Que dia fortuito para começar meu novo diário! Josiah chegou em casa cedo e trouxe excelentes notícias.

Jane estava enrolando em cachos os cabelos curtos em torno da minha testa quando ouvi estalos na ponte.

"Pare", pedi a ela. "Escute. É Josiah."

"Não, ainda não há de ser o patrão. Ele só voltará na semana que vem."

"É ele", insisti. "Tenho certeza disso."

Ela me lançou aquele olhar com o qual já estava acostumada. Agitou a mão ao lado do corpo, como se quisesse fazer o antigo sinal contra a bruxaria. Mas não disse uma única palavra enquanto eu me levantava e corria do quarto até a sala. Lá fora, a névoa estava densa. Forcei a vista pela janela, na certeza de que ainda conseguia ouvir aquele som: as batidas do coração do meu marido. Cores voejaram em meio à neblina. Encostei a testa no vidro para enxergar melhor. Sim. Um pequeno retângulo ondulava, azul e amarelo, entrando e saindo do nevoeiro. Nossa bandeira.

O som dos estalos cresceu e se transformou no martelar constante de cascos.

"Eu sabia!", gritei, correndo de volta ao meu quarto. "O arauto está lá embaixo. Apronte-se."

Jane se levantou com um salto de corça. "Ora essa." Ela ajeitou uma gola de renda sobre meus ombros e vestiu seus manguitos de linho. "É melhor eu avisar os empregados na cozinha. A senhora quer que termine de arrumar seu cabelo?"

"Não, não há tempo. Josiah quer falar comigo imediatamente." Ela afastou o olhar. "Isto é, acredito que ele queira. Em geral, quer."

Embora eu faça o melhor que posso para escondê-lo, Jane sempre receia quando meu dom se manifesta. Não posso negar que é estranho — sempre ouvi e senti coisas. Mas, quando leio os pensamentos de Josiah, não é feitiçaria. A menos que o amor seja um feitiço. Eu o conheço por completo, só isso.

Não fiquei muito tempo depois que Jane saiu do quarto. Verificando o conjunto de meus laços de fita uma última vez, apressei-me pelo corredor e cheguei às escadas, descendo os degraus de dois em dois. Ao passar pelo primeiro andar, gritei para Hetta que seu pai estava em casa. Eu deveria ter ido buscá-la pessoalmente, mas fui egoísta. Quis Josiah só para mim.

Mandei os empregados acenderem a lareira na sala de jantar. A luz brincou nas tapeçarias e realçou os fios dourados. Pensei que Josiah gostaria de um refresco depois da jornada, então tomei providências para que houvesse vinho com especiarias e uma coleção de iguarias de seu agrado: pão, queijo, presunto e uma bandeja de doces. Parecia muitíssimo atraente em nossa nova mesa de mogno. Mas, quando meu marido entrou, com gotas de chuva espalhadas no gibão e a capa de lã arrastando a névoa, não prestou atenção à comida. Marchando diretamente até mim, colocou as mãos em cada lado da minha cintura e me levantou do chão.

"Que prazer, meu amor!" Ele me pousou no chão e me deu um beijo estalado. "Consegue adivinhar por que voltei?"

"Traz uma boa notícia da corte, aposto. Nunca o vi com tamanho sorriso."

Seus olhos cintilaram. "É por uma boa razão, Anne. Não consegue mesmo adivinhar?" Balancei a cabeça. "Ele virá. O rei virá até aqui." Devo ter empalidecido, pois ele irrompeu em uma gargalhada. "Não *agora*, querida. Você terá tempo suficiente para se preparar. O rei e a rainha pernoitarão aqui em sua viagem de verão."

Por um momento, pude apenas segurar sua mão enluvada. "Santo Deus. Isso é... espantoso. Que honra. Foi para isso que nos esforçamos tanto. Mas como conseguiu tal proeza?"

Teriam sido as pétalas de crisântemo que coloquei em seu vinho, para dar sorte? As folhas de louro sob o travesseiro, para estimular a intuição? Enquanto Josiah tenta elevar a posição nossa família na corte, também tenho trabalhado em meu alambique. Dentre todas as pessoas, não serei eu a subestimar o poder das plantas.

Rindo mais uma vez, ele tirou as luvas e sentou-se à mesa. "Conseguimos isso juntos, Anne. Eu lhe disse que esta casa era só o começo."

Assim *dissera*. Desde que acumulamos o dinheiro para construir uma grande propriedade no campo, Josiah tem insistido que a Ponte será nossa glória. Eu não imaginava que isso aconteceria tão cedo.

Ele pegou um naco de pão e mordeu. "Agora, fizemos o nosso nome. Este ano eles ficam uma noite, mas quem sabe do ano que vem? Se eu obtiver um título... Talvez sejamos convidados a passar o Natal na corte. Talvez a rainha tome gosto por sua companhia e lhe ofereça uma posição oficial."

Nem mesmo em meus sonhos mais loucos eu imaginara isso. "Se o rei o tem em alta estima, não me resta desejar mais nada."

"Não refreie seus sonhos, Anne!" Ele pegou um jarro de vinho. "Não há como saber até onde podemos nos elevar. Vamos apresentar os meninos, mostrar os rapazes belos e sadios que temos aqui. Um dia, eles darão ótimos camareiros reais ou cavalheiros de escolta."

"Acha que ele os consideraria como candidatos?"

"Quem sabe? O sucesso de uma família com título não conhece limite. Com as amizades de minha mãe e suas habilidades, construiremos nossa reputação. Olhe para os Villiers!"

"Não", respondi em tom rude. "Não, não seremos como os Villiers." Ele deixou de comer, encarando-me. Tentei abrir um sorriso, mas foi pequeno demais. "Lembre-se do que aconteceu com o duque."

Ele jogou o naco de pão de volta no prato. Migalhas ficaram presas em sua barba. "Não se aflija, Anne, não pretendo me tornar o próximo Duque de Buckingham. Duvido que algum dia tenha existido um tolo mais presunçoso e imprestável na Inglaterra. Só o que quero dizer é que ele estabeleceu um padrão. Nasceu um ninguém, e, no momento em que encontrou a morte, estava mais rico do que o próprio rei.

Tudo é possível. E me parece que é nosso dever garantir o que pudermos para nossos meninos."

"Vou escrever agora mesmo para contar isso a eles. E precisarão de roupas novas! Deus sabe o quanto cresceram. Precisaremos medi-los novamente."

Josiah riu.

"Eu poderia compor uma pequena peça mascarada para eles encenarem diante da rainha!" Sempre quis presenciar o teatro e o esplendor de uma mascarada na corte. Dizem que a própria rainha dança nas apresentaçoes, ostentando os trajes mais luxuosos.

"Sim, posso imaginar nosso James marchando no palco enquanto recita um poema."

"E Hetta... Ela será a ninfa que..."

Josiah pigarreou. Tomou outro rápido gole de vinho antes de dizer: "Não decidi que papel quero que Henrietta Maria desempenhe nessa visita".

Meu estômago se revirou, como sempre acontece quando alguém menciona minha filha. Josiah nunca a chama pelo apelido, Hetta; com ele, é sempre formal, sempre Henrietta Maria.

"O que quer dizer? Certamente ela participará disso tanto quanto os meninos, não?"

"Enquanto ainda estamos dando os primeiros passos junto do casal real, organizando tudo de modo a impressionar... Seria melhor não chamar atenção para a pequena... aberração da menina."

Uma culpa nauseante tomou conta de mim. Fiz um esforço para não reagir, não responder por impulso. Mas é claro que o fiz.

"Não há nada de errado com ela!"

"Você sabe que isso não é verdade."

O pânico me apanhou em um abraço espinhoso; eu tinha certeza de que, de alguma forma, ele enxergaria dentro de mim. Veria a verdade. "Não entendo por que isso deveria afetar o papel dela na visita. É nossa filha. Merece qualquer vantagem que possa beneficiá-la no futuro, assim como os meninos."

"Vou pensar no assunto." Tão rápido quanto uma nuvem em um dia de ventania, seu humor mudou. A sombra do desejo escureceu seu olhar. "Por enquanto basta. Venha, sente-se ao meu lado. Meu Deus, Anne, como senti sua falta."

Na primeira oportunidade que encontrei, fui falar com Lizzy. Ela foi minha ama-seca e cuidou de todos os meus filhos. Esteve ao meu lado em todos os momentos importantes da vida. Queria compartilhar com ela minha alegria, o ápice de nossas conquistas. Mas só o que ela fez foi me deixar muitíssimo infeliz.

Encontrei Lizzy e Hetta debruçadas em livros na sala de aula. Chamo o lugar de *sala de aula. Na* verdade, parecia mais a toca de uma fada do que um local de aprendizagem quando entrei. Vasos de plantas ocupavam todas as superfícies. Havia cestas transbordando hera e pervinca, espalhando a folhagem pelas estantes de livros. O pardal de estimação de Hetta pulou na gaiola e trinou uma canção. Não é um ambiente sóbrio nem adequado à reflexão, mas Hetta se recusa a estudar se não houver vegetação ao seu redor.

Hoje ela estava lendo o *Herbário Completo de Culpeper*, seu livro favorito. Tamanho interesse pelo mundo natural não pode ser coincidência, não é? Não com aqueles olhos: mistura de marrom, verde e amarelo, como uma tisana; nem com aquele cabelo, entremeado de todas as corcs do outono.

Lizzy se levantou imediatamente para me cumprimentar, mas Hetta só ofereceu aquele meio-sorriso tímido que nunca chega a seus olhos. Não é culpa dela, é claro. É minha. Uma medição incorreta, uma palavra trôpega. Ela não é responsável pelos meus erros.

"Hetta, querida", eu disse. "Que tal ir desenhar um pouco? Mamãe precisa falar com Lizzy."

Obediente, ela correu para o banco junto à janela. Apanhando papel e lápis, sentou-se, fitando uma página em branco.

"Ela vai desenhar flores", Lizzy adivinhou, rindo. "São sempre as flores." Ela voltou a se sentar na cadeira de balanço, ajustando o xale preto em volta dos ombros. "Olhe só para ela! Não vê um pouco mais de Mary em suas feições a cada dia?"

Isso era o que eu queria, com certeza. Mas causa-me estranheza ver as feições de minha irmã morta naquela menina tímida e silenciosa. Mary sempre fora cheia de vida.

"A semelhança é notável, de fato."

"Mas queria falar comigo em particular? O que me conta?"

Finalmente deixei que um sorriso se abrisse em meus lábios. "Ah, Lizzy, tenho uma notícia *maravilhosa*. Sou a mulher mais feliz do mundo."

Ela sorriu, como sempre faz quando estou feliz. "O que foi, criança? Não pode ser..." Seu olhar voou para meu ventre. "Não, não isso. Um milagre já basta."

"Não!" Alisei as pregas em meu corpete. "É uma coisa muito melhor. Josiah chegou. Disse que devo me preparar. No verão, o rei e a rainha hão de nos visitar! Virão aqui!"

O sorriso esmoreceu em seus lábios. "Aqui? O rei e a rainha?"

"Isso mesmo!" Junto à janela, Hetta começara a desenhar, a cabeça inclinada para o lado. Baixei a voz. "O que há, Lizzy? Por que esse ar tristonho?"

Ela pegou minha mão; seus dedos velhos e ossudos apertaram os meus. "Ah, estou feliz por você, querida. Pelo menos, acho que..." Ela balançou a cabeça grisalha. "Posso dizer a verdade?"

"Sempre."

"Não creio que eles serão bem-recebidos no povoado."

O povoado: eu não tinha pensado nisso. Os homens orgulhosos e meticulosos de Fayford, com suas roupas xadrezes. Não me afeiçoei a eles. Quando compramos esta terra para construir a Ponte, visitei os trabalhadores levando unguentos para suas mãos ressecadas. Eles se afastaram de mim, repugnados. Desconfiam da minha habilidade com as plantas, me olham de lado, e, assim, desde então guardei distância. Com um talento como o meu, preciso tomar cuidado. Acusações espúrias podem ferir muito mais do que meu orgulho.

"Os aldeões podem ser insolentes com a nobreza, Lizzy, mas certamente não com seu rei, não é...?"

"Não conte com isso. Eles não têm respeito pelo rei. Não imagina por que não gostam de nossa família? O mestre serve a um rei que drenou os pântanos, e todos esperam que ele logo venha cobrar o imposto naval."

"Ora! Esse imposto não se aplica a nós. Este não é um distrito costeiro."

"Imposto naval interno." Lizzy encurvou os ombros, infeliz. "Já foi proposto. Consegue imaginar? Temo ao pensar no que os aldeões farão se isso acontecer. Vão jogar legumes em Sua Majestade quando ele passar."

"Eles não se atreveriam! Pare com isso, Lizzy, está me amedrontando."

"Só estou dizendo a verdade."

"Então terei de encontrar um modo de trazer a corte para cá sem passar por Fayford. Mas, na verdade, não vejo por que fazer isso. O povoado pertence ao rei. Assim como o país." O lápis de Hetta parou. Tomei fôlego e o movimento recomeçou. "Não creio que o rei Carlos exigirá o imposto naval, Lizzy. Ele não pode estar com os cofres tão vazios. Há pouco Josiah estava me contando sobre o novo teto que será pintado na Casa dos Banquetes e o projeto de construção da rainha em Greenwich."

"Ah, sim", disse ela em tom sombrio. "Ele esbanja dinheiro com tais futilidades. É por isso que as pessoas se enfurecem."

Eu a encarei com um novo olhar. "Você parece concordar com os puritanos de Fayford, Lizzy."

"Não diria que gosto de imaginar os membros da realeza entrando nesta casa. Sabe", sussurrou, "ela é uma megera papista."

"Lizzy!" Hetta ergueu o olhar. Inclinei a cabeça e abaixei a voz novamente. "A rainha pode ser católica, mas não é nenhuma megera. Você não deveria dizer esse tipo de coisa. Devo lembrá-la de que o nome da minha filha é uma homenagem à rainha?"

"Não gosto", repetiu Lizzy. "Ela aqui, na sua casa, entoando seus cânticos e absurdos papistas. Especialmente diante de uma criança tão suscetível."

"O que quer dizer? Hetta não é estúpida; apenas muda. Não vai vender a alma ao papa só porque viu uma bela rainha católica."

"Mesmo assim. Uma criança inocente, na mesma casa! E o rei! Ora, você sabe o que as pessoas disseram sobre ele e o Duque de Buckingham."

"Não entendo o que essa fofoca tem..."

"Quem suportaria isso? Uma papista e um sodomita debaixo do mesmo teto que nossa menina preciosa."

"Chega!" Levantei-me tão de repente que a cadeira guinchou. Hetta congelou, a ponta do lápis tremendo no papel. "Cuidado com o que diz, Lizzy", sibilei. "Não aceitarei isso, não na minha casa. Ele é seu rei. Refira-se a ele com respeito."

Lizzy ficou séria: "Sim, senhora".

Fiz aquilo outra vez. Tratei Lizzy como amiga e depois a joguei de volta ao papel de empregada. Sempre faço isso, e sei que ela se ressente. Mas o que mais poderia dizer?

Somos dependentes do rei. Josiah tem sangue nobre — sua mãe era uma condessa viúva antes de se casar com o pai, sem título —, mas somente a generosidade do rei pode firmar o nome dos Bainbridge. Só o rei pode dar ao meu marido o título de cavaleiro que tanto almeja. Eu não posso, *não posso* deixar que uma moradora da minha propriedade fomente a vil traição. No ano passado ouvi falar de um homem cujas orelhas foram cortadas por criticar a família real. Lizzy gostaria que eu ficasse parada e deixasse isso acontecer com ela?

O SILÊNCIO DA CASA FRIA
LAURA PURCELL

A PONTE, 1865

Havia dois.

Elsie olhou de um para o outro, procurando um sinal nos rostos inescrutáveis de madeira. Uma exibia seu sorriso sagaz de garotinha; o segundo, o intruso, era um menino trajado como quem trabalha no campo. Olhava para a direita, apoiando-se em um cajado de pastor. Cabelos pretos escapavam de baixo do chapéu, emoldurando uma face bronzeada e sombria.

"Quem é você?", refletiu Elsie em voz alta, como se ele pudesse responder.

Havia algo de desagradável no garoto. Parecia genioso e indigno de confiança.

"De onde você veio?"

Talvez Helen o tivesse encontrado no sótão? Mas não: a porta do sótão estava emperrada. Não estava? Sua mente vacilou. Depois do estranho caso do quarto das crianças, ela não conseguia ter certeza de nada.

Piscou rapidamente, esperando que, ao abrir os olhos, o menino cigano tivesse desaparecido e só restasse a garotinha com as flores ao lado da janela. Mas não adiantou: ele continuou onde estava.

Incomodada, ela deu as costas e foi na direção das escadas. Ainda não mencionaria esse novo companheiro a ninguém. Não enquanto não tivesse certeza. Já havia feito papel de boba na frente da sra. Holt.

Talvez fosse o luto que a fizesse ver coisas? O luto tinha um estranho efeito sobre a mente — era o que se dizia. Mas, depois de tudo o que havia enfrentado, parecia improvável que a morte de Rupert pudesse desequilibrá-la.

Suas saias estufaram enquanto subia as escadas; ela as ignorou, assim como ignorou a camada de serragem que arrastaram. Não pensaria no passado, apenas na tarefa à sua frente: ir à biblioteca e escrever pedindo que alguém viesse consertar o sótão.

A biblioteca ficava no segundo andar, a primeira sala do corredor que ia de sua suíte até os fundos da casa. Elsie não havia se preocupado em entrar lá antes. Para ela, a biblioteca era o domínio dos homens, saturada de tabaco e de pensamentos profundos.

Não houve problema com essa porta; ela se abriu com facilidade, deslizando pelo tapete gasto sem titubear. Elsie passou um pé sobre o limiar e estremeceu. Foi como entrar pela porta de uma tumba. E, assim como uma tumba, a biblioteca estava escura e estagnada, tomada por um cheiro de folhas mortas.

Andando pelo tapete até um trio de janelas, ela abriu as cortinas que iam até o chão, tossindo quando a poeira caiu das sanefas. Uma luz perolada entrou na sala. As árvores lá fora pareciam mais esfarrapadas do que antes; partes da folhagem flamejante tinham se extinguido e caído no chão de cascalho. Os canteiros estavam infestados de cardos. O inverno chegava depressa.

Ela se virou para encarar a porta. Ainda entreaberta — era um bom sinal. Ela não estava enlouquecendo. Quanto a seus arrepios, a causa era clara: uma lareira vazia se escancarava à direita, baforando ar frio na sala quando o vento soprava chaminé adentro.

Agora que as cortinas estavam abertas, viu que a biblioteca não era o que ela esperava. *Biblioteca* era um nome pretensioso para o que não passava de uma pequena câmara, com um canto curvo e cerca de cinco ou seis estantes de livros ao longo da parede. No outro canto havia uma escrivaninha polida e robusta, de frente para o fogo, com uma lamparina verde pendendo sobre o espaço de escrita.

Ela se aproximou e sentou-se. A cadeira parecia enviada pelos céus, aliviando a dor nas costas e nos membros de Elsie.

Olhou para a mesa. O tinteiro estava aberto, os fios de uma pluma saindo pela borda. *Rupert*. Ele havia se sentado aqui, a pena à espera da mão esquerda. Suas pernas tinham tocado essa cadeira de couro escorregadia e ruidosa, mas não restava nada de seu calor.

Ela sentia saudades imensas. Saudades e ódio. Como ele pôde abandoná-la? Deveria ter sido seu salvador, seu prêmio, o homem rico que entrou na fábrica e se apaixonou por alguém abaixo de sua posição. Ela não poderia enfrentar os dias à frente sem ele. Não poderia educar uma criança e lidar com todas as lembranças que se apresentavam. *Precisava* dele.

Lágrimas borraram sua visão enquanto vasculhava uma gaveta atrás da outra, abrindo-as. Os trilhos gemeram e as alças de metal tilintaram. Precisava manter-se ocupada, escrever para alguém para falar a respeito do buraco no chão do sótão. Havia muito trabalho a fazer antes que um bebê pudesse morar na Ponte.

Maços de papel esvoaçavam para fora das gavetas. Teria que examinar cada página e descobrir até onde os planos de Rupert haviam progredido. Aquele quarto de criança horrendo seria completamente reformado — disso ela sabia. Podia até mesmo mudar a função do lugar; detestava pensar em seu próprio bebê no quarto onde os irmãos de Rupert morreram. Havia espaço suficiente para um quarto de brinquedos e um quarto de dormir, para não falar de...

Suas mãos ficaram imóveis.

Alguma coisa piscou para ela no fundo de uma gaveta. Ela se aproximou. Ali, novamente — pontinhos cintilantes espalhados pelo forro verde. Estendeu a mão e fechou os dedos em torno de um saco de veludo. Parecia pesado. Tirou-o da gaveta e o deixou na mesa com um baque.

O saco parecia velho, mas não surrado; mais embelezado pelo tempo que corroído por ele. A boca fora feita para se fechar com o franzir de cordões, mas um rolo de papel a mantinha aberta. Elsie não hesitou: virou o saco de ponta-cabeça e despejou o conteúdo na mesa.

A visão foi tão deslumbrante que a fez se recostar na cadeira. Uma corrente nas cores do arco-íris verteu em espiral. Ela a tocou com um dedo; sentiu a solidez das joias por meio das luvas. "Não pode ser", arquejou, pegando o objeto. Mas era: um pesado colar de diamantes.

As pedras captaram a luz de uma centena de ângulos diferentes, cintilando como fogo branco. Os brilhantes ocupavam a corrente até o centro, onde gemas com lapidação em marquise formavam um arco cintilante. Dali, pendiam três enormes gemas em forma de lágrima. Cada uma parecia valer mais do que a própria casa.

Hipnotizada, ela pousou o colar na mesa e o observou. A corrente parecia antiga, mas os diamantes eram perfeitos. Não conseguia ver uma única mancha; apenas aquela chama incandescente que se derretia até colorir as bordas.

Mas o rolo de papel... O que continha? Ela o pegou e o desenrolou, alisando-o.

Minha querida esposa,

Como um mágico, agito minha varinha e — veja! Contemple o que chegou do cofre do banco em Torbury St. Jude!

Posso imaginar sua expressão ao abrir este pacote. Não percebeu que estava se unindo a uma família com tesouros a herdar, não é? Os diamantes Bainbridge estão conosco há muitas gerações. Diz a lenda que foram retirados do rio pela vara de pesca de um escudeiro! Meu pai os guardou quando minha mãe morreu, e não os vi desde então. Que aparência terão em torno do seu lindo pescoço! Eu só gostaria de tê-los buscado a tempo para o casamento.

Creio que, na Ponte, há mais trabalho a fazer do que prevíamos. Além dos custos de redecoração e jardinagem — que são consideráveis —, agora receio que precisemos contratar um apanhador de ratos. Passei as últimas noites em claro por causa de um som terrível que vem do sótão. A governanta não tem a chave, e, embora eu tenha tentado forçar a tranca, só o que consegui foi me ferir. Depois de escrever para você, mandarei vir um chaveiro e descobrirei o que há ali. Se o gato não aniquilar as pragas, terei que contratar outro homem.

Fique tranquila, pois não permitirei que ponha um pé dentro da casa até que seja digna de você e do estranho pequenino e amado que logo estará conosco. Sinto sua falta e aguardo sua próxima carta com muita avidez.

Seu para sempre,
Rupert

As mãos de Elsie não paravam de tremer. Sacudiam o papel sem o menor controle. Ao mesmo tempo em que ele se rasgou, ela começou a chorar.

O SILÊNCIO DA CASA FRIA
LAURA PURCELL

A PONTE, 1635

O que mais quero é a chegada da primavera. Fez um clima melancólico durante toda a Quaresma; depois, na Páscoa, a igreja inundou. Josiah escreveu contando que a corte suspendeu as festividades até o Pentecostes. A verdade é que não posso culpá-los. Os últimos tempos têm se assemelhado mais a noites tristes de novembro do que a dias primaveris. Deus sabe o que farei se as coisas não tiverem melhorado até agosto. Se o rei não puder caçar na floresta e a rainha não puder desfrutar de passeios ao ar livre, será um desastre.

Esta tarde, consegui entrar nos jardins formais pela primeira vez em semanas. O sol brilhava, mas não havia cotovias cantando, nem botões viçosos nas árvores. Minha Hetta se ocupou de seu jardim medicinal, onde planta ervas. Ela estava encantadora com seu chapéu de palha, concentrada no trabalho, a tesourinha cortando as flores mortas — *tic, tic* — e liberando seus aromas terrosos. Eu a observei com prazer. Na sombra, ela parecia um lírio; a tez pálida e as veias finíssimas em torno dos olhos. Uma menina tão frágil, tão delicada: minha irmã Mary moldada em porcelana.

Tentei não deixar que o cheiro das ervas atiçasse a memória, mas não consegui impedir. Fechei os olhos e voltei àquela noite, àquela tisana preparada sob a lua cheia. Voltei a meu próprio rosto escurecido, um reflexo no fundo da xícara. A culpa persiste, como o odor das maçãs caídas apodrecendo em um pomar. Pode ter sido erro meu interferir na ordem natural das coisas, mas não consigo me arrepender — não consigo me arrepender de *Hetta*.

Harris estava ajoelhado cuidando dos canteiros geométricos, aparando os arbustos com precisão e alinhando os cascalhos coloridos. A ventania os havia esparramado para além do desenho em laços, então eu o mandei redesenhar as voltas. Pedi que criasse novas formas nas sebes, ou pelo menos nos canteiros — anjos e flores-de-lis para uma filha da França —, mas ele duvida que será capaz de moldá-las antes de agosto.

"Então compre arbustos adultos", eu disse. "E pode-os."

Ele pareceu achar graça nisso. No entanto, prometeu fazer o melhor que puder neste trimestre. Quanto a meus pedidos de plantio, ele tirou todas as minhas esperanças.

"As rosas e os lírios não crescem juntos", declarou, tirando a sujeira de baixo das unhas tortas. "Não combinam."

"Sei disso. Não precisamos que cresçam juntos, mas o jardim deve ter as duas flores. Uma rosa para o Rei da Inglaterra, um lírio para a Princesa da França."

"No lírio eu consigo dar um jeito. Os bulbos gostam de ficar no fundo, no fresco e na sombra. Mas se o tempo continuar úmido eles vão murchar."

"E nossas roseiras?", eu quis saber. "Não prosperaram este ano?"

Ele abriu os braços com um suspiro irritado, como se não fosse tarefa sua resolver tais coisas. "Sol pleno, senhora. Elas precisam de sol pleno e solo drenado para florescer. É só me arranjar um pouco disso que dou conta das suas rosas."

Eu temia perder a paciência, por isso apoiei as mãos fechadas nos quadris e ergui o olhar para Hetta. Ela havia parado de trabalhar e estava sentada na terra, mirando as colinas verdes como se esperasse por alguma coisa. Pequenas flores brancas cobriam seus sapatos; os ramos rebeldes pareciam se estender para abraçá-la.

"Hetta", chamei. "Saia daí, querida, vai rasgar seu vestido."

Ela obedeceu, mas não olhou para mim. Ao seu lado, ouvi o som da tesourinha — *tic, tic*. Cortando nada. Cortando o ar.

"E os cardos", disse Harris, "não posso deixar a senhora fazer isso. É uma erva daninha, senhora. É só ter chance e vai tomar conta do jardim todo."

"O cardo é o símbolo da Escócia. O símbolo dos reis Stuart."

"Erva daninha", repetiu ele. "Planta que invade. Devora. Espalha." Senti um calafrio repentino. Afinal, o tempo não era dos mais clementes. "Se tiver que plantar cardo em algum lugar, plante no canteirinho da senhorita. Vai criar menos problema ali."

Tive de admitir que ele estava certo. Sobre o problema, quero dizer. Talvez *ele* não consiga controlar a propagação de uma erva, mas sei que minha Hetta consegue. Nunca vi uma única planta que ela não pudesse cultivar nem domesticar, desde o funcho-marinho e a groselheira-espinhosa que prosperam na horta até a unha-de-cavalo e a matricária que ela cultiva para tratar nossas dores e indisposições. Eu a ensinei a plantar, mas ela me ultrapassou. Com meros oito anos de idade, está muito à minha frente.

Às vezes penso que é a tisana a fluir por suas veias, fazendo com que as ervas floresçam. Ela herdou mais do que a aparência de Mary, pois era minha irmã mais velha quem visitava as mulheres sábias em segredo e me transmitia seus conhecimentos.

"Hetta. Hetta, meu amor." Segurei as saias e passei por entre os galhos não aparados até chegar ao lado dela. Ela não olhou para mim até que coloquei a mão em seu ombro. "Preciso lhe pedir um favor." Ignorando a sujeira, agachei-me junto dela. "Você cultivaria alguns cardos para mim no seu canteiro?"

Ela piscou. Inclinou a cabeça para o lado como se não entendesse.

Hesitei. Josiah não permite que eu fale da visita real diante de Hetta, mas ele a subestima. Como costumo dizer, ela é apenas muda, não simplória por natureza. Ouve o que as pessoas dizem. Deve ter uma noção do que está acontecendo.

"A razão pela qual peço é que o rei e a rainha virão nos visitar. O cardo é um dos símbolos do rei, entendeu?"

Ela meneou a cabeça, concordando. A ponta cor-de-rosa e disforme de sua língua se moveu e um som saiu da garganta; não lembrava a fala, mas um balido.

Senti um vazio em meu íntimo. Avistar aquela língua é como olhar um vestido que manchei ou uma carta que borrei. Mais uma vez, ouvi as palavras de Josiah: *a aberração da menina*. Mary nunca teria cometido tal erro.

Incitada pela culpa, eu disse: "Na verdade, querida, talvez você possa me ajudar também com outros preparativos. O jantar que vou servir para o rei deve ser excelente. Precisarei de alecrim, sálvia e tomilho para temperar. Manjericão e, quem sabe, um pouco de salsa também. Cebolas, marmelos, pastinaca", contei nos dedos. "Acha que poderia cultivar tudo isso?"

Um sorriso iluminou seu rosto e meu coração ganhou asas. Com o sorriso de Hetta, as palavras não são necessárias: ele nos cativa com os lábios voltados para cima e as leves covinhas. Como é que as pessoas podem murmurar que é um demônio que a mantém muda? Como podem pensar em uma coisa dessas?

"Que bom." Afaguei seu rosto. Seu cheiro, tão doce e floral, e a maciez da pele, sedosa como pétalas. "Boa menina. Anote aquilo de que precisa, e o sr. Harris trará."

Pelo menos agora ela participará da glória do dia, não importa o que Josiah ordene.

Suas palavras me assombram: *a aberração*. Ao ficar de pé na sala do alambique, tentando triturar o remorso com pilão e almofariz, vejo-a de novo: aquela língua. A expressão de Josiah.

Creio que ele sabe.

Nunca temeu meu poder antes. Aceita ervas e infusões para dar sorte sem questionar. Mas, quando olha para Hetta, é como se não visse uma flor, apenas a terra imunda abaixo dela. Como se visse minhas mãos, ásperas e cobertas de sujeira.

O SILÊNCIO DA CASA FRIA
LAURA PURCELL

A PONTE, 1865

O dia estava claro e fresco como uma maçã recém-colhida quando a carruagem saiu da cidade, abarrotada de pacotes. Trechos do céu azul apareciam através dos galhos nus das árvores.

"São tão lindos. Posso vê-los mais uma vez?" Sarah estendeu a mão enfaixada. Uma gota de sangue aflorou à superfície. Embora ela tivesse se cortado na companheira uma semana atrás e a ferida fosse muito pequena, não mostrava sinais de cura.

Elsie passou o pacote para ela. "Tome cuidado, ou teremos de voltar e mandar limpá-los novamente."

"Não vou tocar nas joias com a atadura. Veja, só preciso desta mão para desembrulhá-las." Sarah espalhou o colar no colo e suspirou como se apaixonada. "Nunca imaginei que tivéssemos diamantes na família."

Depois de ser limpo e polido na joalheria em Torbury St. Jude, o colar de diamantes brilhava mais do que nunca. As gemas em forma de gotas cintilaram em tom de canela, depois branco e então azul, conforme a luz entrava pela janela da carruagem.

Elsie desviou o olhar. Sempre que olhava para o colar, pensava na carta de Rupert, em sua voz querida chegando a ela do além-túmulo.

Fique tranquila, pois não permitirei que ponha um pé dentro da casa até que seja digna de você e do estranho pequenino e amado que logo estará conosco. Se ao menos ele soubesse.

"Rupert escreveu que eles ficaram guardados em um cofre do banco até ele chegar à Ponte."

"Não me admira." Sarah umedeceu os lábios. "Quando penso em minhas ancestrais usando este colar... Talvez até mesmo Anne Bainbridge, cujo diário estou lendo! Estes diamantes podem ter tocado sua pele enquanto ela vivia. Chega a ser extraordinário demais para compreender."

Mais uma vez, os ancestrais. Toda vez que Sarah os mencionava, Elsie sentia outra pontada de culpa. A jovem havia perdido a família e agora ali estava a viúva de seu primo, afanando sua herança. Se Elsie tivesse encontrado os diamantes por acidente, talvez tivesse deixado que Sarah ficasse com eles. Mas a carta de Rupert esclarecia sua vontade. Nunca poderia ceder o último presente que o marido lhe deixara.

"Mas, sra. Bainbridge, não poderá usar os diamantes até que seu ano de luto termine! Que pena. Eu adoraria vê-los todos os dias."

"Já estou grata porque você pode vê-los. Depois daquele episódio com a sra. Holt, comecei a recear que tivesse enlouquecido."

"A senhora não está louca." Sarah voltou a fechar o pacote. "Algum dos vendedores a tratou como louca hoje?"

"Felizmente, não." Elsie precisava admitir que a viagem a havia reanimado. Em meio à efervescência de Torbury St. Jude, às bancas da feira, aos amoladores de facas e às carruagens de aluguel partindo e chegando à estação, era difícil pensar em assuntos sombrios. Ela havia visitado um carpinteiro, um empreiteiro e um decorador para discutir seus planos para a casa. Depois, com o período de meio-luto de Sarah a se aproximar, foram encomendar vestidos para ela em tons de lavanda e cinza. Elsie continuaria a vestir preto, mas isso não a impediu de encomendar vestidos para se ajustar à barriga crescente.

"Passei a vida com uma pessoa idosa", continuou Sarah. "Acredite em mim, conheço os sinais de uma mente que começa a devanear."

"Eles incluem mandar reformar a casa sem a menor prudência e gastar uma fortuna em vestidos?"

"Não, não mesmo! Se a senhora estiver enlouquecendo", disse Sarah, tocando a mão ferida, "então, também estou."

Incapaz de se conter, Elsie estendeu a mão e agarrou o pulso de Sarah. "Você os *viu*, não é? Viu os bonecos e os animais no quarto das crianças?"

"Sim. Eram lindos! Não há a menor possibilidade de..." Uma aflição fez sua testa enrugar. "Não consigo entender. Tudo isso parece uma piada monstruosa. Mas a sra. Holt não é o tipo de mulher que se diverte desse modo. Talvez tenha havido um mal-entendido... Ela levou a senhora a algum outro quarto?"

"É improvável. Por que haveria dois quartos iguais, sendo um o espelho pavoroso do outro?"

"Nossas suítes são espelhadas", argumentou Sarah. Distraída, sugou a mecha de cabelo que pendia ao lado da boca.

Fayford ficava mais bonita ao sol. A estrada de lama havia secado na forma de uma trilha sulcada por rodas. Alguns dos aldeões se aventuraram a sair das cabanas. Elsie acenou. Eles se inclinaram levemente para ela em um cumprimento, mas Elsie notou que empurraram os filhos magricelas de volta para dentro, como se deixar que ela os visse atraísse o azar. Com todas as suas superstições, provavelmente achavam que as viúvas espalhavam má sorte.

"Sarah, e o segundo companheiro? Você o viu também?"

"O menino cigano. Sim, eu disse à senhora."

"Tem certeza?"

"É claro. São dois."

Mas como?

Agora, atravessavam a ponte ladeada por leões de pedra. Elsie estremeceu sem querer ao passar sobre a água. "Terei que falar com Helen. Mas presumi que ela me contaria se tivesse encontrado mais um. Nunca vi empregadas mais desleixadas."

A casa de guarda passou depressa por elas, e começaram a descer as colinas rumo à Ponte. No alto, as nuvens avançavam a toda velocidade, lançando sombras pela relva. Os jardineiros que ela contratara estavam lá. Alguns podavam arbustos, enquanto outros se ajoelhavam junto dos canteiros, arrancando flores mortas.

Os cavalos pararam diante da casa. Pela janela, Elsie viu as silhuetas dos companheiros à espera no Salão Principal. Dois companheiros.

O mordomo que nunca sorria, o sr. Stilford, abriu a porta da carruagem e baixou os degraus com um *clak, clak* eficiente. Assim que elas puseram os pés no chão, ele se voltou e falou com Peters. "Encontrará uma nova tarefa quando levar os cavalos ao estábulo, sr. Peters. Parece que eles ganharam uma companheira."

Possibilitando com todo o cuidado a passagem da crinolina, Elsie cambaleou ao lado dele nos cascalhos. "Companheira?"

"Sua vaca chegou, senhora."

Ela quase havia esquecido. Voltando à carruagem, deu a mão a Sarah e a puxou para fora. "É a vaca, Sarah. Minha vaquinha adotada. Será agradável passar a tarde acomodando-a." Estava feliz por não ser forçada a voltar para a casa. "Leve as caixas para dentro, sim?", pediu a Stilford. "Vamos vê-la."

Rebocando Sarah com uma das mãos e segurando as saias com a outra, passou pela terra e pelas ferramentas espalhadas dos jardineiros em direção ao estábulo atrás da casa. Era uma construção de tijolos decrépita em forma de ferradura. Na porta verde-musgo, a tinta descascava em caracóis. Havia um relógio instalado no telhado, mas os ponteiros pararam aos quinze minutos para as dez. O cata-vento ao lado havia enferrujado até parar, voltado para o leste.

A vaca não parecia deslocada em meio a esses elementos abandonados. Estava ao lado do homem que segurava sua corda, a cabeça grande e preta curvada de desânimo.

"Ah!" A voz de Sarah tornou-se aguda. "O sr. Underwood a trouxe."

Era, de fato, o sr. Underwood: Elsie não o reconheceu a princípio. Usava roupas diferentes: uma combinação de calça e paletó de tweed, claramente de segunda mão, vestia o corpo alto. Um chapéu de aba larga e copa baixa amassava a franja na testa.

"Sra. Bainbridge. Srta. Bainbridge." Ele apertou a mão das duas. "É um prazer. Acredito que a srta. Bainbridge tenha se recuperado da indisposição desde a última vez que nos encontramos, sim?"

As faces de Sarah ficaram afogueadas. "Ah, sim. Estou muito, muito recuperada." Quando ele sorriu, ela soltou uma risadinha absurda.

Elsie já havia entendido tudo.

"Mas parece que a senhorita machucou a mão?"

Sarah tocou a atadura. "Sim. Só um arranhão. Que imensa gentileza sua perceber!"

"Preciso lhe agradecer por escolher minha protegida até a Ponte", interrompeu Elsie. "Pobrezinha. Nem sequer levantou a cabeça para olhar para nós." O pobre animal não parecia esperar nada além de um futuro lamentável. "Vamos alimentá-la e deixá-la saudável logo mais. E vai precisar de um nome."

"Betsy", sugeriu Sarah. "Ou Daisy."

"Pelo amor de Deus, seja mais criativa. Um nome mais poético."

"No momento, ela não parece muito poética", observou Underwood.

"Ao contrário! É uma alma angustiada indo do purgatório para o paraíso perfeito das vacas, se não for blasfêmia dizer isso, sr. Underwood."

Um sorriso repuxou os lábios do homem. "Então ela é a Beatrice de Dante?"

Elsie não sabia quem era aquela, mas gostou do nome. "Beatrice, a vaca."

"Bem, espero que o destino de Beatrice seja tão grandioso quanto o nome."

Peters chegou e tomou a corda da mão de Underwood. Estalando a língua, incentivou Beatrice a segui-lo até uma baia. Ela bamboleou atrás dele, os cascos não aparados escorregando nas pedras.

"Fiquei muito contente", disse Underwood, "quando a sra. Holt me contou sobre seu plano de cuidar da vaca. Geralmente, os aldeões relutam em fazer negócios com a casa. Mas, com o inverno chegando, finalmente tomaram uma atitude sensata."

"Mas é claro! Ofereci um bom preço por um saco de ossos." Assim que disse as palavras, ela se arrependeu. Havia falado exatamente como seu pai.

"Eu sei, sra. Bainbridge. Foi muito generosa em sugerir a compra, estou bem ciente disso. Não leve a mal as pequenas excentricidades dos aldeões. Às vezes, os pobres são muito orgulhosos."

Elsie pensou nas operárias da fábrica, nos dedos ávidos do pai. "Em Londres, não", disse ela.

Elsie levou o sr. Underwood ao primeiro andar. Achava que seria benéfico trazer um vigário para perto do quarto das crianças. Sua presença poderia banir... o que quer que fosse. O que quer que estivesse fazendo com que ela e Sarah vissem coisas que não estavam lá.

Com Mabel acamada, o estado da casa era cada vez pior. Elsie encontrou um montículo de lascas de madeira no patamar e arranhões longos e fundos no chão, como se objetos pesados tivessem sido arrastados por ali. Felizmente, a sala de visitas continuava apresentável, aquecida ao calor agradável do sol da tarde.

Elsie indicou um sofá forrado de seda amarelo-pálida e pediu que Underwood se sentasse. Tocou a campainha para mandar vir chá, sem muita esperança de sucesso.

"Que sala encantadora, sra. Bainbridge. Gostei imensamente das borboletas emolduradas. Mas quem são nossos amigos?"

Ela acompanhou o olhar dele. "Ah!"

De cada lado do fogo minguado estavam os companheiros.

Mas agora há pouco não... Ela não os vira no Salão Principal?

A menina tinha um ar doce de desculpas, apertando a rosa branca junto ao peito como se implorasse indulgência. Mas o menino, não; seus olhos malignos a encaravam em um desafio direto.

Sarah tomou uma cadeira em frente ao sr. Underwood. "Nós os encontramos no sótão há alguns dias. São itens curiosos, não são? Nossa empregada deve tê-los trazido para o andar de cima."

Mas por que Helen faria isso? Ela fizera os arranhões no chão ao carregá-los?

"São obras de arte sofisticadas", respondeu Underwood. "A aparência é tão real que só lhes falta falar."

Sarah riu. Elsie tentou rir, mas o que saiu foi um chiado tenso. "Sinto-me um tanto solitária vagando por esta casa velha. Essas pinturas são meus convidados até que eu tenha permissão para convidar pessoas de verdade. Mas, se um dia eu lhe disser que elas começaram a falar comigo, sr. Underwood, dou permissão para me mandar para o hospício de Bedlam."

Ele sorriu gentilmente. "Lamento saber que a senhora sente solidão. Ficaremos felizes em vê-la na igreja. Venha no domingo."

Inesperadamente, sua garganta se embargou com as lágrimas. Ela olhou para as mãos. Pela primeira vez em seu luto, sentiu que estava prestes a gritar e uivar como Mamãe. "Farei isso. Imagino que seja estranho não ter ido antes, mas não me senti... Não fui capaz. Mas hoje recebi um incentivo. Quando passamos, os aldeões pareceram quase amigáveis."

"Mas é claro. É tudo graças a... hã... Beatrice. Contei a todos sobre seu plano de alimentá-la e distribuir o leite. Há muitos anos ela não tem saúde suficiente para produzir. A manteiga e o leite farão uma enorme diferença na vida dos aldeões. Especialmente na das crianças."

"Com toda a certeza. Eu faria mais, se pudesse. Daria empregos às pessoas. O senhor sabe por que elas não querem trabalhar para minha família? É só por causa dos esqueletos de que falamos? A sra. Holt disse que houve também um acidente com um empregado, anos atrás?"

"Bem..." Ele se deteve, os dedos roçando o lábio em um gesto pensativo. "Parece uma mistura de contos populares com superstição. Eu me esqueci completamente de trazer os registros que mencionei, sra. Bainbridge, mas lembro que havia algum disparate sobre uma suposta bruxa."

Sarah se inclinou para a frente, interessada. "Pode ser a autora do diário que estou lendo! Anne Bainbridge, minha ancestral. Ela tinha talento com as ervas e fazia infusões para dar sorte. Ao que parece, achava que tinha um poder. Os aldeões realmente acreditavam que ela era uma bruxa?"

O sr. Underwood suspirou. "É muito provável que sim, srta. Bainbridge. Naquela época, as pessoas não eram racionais. E sua família não teve sorte com os empregados. Vários morreram em acidentes e, claro, o povoado quis pôr a culpa em alguém..." Ele ergueu as mãos. "É assim que nascem os boatos. Mas espero que, educando as pessoas, possamos erradicar as superstições na próxima geração. Devo admitir, sra. Bainbridge, que tenho algumas ideias radicais. Acredito que toda criança deva receber educação, não importando as condições em que vive. Deve ter em mãos as ferramentas de que precisa neste mundo."

"Concordo com cada palavra." Ela se lembrou do pequeno Jolyon com seu ábaco, a língua à vista no canto da boca ao se concentrar, e sentiu um aperto no peito. "Talvez o senhor deva montar uma escola aqui?"

O sorriso que iluminou o rosto do sr. Underwood foi tão amplo e genuíno que por um momento ela entendeu por que Sarah o admirava. "A senhora me ajudaria?"

"Quando puder. A srta. Bainbridge estaria mais preparada para a tarefa. Seu luto terminará em menos de um mês. Ela poderá fazer muitas coisas que não seriam adequadas para uma viúva."

"Ah, sim, deixe-me ajudar, sr. Underwood!" Sarah bateu palmas. Sua atadura abafou o som. "Essa é uma ideia maravilhosa. A sra. Crabbly me deixou uma pequena herança, e farei uma doação. Precisamos ajudar as crianças."

De repente, as lápides surgiram outra vez diante de seus olhos. Enterradas sob um nome emprestado. Aquelas pobres menininhas... Elsie não guardaria todo o dinheiro de Rupert para o bebê. Havia outras crianças: desprotegidas, vulneráveis.

A ideia lhe causou náuseas. Um gosto azedo começou a tomar sua boca. Ela se levantou de repente. A vista estremeceu, tornando-se indistinta e mutável. "Podem... Por favor, podem me dar licença? Preciso... ver se fizeram o chá."

Com o canto do olho, avistou a primeira companheira. A criança pintada se parecia ainda mais com ela. Era seu próprio rosto, observando-a.

Teve que sair às pressas, antes que vomitasse.

Um corrimão de madeira margeava a galeria, bloqueando o vão que dava para o Salão Principal. Elsie teve que contornar toda a balaustrada para chegar ao banheiro. Em geral, isso não era nenhum apuro, mas a náusea fazia a distância parecer gigantesca. Ela estendeu a mão e se apoiou no corrimão. O móvel rangeu. Pensou no empregado que a sra. Holt havia mencionado, desabando para a morte, e retirou a mão.

No chão da galeria, uma tábua gemeu. Helen vinha correndo em sua direção, as bochechas vermelhas como maçãs. Os cordões da touca estavam desamarrados e batiam nos ombros da empregada.

Elsie respirou fundo. "Helen? Onde está a bandeja de chá?"

"A sra. Holt está cuidando disso, senhora." Helen deu os últimos passos, o queixo balançando sobre a gola do vestido. "Espero que me perdoe, mas queria falar com a senhora... a sós."

Nesse instante, Sarah riu de alguma coisa dentro da sala. O rosto da companheira voltou à mente de Elsie.

"Helen, traga-me um penico. Rápido."

Depois de expelir seu fardo e beber um copo d'água, Elsie tomou consciência de onde estava. Helen a havia sentado na baeta gasta da mesa de bilhar, com os pés pendurados na borda. Ao lado, na sala de estar, pôde ouvir as colheres tinindo contra a porcelana. A sra. Holt devia ter servido o chá, finalmente.

"Eu disse à sra. Holt que precisava ficar um pouco com a senhora, para o caso de... de passar mal outra vez." Helen falava em sussurros, o tempo todo olhando de relance para a parede. "Não tenho muito tempo, senhora. Posso falar agora?"

Elsie não tinha a menor vontade de lidar com a criadagem no momento, mas Helen a poupara de vomitar e desmaiar no corredor. Devia, pelo menos, prestar atenção.

"Sim, posso dispor de um momento. Por favor, continue."

"Eu..." Helen parou, perdida. Baixou o olhar e começou a brincar com o avental. "Não sei como começar, senhora. É que... A sra. Holt me disse que a senhora esteve no quarto das crianças."

Um calor subiu por seu couro cabeludo. "Sim."

"A senhora viu..." Outra torção do avental. "Viu alguma coisa?"

Elsie agarrou a borda da mesa de bilhar. Era uma piada, não? A sra. Holt deixara escapar a reação de Elsie ao quarto das crianças, e agora a empregada a estava provocando.

A governanta da casa de Rupert em Londres tentara convencer Elsie a servir o almoço às duas da tarde, para fazê-la parecer inferior diante dos convidados. Os empregados percebiam que ela só tinha dinheiro vindo do comércio — ou dinheiro de loja, como diziam. Por ter origem humilde, acharam que seria uma presa fácil.

"O que exatamente você esperava que eu visse lá?"

Ela esperou pela descrição do berço e dos brinquedos que havia feito à sra. Holt. Em vez disso, Helen disse: "Escritos".

"Escritos?"

Helen deixou cair a barra do avental. "Eu não deveria ter dito nada. Por favor, senhora, esqueça que falei."

"Você viu *escritos* no quarto, Helen?"

Ela fez um gesto desesperado, pedindo silêncio. "Não deixe a sra. Holt ouvir. Ela detesta essas coisas. Até comprou um gato preto para provar que as superstições são bobagem. Mas, desde que o patrão veio para cá, há alguma coisa... estranha aqui."

Se Helen estava fingindo, era muito boa nisso. Suas mãos tremiam, parecia abalada.

Elsie escolheu as palavras seguintes com cuidado. "Foi você quem encontrou o sr. Bainbridge, não foi, Helen? Depois que ele morreu? É natural que fique nervosa depois de uma morte na casa. Talvez..."

Helen balançou a cabeça. "Pensei nisso, senhora, depois de ver que Mabel nem notou. E pensei em como naquele quarto há cânfora suficiente para matar um gato, então os vapores podem ter me deixado zonza. Mas o patrão... Ele também viu."

Elsie oscilou na beira da mesa. "Escritos?"

"Não... não exatamente. Só eu vejo a escrita, no pó. Como se alguém tivesse escrito com o dedo. Mas o que o patrão viu era diferente. Ele viu os alfabetos de madeira formando uma palavra."

"Que palavra, Helen? Você conseguiu ler?"

"Ah, sim. A sra. Holt me ensinou a ler." Mesmo nesse instante, demonstrou um toque de orgulho. "Mabel ainda não sabe ler."

"Esqueça isso. Qual era a palavra? O que dizia?"

Helen fez uma careta. "*Mamãe*. Dizia *Mamãe*."

O SILÊNCIO DA CASA FRIA
LAURA PURCELL

A PONTE, 1635

Não estou nem mesmo perto de terminar os preparativos para a visita real, ainda mais com a neve — *neve!* — no Pentecostes, que impediu qualquer viagem. Aquela terrível geada destruiu a maior parte das minhas plantas. Todas terão de ser semeadas mais uma vez ou substituídas por plantas adultas. Graças a Deus, as estufas de Londres conseguiram nos mandar rosas e lírios! Rezo a Deus para que possamos mantê-los vivos nos próximos três meses. Outra benção providencial foi o fato de o canteiro de ervas de Hetta ter sobrevivido. Os rebentos verdes provaram ser mais resistentes do que muitas plantas, e os talos cinza-azulados dos cardos continuam crescendo.

Minha ansiedade aumenta com as esperanças de Josiah. Ele já está esboçando planos para uma nova ala na casa. Esta manhã, entrou nos meus aposentos enquanto eu me vestia, trazendo um pacote envolto em seda.

"O que é isso?", perguntei a seu reflexo no espelho. Tive a sensação de alguma coisa atrás de mim, fria e brilhante como gelo.

"É um presente, minha senhora." Ele pousou a mão no meu ombro. "Consegue adivinhar o que é?"

"É uma joia para usar na presença do rei e da rainha. Um... colar?"

Ele riu. "Minha profetisa."

Começou a abrir o embrulho. Fechei os olhos para não ver, só sentir suas mãos no meu pescoço. O colar tilintou e tocou minha clavícula. Rígido, frio. Era como uma faixa de neve.

"Abra os olhos", Josiah riu. "Lizzy, feche a cortina, sua patroa está meio cega."

Ouvi a cortina correr atrás de mim e, devagar, abri as pálpebras.

Havia previsto o objeto, mas não a qualidade. Diamantes rodeavam o meu pescoço e caíam sobre o busto. A forma era de um arco com três gemas em gota. Cada pedra transparente, pura como a água. O colar poderia ter pertencido à própria rainha.

"Josiah..."

Tive um vislumbre do rosto dele no espelho. Cintilava de orgulho. "Isso passará aos nossos descendentes, Annie. À esposa de James e, depois, à esposa de seu filho. Toda grande família precisa de uma herança. Estes serão os diamantes dos Bainbridge."

Meus lábios se abriram. As palavras estavam na ponta da língua, queria dizer que já possuía as joias da mãe dele, mas havia um peso, um ardor na atmosfera que me alertou contra esse argumento. "São lindíssimos. Podemos..." Olhei de relance para Lizzy e baixei a voz. "Podemos pagar por eles, querido?"

Ele franziu a testa. "Por que se preocupar com uma coisa dessas? Os aluguéis do verão devem chegar em breve."

Os aluguéis que havíamos aumentado desde o último trimestre, lembrei.

"É claro." Os diamantes pesavam no meu peito. Quando os movi junto da pele, senti que eram dolorosamente frios. "Perdoe-me, é que... eu nunca tive nada tão elegante! Na verdade, tenho um certo medo."

Não pude deixar de lembrar como Mary falara de diamantes, muitos anos atrás.

"Eles afastam o mau-olhado", ela havia dito. "Protegem contra as magias mais perversas."

Foi por isso que Josiah os colocou no meu pescoço? Ele suspeitava que meu alambique contivesse mais do que simples ervas?

Nauseada, toquei a garganta e olhei para seu reflexo no espelho.

Um sorriso iluminou o rosto dele. "Deve se acostumar com as melhores joias, minha senhora, como convém à sua posição como minha esposa. Quero vê-la usando esses diamantes todos os dias."

Havia um toque gélido dos diamantes em sua voz. Não era só um desejo: era uma ordem.

Atrás dele, Lizzy estava de pé à janela. A mão enrugada tocava a própria clavícula, como se também sentisse a frieza percorrer sua pele.

Engoli em seco. O gesto moveu os diamantes.

"Como quiser, meu senhor."

Hoje fui até Torbury St. Jude. O clima não está quente, mas pelo menos está mais seco. As águas baixaram, e é possível usar as estradas. Passamos por entre as lojas com a carruagem, pois vestígios de poças enlameavam as ruas e o vento açoitava as vielas com grande violência.

"Estou com as novas toalhas e guardanapos", eu disse a Jane, contando nos dedos. "A prata está sendo polida. Os vestidos devem chegar de Londres no mês que vem."

"A sra. Dawson pareceu escandalizada porque a senhora não os encomendou na loja dela", disse Jane.

De fato, pobrezinha. Mas o que ela esperava? Não se trata de uma festa campestre. O rei e a rainha, meu Deus! Eles esperam ver a última moda em trajes de veludo, as rendas mais sofisticadas.

"Não posso me preocupar com a sra. Dawson neste momento", argumentei. "Haverá tempo suficiente para lidar com ela depois. Por enquanto, só me preocupo em agradar a rainha Henrietta Maria."

"A rainha certamente ficará satisfeita com toda a decoração luxuosa que a aguarda no quarto e com as melhorias que a senhora fez. Ficará estupefata."

Eu sorri, orgulhosa. "Parece bom para nós, Jane. Mas ela é a rainha. Cresceu no Château de Saint-Germain-en-Laye. Será preciso um grande esforço para impressioná-la. Ela gosta de curiosidades, de coisas estranhas que ninguém mais viu." Olhei pela janela. O céu leitoso e opressivo dava à nossa cidadezinha uma aparência desolada. Nosso cavalo levantou a cauda e despejou uma carga de esterco na estrada. Suspirei. "Onde encontrarei coisas exóticas como *essas* em Torbury St. Jude?"

"Talvez aqui mesmo, no caminho, senhora. Há um estabelecimento de que ouvi falar na feira."

Eu me virei para ver a loja que Jane indicava, à esquerda. Era um lugar pequeno, separado da fileira de prédios desiguais e dispersos que contornavam a rua. O andar inferior era feito de tijolos; a parte superior consistia em vigas velhas e gesso.

"Pare!", gritei. O lacaio deteve os cavalos. Quando o estalo dos cascos cessou, ouvi a placa da loja gemer ao vento. Não consegui distinguir o desenho, mas pensei ter visto as palavras *Objetos Elegantes* pintadas acima das grades da janela. "Jane, não conheço esse lugar. Há quanto tempo está aqui?"

Ela sorriu. "Achei que a senhora conhecesse tudo."

Deixei passar essa insolência. Na verdade, a loja me causava uma sensação que não consegui traduzir em palavras. Sabia que não conseguiria seguir em frente sem antes entrar lá. Havia alguma coisa importante, alguma coisa ali dentro...

Só me senti assim uma vez antes: foi naquele dia gelado de janeiro, uns nove anos atrás, quando abri o velho livro de couro de Mary e recitei suas palavras diante das ervas maceradas no alambique. Era a mesma sensação: a apreensão, a certeza.

"Vamos entrar." Bati no teto da carruagem. O lacaio desceu e tentou abrir a porta. A porta não queria ceder. Segurei a alça e tentei ajudá-lo, mas era como se o vento fosse uma mão de ferro, me empurrando. Bloqueando minha passagem.

Aplicando toda a minha força, empurrei-a. A porta cedeu, se escancarando com tanta força que bateu no corpo da carruagem. Caí nos braços do lacaio.

"A senhora está bem?"

Eu estava envergonhada, mas ilesa. Minhas saias estavam em completa desordem; o vento as agarrou e arrancou uma fita do meu cabelo. Eu a vi voar rumo ao esquecimento no cinza do céu. "Estou muitíssimo bem. Jane, você terá de segurar meu braço para chegarmos até a porta."

Fiquei grata pela firmeza de Jane e por sua cintura grossa de camponesa. Que estranha dupla devíamos formar, de cabeça baixa, lutando contra o vento; Jane com a saia verde-musgo e eu em uma maré de cetim e renda.

O vento transformava tudo o que tocava em instrumentos musicais. De trás veio o tilintar dos arreios dos cavalos, chamando-nos de volta; à frente, a placa rangeu ao balançar. Seu gemido ficava mais alto a cada passo, até que finalmente não consegui ouvir mais os cavalos.

Jane empurrou a porta da loja com um dos ombros largos, fazendo um sino tinir. "A senhora primeiro." Ela quase me empurrou para dentro — não me incomodei com isso, pois fiquei feliz em me abrigar.

Um homem baixo e calvo se levantou com um salto quando entramos. Um gibão marrom muito gasto se esticava sobre a barriga dele. Tinha olhos pequenos e nervosos — olhos de porco, pensei —, que se avivaram ao nos ver. "Bom dia, senhoras. Deram-me um bom susto."

"Peço desculpas. Fomos praticamente empurradas para dentro da sua loja."

"O vento está forte?"

Jane bateu a porta atrás de nós. O sino tocou novamente. "Forte? Está a ameaçando um temporal!"

"É mesmo?" Ele sorriu e pareceu recuperar a compostura. "Nesse caso, imagino que precisem se recompor. Deixem-me trazer vinho e ameixas cristalizadas. Nesta loja, toda cliente é tratada como uma duquesa."

Acima do ombro esquerdo do homem vi um espelho com moldura de ouro, com querubins e flores esculpidos. Meu reflexo me encarou, completamente desgrenhada. Não me senti nem um pouco como uma duquesa.

Enquanto ele buscava o vinho, tivemos tempo para olhar à nossa volta. A loja era muito maior do que parecera por fora, mas os objetos curiosos ocupavam cada centímetro do espaço. Estantes empoeirados pendiam das paredes com cristais e pedras à espreita sob o vidro escuro. Pássaros empalhados, de aparência estranha e origem estrangeira, nos olhavam com fúria, as penas tingidas em cores vívidas. Suspenso no teto, havia um esqueleto que nunca vira antes — alguma criatura monstruosa com um grande chifre, como um unicórnio, mas que se projetava a partir do nariz. Até mesmo o ar tinha um cheiro incomum, quente e condimentado.

"Obrigada", eu disse, aceitando uma taça de vinho do lojista. Notei que a peça tremia em sua mão. "Estou surpresa por não termos visto sua loja antes. O senhor é novo em Torbury St. Jude?"

"Recém-chegado." Ele ofereceu a bandeja com ameixas cristalizadas. Jane não titubeou e logo agarrou uma fruta, metendo-a inteira na boca.

"Meu nome é Samuels. Passei a vida viajando pelo mundo, senhora, e agora estou aqui, com todas as raridades possíveis a sua disposição."

O vinho era bom. Outra mercadoria importada, suspeitei.

Passei os dedos por um armário e puxei uma alça de veludo presa à gaveta. Ela se abriu. Fileiras e mais fileiras de ovos surgiram diante de meus olhos: azuis, mosqueados, alguns minúsculos, um do tamanho de uma maçã. As joias da natureza. Nem mesmo os diamantes da corte poderiam rivalizar com tesouros raros e delicados como aqueles. "De fato, deve ser difícil para o senhor se separar de sua coleção. Todos os itens são uma lembrança de suas jornadas, não são?"

"Há algumas lembranças que não se quer guardar." Seu rosto endureceu por um momento. "Além disso, gosto de compartilhar o que encontrei. As pessoas sempre querem uma curiosidade para mostrar aos amigos."

Com cuidado, peguei uma ameixa cristalizada. Os grãos de açúcar grudaram nos meus dedos. "Confesso que esta é minha missão aqui. Em agosto, vamos receber alguns convidados ilustres."

"Ah! Então venha por aqui, senhora. Vou lhe mostrar as peças de marfim. Objetos extraordinários e incomparáveis. Deixarão qualquer convidado boquiaberto."

Levei a ameixa à boca e o segui.

Foi uma meia hora estonteante, vasculhando e escolhendo itens da arca do tesouro de todo o mundo. Encontrei tulipas secas emolduradas e um canhão mecânico que disparava projéteis. Confesso que me deixei levar. Senti imensa vergonha quando me virei e, à luz tênue das velas, vi outra cliente à espera de atendimento.

"Ah!", gritei. "Peço que me perdoe." Virei-me para o sr. Samuels. "Isso deve bastar por enquanto, estou impedindo o senhor de cuidar da loja."

Seus olhos diminutos acompanharam os meus. Por um momento, achei que ele estivesse com medo. Então, riu.

Percebi meu erro: não era uma cliente quem estava parada no canto, mas uma tábua, pintada para se assemelhar a uma pessoa. Tão esplêndido era o trabalho que, à primeira vista, ninguém notaria que era uma obra de arte. A retratada era uma mulher descansando com a mão no quadril. Havia sombras pintadas em seu rosto no ângulo exato em que a luz entrava pela janela da loja.

"A senhora as alcançou primeiro", disse Samuels. "Eu estava me dirigindo a essas peças." Ele foi até o objeto. Pude ver, à luz da janela, gotas de suor em sua testa. "Essas imitações podem enganar os mais atentos entre nós. Conhece o significado de *trompe l'oeil*?"

"Enganar o olho?"

"Exatamente. Um engano lúdico. Aproxime-se." Ele apontou para o ombro da figura recortada. O dedo pairou a poucos centímetros da madeira. "Está vendo as bordas chanfradas? Elas impedem que a peça pareça plana." Espiei atrás das costas da silhueta, ainda surpresa ao descobrir que não era sólida. Não era uma mulher de verdade, e ainda assim eu sentia que não podia tocá-la, nem olhá-la nos olhos. "Tenho outras que posso lhe mostrar. Crianças carregando frutas. Empregadas e varredores de rua. Uma dama com seu alaúde."

"De onde eles vêm?"

"Estes me foram entregues em Amsterdã. São chamados de 'companheiros silenciosos'." Ele pigarreou. "Esses holandeses, senhora, adoram um pouco de ilusão. Não são loucos só pelas tulipas. Eles têm caixas de perspectiva e comida falsa — até mesmo casas de bonecas com mobília mais fina que a do palácio de um duque."

Eu me voltei para Jane. "São um bom divertimento, não? Posso imaginar os convidados dando um gritinho ao passar por essas pinturas. Um momento de choque, depois risada e conversa."

"Não sei se Sua Majestade gostaria de ficar chocada", respondeu Jane.

O sr. Samuels olhou para mim com respeito renovado. "A senhora disse Sua Majestade? A rainha?"

Corei novamente, desta vez por prazer. "Sim. Estamos imensamente honrados. Então o senhor entende por que é importante escolher..."

Ele ergueu a mão. Os dedos eram gordos, como salsichas, e marcados pelo tempo. "Sim, sim", interrompeu, "a senhora precisa de tudo o que há de melhor. Posso recomendar humildemente esses itens?" Mais uma vez, apontou para a figura, mas não deixou que a mão fizesse contato com ela. Deduzi que o objeto era caro, precioso demais até para tocar.

"São diferentes de tudo o que já vi. É claro que pensarei no assunto."

"Cara senhora, o que há para pensar? Eles são exatamente a coisa certa para agradar Sua Majestade." Havia uma súplica na voz, nos olhos. Talvez os negócios não estivessem indo tão bem quanto ele havia esperado.

"Já comprei uma boa quantidade de mercadorias", respondi, tentando calcular meus gastos. Peças tão raras quanto aquelas deviam estar além do meu alcance, não? "Seria adequado consultar meu marido antes..."

"Mas seu senhor lhe dará o mesmo conselho que eu. Duvido que algum homem na Inglaterra já tenha visto coisa assim."

Pensei em Josiah, em como ele ansiava pelo reconhecimento do rei. "Talvez queiramos um ou dois..."

"Mas o efeito será menor. Venha, deixarei que a senhora leve toda a coleção."

Normalmente, desconfiaria de alguém desesperado para vender seus bens, mas eu queria os estranhos brinquedos do sr. Samuels. Eles me chamavam, espiavam-me, seduziam-me para que os levasse, com aqueles olhos pintados.

"Não sei se..."

"Por um preço especial." Ele sorriu. "Garanto à senhora, não há método melhor para surpreender a rainha. Ela nunca esquecerá os companheiros."

Comprei todos.

O SILÊNCIO DA CASA FRIA
LAURA PURCELL

A PONTE, 1865

"Os olhos se mexeram."

"O quê?" A caneta de Elsie estremeceu e falhou sobre a página. Arruinada: a carta para o empreiteiro estava arruinada. "O que você quer, Mabel?"

Depois de duas semanas descansando na cama, Mabel voltara a tirar o pó e a fazer outras tarefas leves. Elsie estava inclinada a pensar que a empregada podia fazer muito mais. Ela tirara vantagem do infortúnio, arrastando-se como uma criança com o pé torto.

Estava parada à porta aberta da biblioteca, a postura encurvada, protegendo a perna sem ferimentos. A mão direita carregava um pano sujo e havia uma mancha de fuligem em seu nariz.

"Aquela coisa. Ela mexeu os olhos, olhou direto pra mim."

Elsie largou a caneta. "Que coisa?", perguntou. Mas já sabia. Era como se tivesse passado a última quinzena só esperando que isso acontecesse.

"A coisa de madeira."

"O companheiro?"

"Isso." O suor cobria a fina linha de cabelo à mostra sob a touca de Mabel. Engoliu em seco. "Não vou mais limpar aquilo. Os olhos se mexeram."

As palavras se formaram na mente de Elsie; mil comentários sarcásticos. Não pôde proferir nenhum deles. "O menino cigano?"

Mabel balançou a cabeça. "A outra."

"Mostre-me."

Desceram as escadas em silêncio, em passos rígidos, como marionetes. O vento soprava pelas rachaduras nas tábuas do assoalho e lançava folhas de encontro às janelas. Atrás da casa, Beatrice deu um mugido tristonho.

Helen estava esperando no Salão Principal, os nós dos dedos apertados em torno de um espanador.

"Você os mudou de lugar outra vez", perguntou Elsie, olhando para os arranhões no chão. "Por que faz isso?"

"*Nós* não mexemos neles", retrucou Mabel, aflita.

Os dois companheiros estavam ao lado da lareira. Havia alguma coisa diferente no garoto, mas ela não conseguia identificar o quê. Ele a olhava com arrogância, voltado para a esquerda. A figura a provocava, a desafiava a perceber uma mudança.

Alguma coisa... O ângulo do rosto... Ela descartou o pensamento. Não havia mudança. As pinturas não mudavam, essa era uma fantasia ridícula.

A menina tinha exatamente a aparência de que Elsie se lembrava: a rosa branca apertada junto ao peito; o sorriso travesso e a seda verde-oliva. Os olhos castanho-esverdeados ainda ofereciam a mesma expressão intensa — não haviam se movido.

Ela soltou a respiração. "Você não aprecia a boa arte, Mabel. A habilidade de um pintor é fazer com que os olhos pareçam estar cravados em você, não importa onde esteja. Ande em frente aos retratos no andar de cima e terá a mesma impressão."

"Eu não estava andando. Não mexi nenhum músculo. Estava parada, bem ali, e eles *se mexeram*."

Era horrível demais para imaginar. Ela *não* imaginaria, nem acreditaria em mais nenhuma história ridícula daquelas empregadas. "Helen viu isso?"

"Não, senhora", murmurou Helen. Ela apertou o espanador. "Mas..."

"Deixe-me adivinhar: encontrou escritos?"

"Não. Senti... uma coisa estranha. Como se alguém estivesse me observando."

"Todos já sentimos isso, Helen. Provavelmente foi Jasper." Ela deu as costas aos companheiros. "Acho que é melhor Mabel ir para a cama.

Está claro que ela ainda não se recuperou. E, já que estamos aqui, Helen, prefiro que você coloque o menino de volta onde quer que o tenha encontrado. A srta. Sarah só pediu que trouxesse a menina."

"Vou colocá-lo no porão, se a senhora quiser. Ainda não consigo entrar no sótão."

"Sim, eu estava escrevendo para Torbury St. Jude pedindo que alguém viesse abrir o sótão quando Mabel começou com essa tolice. Coloque o menino cigano no porão e voltarei à minha carta." Ela estava a caminho das escadas quando a voz de Mabel a deteve.

"E a outra?"

"A srta. Sarah quer a menina, Mabel. Se tem tanto medo, mande Helen limpá-la."

"Não." Mabel apontou o dedo sujo de fuligem. "Aquela ali."

No tapete oriental, onde o caixão de Rupert havia ficado, estava uma terceira companheira.

Uma velha sentada em uma cadeira. Era pior que o menino cigano; não só zombeteira, mas decididamente malévola. Usava uma touca branca e um xale preto. Apoiada em seus braços havia uma boneca imitando uma criança, com uma rigidez artificial e uma face inexpressiva.

"De onde veio isso? Por que... por que alguém pintaria uma coisa dessas? Esse rosto!" Suas palavras ecoaram pelo corredor e voltaram para ela.

Helen tremeu.

"Guarde essa *coisa*, Helen. Onde foi encontrá-la?"

Os lábios de Helen fraquejaram. "Aqui, senhora. Bem aqui, hoje de manhã."

O SILÊNCIO DA CASA FRIA
LAURA PURCELL

A PONTE, 1635

Eu soube, desde o momento em que acordei, que teria um dia tenso pela frente. O ar abafado foi apenas um prenúncio. Ameias de nuvens bloqueavam a luz, e uma tensão silenciosa pairava sobre os jardins. O calor era sufocante. Passei o dia todo desejando que as nuvens se abrissem e aliviassem minha dor de cabeça, mas ainda assim elas me encaram, furiosas, resistentes. Nada lá fora se mexe; não há brisa.

Se estiver assim quando o rei e a rainha chegarem, ficaremos todos afogueados e irritadiços. Como manter a elegância em nossas lindas roupas com o suor a escorrer do rosto? Ninguém terá vontade de comer um cisne assado. Ah, se ao menos este clima cedesse!

Josiah deixou-me melancólica a respeito da visita. Veio ter comigo logo após o jantar e deu ordens para que as empregadas se retirassem.

"Preciso falar com você", disse ele. A tensão em sua mandíbula e as rugas na testa falaram por ele.

"Você decidiu o que fazer com Hetta", concluí.

"Sim." Ele passou a mão pela barba. "Annie, você não vai gostar do que tenho a dizer."

"Então não diga. Mude de ideia."

Ele suspirou. "Não posso. Será melhor assim. Henrietta Maria pode comparecer ao banquete. Ela se esforçou bastante para isso. Mas, quanto ao restante dos festejos... A resposta é não."

Minhas mãos se fecharam em punhos. Sabia que deveria escolher as próximas palavras com cuidado, mas não era dona de minhas emoções. Aquela sensação ardente e formigante aflorou dentro de mim e fez surgirem lágrimas em meus olhos.

"Ela é jovem", continuou ele. "Não sei se seria adequado, ainda que..."

"Você tem vergonha dela", repliquei.

Por um instante, ele hesitou. Foi o suficiente. "Tenho pena dela..."

"Ela é um milagre! As parteiras disseram que eu nunca mais teria outro bebê depois de Charles. E, no entanto, aqui está ela. Sua única filha, Josiah. Um milagre."

"Estou ciente disso. Ninguém acreditava que você fosse capaz de gerar outra criança. Talvez seja por isso que ela tenha certas... dificuldades."

Por trás de suas palavras, ouvi a acusação que está sempre fervilhando abaixo da superfície: é culpa minha que a língua de Hetta não tenha crescido. Meu útero não pôde nutrir uma criança completa. Faltou alguma coisa; ou em mim, ou na mistura.

"Ela foi tocada por Deus!", gritei. Ele olhou para mim. Bastou um olhar para inflamar minha ira. "Acha que não? Acha que é o contrário?"

Ele ergueu as mãos em sinal de rendição. Estava se cansando de mim. "Acalme-se. É claro que não acho que Henrietta Maria tenha um demônio no corpo. Você está perdendo a cabeça."

"Não estou. Você quer esconder minha filha do mundo!"

"Todos vão vê-la no banquete, Anne. Não vou *escondê-la*, mas devo protegê-la." Ele começou a andar de um lado para o outro pelo quarto, o couro das botas rangendo ao caminhar. "Vamos apresentá-la à sociedade sem pressa. Ela ainda não está pronta. É indisciplinada e infantil demais. Fizemos suas vontades e a deixamos correr pela casa à sua maneira. Mas isso deve acabar agora. Ela será instruída."

"Instruída?"

"Nos modos da corte. Não há tempo para treiná-la antes da visita. Não podemos nos permitir nenhum erro. Nenhum! Não me atrevo a imaginar as consequências. Gostaria que eu fosse banido da corte pelos maus modos de Henrietta Maria? Tudo deve ser perfeito."

Minha paciência se desgastava sob o ranger de suas botas. Pois não ouvia o chiado do couro: ouvia árvores à noite, agitando os galhos sobre uma figura encapuzada que colhia ervas; um pilão moendo no almofariz; o mistério e a tentação nas palavras de um antigo feitiço. "Você parece estar sugerindo que nossa filha não é perfeita."

"Você sabe que ela não é."

Aquilo me deixou sem fôlego. Como Josiah podia falar assim da própria filha? Creio que nunca o detestei tanto quanto naquele momento. "Essa notícia vai partir o coração dela".

"Então darei a notícia, se você não quiser fazer isso. Onde ela está agora?"

"No jardim."

Fui até a janela, desejando vê-la em paz antes que ele destruísse suas esperanças. Tudo lá fora tinha uma aparência estranha. As plantas exibiam um brilho anormal sob o céu tempestuoso. Minhas novas sebes de lírios se converteram em lanças de um verde vívido; as rosas, em coágulos de sangue. Atrás das flores, minha Hetta estava ajoelhada no chão, cuidando de suas ervas. Os tornozelos estavam à mostra, manchados de verde. Não me importei com isso. Seu rosto estava radiante, apesar das nuvens. Parecia feliz; sorriu quando sacudiu a cabeça e a inclinou para cima de modo a...

"Quem é aquele?" Ouvi a voz de Josiah atrás de mim.

Resmunguei um impropério. "É aquele menino cigano outra vez. É hora de ele sumir. Eu o mandei ficar longe daqui."

"Está vendo? Agora você entende?" Ele apontou para a cena lá fora. "Brincando com ciganos! É exatamente desse tipo de coisa que estou falando."

Eu me virei, zangada demais para contradizê-lo. "Vou cuidar disso", garanti, e saí do quarto.

Meus pés martelaram as escadas. Maldito seja aquele cigano com sua impertinência, maldito seja por fazer o pai da pobre Hetta pensar mal dela!

Irrompi pelos jardins. O ar era como um hálito rançoso. Não era de se admirar que as plantas não vicejassem; até o solo estava pálido, seco e rachado.

Não vi Lizzy em parte alguma. O que estava pensando ao deixar Hetta assim, desacompanhada?

"Hetta! Esse garoto a está incomodando?"

Ela se levantou num pulo e veio pegar minha mão. Sua palma estava suja, mas não suada. A umidade que extenuava a mim e aos jardins não a tocava.

"O que está acontecendo?"

Ela abriu um sorriso vagaroso. Piscou e baixou o olhar, e percebi que estava olhando para meus diamantes. Uma mãozinha se estendeu rumo a meu pescoço.

"Agora não, Hetta. Suas mãos estão imundas. Pode ver o meu colar depois." Afastei sua mão e olhei com fúria para o garoto. Ele se manteve firme, fedelho imoral que era. "Quanto a você... Não deveria estar aqui. Sabe muito bem disso. Este é o último aviso."

Tardiamente, ele tirou a touca da cabeça. "Por favor, senhora. Só vim procurar trabalho."

"Os ciganos não trabalham...", comecei, mas Hetta puxou meu braço. Fez um dos sinais que havíamos inventado só para nós. *Cavalo.* "Ele roubou meu cavalo?"

Ela balançou a cabeça com veemência, negando. Seus lábios se franziram de frustração, como sempre acontece quando não consegue se fazer entender. *Cavalo. Menino. Cavalo.*

O garoto se inquietou. Falou com ela em sua linguagem cigana. O som era infernal; uma algaravia demoníaca. Mas ela pareceu entendê-lo, pois assentiu e grunhiu.

"A srta. Henrietta Maria..." Ele olhou para mim, olhos escuros como breu. "A senhorita achou que a senhora me deixaria trabalhar aqui. Com os cavalos."

Eu me perguntei como ele sabia disso; como ousava presumir que entendia Hetta quando eu mesma não a compreendia. "Não o deixaria ficar a menos de cem metros dos meus cavalos", zombei. "Você os roubaria."

Hetta soltou minha mão.

"Por favor, senhora. Por favor. Meu povo sabe cuidar dos cavalos. Agora que seu administrador nos proibiu de cultivar a terra, o que faremos? Como vou comer?"

Eu me contive. Ele realmente tinha uma aspecto lamentável, encolhido e todo esfarrapado. Hetta sinalizou para mim mais uma vez. *Nada.*

"Sei que eles não têm nada, Hetta. Não é culpa minha."

Não, não era isso. *Menino. Nada.*

"Não roubamos nada", murmurou ele. Os olhos de Hetta se iluminaram, e, por um instante, invejei o garoto. Que comunhão tinha com minha filha — minha criação? Não queria que ficasse perto dela. "Em todos os anos que vivemos nas terras de uso comum, não roubamos nada de vocês."

"Pode até ser. Mas os cavalos do rei ficarão no meu estábulo. Entende? Como posso aceitar esse risco? O que ele diria se um cigano roubasse seu cavalo? Ele responsabilizaria meu marido. Isso nos arruinaria."

Hetta estendeu as mãos.

"Os senhores precisarão de mais empregados", disse ele. "Para a visita do rei. Vários cavalariços. Estarão muito ocupados."

"Então contrataremos homens. Não um menino cigano."

Hetta bateu o pé. Para meu espanto, ela colocou as mãos na minha perna e me empurrou.

Minha paciência se esgotou. Eu não estava mais nos jardins da Ponte, mas na casa de meus pais, anos atrás. Mary correu em direção à bandeja de doces, me empurrando para o lado. Riu quando eu caí. A fúria comandou minha mão.

O ruído da minha pele encontrando a de Hetta foi mais alto do que qualquer grito. Arfei de susto. Minha mão deixou uma marca vermelha em seu rosto. Eu nunca havia batido nela.

Jamais esquecerei a mágoa — a emoção, muito próxima do ódio — que ardeu em seus olhos. "Ah, Hetta! Peço que me perdoe. Eu não pretendia — você não devia me empurrar! Está tão obstinada hoje."

Meus olhos procuraram disfarçadamente a janela. Graças aos céus, Josiah não estava lá. Não viu minha filha agir como a criança estouvada que ele a acusava de ser.

"Eu não queria causar problemas, senhora." O garoto recolocou a touca. "Só queria trabalhar. Vou embora agora. Adeus, srta. Henrietta Maria."

Um som saiu dos lábios de Hetta: um gemido horrível, como o de um animal sofrendo. Ela correu atrás dele e lhe agarrou o casaco. Não sei o que se passou entre eles. Ele falou, resignado, naquela língua pagã, e ela respondeu com sinais de mão que eu nunca vira antes. Por fim, ela o deixou partir.

Hetta se virou para o canteiro de ervas e começou a podar os cardos. Não olhou para mim, mas vi seu perfil. Em seu rosto, o ressentimento havia se esvaído. Toda a vitalidade se fora, não restando nada além de tristeza.

Senti um aperto no peito. Ela ainda nem sabia que fora banida da mascarada. Eu a vi se debruçar no chão e regar o alecrim com lágrimas. Gotas escuras mancharam o solo ressequido, infiltrando-se lentamente nas raízes.

Nenhum coração de mãe seria capaz de suportar tal visão. Ver uma criança como outra qualquer aos soluços já seria um grande sofrimento. Mas ver minha pobre menina muda, tão silenciosa em sua tristeza, me fez ceder como o ramo de um arbusto que se verga sob o peso de um pombo.

"Espere!", gritei. O menino cigano se deteve. Arrisquei outro olhar para a janela — vazia. "Espere."

O SILÊNCIO DA CASA FRIA
LAURA PURCELL

A PONTE, 1865

"Mabel? Mabel, posso entrar?" Elsie empurrou a porta, abrindo-a. Com o sótão lacrado e a casa vazia, as empregadas passaram a dormir nos quartos de hóspedes da ala oeste, no terceiro andar. Eram aposentos modestos, mas agradáveis. Um tapete azul cobria o chão. Havia pequenas gravuras penduradas nas paredes, tornando o lugar acolhedor. Um lavatório e uma banheira de assento estavam aninhados junto à lareira Era um lugar bom e confortável para uma garota acostumada à austeridade de um asilo, e melhor do que qualquer quarto de empregada, mas Mabel encontrava-se sentada na cama, rígida, com as cobertas puxadas até o queixo. O rosto estava cansado, assombrado.

"Mabel?"

"Ah, é a senhora!", exclamou ela. Suas pupilas se contraíram de volta ao tamanho normal. "Desculpe. Fiquei confusa e achei que a senhora fosse... Peguei no sono."

"Perdoe-me. Não queria assustá-la." Elsie se sentou em um canto da cama. "Como está se sentindo?"

Mabel franziu o rosto. Passou a mão pelos cabelos escuros e desgrenhados. "Atarantada. Vou contar pra senhora, deu até um embrulho no estômago."

"Devo admitir que também me senti um pouco estranha." Ela baixou o olhar. *Estranha* era um eufemismo. Desvendada, escancarada, exposta: essas eram palavras mais precisas. O medo exauria as pessoas — ela se esquecera disso. "Acho que vou chamar o médico. Seu tornozelo ferido pode estar infeccionado."

"Não foi nenhuma infecção que me deixou assim esquisita. Eu *vi*."

"Não duvido que tenha visto." Ela parou. Uma lembrança veio à tona em fogo líquido. Recordou-se dos olhos vermelhos e os lábios ressecados, boquiabertos. "Mabel, minha mãe teve tifo. Já ouviu falar?"

Mabel inclinou a cabeça.

"Pobre alma. Como ardia. Certa vez, toquei a cabeça dela e pensei..." Sua voz falhou. "Pensei que estivesse queimando viva. De dentro para fora." As pernas de Mabel se remexeram sob os lençóis. "Já era doloroso ter um corpo tão doente. Mas ela era ainda mais atormentada pela mente, pelas coisas que via. Não vou descrever detalhes. A doença pintava demônios pelo quarto. Ela os via, claros como o dia, mas não estavam lá. Fiquei o tempo todo sentada ao lado dela. Não havia nada ali. No entanto, para ela, era muito, muito verdadeiro."

"Não estou ficando doida, senhora. Não tenho febre."

"Não." Ela cruzou as mãos e tentou se recompor. A imagem da mãe permanecia queimada no fundo dos olhos. "Mas eu gostaria de ter certeza, só por segurança. Até lá, Helen fará suas tarefas e Sarah poderá ajudar quando necessário."

"Não posso ficar sentada aqui sem fazer nada, senhora. Sozinha, pensando naquelas *coisas*."

Elsie pensou por um momento. A generosidade da sra. Holt devia ser contagiosa, pois a primeira ideia que teve foi de uma gentileza tão absurda que a surpreendeu.

Deveria dar a Mabel a chance de se tornar melhor do que uma simples moça de asilo?

Ainda não confiava em deixar Mabel perto de uma criança pequena. Mas talvez, se Elsie investisse o tempo necessário agora, pudesse aperfeiçoar a empregada antes que o bebê chegasse. Educação — fora isso que o sr. Underwood dissera, não?

Ela respirou fundo e foi em frente. "Bem, enquanto você se recupera, gostaria de ser treinada em um trabalho mais delicado? Tarefas menos fatigantes?"

"Como assim, senhora?"

Foi como mastigar limalha enferrujada, mas Elsie conseguiu; abriu seu sorriso mais doce e disse: "Estou precisando de uma camareira".

"Como é que é, senhora?"

"Uma camareira. Alguém para arrumar meu cabelo, trazer meu café da manhã e preparar meu banho. Lavar e consertar roupas também será necessário. Diga, *você* tirou aquela lama do meu vestido de bombazina no dia em que cheguei?"

"Sim, senhora. Estava imunda como um chiqueiro."

Elsie deixou passar desta vez. "Que bom. Isso mostra que você tem aptidão. Gostaria de ser treinada, Mabel? Isso a colocará em um bom caminho para o futuro. Uma moça com habilidades não terá de ficar para sempre na Ponte."

Os cílios de Mabel tremularam, piscando. "Cuidar de todas as suas roupas e coisas caras? Do seu colar de diamante?"

"Sim."

"Camareira", repetiu Mabel, maravilhada. "É uma daquelas, hein? Das chiques que a Helen fala?"

"É um posto superior, sim. Muito acima da sua posição atual."

Mabel sorriu, e todos os traços de medo evaporaram. "Então muito bem, senhora. Eu aceito."

O SILÊNCIO DA CASA FRIA
LAURA PURCELL

HOSPITAL ST. JOSEPH

As últimas drogas eram mais fortes que as anteriores. Ela as sentia se espalhar por sua corrente sanguínea enquanto cambaleava pelo corredor ao lado do dr. Shepherd.

Formas e faces derretiam diante de seus olhos. Onde quer que olhasse, via as mandíbulas frouxas e as bocas úmidas das dementes. Berravam como bruxas, assomando e crescendo em sua visão para depois se afastarem rodopiando. Fantasmas medonhos empesteando o lugar tanto quanto o fedor de urina.

"É muito benéfico, não acha?", perguntou ele. "A caminhada faz o sangue circular. Não vejo razão para que a senhora não desfrute dos mesmos benefícios que as outras pacientes, sob minha supervisão. Afinal, não há provas contra a senhora."

Outra de suas prescrições "úteis". Era mais uma penitência do que um prazer. O encarceramento nunca era o verdadeiro castigo. Castigo eram as pessoas com quem se estava presa. As lunáticas eram as piores; tagarelavam, choramingavam, gemiam. Algumas não conseguiam nem controlar a própria bexiga. Por isso ela havia jogado o jantar em cima da velha e dado à enfermeira um olho roxo, junto com o prato. Não fora nada pessoal. O único modo de conseguir privacidade e um sono tranquilo era ser considerada "perigosa". Significava ficar na cela acolchoada e escura por alguns dias, mas também receber medicação mais forte. Parecia uma troca justa.

"Mas devo tomar cuidado para não cansá-la demais. Espero que possamos conversar um pouco assim que voltarmos ao seu quarto com a lousa, sra. Bainbridge. O que acha? Se for de seu agrado."

Agrado? Ela imaginava que essas boas maneiras fossem um artifício do médico, engendrado para despertar o lado social e educado de seu caráter. Se é que esse lado ainda existia.

Os odores serviam como marcos. O de mingau queimado indicava que estavam perto do refeitório; o de sabão, água fria e medo indicavam os banheiros. Quando farejou a roupa de cama mofada e sentiu os pés chiarem nas tábuas do assoalho, percebeu que estava de volta à própria cela. Foi quase como voltar para casa.

O mundo estava nebuloso quando ela desabou na cama. As paredes brancas ondularam. O dr. Shepherd ofereceu a lousa e o giz. Quando ela tentou pegá-los, suas mãos vacilaram diante dos olhos, vagarosas por efeito dos remédios.

"Fique deitada se for necessário, sra. Bainbridge. Contanto que possa escrever, pode adotar a posição que preferir."

Quanto a isso, não havia escolha — ela não tinha energia para se levantar.

"Houve várias revelações interessantes em sua história. No momento, gostaria de me concentrar em uma delas. A senhora escreveu que sua mãe morreu de tifo. Seu pai faleceu antes, creio eu?" Ela meneou a cabeça, concordando. "E como ele morreu?"

O rosto de Papai tentou se manifestar à sua frente, mas ela não permitiu. Fechou os olhos com força.

"Sra. Bainbridge? Lembra-se de como ele morreu?"

O giz chiou enquanto ela escrevia: *Não.*

Ele pigarreou. "Era o que eu imaginava. Veja, sra. Bainbridge, sou da opinião de que seu silêncio atual não foi causado somente pelo incêndio na Ponte. Acredito que venha evoluindo há um bom tempo. Na verdade, creio que a enfermidade possa ter começado com seu pai."

Os olhos dela se abriram de repente. Ela virou a cabeça no travesseiro e olhou para a silhueta ondulante do médico.

"Sim. Lamento informar que a maneira como seu pai morreu foi deveras angustiante. Ocorreu menos de dois meses depois que seu irmão nasceu." Ela o ouviu folhear papéis, embora não conseguisse enxergá-lo nitidamente. "A polícia se envolveu. A senhora mesma prestou depoimento." Uma pausa. "Devo... devo ler para a senhora?"

Era como se ele tivesse congelado cada gota de sangue nas veias dela. Não conseguiu se mexer, só piscou, o que ele pareceu aceitar como anuência.

"Elisabeth Livingstone da Fábrica de Fósforos Livingstone, Bow, Londres. Doze anos de idade. Sou a filha do falecido. Auxilio as operárias na fábrica desde que era criança. Na tarde do dia 2 de agosto, por volta das três horas, eu estava amarrando feixes de palitos quando percebi um fogo no chão da fábrica. Era pequeno, localizado ao lado da serra circular. Não vi como o fogo começou. Sabendo do perigo de incêndio em uma fábrica, corri para apagá-lo, mas não tinha nem cobertor nem areia para me ajudar. Tentei abafar as chamas com as mãos e me machuquei. Não lembro de ter gritado 'fogo'. Outra operária pode ter feito isso. Pouco depois, vi o falecido correr em minha direção com um balde de água. A água espirrou do balde e ele deve ter escorregado. Eu estava cuidando de meu ferimento. Ouvi um som como o de um sapato escorregando, depois um tinido. Olhei e entendi que o falecido havia caído na serra circular."

Ele ficou calado por um momento em sinal de respeito. Como ela gostaria que não fizesse isso... No silêncio, ouviu novamente aquele som pavoroso.

"Presenciar tal coisa seria terrível para qualquer pessoa", disse ele, por fim. "Que dirá para uma menina de doze anos."

Ele nem imaginava.

O dr. Shepherd começou a andar de um lado para o outro. Ela ficou aliviada: o som dos passos substituiu o rugido dentro de seus ouvidos.

"Lendo sua história, presumo que esse acontecimento provocou certo desequilíbrio em sua mãe — como seria de esperar. A senhora se lembra?"

Ela meneou a cabeça, concordando.

"Talvez ela tenha — praticamente — enlouquecido de tristeza?"

Ah, Mamãe, leal até o fim. Como ela o amava. Via o que havia de pior no marido, mas, ainda assim, o amava — muito mais do que amava Elsie.

Outro movimento da cabeça.

"E não acha, sra. Bainbridge, que a mesma infeliz circunstância pode tê-la afetado de modo semelhante? Que pode haver uma tendência em sua família? Não esqueça que a senhora também sofreu uma perda terrível. E outras, depois."

A ironia era que ela *não* havia perdido a cabeça completamente. Cada sentimento, tudo o que era bom e puro em seu mundo fora mutilado, e ela ainda era mais forte do que aquelas infelizes se mijando no corredor. Sabia disso.

"A loucura, como a chamamos, se manifesta de muitas maneiras. As pessoas nem sempre choram e gritam como a senhora diz que sua mãe fez. Mas observei que, de fato, parece ser um traço de família, passado principalmente pela linhagem feminina. Histeria — de útero para útero. O sangue doente se revela. Infelizmente, não há como escapar."

Devagar, ela deixou a lousa e o giz caírem das mãos.

Podia sentir o passado se esgueirar sobre ela, como um rio que avança sobre as margens durante a chuva, cobrindo gradualmente o queixo, entrando na boca.

Infelizmente, não há como escapar.

Quanto a isso ele tinha razão. Agora que ela havia começado a contar sua história, não havia possibilidade de fuga.

O SILÊNCIO DA CASA FRIA
LAURA PURCELL

A PONTE, 1865

O Advento trouxe um firme declínio do tempo. A névoa rondava as colinas e nublava as janelas. Toda vez que a porta da frente se abria, o vento entrava em rajadas com o aroma prateado da chuva. Mas Elsie prometera ao sr. Underwood que voltaria a frequentar a igreja, e não se pode quebrar a promessa feita a um vigário, principalmente perto do Natal.

Em outubro, no funeral de Rupert, ela mal havia notado o estado da Igreja de Todas as Almas. Concentrando-se na terrível presença do caixão e do corpo dentro dele, Elsie deixara que o entorno se reduzisse a um borrão. Mas agora via a estrutura assumir uma forma sólida ao seu redor. Era miserável. Fria, úmida e extremamente necessitada de reparos.

O banco da família ficava na frente. Elsie e Sarah chegaram um pouco atrasadas e tiveram que passar por fileiras de aldeões maltrapilhos para ocupar o lugar. Todos os infelizes olharam, mas nenhum encarou Elsie; lançaram olhares furtivos de esguelha. Talvez ainda pensassem que viúvas traziam má sorte.

Felizmente, o banco dos Bainbridge era elevado e separado do resto por uma divisória de madeira. Buracos pontilhavam a estrutura — ela teve que espanar o assento antes de se atrever a sentar nele.

"Carunchos", sussurrou Sarah, franzindo o nariz.

A porta do banco se fechou ao lado delas. Elsie estremeceu. Trancada em um recinto de madeira com as larvas — não era muito diferente de ser enterrada viva.

As larvas não eram o único incômodo. Teias de aranha ornavam os arcos e havia uma goteira implacável no telhado. Embora o azevinho dos jardins da Ponte decorasse as janelas, o lugar parecia lúgubre, em nada festivo. Emanava um cheiro mineral, escorregadio e úmido.

Sarah parecia nauseada ao examinar o entorno. Ainda usava uma atadura na mão. O farmacêutico de Torbury St. Jude havia dito que o corte não estava infeccionado, mas Elsie tinha suas dúvidas. Já fazia quase dois meses. A ferida deveria, no mínimo, formar uma crosta, não?

"Está passando mal, Sarah?"

"Sim... É esta igreja. Quando penso em meu pobre primo Rupert, descansando para sempre neste lugar!"

Elsie não pôde evitar as lágrimas.

Quando jovem, gostara de ir à igreja. Era um lugar onde podia desfrutar de uma atmosfera superior e respirar um ar mais digno. Mas em algum momento — devia ter sido perto da época em que Papai morrera — seus sentimentos haviam mudado. A igreja se tornara uma lente de aumento gigantesca apontada para seu rosto, com uma multidão a espiá-la. Hoje, não era muito diferente. Os pobres de Fayford talvez não a olhassem nos olhos, mas estavam atentos à sua presença, como cães de caça farejando sangue.

O culto transcorreu como de costume: hinos; uma leitura do evangelho; o sermão do sr. Underwood; o acender da vela do Advento. No fim, Sarah tremia de frio. Elsie ouviu a voz da jovem estremecer ao cantar as palavras do hino *O Senhor É a Rocha Eterna*. Estendeu o braço, na intenção de envolver os ombros de Sarah, quando uma vibração na boca do estômago a deteve.

Sarah olhou para ela, olhos arregalados. "Sra. Bainbridge?"

Elsie pousou a mão no corpete e sentiu novamente sob os botões: alguma coisa em seu interior, dando chutes.

"É o bebê?"

"Sim. Está agitado."

Sarah sorriu. Sem pedir permissão, pôs a palma da mão na barriga de Elsie.

Uma sensação curiosa: o calor de Sarah na superfície da pele; a criança empurrando no lado interno, molhado e escorregadio. Na verdade, era horrível. Uma Bainbridge do lado de fora, outro confinado por trás da carne, e ela não passava de uma fina barreira, uma parede por meio da qual os dois podiam se comunicar.

Olhou para o crepe escuro de seu vestido de viúva e para a mão enluvada de Sarah, cinza sobre o preto. Teve a estranha sensação de que aquele não era seu ventre — não mais. Era apenas uma casca. *Ela* era uma casca, e outro corpo, um corpo estranho, crescia no interior.

Elsie decidiu voltar à Ponte a pé. O movimento, pensou, faria com que seu sangue circulasse e dissipasse a estranha sensação de invasão. Helen concordou em acompanhá-la. Sarah estava passando mal de frio e a perna de Mabel não poderia levá-la por tal distância, então, as duas pegaram a carruagem com a sra. Holt.

A chuva caíra durante o culto, tornando as trilhas escorregadias, o barro forrado com folhas mortas. Caracóis surgiam da vegetação rasteira, esticando os pescoços. Uma ou duas vezes, Elsie teve que se afastar bruscamente, pisando na grama molhada, para evitar esmagá-los.

"Céus, senhora, Mabel vai ter que trocar sua roupa assim que voltar", disse Helen. "Não é bom se resfriar no seu estado."

"Obrigada, Helen, vou pedir que ela faça isso." Sentia os tornozelos frios e entorpecidos. Mais um par de meias arruinado. Só rezava para que o vestido de crepe não ficasse amarrotado no ar úmido.

As botas bateram em um ritmo descompassado ao cruzar a ponte com os leões de pedra. Um vapor fino e branco evolava do rio. Fez com que pensasse na fábrica de fósforos. Se fechasse os olhos, poderia imaginar o cheiro do fósforo, assombrando-a. Detestava aquele odor, mas, de alguma forma, precisava dele; estava vinculado à sua casa, a Jolyon.

O que Jolyon estaria fazendo agora? Providenciando novas operárias para as salas de imersão, talvez, e se preparando para passar o Natal longe dali. Quando ele retornasse à Ponte, Elsie sentia que voltaria a ser ela mesma. Esse interlúdio sem o irmão a havia perturbado. Não era natural se separar dele.

Helen pigarreou. "Senhora?"

"Sim, Helen?"

"Posso perguntar uma coisa?"

Elsie abaixou a cabeça para evitar os dedos gotejantes de um galho. "Vá em frente."

"O que aconteceu com suas mãos, senhora?"

"O que quer dizer?"

"Suas mãos. Nunca vi a senhora tirar as luvas. Pensei que talvez... talvez a senhora as tenha machucado?"

A pele formigou e latejou sob as luvas de renda preta: ecos das mãos da própria Helen, calejadas, com articulações inchadas e manchas entranhadas na pele. "Tem razão, Helen. Houve um acidente. Queimei as mãos."

Helen assobiou por entre os dentes. "Que azar. Quando se trata de fogo, senhora, todo cuidado é pouco. Uma vez, conheci uma mulher em Torbury St. Jude. O vestido da filhinha dela encostou em uma vela e ela pegou fogo."

Elsie sentiu o frio se infiltrar nos ossos. "Falta muito para chegarmos?"

"Quase nada. Mais duas curvas e a senhora vai ver os jardins." Helen limpou a umidade do rosto com as costas da mão. O ar frio e úmido só fazia sua pele rosada corar ainda mais. "Mas, já que estamos aqui, fiquei pensando... A senhora voltou ao quarto das crianças?"

"Decerto que não. Não tive chance de ir até lá."

"Ah." Uma breve pausa. "Senhora, posso perguntar mais uma coisa?"

"Meu Deus, pensei que fôssemos fazer uma caminhada, não um inquérito."

"Perdão, senhora. Só estava pensando, vamos ter mais alguém para ajudar quando o bebê chegar? Com a Mabel promovida e as fraldas e tudo mais, não vou ter tempo nem para respirar."

Nem para fazer tantas perguntas.

"É óbvio que vou contratar amas-secas para o bebê na próxima feira de contratações. Por enquanto, tenho outras despesas de que cuidar."

Deviam estar perto agora; ela pôde ouvir o som de tesouras podando as plantas nos jardins.

Esperava estar dentro de casa antes do próximo temporal. As nuvens se reuniam, prontas para atacar. Com o sol brilhando atrás delas, cintilavam em um cinza metálico.

"É melhor mandar os jardineiros para casa hoje", disse ela. "Vão ficar molhados demais trabalhando neste clima."

Helen ergueu as sobrancelhas. "Achei que os jardineiros não tivessem vindo hoje."

"É claro que vieram, não está ouvindo? Ouça."

Helen balançou a cabeça.

"Estão podando as flores mortas ou aparando as sebes. Não está ouvindo mesmo?" O som estava cada vez mais alto, era como uma lâmina contra uma pedra de amolar. *Tic, tic.* Elsie parou de andar e pousou a mão no braço de Helen, detendo-a. "Ouça."

Helen piscou. Parecia completamente estúpida. Elsie nunca tinha visto expressão mais tola — imaginou se Helen ensaiava à perfeição.

"Esqueça."

Exatamente como Helen havia dito, mais duas curvas puseram os jardins à vista. A folhagem perene era vívida contra o pano de fundo do céu. Elsie viu um corvo pulando entre as sebes mortas, mas nenhum jardineiro. Deviam estar trabalhando do outro lado.

"Espero que não fique muito triste neste Natal, senhora", disse Helen. "Com o que aconteceu com o pobre do patrão... O primeiro Natal sempre é difícil."

"Sim."

"O patrão era só uns anos mais velho que eu. Não me conformo..."

Dentre todos os empregados, era Helen quem mais falava de Rupert. Talvez fosse, como ela dizia, a semelhança de idade ou o fato de ela ter encontrado o corpo.

"Parece que você gostava do seu patrão, Helen. Fico feliz em saber disso."

Ela abriu um sorriso frouxo. "Ele sempre era gentil quando falava comigo. Era bondade dele notar os empregados."

Deus sabia que os de Londres não mereciam sua atenção. Ingratos e maliciosos, todos eles, ainda que eficientes.

"E aí", Helen continuou, "ele me contava umas coisinhas do dia dele. Por exemplo, contou que leu aquele livro e encontrou as letras no quarto das crianças."

O quarto outra vez. Elsie estremeceu quando uma gota de chuva caiu de um ramo e escorreu por suas costas. "Você precisa abandonar essa fantasia, Helen. Já contou que o sr. Bainbridge imaginava que as letras foram deixadas assim pelo ocupante anterior. *Ele* não achava que fosse um fantasma."

"Não", admitiu ela. "Mas ele não sabia que, uma semana antes, eu tinha arrumado as letras e guardado tudo em uma caixa. E ele nunca viu a palavra na poeira. Naquele dia, era 'mamãe'. Normalmente, é uma frase inteira." Elsie não queria ouvir essa frase, mas Helen claramente estava prestes a dizê-la. "Dizia 'mamãe me machucou'."

Ela não conseguiu responder.

Estavam se aproximando da casa. Elsie contornou as sebes salpicadas de orvalho. Exalavam um cheiro verde e musguento. Ela ainda podia ouvir aquelas tesouras implacáveis, e o som começava a afetar seus nervos.

Quando se aproximaram da fonte de pedra, Helen retomou o assunto. "O que a senhora acha que é, então? Escrevendo para mim?"

"É Mabel", resmungou Elsie, irritada. "Pregando uma peça em você. Ela escreve e finge que não consegue ver. É a coisa mais simples do mundo."

"Mabel? Mas ela não consegue ler nem o próprio nome, senhora, muito menos..." O fim da frase de Helen desapareceu em um arfar de susto.

Elsie se virou para encará-la. "O quê? O que foi?" O tom rosa fugira das faces de Helen. Até os lábios estavam pálidos. "Está passando mal?"

Helen ergueu um dedo, apontando.

Elsie não queria ver. Não queria que seus olhos seguissem a direção daquele dedo, mas eles vaguearam lentamente, contra sua vontade, guiados por algum instinto fatal.

A menina de madeira olhava pela janela da sala de jogos. Sombras, como galhos escuros, obscureciam seu rosto. Galhadas — eram galhadas. Ela havia sido colocada diretamente abaixo da cabeça do cervo. Mas não foi isso que chamou a atenção de Elsie: foi a janela à esquerda.

O retângulo com a mão lamacenta impressa no vidro.

"Talvez os jardineiros..."

"Não." Helen engoliu em seco. "Olhe, a marca está do lado de dentro." Tornou-se difícil respirar. O bebê estava se mexendo, dando cambalhotas no ventre. No ar ainda tinia o som daquelas malditas tesouras: *tic, tic*.

Elsie se recompôs. *Tempestade em copo d'água* — era o que Mamãe diria. Mabel, ou até mesmo a própria Helen, poderia ter feito a marca por acidente.

"Bobagem. Dessa distância, você não pode ver se a marca está dentro ou fora da janela."

Elsie avançou com mais determinação do que sentia. A voz de Helen implorou que parasse, mas não podia mudar de rumo agora. Os pés da patroa marcharam sem ela — ficou para trás.

Mais um passo e a marca enlameada se aproximou, ganhando nitidez. Pequena demais. Não poderia ser de um jardineiro. Era a mão de uma criança.

Elsie parou em frente à janela, tão perto que seu hálito embaçou o vidro. Quando clareou, ela viu o próprio rosto refletido, sobreposto às feições de madeira da companheira. Porém, não era seu rosto — não exatamente. Estava pálido e deformado, distorcido pelo medo.

Tremendo, Elsie estendeu a mão e pousou a palma contra a marca enlameada. Helen tinha razão. Estava do lado de dentro.

"Senhora? Consegue ver? Tem alguma coisa escrita?"

Ela abriu a boca para responder quando um vislumbre, um pequeno movimento atrás do vidro, chamou sua atenção. Ela recuou.

"Senhora? Está tudo bem?"

Conseguiu menear a cabeça, confirmando; não conseguiu falar.

A companheira já não olhava para o jardim. Ela mirava, com a face morta e imóvel, direto na alma de Elsie.

Mabel não havia mentido. Os olhos se *mexiam*.

Correntes de vento fluíam pelo corredor marrom. Sombras oscilavam no papel de parede enquanto as lamparinas a gás se acendiam com um rugido abafado. Elsie se aconchegou no xale, encolhida junto do ombro de Sarah. Nunca se sentira tão impotente, tão *consumida* quanto se sentia naquela casa.

"Esta aqui", disse Sarah. Apontou o dedo e deixou a ponta pairar a um centímetro da pintura. "Está vendo? Atrás das saias da mulher?"

Era uma peça barroca, de estilo semelhante ao de Vermeer. Uma mulher loira e roliça com olhos cansados sentada diante de uma gaiola. Estendia a mão para um pardal empoleirado lá dentro. A luz vinha da esquerda, caindo em cheio sobre o rosto da mulher. Era bonita, apesar da pequena papada. Havia fitas vermelho-coral entremeadas em seus cabelos, ecoando o tom do manto com barra de pele sobre os ombros. Saias cor de creme desciam da cintura e, agarrada a elas, havia uma menina. Uma menina com ar de fada e aquela aparência estranha, rígida, que predominava nos antigos retratos de crianças. Ela não olhava o pardal, mas fitava atentamente o rosto da dama.

Uma vertigem tomou conta de Elsie. "É *ela*. Sarah, é ela. É a mesma menina, a companheira."

Ssss.

Os dedos de Elsie apertaram a manga de Sarah, enrugando o tecido lavanda. "Está ouvindo?"

"São os construtores", sussurrou Sarah.

Elsie respirou fundo. O ar entrou em seus pulmões, amargado pelo cheiro da tinta. Claro, não era o som que se ouvia à noite, tão semelhante ao de uma serra — era uma serra de verdade. Construtores e decoradores de verdade, prontos para tornar sua casa apresentável. "É claro. Esqueci."

Sarah voltou à pintura. "Também a achei parecida com a companheira. Talvez um pouco mais jovem. Mas isto é o mais interessante. Veja o que diz a moldura."

"Mil seiscentos e trinta", leu Elsie.

"Sim. E o nome. *Anne Bainbridge e sua filha, Henrietta Maria.*"

"Henrietta Maria."

"Mas eles a chamavam de Hetta."

"Como sabe disso?"

"Ela é uma das minhas ancestrais! Hetta, o menino cigano, os companheiros — estão todos no diário que encontramos no sótão. A pobre Hetta era muda. A mãe dela não deveria ter mais filhos, mas bebeu certas ervas e Hetta nasceu sem a língua completa. Pobrezinha! Sabe como era naquela época, as pessoas achavam que as crianças deficientes eram amaldiçoadas. Ela foi excluída de tudo. Era apenas uma menina doce e solitária... Não *consigo* acreditar — quero dizer, mesmo supondo que os olhos dela de fato se mexeram..."

"Mexeram, sim."

"Bem." Sarah franziu as sobrancelhas. Jamais rira da situação — Elsie agradeceria por isso eternamente. Sarah abordava o problema como se fosse uma soma complicada que precisasse calcular. "E se a figura de madeira estiver possuída pelo espírito dessa Henrietta Maria Bainbridge? Será que ela nos quer mal? Não posso acreditar." Ela balançou a cabeça. "Hetta só quer que alguém cuide dela. Um amigo. Ela estava tão sozinha. Sei como é."

Elsie estremeceu. "A que ponto chegamos? Falando de fantasmas e possessão espiritual?"

"Não acredita nos espíritos?" Sarah estava perplexa. Era como se Elsie tivesse dito que não acreditava nas cores. "Posso assegurar que eles existem, sra. Bainbridge. Já os vi. Um hipnotizador e uma médium visitaram a sra. Crabbly para entrar em contato com o falecido marido. Todas as senhoras ricas de Londres fazem isso. É muito seguro. É uma ciência. Não precisa ter medo."

Então por que seu pulso estava tão acelerado? "Mas *eu* tenho. Tenho medo do companheiro cigano e da mulher com a boneca no colo. Há algo estranho neles. Parecem... errados."

"Será que o que a senhora viu no vidro não foi a mão de Hetta, tentando se comunicar conosco? Deveríamos tentar fazer contato com ela. Li um livro sobre sessões espíritas. Tentei invocar meus pais uma vez..."

Elsie gemeu. "Em nome de Deus, não! Você precisa parar de falar como se aquilo fosse uma criança de verdade. Mandei a sra. Holt trancá-la no porão com todos os outros, pelo amor de Deus!"

"Não é tão tolo quanto parece. Havia uma criança de verdade. Esta pintura e o diário provam isso. Estou tentando lembrar o que aconteceu na última parte do diário que li... O marido de Anne deu a ela o colar de diamantes, disso eu me lembro. Sabia que ele foi encomendado especialmente para a visita de Carlos 1?"

"Isso não tem a menor importância agora."

"Não, imagino que não... Ah, sim, a pobre Hetta foi proibida de comparecer à mascarada da corte! O pai temia que ela o envergonhasse."

Elsie respirou fundo e tentou disfarçar a irritação. "Duvido que um espírito se desse o trabalho de nos assombrar por causa de uma mascarada que perdeu duzentos anos atrás."

"Não", respondeu Sarah, pensativa. "Deve haver outra coisa. Preciso terminar de ler o diário. Se ao menos tivesse pegado o segundo volume antes da porta do sótão emperrar!"

"Há um sujeito consertando a porta agora. Quando terminar, vamos buscar o livro e ver se conseguimos encontrar alguma pista."

Havia um caminho adiante, ela só precisava manter seu terror sob controle por mais algum tempo. O Natal era dali a duas semanas. Seus novos vestidos chegariam, e Jolyon viria à Ponte. Traria pudim de ameixa, laranjas com cravos, pacotes embrulhados com fitas coloridas; todo o calor e a vibração que faltavam a Elsie. Quando Jolyon chegasse, tudo ficaria bem, garantiu a si mesma.

Então, ouviu o grito.

"Mabel! Parece a voz de Mabel."

Lançaram-se pelo corredor até a Galeria do Zimbório. A sra. Holt e Helen subiram a escadaria para encontrá-las. Helen ainda estava com o avental molhado e um bastão de bater roupas na mão. Empunhava-o como uma arma.

"Sra. Bainbridge! Srta. Bainbridge. O que aconteceu?" A sra. Holt parecia aturdida.

"Não sabemos", respondeu Sarah. "Achamos que é Mabel, no andar de cima."

Os pés das mulheres estalavam nos degraus. Elsie estava sem fôlego, e o corpete a feria debaixo dos braços, mas conseguiu chegar primeiro ao patamar. Deu três passos antes de colidir com uma forma que vinha na direção oposta.

"Mabel! Mabel!" A garota parecia quase selvagem. Lágrimas escorriam por seu rosto. Elsie a segurou com firmeza pelos ombros. "O que aconteceu?"

"Como a senhora pôde? Como pôde?" Seus punhos bateram no peito de Elsie. "Como pode ser tão má? Oh, oh!"

"O quê? Do que está falando?"

"A senhora sabe! Sabe muito bem!" Os joelhos de Mabel cederam; ela desabou no chão. "Não teve a menor graça. Fiquei com tanto medo..." Começou a soluçar.

Elsie a soltou e olhou, impotente, de Sarah para a sra. Holt, e depois para Helen. "Helen, por favor, consegue extrair dela algo que faça sentido?"

Helen deixou o bastão no chão. Hesitante, colocou a mão no ombro de Mabel. "Calma, calma. O que aconteceu? Não foi..." Ela baixou a voz para um sussurro. "Você viu mais um?"

"Ela... ela..." Mabel mal conseguia falar. "Ela deve ter colocado no meu quarto. Sabe que detesto eles! Deve ter sido — uma piada!"

Arrepios subiram e desceram a pele de Elsie. "O que há no seu quarto, Mabel?"

"Como se a senhora não soubesse! Uma daquelas *coisas*!"

Ela olhou para Sarah. "Não. Não pode ser. A sra. Holt trancou todos os companheiros no porão. Eu a vi fazer isso."

"Essa, não. Nunca vi essa antes."

O sangue latejou em seus ouvidos. "Não. Não, não vou acreditar nisso."

Rígida e determinada, Elsie marchou pelo corredor. Veria com os próprios olhos. Provaria que estavam erradas.

A porta se abriu facilmente, revelando a cama estreita de Mabel, o lavatório e as gravuras na parede.

A coisa estava parada junto ao bidê.

Uma mulher robusta, escovando o cabelo. O vestido era de um verde-escuro intenso. Usava manguitos de linho sujos e um avental que descia até os tornozelos. Exibia uma expressão provocante ao passar a escova nas pontas dos cabelos castanhos e ondulados, a outra mão a alisá-los por baixo. Era um olhar de flerte, porém, estranhamente hostil.

"Vá em frente", rosnou Elsie. Estava zonza diante da própria bravata. "Se vai se mexer, mexa-se. Mexa-se, maldita, mexa-se!"

Os olhos permaneceram imóveis. Mas ela ouviu, no limiar da consciência, o som de cerdas roçando cabelos secos. Um aroma de rosa se elevou, denso e sufocante. De repente, o calor se tornou intenso.

Sua mente não suportaria isso. Girando, ela fechou a porta com um baque e correu de volta ao patamar. Suas pernas se recusavam a ganhar a velocidade habitual. Estava lenta agora, com o peso do bebê. Vulnerável.

As outras a esperavam no patamar. Haviam persuadido Mabel a sentar-se em uma cadeira, e lá estava ela, rosto seco e muito pálido.

"Estava trancado", disse a sra. Holt. "Juro que estava trancado. A sra. Bainbridge não tem a chave, Mabel. Não entendo como isso aconteceu."

"Mabel." Elsie tentou soar firme, mas sua voz saiu estranha, incontrolável. "Vocês todas. Quero que pensem, com muito cuidado. Quem esteve nesta casa? Recebemos comerciantes e trabalhadores. Jardineiros. Quero que façam uma lista. Alguém, em algum lugar, por qualquer que seja o motivo, está nos pregando uma peça. Deixando marcas de mãos nas janelas e..." Ela franziu a testa, distraída por um lampejo. "Mabel, você está usando meus diamantes?"

A cor se acendeu nas faces da empregada. "Eu estava aquecendo os diamantes, senhora. É o que a Helen diz que fazem na casa dos ricos. Não é, Helen? Aquecer as pérolas da patroa."

"Aquecendo-os?", gritou Sarah. "Bela história! A sra. Bainbridge nem pode usá-los durante o luto."

Elsie passara o dia galgando uma colina de ansiedade. Havia chegado ao limite. A raiva se infiltrou pelo medo e ela a agarrou com as duas mãos. "Tire esse colar!", berrou. "Tire imediatamente!" Vertendo novas lágrimas, Mabel tateou a base do pescoço, mas os cabelos estavam enroscados na corrente. "Se não tirar agora mesmo, expulsarei você desta casa!"

Helen interveio com as mãos firmes e esfoladas. Soltou o fecho e retirou o colar. Fios do cabelo escuro de Mabel ainda se agarravam à corrente.

"Não quis fazer mal", murmurou Mabel, balançando-se. "Não quis fazer mal, não merecia aquela coisa maldita no meu quarto."

Ouviu-se um estrondo, e um grito ecoou na ala leste.

Elsie e Sarah se entreolharam. "Parece que arrombaram a porta do sótão", sussurrou ela. "Vá pegar a segunda parte daquele diário."

Sarah obedeceu imediatamente.

A sra. Holt andava de um lado para o outro, apertando as mãos. "Meu Deus, meu Deus. Que alvoroço! E ainda há roupa para lavar..."

Elsie olhou para Mabel, que tremia nos braços de Helen. Sentia-se mais calma agora; ligeiramente envergonhada de suas palavras rudes. "Escute, Mabel, não importa o que pense, não coloquei aquela companheira em seu quarto. Estou começando a detestá-los tanto quanto você."

Mabel a olhou, mas Elsie não conseguiu interpretar aquele olhar.

Sarah voltou correndo, sem fôlego e de mãos vazias. Tinha um ar estranho. Estava pálida, trêmula como um cãozinho friorento.

"Sarah, o que foi? Não encontrou o livro?"

"Não, ele está lá, mas ela não..." Respirou fundo. "Ela não quis que eu o pegasse. Pude sentir que a pobre alma não queria que eu lesse."

"Do que está falando?"

"Ela estava lá", balbuciou Sarah. "Hetta estava no sótão."

Estava frio o suficiente para nevar, mas Peters e Stilford suavam no pátio, erguendo e baixando os machados repetidas vezes, *bam, bam*. Pedaço por pedaço, lasca por lasca, a madeira se estilhaçou, primeiro marrom, depois branca como as larvas, fibrosa e mais difícil de cortar. Peters descansou por um momento, a mão no quadril. Uma miscelânea de partes de corpos jazia em uma pilha diante dele: cabeças de madeira, mãos de madeira decepadas.

Elsie estava encolhida à porta da cozinha com Sarah e as empregadas, usando seu manto mais grosso. Queria ser homem. Se tivesse força para erguer um machado, faria isso; partiria o rosto daquele menino cigano em pedaços. Pensou na serra circular da fábrica de fósforos, nos palitos recém-cortados passando dos dentes da serra para a calha. Um arrepio a percorreu.

"É uma pena", Sarah lastimou. "São antiguidades! Minha ancestral Anne Bainbridge as comprou em 1635. Não poderíamos pelo menos ter tentado vendê-los?"

"Quem daria um bom dinheiro por uns bonecos que matam a gente de medo?", choramingou Mabel. "Teria que ser alguém ruim da cabeça, senhorita."

Sarah mordeu os lábios. Estava triste, e isso incomodava Elsie. Por direito, os companheiros pertenciam a uma descendente de sangue dos Bainbridge — não a uma intrusa, uma Bainbridge por mero casamento. Estava destruindo a herança de Sarah. Mas o que mais poderia fazer? Deixá-los aparecer pela casa como caixas de surpresas, apavorando a todos?

"A lenha extra virá a calhar no inverno", argumentou a sra. Holt.

A pele de Elsie se arrepiou. "Não. Não quero queimá-los dentro da casa. Acho que não seria... sensato."

"Então posso dar os pedaços para os aldeões, senhora? Em Fayford?"

O machado assobiou no ar mais uma vez, seguido pelo som da madeira caindo.

"Talvez seja melhor queimá-los aqui, no pátio."

A sra. Holt não respondeu, mas Elsie notou seu esgar de desaprovação.

Estaria sendo tola? Parecia tolice mesmo, agora que os companheiros estavam desmembrados no chão — a reação nervosa de uma mulher exausta. E, no entanto, os cavalos estavam inquietos, de orelhas baixas, o branco dos olhos à vista. Beatrice, a vaca, se mantinha bem no fundo no estábulo, abocanhando outro monte de feno. Os animais sabiam. Eles sempre captavam tais coisas.

"Muito bem", ofegou Peters. O suor escorria em seus olhos. "A última."

Todos se voltaram para olhar aquela que Sarah chamava de Hetta. Parada, silenciosa e sozinha, ela contemplava os restos massacrados de seus companheiros; o sorriso sereno, a rosa branca junto do peito.

Elsie achava que não conseguiria ver Peters destruir a última. Como seria ver as feições daquele rosto, tão similar ao seu na infância, fraturadas? O passado mutilado, depois consumido pelas chamas.

Peters deu um passo à frente.

"Não!" Era Sarah. "Não, por favor. Não podemos fazer isso! Não com Hetta. Ela já sofreu demais."

Elsie desviou o rosto para que a aba do chapéu escondesse Sarah e a companheira de sua vista. "É preciso, Sarah. Há algo nessas coisas, algo... errado."

"Como sabe que é errado? A senhora só sabe que tem medo."

A mão de uma criança na janela, o movimento daqueles olhos...

"Sim, tenho medo. Essa razão basta. O que você acha que todos esses sustos e aflições estão causando ao meu bebê?"

"Mas Hetta é minha ancestral. Li sobre ela, sinto que a conheço." A voz de Sarah foi da súplica ao desespero. "E se ela estiver tentando se comunicar conosco? E se estiver me pedindo para corrigir uma injustiça? Não posso decepcioná-la!"

Era o que diziam, não era? Que a vítima de um assassinato não podia descansar, apenas vagar, buscando justiça. Elsie tinha certeza de que era bobagem. Devia ter sido aquela velha sra. Crabbly quem pusera tais ideias na cabeça de Sarah. Hipnotismo, ora essa!

"Srta. Sarah", disse a sra. Holt, "se permite que eu diga... Vivo nesta casa desde que era jovem. Nunca tivemos nenhum fantasma!"

"Mas vocês não são parentes de Hetta!" Uma energia fanática tomara conta de Sarah. "Ela não tentaria falar com vocês. Somos semelhantes, ela e eu. Por favor, deixe-me ficar com ela. Pelo menos até que eu termine o diário."

Um som veio da pilha de companheiros — um estalo seco, como o de vigas se acomodando. Elsie precisava decidir. Logo anoiteceria.

"Continue", sussurrou Mabel. "Pique essas desgraças, queime, mande para o inferno."

A sra. Holt se virou. "Mabel!"

Elsie suspirou. Passado ou presente, o mundo estava cheio de garotinhas tristes e solitárias. *Ela já sofreu demais.* Sarah estava falando de Hetta ou de si mesma?

Elsie já havia tomado a casa de Sarah e seu colar de diamantes. Não havia dúvida do que Rupert gostaria que fizesse agora.

"Sarah pode ficar com Hetta, se for tão importante para ela. Mas prestem atenção: quero que ela fique trancada no sótão, não na minha casa, nem perto do meu bebê."

"Obrigada, obrigada, sra. Bainbridge!", grunhiu Sarah. "Sei que está fazendo a coisa certa." Um círculo vermelho brilhava em cada lado da face. Seus olhos cintilavam como gelo.

"No sótão, entendeu?"

"Sim, sim. Vou guardá-la no sótão, não há o menor problema."

Sarah agarrou Hetta como se a arrebatasse das garras da morte. Segurou o lado pintado voltado para o próprio corpo, mas não conseguiu manobrá-lo com a mão ferida.

"Quem pode me ajudar a levá-la para cima?"

Mabel e Helen recuaram.

"Pelo amor de Deus!", exclamou a sra. Holt. Balançou as chaves e destrancou a porta da cozinha. "Venha, srta. Sarah. Agora, minhas meninas têm medo até da própria sombra."

Assim que entraram, Elsie tirou uma caixa de fósforos do bolso. Peters estendeu a mão, mas ela balançou a cabeça, negando. Queria acender o fogo pessoalmente.

"Já estava na hora", sussurrou Mabel.

Elsie se aproximou da pilha de lenha. O vento aumentou e seu véu voou atrás do corpo como fumaça escura. Teve uma visão de si mesma, parada ali, sombria e solene.

Os companheiros eram as peças de um quebra-cabeças: os cabelos do cigano, escalpelados; aquele horrível bebê rígido, partido ao meio. Agora, não podiam mais assustá-la. Tirando um palito de fósforo, ela o raspou ao longo da lixa.

Uma faísca, um clarão azul, depois a chama laranja. O calor aqueceu suas luvas. Ela viu a luz ondular à brisa, sentindo o poder entre os dedos, pronta para liberá-lo com um único movimento. Já pressentia o cheiro da fumaça.

"Continue, senhora", insistiu Helen.

Ela deixou o fósforo cair.

A madeira estalou e a pilha irrompeu em chamas. Um olho a observou por debaixo das labaredas. E se derreteu, as cores escorrendo como sangue pela face.

O SILÊNCIO DA CASA FRIA
LAURA PURCELL

A PONTE, 1635

Pensei ter feito a coisa certa. Pensei que tudo estivesse bem.

O menino cigano, que se chama Merripen, se acomodou no estábulo. Fez um juramento solene de não deixar as portas destrancadas nem incitar seus parentes desonestos. Sei como é essa gente.

Desde que aceitei seu amigo, Hetta tem sido toda doçura e luz, subindo e descendo as escadas com seus cães spaniel a correr atrás dela, colhendo uma variedade de ervas para a cozinha e admirando meus diamantes. Fiquei surpresa com sua alegria, mas também orgulhosa. Pensei que ela tivesse enfrentado a decepção como uma dama. Presumi que, para ela, bastaria ter conseguido a contratação do amigo. *Como Josiah lidou bem com ela*, disse a mim mesma. Como eu iria saber? Como poderia sonhar que ele nem sequer tinha contado a ela?

Tudo começou quando os rapazes chegaram. O tempo estava abafado, incomodamente pesado. Durante toda a manhã as pegas chilrearam, tagarelando seus segredos. Mas meus filhos estavam de bom humor, saltando da carruagem com as pernas longas, dando tapinhas nos ombros uns dos outros.

James foi o primeiro a entrar no Salão Principal. Henry assomava sobre ele. Havia crescido em disparada este ano, estava alto e magro como um junco, como uma das mudas de Hetta. E Charles...! Mal posso acreditar que Charles saiu do meu corpo. Está grande e robusto, aparenta a força de um mastim. Não admira que tenha causado tanto dano; não admira que a parteira tenha dito... Mas, agora, isso não importa.

Estávamos cheios de abraços, repletos de novidades. O jantar passou em um borrão feliz e ruidoso, e Hetta sorria, sorria o tempo todo. Depois que comemos, ela mostrou aos irmãos os preparativos para a mascarada: alçapões, alavancas, plataformas feitas para se assemelharem a nuvens. Ela tentou dar uma pirueta, e James a colheu nos braços, fazendo-a voar em torno do cenário pintado de um céu azul.

Foi então que outro entregador chegou da loja do sr. Samuels, trazendo caixas.

"Mais!" Josiah fingiu estar escandalizado, mas vi que se alegrava com cada uma das minhas escolhas.

"Vamos maravilhar a rainha com nossas curiosidades", garanti. "A Ponte será o espetáculo mais impressionante que ela já viu."

Desta vez eram os simulacros de pessoas — as figuras de madeira que o sr. Samuels chamava de companheiros. Como são espantosos! A dama da loja estava lá, e muitos outros: uma criança adormecida; uma dama com seu alaúde; um cavalheiro com sua amante no colo.

"Sangue de Cristo! Você já viu uma coisa dessas?" Charles se aproximou e tocou um deles com a mão gorda. "É como uma pessoa que saiu de um retrato!"

Hetta deu um grito alto e agudo de prazer, como um cãozinho quando vê o dono. Ela correu para o lado de Charles e olhou para as figuras, o encanto estampado em seu rosto. Enquanto os rapazes conversavam, ela ziguezagueava entre os painéis, tocando as bordas.

"Olhem", disse Henry. "Henrietta Maria está brincando de esconde-esconde."

Então foi isso que fizemos o dia todo enquanto os empregados trabalhavam para deixar a casa perfeita: corremos como crianças, colocando os companheiros nos lugares mais estranhos, tentando pregar sustos uns nos outros.

"Eles precisam parecer reais", eu disse. "Quero que as pessoas se aproximem e se assustem. Quero que o rei esbarre em um companheiro e peça perdão!"

Encontramos mil cantos e nichos na casa, mil recantos onde posicioná-los da maneira certa. Conforme a luz se derramava, as figuras de madeira me observavam dos esconderijos e pareciam sorrir em cumplicidade. Prometiam dar à rainha a maior surpresa de sua vida.

"Será um triunfo", Josiah riu. "Tudo isso, um triunfo."

Já era tarde, mas nenhum de nós conseguiu se aquietar para uma hora tranquila de leitura antes do jantar; estávamos febris, alvoroçados. Em menos de quarenta e oito horas, a realeza estaria em nossa casa. O lugar já estava ganhando vida de um modo nunca visto antes. Nós nos preparamos ao máximo. Agora, não havia nada a fazer senão esperar.

"Quando vamos ensaiar a peça?", perguntou James, pálido e ansioso à luz das velas. "Pratiquei os passos que a senhora me enviou, mas gostaria de ensaiar aqui."

"Amanhã", respondi. "Os artistas chegarão amanhã."

"*O Triunfo do Amor Platônico*. É um título muito bom, não é?" Henry alisou a renda em seus punhos. "Não que possamos rivalizar com as peças do sr. Jones, mas tenho certeza de que agradará a rainha. Sabe dançar, Charles?"

Os três rapazes irromperam em gargalhadas. Eu vira Charles dançar duas vezes desde que era um garotinho: não era uma atuação feita para inspirar o orgulho materno. Ele não tem ritmo nem elegância, e sua compleição robusta o torna cômico.

Charles aceitou a chacota com bom humor, embora fingisse uma carranca e sacudisse o punho fechado para o irmão. "Ah, você gostaria de ver? Mas não tenho o menor desejo de apavorar a rainha. Tomarei meu lugar e direi minhas falas, nada mais. E que falas!"

Eu estava tão ocupada rindo com os rapazes que não notei Hetta se esgueirar até Josiah, sentado na cadeira diante do fogo. Só quando o ouvi falar é que me virei para vê-la ao lado do apoio para o braço, puxando a manga do pai.

"Sim, Henrietta Maria? O que foi?" Ela piscou os olhos grandes, verdes raiados de dourado e castanho à luz do fogo. "Então? O que é que você quer?"

Na hora, eu deveria ter entendido. Deveria ter prestado atenção às sombras que percorriam o rosto dela e ao silêncio esquisito, assustador. Mas fiquei sentada ali, muda, observando-os; vi Hetta apontar para o próprio peito, os olhos repletos de expectativa.

"Como é que é?", gritou Charles. "Fale de uma vez, Hetta!"

Os rapazes gargalharam de novo.

"Deixe-a em paz, Charles!", rosnei, mas isso só os fez rir ainda mais. Estavam tão animados que teriam rido da própria morte.

"É só um gracejo, mãe."

"Realmente não consigo entender o que Henrietta Maria está tentando comunicar", disse Josiah. "Anne, tem alguma ideia?"

Lenta e cuidadosa, Hetta se apoiou na ponta dos pés e fez um rodopio perfeito, os braços arqueados acima dos cabelos acobreados. Ela parecia um sonho, uma dama francesa dançando balé. Eu não sabia que ela era capaz de dançar assim. Mas a visão não me encheu de prazer nem orgulho materno. Vi a luz em seu rosto, e o franzir culpado na testa de Josiah, e todas as peças se encaixaram.

"Ela quer saber qual é seu papel!", berrou Henry. "Que papel Henrietta Maria terá na mascarada, Pai?" *Não*, pensei. *Assim, não. Não na frente dos irmãos*. Mas Josiah foi adiante mesmo assim. Ele rodou a bebida no copo e disse, em uma voz baixa: "Henrietta Maria não estará na peça".

Ela voltou a achatar os pés no chão. Eu não conseguia olhá-la nos olhos. Fitei as brechas por entre a lenha, no fogo, querendo que elas me engolissem.

"Nem mesmo um papel menor?" Era a voz de Charles — alta demais, jovial demais. "Tenho certeza de que podemos encaixá-la em algum lugar. Não em um papel com falas, é claro!"

James e Henry gargalharam.

"Ela é jovem demais", disse Josiah. "Ainda é jovem demais para essas coisas. Vai comer conosco e depois vai para a cama."

Os garotos haviam passado muito tempo longe de casa: não reconheceram o tom de aviso na voz do pai. Embriagados com o próprio humor, lançaram ideias.

"Que tal um cupido?"

"O amor é cego, por que não mudo?"

"Ela deve atuar na antimascarada."[1]

"Quê, como um demônio? Existem demoniozinhos desse tamanho?"

---

1   De acordo com o Dicionário de Teatro, de Ubiratan Teixeira, uma antimascarada é uma figura de entretenimento sob a forma de dança dramática grotesca, de caráter satírico, encenada sempre antes de uma mascarada. Desenvolvida entre o final do século XVI e começo do XVII, teve no dramaturgo inglês Ben Jonson seu grande cultor. [Nota da Tradutora]

"Ah, sim, e são os mais ferozes. O sr. Jones sempre faz com que irrompam de uma nuvem de fumaça."

"Não são os anões da rainha que interpretam os demônios?"

"Sim, mas há sempre uma escassez de bons anões. É só fantasiar uma menina e pintar uma barba, vá por mim."

"Já sei! Vamos colocá-la em exibição! Sua Majestade gosta de colecionar pessoas peculiares e esquisitas."

"Garanto a vocês que não há ninguém mais peculiar do que a minha irmã."

"Basta!" A bebida espirrou do copo de Josiah quando ele se inclinou para a frente. "Parem, todos vocês." Seu rosnado cortou a conversa e se infiltrou na minha pele. "Que conversinha matreira é essa? Pensei que vocês fossem homens feitos."

Os rapazes baixaram a cabeça, envergonhados.

"Estávamos só..."

"Não importa, Henry. O rei e a rainha estarão aqui em breve, entendeu? Não quero que meus filhos se comportem como tolos."

"Sim, pai."

"Eu disse que Henrietta Maria não participará do entretenimento, e o assunto está encerrado."

Eu poderia ter suportado se ela tivesse batido o pé, se tivesse chorado ou me empurrado como tentara fazer naquele dia, no jardim. Mas ela não fez nada. Caiu de joelhos ao lado da lareira e cruzou as mãos no colo. Não soluçou. Não se mexeu. Olhou fixamente o fogo, como eu havia feito, obcecada com alguma coisa nas profundezas das chamas.

Todos foram para a cama, mas nem Lizzy nem eu conseguimos deslocar Hetta. Não conseguimos fazer com que olhasse para nós. Parecia ter se transformado em uma das tábuas de madeira do assoalho, tal era o vazio em sua expressão.

"Seus diamantes?", sugeriu Lizzy.

Eu os coloquei no pescoço esguio de Hetta, em vão. Só cintilaram em sua pele, alternando-se em vermelho e laranja.

Tivemos que deixá-la ali, observando os troncos se reduzindo a pilhas de cinzas. Minha filha, sozinha na escuridão, com as chamas agonizantes.

Não consigo dormir. Meus ouvidos estão tomados por melodias que se recusam a desaparecer, tocando repetidas vezes, sem parar. Quando fecho os olhos, vejo o cetim champanhe, o tafetá escarlate e a renda dourada. Sinto como se meu corpo ainda dançasse. Sei que meu coração ainda o faz. Josiah tinha razão: foi um triunfo.

Eles chegaram pouco depois do meio-dia, com seus arautos e guardas reais abrindo o caminho. Uma visão magnífica: uma fita cintilante de cavalos, armaduras e riquezas, serpenteando ao longo do rio e sobre as colinas. Nenhum dos puritanos de Fayford interferiu na cavalgada, mas também não saíram para aplaudir. Eu me antecipei a isso. Contratei pessoas de Torbury St. Jude para agitar bandeiras e jurar lealdade. Eles o fizeram de modo convincente.

Barcaças no rio começaram a tocar uma fanfarra quando o casal real atravessou a ponte. Gralhas alçaram voo perante o ruído dos cascos. A fonte vertia vinho, vermelho como rubi, da boca do cachorro de pedra, despejando-o na bacia.

Percebi que o rei era mais baixo do que eu esperava, e esbelto também; quase delicado. Todo vestido de preto, tinha barba pontiaguda e olhos sonolentos. Parecia mais velho do que era. Em torno do pescoço brilhava o único toque de cor nos trajes sóbrios: uma gola de renda prateada, delicada e fina como uma teia de aranha.

E ela! Pensei que fosse desmaiar ao ver a figura de fada da rainha descer do cavalo. Era encantadora, esplendorosa, absolutamente contagiante; ria, cantava, falava o dia todo. Seus cabelos brilhavam como azeviche, os olhos escuros dançavam. Lizzy a chama de feiticeira papista, e talvez ela o seja, pois um momento em sua companhia já enfeitiça os sentidos.

Comemos em mesas longas no Salão Principal. Ovos de codorna, salmão, cristas-de-galo, batatas-doces, tâmaras, alcachofras servidas em pratos de ouro; tudo perfeitamente temperado com as ervas de Hetta. Até então, eu não havia percebido o quanto ela trabalhara.

Ela tem estado muito solene, muito comportada desde a noite em que Josiah a excluiu da mascarada. Durante todo o banquete, ficou sentada observando, com uma expressão curiosa, enquanto os cortesãos comiam e tagarelavam. Eu esperava que ela risse, que tentasse tocar os cachos saltitantes das mulheres, mas ela não o fez. Só inclinou a cabeça como seu pardal de estimação e olhou. Eu gostaria de poder desenrolar o emaranhado de seus pensamentos. Gostaria que eu, como nosso Criador, pudesse ler a mente da menina que criei. Como é que posso ouvir Josiah, mas não Hetta?

Ela não pareceu gostar do banquete — com a língua pequena e disforme, a comida raramente é uma grande fonte de prazer. No entanto, quando Lizzy veio para levá-la para a cama, uma expressão mais rara se apossou de suas feições. Ela saiu com um sorriso fixo no rosto — mas que sorriso! Era uma rajada de ar frio, não seu raio de sol costumeiro.

Na hora, não me incomodou muito pensar nela no andar de cima. Como uma mulher sem coração, estava me divertindo demais para dar importância a isso. Mas agora a imagem me traz lágrimas aos olhos: a menina silenciosa sentada com seu pardal de estimação enquanto risadas e música do andar de baixo chegavam a seus ouvidos. Pobrezinha. Não deveria ter sido ela a ser banida como uma leprosa: deveria ter sido eu.

Só o que eu queria era uma filha para ficar comigo, uma companheira para ocupar o vazio deixado por minha irmã, Mary. Eu a queria tanto que não me importei como a geraria. Fui *eu* quem queimou a ponta dos dedos com bruxaria; *eu* misturei a bebida e tomei o poder de Deus em minhas mãos. Por que Hetta deveria ser punida por minha ganância?

Ela não viu os acrobatas na Galeria do Zimbório, os equilibristas dançando em cordas acima do Salão Principal com seus trajes cintilantes. Não viu os fogos de artifício saltarem para o céu e explodirem sobre os jardins. Não pôde apreciar os gritos de surpresa quando nossos companheiros silenciosos fizeram os convidados pular de susto, várias e várias vezes. Mas talvez seja bom que não tenha visto a mascarada.

Até o começo da apresentação, eu não havia percebido que a casa tinha se transformado em um vale pagão povoado por ninfas e sátiros. Minha carruagem de conchas adentrou o palco no Salão Principal, e executei minha dança com os diamantes chamejando no pescoço. Sereias se exibiram em vestidos diáfanos, entoando sua canção. Pétalas caíram da galeria. O ar estava tomado pelo aroma da água de flor de laranjeira. O que Lizzy teria pensado, se tivesse visto? E os puritanos de Fayford!

Talvez seja errado, talvez seja pecado ter aqui essa corte de luxo sem fim. Mas, ah, é inebriante! E, agora que presenciei todas essas coisas, não sei como ficarei sem elas.

Meus olhos estão pesados depois de tanto escrever. Cada vez que começo a cochilar, vejo a antimascarada: os feiticeiros perversos e seus asseclas surgindo de uma caverna em chamas. Criaturas medonhas: homens estranhos e atrofiados com cabeças gigantescas. Gargalhadas pairando em meio à fumaça alaranjada. Se adormecer com essas imagens, terei sonhos pavorosos.

Fiquei chocada com as aberrações da rainha, confesso. Nunca tinha visto coisas como aquelas, coisas antinaturais e, de algum modo, obscenas. Diria que elas não deveriam *existir*, nunca, mas me lembro de Hetta e sinto vergonha. Pois o povo diz que foram desfiguradas pelo mesmo demônio que atrofiou a língua de minha filha.

Quem pode comparar Hetta com uma daquelas criaturas amaldiçoadas? Não são belas; são estranhas e desequilibradas. Principalmente aquela que nunca tirou a máscara, mas assombrou o baile com seu rosto vermelho e dissimulado, saltando como um inseto de muitas pernas, assustando os convidados. Vejo esse homem quando fecho os olhos; deslocando-se veloz, coleando em torno dos bailarinos, o corpo curto engolido por rajadas de fumaça.

As nuvens longínquas estão se acumulando, espectros cinzentos na escuridão do céu. Creio que finalmente teremos chuva. O trovão ronda as árvores, e, ao longe, na direção de Fayford, vejo um raio atravessar o firmamento. Se chover demais, talvez a corte não consiga partir. Talvez possamos mantê-los aqui.

O trovão ruge lá fora. Minha imaginação febril ouve um grito surgir da noite. Entretanto, não há nada, nem mesmo uma raposa à vista da minha janela.

Um raio inunda o quarto com luz branca. Vejo meu rosto no vidro, fugaz, amedrontado. "Hetta não é uma aberração", sussurro para a imagem, antes de apagar a vela. "Ela *não é* como eles."

O SILÊNCIO DA CASA FRIA
LAURA PURCELL

A PONTE, 1865

Sarah estava sentada ao piano, tocando melodias festivas desajeitadamente com uma só mão. A janela atrás dela estava aberta, deixando entrar o ar gelado. Seus dedos tremiam nas teclas.

"Feche a janela, Sarah. Você parece estar com frio."

Seu olhar se ergueu por cima do piano. "Gosto do ar. Gosto de sentir como se estivesse... lá fora." Algumas notas dissonantes soaram. Ela voltou a se concentrar nas teclas.

Então Sarah também sentia: essa estranha pressão, o calor abafado e nauseante que se infundia na casa. O cheiro também. Desde o dia da fogueira, Elsie não conseguia se livrar do cheiro de madeira queimada nas narinas. Isso a fazia lembrar o bebê de madeira, cortado em dois, sem raiva nem mágoa nos olhos — apenas aquele vazio terrível e gélido.

Ela suspirou e voltou a embrulhar o presente de Jolyon. Pelo menos seu querido irmão chegaria em breve com notícias de Londres, do mundo racional. O que ele acharia de suas melhorias na Ponte? Havia um novo papel de parede no quarto das crianças: um fundo cor de milho com pássaros e ramos à moda oriental. A sala de visitas tinha novos painéis, com medalhões dourados. O melhor de tudo era que havia mandado os jardineiros plantarem grandes abetos em vasos ao redor do terreno e pendurar lanternas neles. Quando criança, Jolyon olhara de olhos arregalados para as vitrines das lojas no Natal, hipnotizado por velas e brinquedos mecânicos. Agora ela finalmente tinha dinheiro para esbanjar com frivolidades. Daria a ele o Natal que merecia.

Estava ajustando um laço de fita quando uma nota aguda partiu do piano, ecoando no teto esculpido. Perdurou sozinha, patética e frágil, antes de esmorecer.

"Sra. Bainbridge", sussurrou Sarah. "Sra. Bainbridge, olhe."

Elsie congelou. Suas mãos suadas umedeceram as luvas junto do papel de embrulho. Pouco a pouco, ergueu o olhar, preparando-se para uma visão medonha.

Era um pardal. Só um pardalzinho, empoleirado na tampa do piano. Ele inclinou a cabeça de um lado para o outro, observando-as. Minúsculos olhos pretos espiavam acima do bico.

"Que lindo." Ela manteve a voz baixa, tentando não afugentar o pássaro. "Melhor não deixar que Jasper o veja."

Sarah sorriu. "Veja se restaram algumas migalhas. Poderíamos colocá-las no piano para ele apanhar."

Elsie olhou para a mesa de canto. O prato ali estava salpicado de farelos de bolo, talvez uma dúzia ou mais. "Sim. Mas não quero levantar e assustá-lo."

O pardal saltou para a frente. De asas fechadas, estufou o peito e abriu o bico delicado, pronto para cantar.

Nesse mesmo instante, três golpes soaram à porta da frente. Rápido como um dardo, o pardal voou pela janela aberta. Uma única pena marrom caiu no piano.

"Quem poderia ser?" Elsie foi até a janela e tentou espiar ao redor da parede de tijolos da ala leste. Só pôde vislumbrar o caminho de pedras — não havia carruagem.

"Acho que...", começou Sarah, hesitante. "Acho que deve ser o sr. Underwood."

"O sr. Underwood? Não me lembro de tê-lo convidado."

"Não." Sarah fechou a tampa do piano sobre as teclas. "Não, a senhora não convidou. Peço perdão, sra. Bainbridge. Fui eu. Eu o convidei."

"Ah. Entendo."

"É que..."

"Você poderia ter me avisado." Sentia que fora pega desprevenida. De alguma forma — não sabia ao certo como —, havia sido ofendida. "Não estou preparada para receber convidados."

"Mas ele não veio como convidado." Sarah se levantou e, nervosa, começou a alisar o cabelo. "É mais como um... conselheiro."

Outro trio de pancadas, desta vez mais rápido.

"O que quer dizer?"

"Quero consultá-lo a respeito de Hetta."

O pavor revirou o estômago. "Sarah..."

"Pensei que talvez ele soubesse o que fazer. No passado, a Igreja realizava exorcismos."

Exorcismo. A palavra era gutural, vinha do fundo da garganta. Dizê-la em voz alta era como ter ânsia de vômito, como começar a falar em línguas demoníacas. O que Sarah estava *pensando*?

"Você não vai mesmo pedir que ele execute algum tipo de ritual, vai?"

"Não! Ah, não, não acho que Hetta precise ser banida nem nada assim. Só quero um conselho."

A campainha da casa tocou.

"Parece que ninguém vai atender a porta", disse Elsie. "É melhor que eu mesma cuide disso."

Ficou aliviada por ter uma desculpa para sair da sala e escapar da expressão intensa de Sarah. Pelo menos, o sr. Underwood a faria deixar aquela tolice de lado. Era um homem de fé, mas não de superstições, pensava Elsie.

O Salão Principal estava escuro e frio. A lareira, embora acesa, pouco adiantava. Nenhuma luz se refletia nas espadas cerimoniais ou na armadura; eram de um cinza opaco, cor de estanho. O ar entrou silvando pela porta aberta. Underwood estava no limiar, segurando uma caixa comprida.

"Bom dia, sra. Bainbridge. Perdoe a intrusão. Toquei a campainha, mas a porta estava entreaberta e encontrei isto na entrada."

"Deve ser meu novo vestido! Passei a semana toda esperando que chegasse de Torbury St. Jude."

"Bem a tempo, é quase Natal. Que sorte." Ele entrou e fez o favor de deixar a caixa no tapete oriental. Ela se ajoelhou — não era tarefa fácil hoje em dia, com a barriga saliente — e deslizou a mão sobre o pacote. Não havia etiqueta, nem rótulo, apenas uma fita verde-oliva e dourada.

O sr. Underwood tirou o chapéu. Seu cabelo loiro havia ficado amassado. "Será que a srta. Bainbridge está em casa? Recebi um bilhete dela, pedindo para falar comigo. Confesso que fiquei alarmado. A mensagem foi... confusa."

"Ela está na sala de música." Elsie fitou o pacote. Teve o ímpeto de confessar tudo: contar a ele sobre as farpas no pescoço de Rupert, o quarto das crianças, o sótão, a marca da mão, os olhos. Mas falar dessas coisas as transformaria em uma farsa. Não se pode explicar o medo; só se pode senti-lo, rugindo em meio ao silêncio até congelar seu coração. "Creio que devo avisá-lo, sr. Underwood, de que a srta. Bainbridge deseja discutir suas crenças. Elas são... não convencionais. Ela trabalhava para uma dama muito idosa e imaginativa. Acredito que fazia parte de algum círculo espiritualista."

"Ah."

"Espero que o senhor me apoie quando digo que sou... cautelosa... em relação a essas coisas."

"É claro. Embora a Igreja não negue a existência dos espíritos, desaconselha com veemência que se interfira nesse campo. Pense na Bruxa de Endor e na maldição do rei Saul por consultar uma médium."

A história voltou a Elsie em fragmentos de lembranças da escola dominical: o rei Saul, desesperado pelo conselho do profeta Samuel, implorou à necromante que o ressuscitasse. *Por que me perturbaste, fazendo-me subir aqui?*

A recordação inquietante era que a mulher realmente trouxera de volta o profeta. Tinha sido possível.

Elsie pigarreou. "O senhor precisa entender que Sarah é especialmente suscetível a esses hipnotizadores e médiuns embusteiros. Os pais morreram quando ela era jovem. Sem família, ela é vulnerável... Posso confiar no senhor para tentar dissuadi-la desses métodos imprudentes? Com gentileza?"

"Dou-lhe minha palavra." Ajoelhada no chão, ela ergueu o olhar. Ele a fitou com doçura — quase, ela temia, com afeto. "É como eu já disse à senhora: quero instruir Fayford e erradicar superstições como essa."

"Estive pensando em Fayford, sr. Underwood. Meu irmão virá de Londres para as festas do fim do ano. Se o senhor pudesse recomendar algumas meninas promissoras do povoado, eu poderia convencê-lo a levá-las consigo como aprendizes. O salário não é alto, mas todas as nossas crianças recebem educação — pelo menos duas horas por dia. Terão emprego, comida e um teto sobre as cabeças. Um teto seco, sem goteiras. Roupas adequadas. E, no final do período, terão aprendido um ofício. O que me diz?"

"Digo que é o melhor presente que eu poderia receber." Um sorriso piedoso iluminou o rosto dele. "Na verdade, já consigo pensar em algumas crianças aptas. Os pais não farão objeção à sua fábrica. É esta casa que eles temem. O que me lembra outra coisa." Tirou do bolso interno um pacote de papel pardo, amarrado com barbante. "Registros da cidade. Uma leitura bastante árida, eu receio, mas algumas partes podem lhe interessar."

Ela olhou para o barbante, o nó apertado. Sentia o mesmo nó no peito. *É esta casa que eles temem.* Estava começando a achar que tinham razão. O pacote de papel podia oferecer respostas, mas também poderia contar coisas que ela não queria saber.

"Que gentileza sua lembrar. Talvez o senhor possa deixá-lo na sala de música quando for falar com Sarah? Vou para lá depois, para examinar os registros."

Ele estendeu a mão. "Venha comigo. Vamos juntos dissuadir a srta. Bainbridge dessas fantasias. Unidos, tenho certeza de que faremos com que ela dê ouvidos à razão."

Ela hesitou. "Obrigada. Mas... já tentei falar com Sarah. Creio que seria melhor se ela falasse com o senhor sozinha, sem minha interferência. Essas questões espirituais exigem certo grau de confidencialidade, afinal."

Ele deixou a mão cair e a colocou atrás das costas. "Sim. É claro. É muito sensato de sua parte, sra. Bainbridge." Ele olhou para trás. "A sala de música fica ali?"

"Aquela é a sala de estar. Vá pelo corredor e vire à direita. Não há como errar. Duvido que o senhor já tenha visto um cômodo tão cor-de-rosa."

Ele esboçou uma mesura. "Obrigado. Vou deixar que a senhora abra sua encomenda."

Ela o viu ir embora, a cauda do casaco puído balançando no ritmo dos passos.

Ajeitando as pernas, ela adotou uma posição mais confortável e se preparou para abrir a caixa. Um vestido novo poderia ser exatamente a distração de que precisava. Seria seu melhor vestido — seu traje para o Dia de Natal.

Foi difícil desfazer o laço com luvas nas mãos, mas ela conseguiu. Os dedos encontraram as bordas da tampa, suados de expectativa. Crepe e bombazina, enfeitados com seda. Três peças, com borlas e franjas. Mal podia esperar para ver. Tirou a tampa da caixa.

Gritou.

Havia fitas de um material preto amontoadas com folhas mortas. Cardos eriçados, pegajosos e coagulados de sangue. Em meio a tudo isso havia uma coisa preta, branca e peluda, pontilhada de moscas. Ela distinguiu pedaços de carne mutilada, ossos. Veias como meadas de seda vermelha. Depois, as orelhas caídas, os olhos fechados. O sangue espalhado nos pelos da testa. Uma cabeça de vaca.

A cabeça de Beatrice.

O fedor embargou sua garganta e causou náuseas. Ela caiu de costas e se arrastou para longe, as mãos rastejando pelo chão. Iria vomitar. Iria vomitar e, ainda assim, não conseguia tirar os olhos da caixa. *Beatrice. Pobre Beatrice.*

A cabeça de Elsie colidiu com um objeto duro. Em pânico total, ela se virou. Hetta estava atrás dela, ainda sorrindo, a rosa junto do peito.

"Não, não."

Lançando-se para a frente, ela jogou Hetta no chão com um baque. Conseguiu se levantar — suas pernas estavam bambas, mas de alguma forma ela as forçou a subir as escadas, dois degraus por vez. As saias se prenderam ao redor dos tornozelos. Ela cambaleou, tropeçou e se levantou novamente. Não tinha ideia de onde estava indo, só que devia subir, subir — até o telhado, se precisasse. Criar a maior distância possível entre ela e aquela visão medonha...

Ouviu vagamente o sr. Underwood entrar no Salão Principal e chamar seu nome. Então, o som sufocado do choque de Sarah. Mas não conseguia parar. Aquele cheiro de rosas: ele a perseguia, ficando mais intenso a cada passo...

Ela parou de repente a um degrau do patamar. Bloqueando o caminho, havia outro rosto achatado de madeira. Um novo companheiro, mas este ela reconheceu.

Um bigode em forma de escova pendia acima do lábio. O óleo de Macassar assentava o cabelo, um único cacho caindo sobre o olho esquerdo. Uma trama de veias cobria a bochecha. E os olhos... A expressão de tormento nos olhos gelou seu sangue.

"Rupert."

Não podia ser. Ela fechou os olhos — se continuasse a olhar, enlouqueceria. Mas, ainda assim, ela via; sentia-o próximo do rosto. Cada vez mais perto.

"Não, não."

Deu dois passos para trás. A cauda do vestido se enrolou ao redor dos tornozelos como uma corda. Em pânico, ela cambaleou e pisou no ar.

Três pancadas fortes. Depois, só escuridão.

O SILÊNCIO DA CASA FRIA
LAURA PURCELL

A PONTE, 1635

Esta manhã ouvi um homem gritar pela primeira vez na minha vida. É um som que eu não gostaria de ouvir novamente: gutural, infame, ecoando pelo pátio do estábulo e subindo pela cúpula.

Acordei suando gelo. Josiah estava deitado na cama ao meu lado, fitando o teto com o mesmo horror que eu sentia em toda a minha pele. A lembrança caiu sobre mim com um golpe impiedoso: o rei e a rainha. Não podia ser — por favor, Deus Todo-Poderoso —, não podia ser que algum mal lhes tivesse acontecido!

O som pavoroso vinha de fora. Fazia os cachorros latirem. Levantei-me da cama e corri para a janela. Gotas de chuva cobriam o vidro, e não pude ver com clareza. Uma névoa débil pairava no ar depois da tempestade da noite anterior. Poças d'água evaporavam no calor da manhã.

"O que foi?", Josiah quis saber.

A resposta não veio de mim — surgiu daquele lugar onde nascem os sonhos, onde o conhecimento chega completamente formado. "Alguém morreu. Uma vida abandonou esta casa."

Ele se levantou em um instante, jogando o cobertor para trás e batendo os pés descalços no chão. Eu o vi pegar sua espada antes de ir para o corredor.

Não éramos os únicos acordados. Os convidados perambulavam com roupas de dormir, de olhos turvos, os cabelos emaranhados da noite anterior. Assim que Josiah os viu, adotou um ar calmo.

"Não se aflijam. Por favor, voltem às suas camas. Vou descobrir a causa dessa perturbação."

Eles murmuraram, esfregando os olhos. Mesmo cansados como estavam, não pareciam inclinados a obedecê-lo.

Segui Josiah escadas abaixo, desesperada para saber se as crianças estavam a salvo. Eu as encontrei reunidas do lado de fora do quarto com Lizzy, todas mortalmente pálidas. O pardal de Hetta gritou lá dentro. Os cabelos da minha nuca se arrepiaram. Mary uma vez me disse que os pardais carregam as almas dos mortos.

"Não sabemos o que é essa comoção", eu disse a elas. "Seu pai saiu para cuidar disso."

"Senhora?" Lizzy tentou chamar minha atenção, mas não olhei para ela. Um olhar, e eu sabia que perderia a compostura.

"Agora não, Lizzy."

Devo manter minha autoridade de patroa, no controle da situação. Dei as costas para ela e encarei as crianças. Apesar de ter ido dormir tão cedo, Hetta parecia mais exausta do que os rapazes. Toquei sua testa, sentindo a temperatura. Ela ardia.

"Voltem para a cama", ordenei. "Todos vocês, voltem para a cama."

Os rapazes resmungaram. Não dei atenção; não podia parar para discutir com eles. Uma estranha energia me incitava, uma espécie de nervosismo nauseante, e voltei por onde viera, com a intenção de tranquilizar os hóspedes.

Crepitava, debaixo de todos os medos em minha mente, aquele que eu sabia nomear: a peste. Tínhamos notícias de um calor opressivo e da doença em Londres. Agora, minha filha ardia em febre. Pedi a Deus que não fosse a peste.

Perdemos Mary para a doença do suor. As pessoas me disseram que foi uma morte gentil e rápida, mas não a viram morrer. Se minha irmã teve uma morte gentil, não me atrevo a imaginar uma morte cruel. Ela estivera bem de manhã. No entanto, enquanto nos vestíamos, senti pela primeira vez: o pressentimento em que passei a confiar mais que em meus outros sentidos. Nossos olhos se encontraram e entendi que Mary também sentia. Ao meio-dia ela estava acamada.

Começou com os arrepios. Depois veio o calor, fervendo pela pele, escorrendo em riachos de suor. Antes que a noite acabasse, sua mandíbula já estava atada. Morta. Morta com apenas vinte anos de idade.

Meus pés descalços pisaram com força no chão. Atormentada pelas lembranças de Mary, não notei que Jane subia as escadas. Colidi com ela e nós duas caímos para trás, piscando, perplexas.

"Ah, senhora, me perdoe." Ela não aparentava seu estado normal. Percebi que havia acordado antes de nós. Estava de pé e cuidando de seus deveres desde antes de o grito soar.

"Jane! Jane, conte o que aconteceu."

Ela se desfez em lágrimas.

Extraí a história dela, pouco a pouco. Não precisei descer ao estábulo, sentir o cheiro do sangue e ver as moscas pessoalmente; tudo isso brilhava nas pupilas de seus olhos.

Havia um cavalo morto em uma das baias. Não só morto — mutilado. A cauda fora decepada e pregada na porta, a crina atacada em um frenesi de tesouras. O cavalariço encontrou uma série de lacerações na pele, como talhos que se faria em um tronco de árvore para registrar um cálculo.

"Que cavalo, Jane?"

"Ah... S-senhora!", ela soluçou.

"Não é minha égua cinza, é?"

Jane balançou a cabeça, negando. Tive um vislumbre da verdade brilhando em suas faces molhadas. "P-pior."

"Não. Você não está dizendo que..."

"O cavalo da rainha!", gritou ela.

Minhas pernas cederam; caí de encontro à parede e deslizei até o chão. "Mas quem faria... Puritanos?"

"Eu não sei, senhora, não sei. Mark diz que falta alguém no estábulo."

"Quem?"

"Um menino. Um menino cigano. Eu nem sabia que tínhamos um! O que ele estava pensando ao acolher uma criatura vil e suja como essa?"

Meu sangue congelou. Merripen. Foi Merripen quem fez isso.

Não sei como. Não sei onde um menino de nove ou dez anos de idade encontraria a força para cometer esse ato infernal. Onde, em sua jovem mente, teria surgido um desejo tão hediondo?

O cavalo da rainha! Da rainha!

Minha cabeça dói em agonia. A culpa é minha, minha. Estamos arruinados. A corte nunca voltará aqui. Josiah...

Deus do céu. Josiah descobrirá. Saberá o que fiz, que destruí a ambição de sua vida com meu capricho insensato. O casamento resistirá a isso? E meu coração?

Deus me perdoe por minha maldade. Preferia que fosse a peste.

O SILÊNCIO DA CASA FRIA
LAURA PURCELL

A PONTE, 1866

Elsie acordou com três explosões de dor. A primeira na parte baixa das costas, se alastrando até as coxas. A outra atingiu o crânio, bem no topo, de onde então se irradiou para o rosto. Sentiu o lábio inchado onde o dente havia perfurado a pele.

Mas essas lesões não eram nada comparadas à terceira: as garras que rasgavam o interior do ventre.

Começaram suavemente, tocando suas cordas internas, construindo o ritmo com firmeza até ela gritar. Quem quer que a estivesse tratando levou um líquido amargo de cheiro rançoso a seus lábios. Ela sentiu uma torrente de sangue escaldante entre as pernas e voltou a deitar, exausta.

Dormiu sem sonhar. Alguma coisa pairava no limite da consciência — como um animal carniceiro rondando a presa agonizante, esperando o momento de atacar —, mas não arremetia.

Ela foi apanhada em um caleidoscópio delirante: sentiu um cheiro forte de pele suja e sangue adocicado, um gosto de aloés e óleo de rícino, ouviu a voz de Jolyon e outra que não reconheceu. Só colheu algumas frases, mas elas bastaram.

"Madeira? *Dentro* dela?"

"Lá dentro, com o bebê. O pobrezinho estava cheio de farpas. Nunca vi nada igual."

O bebê.

Não estava lá. Amputado. Ela não conseguia sentir dentro de si os movimentos nem o borbulhar.

Não sou mais duas pessoas. Estou sozinha.

A época do Natal deve ter chegado e passado, pois, quando se arrastou para fora do nevoeiro mental em uma triste manhã, Sarah estava sentada na sala, em trajes sóbrios, comendo uma porção de frios que pareciam restos de comida. Mabel mexia no guarda-roupa, usando o uniforme novo que Elsie se lembrava de ter comprado como gratificação de Natal.

Sentia um gosto horrível na boca. Gemeu. "Meu tônico. Dê..." *Drogas*. Não lhe importava quais fossem; ópio, morfina, cloral.

Sarah se assustou com o som de sua voz. Limpando a boca delicadamente com um guardanapo, correu para a cama e pegou a mão de Elsie. Havia perdido peso, o que tornara o rosto mais longo e mais equino do que nunca. Sombras contornavam seus olhos, as íris cintilando com lágrimas não derramadas.

"Tônico", repetiu Elsie. A respiração arranhava o peito. Em outro momento, a dor se ergueria para enfrentá-la; sentiu que se acumulava, reunindo forças.

Sarah balançou a cabeça. "O médico mandou não dar tônico demais."

"O médico! Ele nunca sentiu nada assim."

"Ele disse que a senhora precisa comer. Posso lhe dar pão e água, ou caldo de carne..."

"Não estou com fome." Sua língua ansiava pelo sabor adstringente do ópio; a cabeça implorava pelo sono. Agora, a dor latejava, apanhando objetos pontiagudos e tentando fincá-los nas memórias. Queria chorar — mas não, isso doeria ainda mais. "Pelo amor de Deus, me dê o tônico."

"O médico..."

"O médico é homem. Não pode compreender esta dor."

Lágrimas escorreram pelas bochechas lívidas de Sarah. Ela apertou a mão de Elsie com tanta força que doeu. "Ah, sra. Bainbridge. Lamento muito. Teria sido um pouco de Rupert em nossa vida, não é?"

A dor voltou a inundá-la, mas não no abdome. "Onde está? Onde está meu bebê?"

"Com o pai. O sr. Underwood foi muito gentil. Batizou o estranho pequenino e o colocou para descansar na cripta da família. Não é o que ele deveria fazer. Será nosso segredo."

O estranho pequenino. Nutrido em segredo, enterrado em segredo, sempre na escuridão. Elsie sentiu a boca se abrir como uma ferida em carne viva. "Mas então... eu nunca o verei!"

"Queríamos esperar pela senhora, mas estava tão doente. Não podíamos adiar mais." Sarah se ajeitou, o espartilho rangendo. "Posso contar como ele era. Muito pequeno. Delicado. Só pudemos perceber que era um menino."

"E... as farpas?"

"Quem contou isso à senhora?"

"Então é verdade! Eu pensei, tive esperança, que tivesse sonhado com Jolyon dizendo isso. Sarah, como ele poderia ter..."

Sarah balançou a cabeça. "Não sei dizer como. Nem mesmo o médico consegue. Só sei o que vi."

"O que... você viu?"

Ela desviou o olhar. "Por favor, sra. Bainbridge, não quero falar sobre isso. Não me obrigue."

"É meu *filho*."

"A pele tinha farpas", sussurrou Sarah, fechando os olhos. "Por toda parte."

As imagens tentavam se formar, mas Elsie não permitiu, não poderia suportá-las. "O nome. Com que nome o batizaram?"

"Edgar Rupert."

"*Edgar?!*"

Sarah piscou, aturdida. "Foi... foi um erro? O sr. Livingstone disse que era o nome do seu pai."

"Sim." Elsie afundou no travesseiro, nauseada. "Era."

Mabel fechou o guarda-roupa. Encostando-se às paredes, ela se esgueirou pelo quarto e passou pela porta.

"Jolyon ficou muito zangado?"

"Zangado? Deus do céu, sra. Bainbridge, por que ele ficaria zangado? Ele não demostrou nada além de preocupação."

Sem dúvida isso era verdade, mas ele lamentaria a oportunidade perdida com a mesma amargura que Elsie. Ela havia perdido o herdeiro, o futuro de seus negócios; perdera-o em um momento de — quê? *Não, Mamãe, não foi descuido.* Uma coisa pior, à espreita nas profundezas da mente...

"Beatrice", ofegou ela. "Beatrice." A mão de Sarah ficou rígida debaixo da sua. "Ah, Sarah, diga que foi minha imaginação."

"Não posso. Pobre criatura. O vestido... Sra. Bainbridge, o que aconteceu? A senhora não saiu da minha presença nem por dez minutos."

"Foi entregue. O sr. Underwood... Ele disse que encontrou a caixa na frente da porta."

"Sim, ele me contou. Mas então como a senhora estava no alto da escada?"

Um dedo frio pousou em seu coração. "Ah, meu Deus. Você viu? Ainda está lá? O que fez com aquela coisa?"

"Calma, calma." Sarah tentou manter as mãos firmes, mas também tremia. "A senhora está falando de Hetta?"

"Não. Rupert."

Sarah baixou as mãos, gritando: "*Rupert?*".

"Havia um igual a ele." Fechou os olhos, tentando afastar a lembrança, mas foi em vão. "Um companheiro igual a Rupert, Sarah. Ele estava... Ah, meu Deus, estava terrível."

"Não! Não, a senhora deve estar enganada. Não há nada disso na casa. Ninguém viu."

"Estava lá, no último degrau."

"Deus do céu." Os lábios de Sarah tremiam, pétalas de rosa murchando, prontas para cair. "Eu não quis... Sinto muito, sra. Bainbridge. A senhora sabe que eu nunca colocaria Hetta no Salão Principal, não é? Ela estava no sótão, eu juro. Estava trancada no sótão, não entendo como..." Ela se calou. Os músculos do rosto se contraíram, como se ela lutasse contra uma emoção. "A verdade é que isso aconteceu no diário. O diário de Anne. Um cavalo foi mutilado logo depois que ela comprou os companheiros. E estou começando a achar que talvez... talvez Anne fosse mesmo uma bruxa, afinal. Ela escreveu sobre as poções que usou para conceber Hetta... Talvez seja isso o que Hetta está tentando fazer: nos alertar quanto ao poder de sua mãe."

Elsie fechou os olhos. Cada centímetro de seu ser latejava. Começava a desejar que nunca tivesse acordado. O sono era simples e seguro. "Sarah, você contou isso para Jolyon? Ou para o sr. Underwood?"

"Sim." De repente, o tom de voz se firmou. "Contei ao seu irmão e implorei ao sr. Underwood que fizesse um exorcismo. Não acreditaram em mim. Conversaram entre si, depois me fizeram ver um médico."

"O que ele disse?

"Ah, ele me deu um remédio abominável. Estava mais preocupado com isto." Sarah levantou a mão, ainda enfaixada. "A pele ficou branca e mole em torno do corte. Ele acha que está infeccionado."

Uma infecção fazendo Sarah ver coisas. Os médicos sempre tinham alguma explicação, mas essa não bastava. Elsie não tinha nenhuma infecção — nem as empregadas. Que explicação ele daria para o que elas viam?

"O pior de tudo", chorou Sarah, "é que eles querem nos separar! O sr. Livingstone levará a senhora de volta a Londres no fim do mês."

"Londres?" Os olhos de Elsie se abriram. Nesse momento, Londres parecia tão distante quanto o Paraíso.

"Para convalescer. Ele diz que a mudança de ares será benéfica."

"Mas e você?"

Sarah lutava para conter lágrimas. "Os cavalheiros dizem que estou sofrendo dos nervos. Acham que a viagem seria estimulante demais para mim e que será melhor descansar aqui. Sem a senhora."

Elsie bufou, zombando. "Descansar? Nesta casa?"

"Já amei esta casa, achei que aqui fosse o meu lugar. Até que..." Sarah a olhou nos olhos, suplicante. "Não sei o que fazer, sra. Bainbridge. A senhora estará em Londres enquanto eu ficarei aqui, sozinha, com... seja lá o que for. Seja lá o que *eles* forem. Diga-me o que fazer."

"Queime. Queime Hetta."

Sarah hesitou. "Como a senhora queimou os outros?"

"Sim."

"A senhora os queimou *mesmo*, depois que eu trouxe Hetta para dentro?"

"É claro."

Sarah havia levado as mãos aos cabelos, soltando-os dos grampos sem perceber. "Tem certeza de que os *queimou*?"

"Claro que tenho! Peters e as empregadas são testemunhas."

"Deus do céu."

"O quê? Sarah? O que foi?"

"Eles voltaram, sra. Bainbridge." A voz dela falhou. "Todos os companheiros estão de volta à casa."

O SILÊNCIO DA CASA FRIA
LAURA PURCELL

A PONTE, 1635

Creio que a nossa é uma vergonha sem precedentes. Mal consigo respirar, tamanho é o desalento que prostra meu espírito, a culpa indelével.

Aquela manhã se desenrola sem parar em minha mente. Lembro-me do silêncio chocado ao meu redor, de como os cortesãos não estavam mais alegres, mas sérios, severos como juízes. Eu ouvia a humilhação estridente dentro de minha cabeça enquanto a rainha soluçava. Ela amava aquele cavalo. Claro que demos a ela minha égua, mas como era insuficiente em comparação com o animal de ótima linhagem que ela havia perdido. Parecia o cavalo de uma plebeia. Eles partiram com uma guarda reforçada, deixando-nos sozinhos na Ponte. Sozinhos, com nosso fracasso a ecoar provocações.

Minha desgraça é dupla. Fracassei não apenas com meu rei, mas com meu senhor e marido, a esperança mais cara em meu coração. Ele não estava ciente da minha traição — pelo menos, não da natureza dela. Veio falar comigo logo depois que eles partiram, e segurou minhas mãos. Quando olhou para meu rosto, vi que o dele estava abatido e trêmulo, como se os próprios músculos estremecessem de medo.

"Anne, você tem de me contar a verdade." Não consegui falar. "Sei que nunca falamos sobre isso, mas agora é necessário. É chegada a hora."

Minha mente culpada foi direto a Merripen. "Josiah..."

"Sei que você sempre viu coisas. Sempre as sentiu antes que acontecessem. Aquelas tisanas que você me deu... Pensei que fossem um presente de Deus. Mas... Conte-me a verdade.

"Contar o quê?"

Ele teve dificuldade para tirar as palavras do fundo da garganta. "Você teve uma filha. Disseram que era impossível parir outra criança, mas você teve uma filha. Na corte, subi de posição mais rápido que qualquer outro homem da minha categoria. Você usou ervas? Ou...?"

Sei que fiquei corada, ciente de minha transgressão, de que chegara demasiadamente perto das chamas do pecado. "Como pode me perguntar uma coisa dessas?"

"Sei que você não cometeria aquele ato medonho e perverso no estábulo", ele se apressou a dizer. "Mas acredita que pode ter, acidentalmente..." Ele olhou para meus diamantes. Quando engoli em seco, o movimento os fez brilhar. "Não sei. É possível que alguma força sombria mantenha os olhos sobre você?"

"Josiah!", gritei.

"Responda, Anne. Pois olhei para aquele animal e não posso acreditar que seja obra de mãos humanas."

Então, contei a ele. Contei a verdade dolorosa e infeliz: que foi a estupidez de sua esposa, não a astúcia, que fez o demônio se acercar dele.

Josiah não fala comigo desde então.

Não tenho forças para chorar. Seu ódio não me ofende. Nada pode arder com mais força do que o desprezo que sinto por mim mesma. Arranquei os diamantes luzidios, envergonhada ao pensar no quanto meu pobre Josiah gastara, no quanto investira em mim.

Agora ele está confinado ao campo; não pode mostrar a face na corte. Os conhecidos não respondem mais às suas cartas. Ele não tem nada a fazer além de perambular pela casa como um urso enjaulado, atirar em nossas perdizes e arranjar brigas com os aldeões enquanto nos preparamos para a colheita. Eles não querem trabalhar nesta terra depois do que aconteceu. Temem que os ciganos tenham nos amaldiçoado.

Que os céus não permitam que os empregados sigam esse exemplo. Por enquanto, parecem dispostos a ficar e se deleitar com as fofocas; porém, no fim das contas, sei que só Lizzy ficará conosco. Não que Lizzy esteja contente — a cada olhar, me censura por ter guardado segredo sobre a presença de Merripen, até mesmo dela. A querida Lizzy, ela jamais aceitará que sou uma mulher adulta. Não percebe quantos segredos meu coração traiçoeiro consegue guardar.

A casa está silenciosa como um túmulo. Nenhum hóspede, nenhum decorador, nem mesmo meus filhos para espantar a melancolia. Anos atrás, mandamos os meninos para casas nobres para que pudessem aprender a administrar grandes propriedades. Agora, estão de volta a essas casas, mas não creio que os parentes de Josiah pretendam acolhê-los por muito mais tempo. Aliar-se a nós é um risco.

Nem mesmo Hetta é o conforto que já foi. Enquanto fiquei sentada no Salão Principal hoje, foi doloroso vê-la pular em torno daquelas silhuetas de madeira, como se o futuro de nossa casa e de nossa família não tivesse se desfeito em fumaça ao seu redor.

Passei quase nove anos da minha vida ansiando apenas por seu sorriso, mas hoje não pude suportá-lo.

Eu a observei, brincando como faz, por horas, com as tábuas pintadas, e liberei a torrente perversa de meus pensamentos. Pensei que estaria feliz hoje, não fossem ela e seu amigo cigano. Deveria estar prestes a me tornar dama da própria rainha, mas Hetta foi a razão — a única razão — pela qual ninguém mais na Ponte sorriu hoje.

"Como pode?", gritei, por fim. "Como se atreve a sorrir e dançar assim? Você sabe o que aconteceu."

Ela inclinou a cabeça para um dos companheiros, como se ele houvesse falado. Então, continuou a brincar.

Minha raiva cresceu. Deus me perdoe, sei que foi errado, sei que ela é só uma criança. Mas não pude me conter. "Escute aqui! Você não entende o que será de nós?"

Deveria entender. Mas parece que ela não compreende totalmente. Talvez não seja *capaz*.

"Merripen!", gritei, levada ao limite de minha tolerância. "Seu amigo Merripen fez isso conosco!"

O sorriso desabou de seu rosto, rápido como uma cortina a cair.

"Ele matou o cavalo da rainha", eu disse, "porque negamos o uso das terras ao povo dele. Deixou seu pai extremamente infeliz."

Ela olhou para o companheiro mais próximo e depois para mim.

"Você me fez contratar aquele pagão e agora ele nos arruinou, nos arruinou para sempre!"

Eu não conseguia interpretar sua expressão. Ela abriu a boca e, por um momento de loucura, achei que fosse realmente falar. Então, fugiu de mim.

Ouvi seus pés na escada, rápidos como a chuva, rápidos como minhas lágrimas. Afundei na cadeira, sentindo-me vil.

Hetta era a única que ainda não me odiava.

E agora eu a afastei.

Em algum lugar distante, ouço o estrondo do trovão. Não sei quanto tempo fiquei sentada aqui lamentando meu destino, implorando por forças para seguir em frente. Mas a tempestade deve ter se aproximado, pois a luz foi encoberta e o salão caiu em uma escuridão amarelo-cinzenta, como um hematoma. Gotas de chuva atingem a janela. Uma companheira, a varredora, me observa.

Seu olhar se tornou indecoroso, aviltante; como se conhecesse todos os segredos da minha alma.

Mandarei devolvê-los ao sr. Samuels logo pela manhã. Todos os objetos sofisticados, devolvidos. Não suporto mais ter seu tesouro em minha casa. Odeio cada uma daquelas peças.

Uma coisa muito curiosa aconteceu hoje. Minha carroça voltou de Torbury St. Jude com os empregados, mas as mercadorias continuavam lá, amarradas.

"O que é isso?", rosnei. "Mandei deixar essas coisas com o sr. Samuels."

"Eu sei", respondeu nosso empregado Mark, "e sinto muito, senhora, mas não foi possível."

Olhei para Jane. "O que ele quer dizer? O sr. Samuels se recusou a receber a entrega?"

"Não", ela disse, trêmula. "Não, não é isso." Linhas de confusão franziram sua testa. "A loja — ela não estava lá."

Como era possível? Uma loja tão cheia e bem abastecida ainda em junho passado!

"O quê? A loja está vazia?"

"Não, senhora." Agora, a voz de Jane estava aguda, à beira das lágrimas. "*Não estava lá*. A loja. Devemos ter passado por ali dez vezes, mas eu juro... É como se a loja nunca tivesse existido."

Só pude olhar para ela, boquiaberta. Menina obtusa! Nunca ouvi nada igual. Ela mesma entrou comigo na loja. Uma loja não pode simplesmente desaparecer!

Talvez Jane esteja doente; com certeza há algo de errado com ela, pois está toda trêmula desde que voltou.

Preciso ir à cidade para resolver a questão pessoalmente, e em breve. Até lá, estou presa a esses falsos companheiros. Cobri os rostos com lençóis, mas sei que estão lá, observando. Como se soubessem o que aconteceu. Como se isso os divertisse.

O SILÊNCIO DA CASA FRIA
LAURA PURCELL

A PONTE, 1866

"Meus diamantes. Onde estão meus diamantes?" Elsie revirou sua caixa de joias, espalhando correntes e pérolas na penteadeira.

"Elsie." A voz de Jolyon estava cansada. Ele se apoiou à coluna da cama. "Deixe isso de lado. Você precisa descansar."

"Mas não consigo encontrar meus diamantes."

"Eles vão aparecer."

"Rupert queria que eu ficasse com eles." Ela procurou mais rapidamente. Havia perdido Rupert. Havia perdido o bebê. Não perderia os diamantes também.

"Elsie."

"Eu não estou histérica, Jo. Rupert também ouviu o som. Ele me escreveu uma carta, mas não consigo..." Ela remexeu os pertences espalhados na penteadeira. Ninguém havia limpado a superfície durante sua doença. Estava revestida por um pó bege e espesso. "Não consigo encontrá-la agora."

"Precisa se acalmar. Está alterada. Esteve muito doente."

Doente. Uma palavra ridiculamente inadequada. "Isto não é um distúrbio nervoso. A madeira dentro de mim! E Sarah viu os companheiros", ela sussurrou. "Ela também os viu."

"Isso não é do seu feitio, Elsie. Você não é nenhuma neurótica."

"Então por que não faz a gentileza de acreditar em mim?" Sem aviso, ela irrompeu em lágrimas.

Jolyon se aproximou e colocou a mão no ombro dela, trazendo consigo o perfume familiar de folhas de louro e limão. Os dedos tremeram junto à clavícula de Elsie. Claro, não estava acostumado a vê-la chorar. Por todos aqueles anos, ela não o deixara ver sua tristeza e se mantivera firme, forte. Mas agora uma câmara dentro dela tinha se destrancado, e não conseguia mais fechá-la.

"O que está me pedindo para aceitar, querida... É impossível. Você percebe isso, não é?"

Para ele estava tudo muito bem. O terno engomado, a gravata e os sapatos brilhantes proclamavam seu lugar em um mundo feito de ordem e sentido, números e negócios. Ele não sabia o que era ficar ali, fermentando com um medo malicioso e inominável.

"Não a estou culpando", continuou Jolyon. "Não acho que tenha inventado tudo isso. Minha pobre irmã, você foi enganada."

Ela o encarou. "Como assim, enganada?"

"Pense nisso. Quem poderia esquartejar uma vaca e entregá-la à sua porta sem nenhuma testemunha? *Alguém* deve ter visto alguma coisa. Peters não percebeu que Beatrice havia desaparecido? E os jardineiros? E onde estavam as empregadas durante todo esse tempo? Por que não atenderam a porta?"

"Você não acha que..."

Um pensamento estava se formando, extraindo lembranças assim como um cataplasma extrai secreções. *As empregadas.*

Ele tirou a mão do ombro de Elsie e a passou pelos próprios cabelos. "Para dizer a verdade, acho que as empregadas estavam pregando uma peça. Talvez não pretendessem levá-la assim tão longe."

"Não... Elas não fariam isso."

"Você se livrou de todos os empregados depois que Mamãe morreu", disse ele com delicadeza. "Não está acostumada a lidar com esse tipo de gente. Seria muito simples para as empregadas moverem as coisas de um lado para o outro, manter escondidos alguns bonecos pintados extras. Escrever no pó. Pense. Elas podem ter orquestrado cada movimento."

Era terrível demais para acreditar. "Mas... por quê?"

Ele encolheu os ombros. "Elas têm rancor. Rancor por sua simples presença na casa. Antes, o trabalho era fácil e descuidado. Agora, com uma patroa e a expectativa de um bebê... Sem dúvida, no começo, acharam tudo divertido, mas passaram do limite."

Duas mulheres poderiam executar tamanha maldade? Esquartejar uma vaca e rasgar um vestido só para se vingar? Elsie fez um esforço para imaginar isso. E, ainda assim...

Naquele domingo antes do Natal, Mabel foi da igreja para casa de carruagem, não foi? Teve tempo de sobra para posicionar Hetta e fazer a marca da mão enlameada no vidro. Foi Mabel quem veio correndo dizer que os olhos de Hetta haviam se mexido, foi Mabel quem gritou sobre a companheira em seu quarto. Ela mesma poderia tê-la colocado ali.

"Não, isso não explica tudo. Eu vi coisas, Jolyon. Vi um par de olhos se mexer e ouvi aquela companheira junto da banheira, escovando o cabelo!"

"Viu mesmo?", ele perguntou em um sussurro. "Ou alguém plantou essa ideia em sua mente? Você esteve doente e de luto, muito vulnerável à sugestão. Talvez as empregadas a tenham induzido. Sabiam que sua imaginação amedrontada cuidaria do resto."

Ela teve uma sensação de constrição no peito quando se lembrou de Mabel, de pé ao lado do guarda-roupa, com ar culpado enquanto Elsie e Sarah choravam pelo bebê.

Olhou para Jolyon, o rosto querido nublado pelas lágrimas nos olhos dela. "Mas... eu promovi Mabel."

"E ela a traiu, minha pobre querida. Eu apostaria que pegou seus diamantes também. Ela tem a chave da caixa, não tem?"

Que garoto esperto. Nada lhe escapava. Ele havia se tornado mais forte e mais astuto que ela. E ali estava Elsie, uma idiota rematada, pensando que ajudara os necessitados. Só os ajudara a roubá-la.

Cobriu os olhos com as mãos. "Ah, Jo, fui tão imbecil. Algum dia você vai me perdoar?"

Ele a tomou nos braços e a trouxe para junto de si. Elsie apoiou a cabeça no peito do irmão. Como ele estava alto. "Perdoá-la? Boba! O que há para *perdoar*?"

Ela afundou o rosto no colete dele e não respondeu.

Suas caixas estavam todas embaladas e amarradas, prontas para serem colocadas na carruagem. Os empregados, de rostos hirtos, estavam agrupados ao redor deles no Salão Principal. Elsie passou por eles e agradeceu a Deus por poder partir: abandonar esse lugar horrendo e todas as coisas medonhas que aconteceram ali. Abandonar os companheiros.

Eles encaravam a parede, como crianças deixadas de castigo por não aprender as lições. Mabel os havia posicionado assim? Elsie não conseguia olhar para Mabel, nem pensar nela. Sentia náuseas só por estar no mesmo espaço que ela.

Trêmula, foi até o espelho e arrumou o chapéu e o véu sobre a touca de viúva. O rosto refletido abaixo da aba estava tenso de medo, deformado. Ela se sentia horrível. Seu corpo estava em um estado incerto. Os seios sensíveis se apertavam com força contra o espartilho, indecisos entre entumecer ou esvaziar. E o tempo todo seu bebê jazia encerrado em uma igreja abandonada, com um nome que não era dele.

A culpa era de Mabel. De Helen. A sra. Holt também era culpada por não tê-las supervisionado. Ou talvez ela também estivesse rindo de Elsie às escondidas.

As farpas. Essa ideia infernal não parava de girar em sua cabeça como o pião de uma criança. Não se encaixava com o resto. Amedrontá-la e pregar sustos — isso era uma coisa. Mas interferir com um bebê nascituro... Ela sabia que as empregadas não poderiam fazer isso.

O que, em nome de Deus, acontecera com ela?

Ouviu os passos de Jolyon no piso de pedra. Não se virou, mas o ouviu calçar as luvas. "Encontrou os diamantes da minha irmã, sra. Holt?"

"Não, senhor, receio que não. Tenho certeza de que eles aparecerão."

"Não." Ele respirou fundo. "Mabel os roubou."

Mabel arfou de susto. "Não fui eu!"

Elsie se virou com ímpeto, a fúria se inflamando como fogo. "Ah, foi, sim. Eu a vi com eles antes, lembra-se?"

"Eu estava aquecendo os diamantes."

"Sem permissão."

"Diga, Mabel", pediu Jolyon. Estava calmo e controlado. "Quem mais tem acesso à caixa de joias da minha irmã? Além de você?"

Os olhos de Mabel se dirigiram à porta. "A srta. Sarah?"

Sarah abriu a boca, mas Elsie não a deixou falar. "Confio na srta. Sarah."

"Tenho certeza de que é um engano", garantiu a sra. Holt. "Tenho certeza..."

Jolyon ergueu a mão, interrompendo-a. "Tenho certeza de que suas empregadas vêm pregando peças na patroa. Toda essa tolice sobre os companheiros! Mabel tem acesso à cozinha, não é? Acesso às maiores facas?"

A sra. Holt piscou, aturdida. "Senhor, não está sugerindo que a vaca..."

"O senhor ficou doido." Mabel ergueu o queixo, mas estava abalada. Elsie pôde ver seus lábios tremerem e o temor arregalar seus olhos. "Se acha que eu roubei os diamantes e matei a vaca, perdeu o juízo. Senhor."

Jolyon lançou a ela um olhar longo e severo. "É mesmo? Veremos." Pôs o chapéu na cabeça. Isso o fez parecer mais alto e imponente. "A sra. Bainbridge e eu voltaremos na Páscoa. Se até lá os diamantes não tiverem sido encontrados, relatarei minhas suspeitas à polícia."

"Mas não sei onde eles estão!"

"Por favor, senhor." A sra. Holt torceu as mãos. "Mabel trabalha aqui há mais de dois anos. Não acredito que seja uma ladra."

Jolyon suavizou o tom. "Cara sra. Holt, a senhora é muito crédula. Não viu o que estava acontecendo debaixo do seu nariz. Creio que eu e a senhora precisamos nos sentar e falar sobre a contratação de... empregadas mais adequadas."

"Mas..."

"Não se aflija. Seu emprego está seguro."

"Deus do céu. Ah, meu Deus." A sra. Holt engoliu em seco várias vezes.

Velha tola e estabanada, pensou Elsie. Se tivesse supervisionado corretamente as empregadas, se tivesse avaliado, antes de tudo, que tipo de moça estava acolhendo, todo aquele aborrecimento poderia ter sido evitado. O bebê de Elsie ainda poderia estar vivo.

Jolyon pegou uma das malas, a expressão séria, imperturbável. "Fique tranquila, sra. Holt. Conversaremos outra vez quando eu voltar de Londres. Enquanto isso, a srta. Bainbridge ficará no comando da casa." Ele passou a mala para Peters e saiu com o homem para supervisionar a organização da bagagem.

Sarah deu um passo à frente. Mal conseguia olhar para Elsie. "Sra. Bainbridge... Isso tudo é uma grande confusão. Eu..."

"Calma. Você não tinha como saber. Nós duas fomos afetadas pelo medo e pela tristeza. Nenhuma de nós suspeitou das empregadas."

Ela mordeu o lábio. "A senhora... acredita mesmo que elas fizeram tudo isso? Cada detalhe?"

Elsie engoliu em seco. "Jolyon acredita nisso, e confio nele."

"Mas no diário..."

"Chega. Não suporto mais falar sobre isso. Volte a seus diários e ao estudo da casa da família. Você nem notará minha ausência."

Sarah tremeu por um momento. Então lançou-se à frente e beijou a face de Elsie. "Vá com Deus. Sinto muito, sra. Bainbridge."

"Bem. Acho que agora pode me chamar de Elsie."

Só depois que Elsie se acomodou no banco da carruagem, acenando para Sarah, ela viu: outro rosto, observando atentamente sua partida. No segundo andar, olhando pela janela que pertencia ao seu próprio quarto, estava uma companheira.

Esta ela conhecia. Anne Bainbridge. Inconfundível: nos cabelos, as mesmas fitas cor de coral do retrato; as mesmas faces gorduchas. O vestido amarelo fluía e ondulava nos braços cruzados à frente do peito. E ali, pintado em sua garganta, estava um colar. Um arco brilhante sustentando três diamantes em forma de gota.

Os diamantes de Elsie.

O SILÊNCIO DA CASA FRIA
LAURA PURCELL

A PONTE, 1635

O aniversário de Hetta. De acordo com meu costume, fui à Igreja de Todas as Almas para dar graças pela filha que me disseram que nunca viria.

Digo que estou dando graças. Mas, no fundo, eu me pergunto: estou louvando a Deus ou cumprindo penitência? Pois, a cada vez que entro na igreja, há uma culpa persistente em meu íntimo. Quando rezo, há duas vozes dentro da minha cabeça, gritando uma por cima da outra. Uma diz "obrigada"; a outra, "perdoe-me".

Hoje senti, com mais força do que nunca, o peso da desaprovação de Deus sobre mim quando entrei na igreja deserta e me sentei em um banco. Uma força amorosa, mas triste, intoleravelmente pesada.

Os santos me olhavam dos velhos vitrais dos tempos da rainha Maria. Pareciam balançar a cabeça, me repreendendo. Uni as mãos com mais força. E, quando fechei os olhos, as palavras me vieram em uma torrente: *Como se atreve?*

Minhas pálpebras se abriram. De repente, senti-me muito pequena. Mas, ao mesmo tempo que me ajoelhava, ouvi novamente aquela voz. *Como se atreve?* Lancei o olhar para a frente da igreja, para a cruz, elevada diante do altar.

Quem é você para criar uma vida onde eu a neguei?

Soube então que era a resposta às minhas preces, às noites que passei de joelhos perguntando por que nossa família sofrera tamanha humilhação: era minha culpa.

E agora entendo isso. Deus tem um plano para cada um que Ele cria. Seu plano para Josiah era brilhante, destinado ao centro da corte. Mas esse plano não levava em conta um fator: Hetta.

Hetta fez amizade com o cigano e eu, fraca mais uma vez, cedi às suas exigências. Meu pecado é tão imenso que mudou o rumo da minha vida.

Essa ideia me assombrou por todo o caminho até minha casa. Enquanto andava por entre as folhas rodopiantes, enquanto sentia o almíscar do final de outubro no ar, seguia me perguntando por que havia feito aquilo. Tive três filhos. Três! Minha mãe teria dado o braço direito para ter ao menos um. Mas eu queria uma filha. Outra Mary para se sentar comigo e caminhar comigo, um espelho da minha própria infância brotando a meus pés. E, por mais errado que seja, ainda a quero.

Quando voltei à Ponte, fui direto para o quarto das crianças. Lizzy estava em sua cadeira de balanço sob as trepadeiras, cerzindo uma das meias rasgadas de Hetta.

Minha filha usava o vestido de seda verde-oliva que eu encomendara para a visita real. A cor lhe cai muito bem, realçando o tom acobreado dos cabelos. Deixou que eu a beijasse, mas não consegui mantê-la comigo por mais que um instante. Assim que meus lábios tocaram sua face, ela se afastou, correndo entre seus companheiros.

Isso me magoou. Coloquei minha alma em perigo, paguei o preço de meu futuro — e não recebo mais que um beijo mesquinho.

Cansada, eu me sentei ao lado de Lizzy. "Espero que ninguém veja com maus olhos que Hetta passe tanto tempo com esses objetos. Ela nunca foi uma criatura comum, e agora..."

"Não, não." Lizzy cortou um fio. "Não se aflija quanto a isso. É natural que ela se afeiçoe a essas coisas, por não ter amigos da sua idade. Ela não precisa falar com os objetos."

Hetta não é como eu. Isso não é culpa dela, é claro, mas cada diferença que encontro é uma falha no sonho que tive com minha filha. A confidente íntima, que seria o repositório de todos os meus segredos, não confia nada a ninguém. Ela não se sente à vontade comigo. Não sou para ela o que sou para os rapazes.

Talvez seja parte de meu castigo. Um freio para minha arrogância. Com ervas e palavras antigas, posso criar uma filha, mas não posso fazer com que ela me ame.

"Lembre-se", continuou Lizzy, virando a meia, "quando você tinha a idade de Hetta, podia correr pela casa com a pobre Mary. Que Deus a tenha."

"E, depois disso, sempre pude conversar com você, querida Lizzy."

Ela sorriu para mim, as gengivas velhas salpicadas de preto. "Embora houvesse quem considerasse isso inadequado, por causa da minha posição, não é? Então, veja, não há nada de estranho em Hetta brincar de esconde-esconde com pessoas de madeira." Ela começou uma nova cerzidura. "O que acho *realmente* estranho é que a loja do sr. Samuels desapareça assim, tão de repente. Não encontrou nenhum vestígio dele na cidade?"

Balancei a cabeça. Mark e Jane tinham razão: a loja simplesmente não está mais lá. Não entendo como isso aconteceu, mas é a verdade. Até mesmo aquele homem e seu negócio fugiram de nós. Estou presa a meu tesouro amaldiçoado.

Lizzy suspirou. "Um mistério. Pensei que talvez houvesse notícias de Samuels, quando o patrão saiu tão depressa."

Eu me virei para encará-la. "Josiah saiu?"

"Sim. A senhora não soube?"

"Eu estava na igreja."

"Ah." Sem olhar para mim, ela enfiou a agulha no tecido. "Partiu em torno de uma hora atrás, sim."

Um pressentimento me ocorreu, tão penetrante e afiado quanto o vento que soprava pelas colinas. "Depressa?"

"Sim." Ela franziu os lábios. "Tão rápido quanto se os cães do inferno estivessem em seu encalço."

Esperei no Salão Principal. O dia passou rapidamente. O ventre das nuvens cor de índigo assumiu um tom rosa enquanto o sol se esvaía. Os melros cantaram até a luz se extinguir, depois as corujas começaram o seu lamento.

Finalmente, ouvi passos no cascalho. Ouvi vozes no pátio do estábulo e o som de pés. Momentos depois, Josiah entrou pela porta, respingado de lama.

Corri para ele. "Josiah, o que foi? O que aconteceu?"

Tinha um ar reservado. Tirou minhas mãos da capa e as segurou à distância. "O menino foi encontrado."

"Merripen?"

"Sim. Foi nosso próprio empregado, nosso Mark, quem o encontrou."

"Graças a Deus."

"Finalmente, tenho uma notícia para enviar ao rei."

Que alívio abençoado imaginar aquele espírito maligno capturado e agrilhoado! Nunca imaginei que o diabo cearia com uma criança tão jovem. Lembrei os olhos de Merripen, escuros e fulgurantes como breu em chamas, e senti um calafrio.

Tolamente, pensei que seria o fim; que Josiah e eu poderíamos voltar a viver como antes. Mas ele soltou minhas mãos e tirou a capa, dando as costas para mim ao dizer: "O menino ficará confinado em Torbury St. Jude hoje à noite, e será julgado amanhã. Estarei no julgamento".

"Amanhã é o Dia de Todos os Santos."

"No dia seguinte, então", disse ele, irritado.

Eu sabia que deveria deixar o assunto de lado, parabenizá-lo e sumir de sua vista. Mas uma nova inquietação na alma me obrigou a perguntar: "O que acontecerá com ele?".

Josiah me fitou. Sua barba pontiaguda fez a boca parecer zombeteira, até cruel. "Isso vai depender do veredito."

Culpado. Deve ser culpado. Josiah não permitirá que o considerem de outro modo. Sua reputação está em jogo. Se ele não puder capturar e punir o degenerado que ofendeu a rainha em sua própria casa, a vergonha jamais terá fim.

Senti um nó na garganta, apertado o bastante para me sufocar. Lembrei-me do homem cujas orelhas foram cortadas. "A morte de um traidor, então? Eles realmente sentenciarão um menino a isso?"

A gargalhada dele me assustou. Não havia nenhuma alegria nela. "Um menino! Um menino humano poderia fazer *aquilo* a um animal? Ah, não, minha senhora. Guarde minhas palavras, ele está possuído por um demônio."

"De fato, deve estar. E em tenra idade!" Ele é só um pouco mais velho que minha Hetta. Eu o imaginei no cadafalso, tão pequenino. Como a corda se acumularia pesada ao redor do pescoço diminuto, como a barriga pequena e lisa se achataria debaixo da lâmina. Uma criança enforcada, arrastada e esquartejada. "Você acredita que o rei terá misericórdia?"

"Misericórdia?" Ele cuspiu a palavra como um vômito. "*Você* ofereceria misericórdia ao demônio?"

Gaguejei. "Não... Não sei. Não se pode escapar impune de atos tão perversos, e, no entanto... Nada dentro de você vacila diante disso? Não acha que a execução de uma criança pesará sobre sua alma?"

"De modo algum." Os olhos dele cintilaram. Não gostei do fio de aço em sua voz. "*Eu* não sou responsável por isso. A única responsável é *você*."

Isso me atingiu como um golpe no rosto.

"*Você* o deixou entrar no estábulo e colocou o cavalo à sua mercê. Isso não teria acontecido de outro modo." Seu olhar me paralisou. "Se alguém tem o sangue daquele menino nas mãos, é você, Anne, e só você."

O SILÊNCIO DA CASA FRIA
LAURA PURCELL

LONDRES, 1866

A mudança na textura do ar era notável. Enquanto a carruagem percorria ruas familiares, a nuvem de poluição descia em uma névoa cor de tabaco. Manchas pretas de fuligem pintalgavam as janelas. Elsie sentiu o cheiro acre do enxofre na língua muito antes de ele invadir suas narinas.

Logo a fábrica se materializou: uma chaminé alta expelindo fumaça e, atrás dela, filas de espigões pontiagudos, como as barbatanas dorsais dos tubarões. Trilhos de ferro cercavam o pátio. Neles, Elsie viu um vagão entregar madeira para os palitos de fósforo. Um menino, um dos vendedores, saiu do prédio e passou pelos cavalos balançando uma bandeja apoiada na cintura. Os produtos pareciam muito maiores que o próprio menino.

Um homem abriu os portões e eles entraram no complexo da fábrica. Elsie ouviu o clangor do metal atrás de si, trancando-a. Depois da Ponte, a fábrica parecia outro mundo. Estrangeiro. Ela olhou com os olhos de uma estranha para o lugar que já fora seu lar. Pelas janelas da fábrica, turvas de vapor, pôde ver a máquina de corte reluzir como uma foice enquanto se movia para a frente e para trás, e as faíscas dos fósforos petulantes que não quiseram cooperar. As fagulhas de luz feriam seus olhos. Teve que desviá-los.

"Certo", disse Jolyon quando pararam no pátio. "Vou levá-la até nossos aposentos para descansar. Deve estar exausta depois dessa viagem."

"Mas e as meninas de Fayford? Quando a carroça chegar, alguém precisará acomodá-las e explicar o que devem fazer."

"A srta. Baxter cuidará de tudo isso. Quem você acha que tem corrido atrás dos aprendizes desde que você se casou?"

Isto a incomodou: ser suplantada. Isso tudo lhe pertencia. Podia se casar e se mudar para longe, mas nunca abriria mão da fábrica — sempre seria a patroa aqui. Deus sabia que havia feito por merecer esse título. "Bem, a srta. Baxter pode cuidar delas hoje, pois estou mesmo cansada. Mas, assim que eu descansar, começarei a ajudar novamente."

Jolyon mordeu o lábio.

"Vai me fazer bem", explicou ela. "Preciso estar onde há barulho, movimento e vida. Na Ponte, sinto-me uma peça de taxidermia dentro de uma redoma de vidro."

"Veremos. Mas, primeiro, uma xícara de chá e um cochilo."

Contra isso, ela não podia argumentar.

Segurando firme no braço de Jolyon, desceu da carruagem e virou à esquerda, passando pelas salas de imersão e galpões de secagem, rumo a uma casinha de tijolos cinzentos que dominava o lado oeste do pátio. Mulheres empoeiradas e desmazeladas, com borlas faltando nas franjas dos xales, cumprimentaram-na meneando a cabeça ao vê-la passar. Um vapor fino e branco, cheirando a alho e pestilência, emanava dos ombros delas.

"As janelas estão precisando de limpeza", disse ela a Jolyon, observando a casa. "Veja o que acontece quando eu o deixo sozinho. Tenho pavor de pensar no tipo de antro de solteirão em que estou entrando."

Ele sorriu. "Verá que tudo está igual. Igual ao que sempre foi."

A porta da frente rangeu quando a governanta de Jolyon a abriu para eles. A sra. Figgis tinha silhueta gorducha e rosto redondo — não se via o menor traço dos ossos da face sob os grandes poros da pele. O busto volumoso chegou antes dela. Elsie se admirou que o avental da mulher conseguia cobrir tudo aquilo. Tentou não olhar enquanto entrava em sua antiga casa.

A sra. Figgis era uma nova aquisição, contratada depois do casamento de Elsie para realizar as tarefas femininas de que ela sempre cuidara. Elsie ficou satisfeita ao ver o comportamento gentil e maternal da mulher, conduzindo-os à sala de estar, onde o fogo já chiava sob o carvão, antes de sair apressada para pegar a bandeja de chá.

Foi uma estranha inversão da chegada de Elsie à Ponte. A cornija da lareira estava limpa. Os parapeitos das janelas também. Era um feito e tanto para uma empregada que trabalhava em meio à névoa amarela de uma fábrica. Um pó fino — não exatamente poeira nem areia — penetrava em tudo, até mesmo sob as unhas e dentro do nariz.

"Retiro o que disse", comentou ela enquanto tirava o chapéu e se sentava diante do fogo. "Você está sendo extremamente bem cuidado."

"De fato, estou. A sra. Figgis é um tesouro. Não se equipara, é claro", acrescentou ele rapidamente, deixando o chapéu em um suporte e pegando o de Elsie, "a ter minha irmã por perto."

"Bajulador. Não acredito em nada disso."

Reclinando-se, ela olhou para a sala ao redor. Jolyon tinha razão — tudo estava igual. O papel de parede desbotado com uma estampa repetitiva de buquês de rosas, alguns ornamentos bem escolhidos nas prateleiras e toalhas de crochê nos encostos das cadeiras. O cheiro habitual de produtos químicos da fábrica acentuado pelo tempo que Elsie passara longe dele. A sala estava igual. Só ela havia mudado.

Não pôde deixar de notar como tudo era pequeno depois da Ponte: as cadeiras muito próximas, o fogo fraco e insuficiente. Como se ela tivesse crescido demais para ser contida por tal lugar.

A sra. Figgis trouxe o chá com um pouco de pão e manteiga antes de deixá-los a sós. Elsie levou a xícara aos lábios. A borda estava lascada.

"Quero que você tome uma dose de láudano e durma pelo resto do dia", disse Jolyon. Pegou uma fatia de pão. "Amanhã, conversaremos sobre seu tratamento."

Ela quase derrubou a xícara. "Consultei um médico na Ponte. Ele disse que eu estava bem o bastante para viajar."

"Mas não é uma recuperação completa, certo?"

"Admito que ainda estou fraca, Jo, mas só preciso de repouso e de uma taça de vinho por dia."

"Você teve uma crise nervosa. Não devemos negligenciar esse tipo de acontecimento. Hoje em dia, os médicos têm todo tipo de terapias para acalmá-la — inalações de vapor, banhos de assento frios."

Ela bebeu o chá, mas o líquido azedou na boca e doeu quando ela o engoliu. "Achei que estivéssemos de acordo. Eu não fui... Foi só uma piada medonha."

"Sim." Jolyon mastigou o pão com manteiga, evitando propositalmente o olhar dela. "Não estou sugerindo o contrário. Mas, ainda assim, foi um golpe de abalar os nervos. E junte a isso todo o resto — a morte de Rupert, tão repentina."

"Jolyon..."

"E agora veja o que aconteceu! A perda do seu filho. Não seria natural se isso não a abalasse. Não é vergonhoso procurar ajuda, você sabe. Só uma coisinha para acalmar os nervos e reavivar seu ânimo."

"Sei disso." Ela deixou a xícara no pires. "Mas é totalmente desnecessário. Por favor, não desperdice seu dinheiro. Lidei com coisas assim a vida inteira." Ele abriu a boca para falar, mas ela foi mais rápida. "Isso é o que acontece comigo, Jo. Confio nas pessoas e elas abusam dessa confiança. Já é hora de me recompor e aprender com isso." Ela percebeu que estava tremendo. Cruzou depressa as mãos no colo.

"Pelo menos", disse ele gentilmente, inclinando-se para a frente na cadeira, "aceite ajuda para 'se recompor'. É meu dever, como seu irmão, cuidar de você, Elsie. Você é tão corajosa que muitas vezes esqueço que é um membro do *belo sexo*. Não foi feita para suportar essas coisas."

Ela conteve a réplica, pois sabia que dizê-la o magoaria. Aos vinte e três anos, ele queria se sentir adulto, o homem no comando.

"Você já cumpriu esse dever."

"Não, não cumpri." Jolyon franziu a testa — agora, estava falando sério. "Estou preocupado com você, Elsie. Precisamos ter cuidado. Depois..." Por um momento ele pareceu sofrer, engolindo em seco. "Depois do que aconteceu com Mamãe."

Os olhos de Elsie se cravaram nos dele: nas íris cor de avelã, indo de um lado para outro o tempo todo, e nas pupilas contraídas. Mas ela não conseguia sondá-lo em profundidade. Ele não revelava nada.

Elsie percebeu que tinha se esquecido de respirar. "Mamãe?", sussurrou.

"Por como ela ficou no fim."

"Você era jovem demais para se lembrar disso."

"Eu lhe asseguro que me lembro nitidamente."

Como ela poderia esconder isso — esse tremor inexplicável nos dedos, a crispação no fundo dos ossos? "Eu não sabia. Sinto muito por isso, Jo. Foi uma época terrível. Eu o teria poupado de recordá-la."

Houve uma longa pausa.

"Eu me lembro", disse Jolyon, com cuidado, "do mau estado em que ela ficou. Vendo duendes e demônios. E depois, no fim, que coisas terríveis. Aos sussurros, ela me chamava para a cama e acusava você de todo tipo de coisa."

"A mim?"

"Ah, ela estava totalmente louca. Eu entendia *isso*, mesmo sendo jovem. Mas era nossa mãe, Elsie, e essas coisas podem ser hereditárias."

O rosto de Elsie estremeceu, voltando à vida. "Ela teve tifo! Uma febre como essa tiraria o juízo de qualquer um."

"A confusão dela piorou com o tifo, mas não começou com ele. Você mesma me contou. Disse que ela estava assim desde que Papai morreu."

"Sim. Foi o que eu disse. É claro que a dor a transformou. Mas ela não estava exatamente louca. Pelo menos, acredito que não."

Será que as pessoas sabiam quando estavam enlouquecendo?, ponderou ela. Será que sentiam a estrutura da mente desmoronar? Ou era como passar para um doce mundo de sonhos? Elsie nunca saberia, pois ela e Mamãe nunca conversaram sobre isso. E, para ser sincera consigo, naquela época, não se incomodava que Mamãe sofresse — na verdade, até desejava isso.

"Vale a pena correr o risco? Não é melhor consultar um médico?"

Uma estranha letargia tomou conta dela. O que é que Jolyon sabia sobre riscos?

"Você não pode fazer a comparação, meu querido Jo, mas, se tivesse conhecido melhor nossos pais, perceberia que não compartilho nenhuma de suas características." A velha dor se alojou em sua garganta. "Nenhuma, entendeu?"

"Tem, sim, Elsie. Você não pode evitar. Eles estão sempre conosco, em nosso sangue, em nosso próprio ser. Quer gostemos ou não."

Ela estremeceu. "Sim. Sim, imagino que estejam."

Seu coração estava batendo rápido demais. Isso a deixou de olhos turvos, lábios secos. Um canto distante começou. Ela não sabia dizer se eram seus ouvidos ou as mulheres trabalhando lá fora.

A luz do dia se infiltrou através da névoa de fuligem, entrando pelas cortinas e salpicando de amarelo a bandeja de chá. No momento em que essa luz tocou seu joelho, ela se levantou bruscamente. A xícara e o pires tilintaram.

Jolyon olhou para ela.

"Com licença," disse ela. Levou a mão à testa. Estava úmida de suor. "Perdoe-me, Jo. Sinto-me extremamente mal. Creio que é melhor ir me deitar."

Janeiro levou a um fevereiro frio e úmido, com o vento uivando sobre os prédios da fábrica, soprando a fumaça da chaminé em um fluxo diagonal. Elsie mal notou a passagem dos dias. Quer fossem os soníferos receitados pelo médico de Jolyon ou a tintura de lavanda que ela tomava com vinho todas as noites, sentia uma sensação cômoda de bem-estar, afastada das preocupações do dia a dia.

Fazia rondas da fábrica, mas não tinha responsabilidades verdadeiras. Podia passar pela sala de imersão e ver os garotos mexendo uma mistura fosforescente no fogo. Rajadas de vento gélido levavam a fumaça para além dos portões para se juntar à nuvem de poluição de Londres. Às vezes, suas narinas captavam fragmentos do odor sulfuroso, mas isso não a incomodava como antes. O cheiro era uma alfinetada, uma leve sacudida, em vez de uma lâmina afiada.

Quando estava frio demais para espiar pelas janelas embaçadas, ela entrava na fábrica propriamente dita, onde os palitos eram feitos. Ali, andava e respirava livremente, como um peixe devolvido à água. O vapor, o zumbido das máquinas, as lascas de madeira e as conversas na fábrica eram tão familiares para ela quanto a voz de Jolyon. Olhou para os empregados lá embaixo, correndo para lá e para cá, e para o brilho ardente da serra, e sentiu que havia ressuscitado. Fora trazida de volta à vida.

Em março, estava recuperada e começou a orientar as três meninas que havia resgatado de Fayford.

"Aqui", disse Elsie à menor, uma garotinha com sardas que lutava para amarrar um feixe de palitos. "Pegue esta medida e coloque-a debaixo do cano. Cada uma foi feita para armazenar mil e oitocentos palitos. Essa será a quantidade exata para o seu feixe."

A amiga da menina pareceu alarmada com a perspectiva de ter que contar até um número tão alto, mas Elsie a ajudou enquanto a jovem sardenta saía, ensinando-lhe o melhor nó para amarrar o feixe.

"Eu costumava fazer isso também", disse ela, sorrindo, "quando tinha a sua idade." É claro que não era mais tão hábil hoje em dia, com as mãos cheias de cicatrizes.

A menina não respondeu, embora sua expressão demonstrasse que não acreditava em uma única palavra. Talvez fosse estranho que a filha do proprietário trabalhasse com os operários, mas Papai dizia que não se conhecia uma fábrica sem ter trabalhado nela. Até onde Elsie lembrava, essa era a única coisa realmente útil que Papai já havia dito.

Quando Elsie se afastou das meninas, notou que seus sapatos deixavam pegadas no chão, como se caminhasse na areia. As máquinas zumbiam e as farpas se despejavam na calha, gerando uma nuvem de poeira. A menina sardenta de Fayford tossiu. Gradualmente, a poeira se dissipou. E assim, em um piscar de olhos, as pegadas de Elsie sumiram.

Curioso pensar em todas as pegadas ocultas, todos os momentos passados no chão da fábrica, enterrados e depois varridos com uma vassoura.

Ela subiu a escada que levava ao escritório e parou no meio do caminho, apoiando-se no corrimão de ferro, de onde podia ver toda a fábrica. Mulheres enchendo caixas e supervisionando as máquinas, toda a sua vitalidade se esvaindo com o vapor. Faíscas de palitos perdidos que se acendiam e morriam. Com que rapidez tudo acontecia, a combustão e a transição de um estado para outro. Em um momento o palito de fósforo era uma haste com uma orgulhosa cabeça branca; no seguinte, uma coisa chamuscada, exaurida e abandonada. Murcha.

Carrinhos de mão transportavam os feixes de e para a sala de imersão. Depois dela ficavam os galpões de secagem, quase invisíveis pelas janelas.

Ali. Aquele trecho ali, perto da serra circular, quase imperceptível aos olhos. Se esfregasse a superfície, descobriria que estava preta e queimada. Fora ali que o fogo começara. Para lá, Papai correra, frenético, tentando apagá-lo. E depois... onde o sangue havia escorrido. Grandes quantidades de sangue. O vermelho florescendo em meio à serragem. O vermelho escorrendo entre as pernas da mesa. Um vermelho estranho e escuro, como vinho. Espesso.

O vinagre e os esfregões haviam lavado a maior parte, mas Elsie imaginava um vestígio debaixo da serragem. Agora estaria castanho, não vermelho. Castanho como melaço.

Jolyon tinha apenas seis semanas de idade quando aconteceu. Papai ainda nem havia mudado o testamento para incluir o filho. Se Elsie estivesse decidida a fazer isso, poderia ter achado um modo de manter para si a totalidade da fábrica até que seu casamento ocorresse. Mas não era natural negar nada a Jolyon. Precisava dele para ajudá-la a arcar com o fardo de tal herança: um legado feito de sangue.

Lentamente, expirou e sentou-se nos degraus, encostando a bochecha no corrimão frio. Sim, houve momentos terríveis na história desse lugar, mas de alguma forma o movimento da fábrica os corroía, desgastando-os como o mar alisa uma pedra. Em seu lugar surgiu outra lembrança, muito mais querida.

Ela estava descendo esses mesmos degraus — não vestida de preto, mas no magenta intenso da moda — quando Jolyon fez três cavalheiros entrarem pelas portas principais. Um deles usava um chapéu-coco, os outros, cartolas. Eram todos homens de meia-idade — ou um pouco mais velhos —, mas foi Rupert quem chamou a atenção com seu rosto vivaz e ativo. Parecia mais um rapaz desgastado por uma década difícil. Seus companheiros eram o que Mamãe chamaria de *malconservados*, de pele enrugada, ressequida.

"Ah", disse Jolyon quando a viu. Estava nervoso, mas tentava não demonstrar. Uma mancha escura de suor apareceu em sua axila quando gesticulou. "Eis aqui minha irmã para nos ajudar com a visita. Sr. Bainbridge, sr. Davies, sr. Greenleaf, posso apresentar a srta. Livingstone?"

Eles se curvaram. Só o sr. Bainbridge sorriu. Bem, isso ela presumiu — o sr. Davies e o sr. Greenleaf ostentavam tais monstruosidades de pelos faciais que era impossível ter certeza de que ainda tinham bocas.

O sr. Bainbridge se tornou seu favorito na mesma hora. Tinha um bigode grisalho e bem aparado, e era mais garboso que os outros — até as calças eram de um xadrez azul e verde. Tinha o hábito de brincar com a corrente do relógio enquanto andava.

Ela pegou o braço de Jolyon e conduziu o trio pela fábrica, oferecendo comentários pontuais e explicando o trabalho das mulheres. Jolyon falou sobre as máquinas e as taxas de produção. Haviam ensaiado essas falas com o detalhismo de uma peça de teatro. Os atos correram de acordo com o roteiro; os possíveis investidores menearam a cabeça nos momentos certos e fizeram as perguntas que deveriam fazer. Só quando foram ao escritório, e Elsie se sentou à frente de Jolyon, à cabeceira da longa mesa de mogno, foi que surgiu o primeiro problema.

"Perdão, senhores, mas pensei que a ideia fosse falar de negócios." O sr. Greenleaf havia deixado o chapéu-coco na mesa, olhando de Elsie para uma garrafa cheia de conhaque e novamente para ela.

"E assim faremos", disse Jolyon. "Por favor, prossiga."

"Não é nada cortês fazer isso na presença de uma dama."

Elsie abriu um sorriso. "Garanto, sr. Greenleaf, que a fábrica é um assunto do qual nunca me canso. Não precisa ter medo de me aborrecer."

Ele inclinou a cabeça. É claro que não temia aborrecer Elsie — ela sabia disso, assim como ele.

"Cara senhorita, deixe-me ser claro. A linguagem dessas reuniões pode se tornar um tanto grosseira. Seria muito melhor se, mais tarde, seu irmão contasse apenas as partes adequadas a seus ouvidos."

A gargalhada de Rupert foi um só fôlego. "Meu Deus, Greenleaf, não sei que tipo de reunião pretende fazer. Aqui estava eu, preparado para ser gentil e cortês."

Jolyon corou. Suas mãos começaram a pairar junto dos bolsos. "O senhor precisa entender que esta fábrica é uma herança tanto da srta. Livingstone quanto minha. Ela tem o direito, creio eu, de estar presente em qualquer..."

"Ora essa, ninguém está contestando o direito dela, homem. Mas será *necessário*? Poupe a pobre dama dos horrores formais."

Ela podia sentir o coração palpitar no pescoço, furiosa com aquele velho gordo, empanturrado de preconceito e dinheiro. *Horrores*. O que é que ele sabia de horror? Só conteve a língua por consideração a Jolyon.

"Linguagem grosseira e horrores formais", comentou Rupert, balançando o relógio. "Começo a me perguntar se eu mesmo gostaria de ficar aqui."

"Bainbridge, sabe muito bem o que quero dizer. Figuras de linguagem e formalidades comerciais que são óbvias para nós podem ser chocantes para uma dama, para não dizer cansativas."

O pior de tudo era que Greenleaf nunca admitiria a verdade. Ele não ofenderia a inteligência de Elsie. Não contestaria seu lugar. Em vez disso, encenava essa farsa degradante simulando cavalheirismo, fingindo se opor pelo bem dela.

Greenleaf continuou. "Realmente não vejo motivo, Livingstone, para sua pobre irmã ser forçada a tolerar isso. Nenhum motivo."

"A não ser", disse Davies, malicioso, "em seu benefício. Jovem como é, talvez você precise da presença de uma irmã mais velha, não?"

Jolyon ficou vermelho. Aquela foi a gota d'água. Elsie se levantou e pegou a garrafa de conhaque.

"Bem, cavalheiros, os senhores deram sua opinião e tenho certeza de que se divertiram ao fazê-lo. Quanto ao sr. Livingstone e eu, temos negócios de que cuidar. Qualquer um que invista nesta fábrica terá que lidar com um patrão *e* uma patroa, e isso não é negociável." Ela se serviu de uma dose de conhaque e bebeu de um só gole. "Se são melindrosos demais para discutir negócios com uma dama, é melhor que saiam agora."

O discurso parecia ter se proferido sozinho. Elsie sentiu uma chama no fundo da garganta e olhou para o copo de conhaque, incapaz de entender como ele fora parar em sua mão.

O sr. Greenleaf e o sr. Davies foram embora. Rupert ficou.

E, depois de toda aquela comoção, foi Jolyon quem falou durante a maior parte da reunião, detalhando seus planos de mudar de fósforos lúcifer para fósforos de segurança, e as melhorias propostas para o bem-estar dos operários. Foi Jolyon quem explicou os ventiladores, Jolyon quem defendeu a ideia de um galpão de secagem separado. Mas foi de Elsie que Rupert se lembrou.

"Uma mulher notável", disse ele a Jolyon, quando achou que ela estava fora do alcance da voz. "Sua irmã tem talento para os negócios, Livingstone, percebo isso em cada palavra que ela diz. Você tem razão em envolvê-la."

"Elsie."

Mas não foi isso que Jolyon disse em resposta. Não era uma voz do passado, mas do aqui e agora.

"Elsie."

Ela piscou, fazendo um esforço para voltar ao presente. A imagem de Rupert e Jolyon apertando as mãos se desfez. No vazio que deixou, surgiu outro Jolyon. Não se assemelhava em nada ao jovem que ela acabara de ver; seu rosto estava distorcido, chocado; a voz, vazia e irreal.

"Elsie, o que está fazendo aqui? Eu a procurei por toda parte."

Ela se levantou, descendo os últimos degraus para pegar as mãos do irmão. Estavam úmidas e quentes. "Qual é o problema? Você está com uma aparência péssima, Jo."

"Uma coisa terrível. Arrume suas coisas. Você precisa voltar à Ponte. Hoje."

O estômago de Elsie se revirou. "Por quê? Céus, o que aconteceu?"

"É Mabel." Ele segurou com firmeza as luvas dela. "Mabel morreu."

O SILÊNCIO DA CASA FRIA
LAURA PURCELL

A PONTE, 1635

Ele morrerá amanhã.

A culpa é minha. Toda minha. A cada manhã, acordo completamente nauseada, tamanha é a culpa. Mas não sofri o bastante, nunca sofrerei o bastante para agradar Josiah. Ele precisa esfregar minha cara no que fiz, como um cachorro que emporcalhou a casa do dono. Então, vamos comemorar.

Desde que Mark apanhou o fugitivo, meu marido decretou que os servos fossem recompensados com um banquete. Os espetos estão girando o dia todo, inundando o piso térreo com fumaça. Meus olhos ardem.

Josiah concedeu a eles o uso do Salão Principal. Estão sentados lá agora, fazendo brindes, arrancando a carne dos ossos com os dentes como se rasgassem pedaços do próprio Merripen.

Eu me conformei em ficar na cozinha com Lizzy. É meu castigo ficar sentada aqui na fumaça sufocante, o suor escorrendo da testa, observando a pele dos animais crepitar e borbulhar enquanto os espetos giram no fogo.

Tentamos conversar, mas parece uma coisa muito leviana, uma atividade por demais comum. Podemos continuar com tais banalidades depois de tudo o que aconteceu?

"Parece errado", suspirou Lizzy. Enxugou o rosto. "Dar uma festa como essa porque um rapaz vai para a forca amanhã. Ainda que um rapaz maldoso."

Ouvi a gordura pingar e chiar. Será que Merripen assaria assim no fogo do inferno?

"Fui tão tola por confiar nele. Mas não parecia um menino perverso."

"É. Mas o diabo assume muitas faces. O modo como ele atacou aquele pobre cavalo..." Ela se aproximou e deu tapinhas na minha mão com a sua própria, suarenta e calejada. "Talvez seja melhor assim. Dar fim a ele antes que possa dirigir sua malevolência a uma alma humana."

Mas que fim.

Observamos o fogo juntas. Aos meus olhos, os troncos se assemelhavam a membros carbonizados; uma pobre alma queimada na fogueira. Deus queira que nunca descubram como gerei Hetta. Se querem enforcar, arrastar e esquartejar Merripen, o que fariam comigo?

"Como está Hetta?", perguntei finalmente. "Ela sabe o que vai acontecer com o amigo?"

Lizzy se sentou em um banco. "Não contei nada, mas ela é esperta. Entendeu que haveria um grande banquete. Passou a manhã toda indo e voltando do jardim, colhendo ervas para a cozinheira. Imagino que seja bom para ela se manter ocupada."

"E agora?"

Ela olhou de relance para o relógio. "Agora é melhor eu trazer a menina para dentro. Não tive coragem de fazer isso antes, então a deixei em paz, sentada onde estava. Mas o frio lá fora está cruel. Não queremos que ela pegue um resfriado."

Ergui a mão quando ela fez menção de se levantar. "Deixe-me ir no seu lugar, Lizzy."

Ela meneou a cabeça, consentindo.

O ar gelado foi impiedoso quando saí do calor da cozinha. Não percebi como havia esfriado. Estava frio o bastante para nevar. A geada brilhava nos galhos que se quebravam debaixo dos meus sapatos enquanto eu me aproximava do canteiro de ervas.

Meu jardim, outrora belo, havia se transformado em uma coleção de galhos raquíticos desfolhados pelo vento. O céu se estendia acima dele, pálido como sal. Nenhum lírio crescia, nenhuma rosa sobrevivera. Só restava a topiaria, um fantasma verde das minhas esperanças de verão. E as ervas de Hetta.

Antes de vê-la, achei que eu estivesse com frio. Mas, no momento em que meus olhos avistaram minha filha, meu coração congelou dentro de mim.

Estava sentada na terra gélida com as saias em torno de si. Perfeitamente imóvel. Embora as mãos enluvadas estivessem vazias, ela as mantinha no colo com as palmas voltadas para o céu.

A cesta ficara no caminho. Ela não se virou para mim quando meus passos crepitaram ao lado dela. Os olhos estavam fixos à frente.

"Hetta? Hetta, o que está fazendo? Pegará um resfriado mortal."

Puxei seu ombro. Ela era como uma boneca em minha mão, frouxa e inanimada. Cristais de umidade cintilavam nos cabelos. Quanto tempo Lizzy a deixara ficar sentada ali, no frio?

"Hetta. Dê a mão e levante-se."

O último lampejo do crepúsculo dançou nas ervas enregeladas e ofuscou meus olhos. Eu me abaixei e senti que as luvas de Hetta estavam pegajosas, manchadas com a seiva das plantas. Exalavam uma fragrância de tomilho e de alguma coisa mais forte, amarga, quando as agarrei e a coloquei de pé.

"Estava colhendo as ervas com as mãos?" Olhei para a cesta. Estava cheia de trepadeiras e cardos. "Onde está sua tesourinha?"

Ela levou a mão ao avental. A luz fria brilhou nas lâminas quando ela as movimentou, *tic, tic*. Pareciam enferrujadas, uma substância marrom manchava as alças.

"Terá que pedir para o amolador limpá-las."

Eu a empurrei na direção da casa. Ela parecia mais morta que viva; a pele cor de cera, os olhos de um verde turvo e chamuscado. Meu hálito saía em sopros trêmulos pelo ar antes de se desvanecer, mas a respiração de Hetta era superficial, quase inexistente. Só uma vez vi o ar sair de seu nariz, fino como a fumaça de uma vela apagada.

Troquei suas roupas e cobri sua cama com peles. Abasteci a lareira com minhas próprias mãos. Então, cobri a gaiola do pardal e posicionei um dos companheiros de madeira ao seu lado, como ela gosta.

Enquanto o vento gemia pela chaminé, nós nos sentamos, uma de frente para a outra, cúmplices em nossa culpa. Juntas, arruinamos a família. E o vento continuava a uivar, anunciando mais sofrimento.

Hetta levantou a mão. Tentava me alcançar, queria conforto...

Não. Ela nem me enxergava. Só o que queria era meu colar de diamantes.

Afastei-me dela.

Quando Hetta finalmente dormiu, desci para a cozinha. Lizzy dormia à mesa, a cabeça apoiada nos braços estendidos. Agora estou sentada ao lado desse corpo querido e quente e ouço a respiração assobiar quando sai de seu nariz. Parece-me que essa velha mulher, de rosto tão marcado por rugas, é o único vínculo verdadeiro entre Hetta e mim. Depois de todos os meus esforços para criar uma filha e amiga preciosa, é só isto que nos une: o amor de uma empregada e a morte de Merripen.

Estava quase cochilando quando ouvi gritos vindos do corredor. A seguir, passos pesados e desiguais. Toquei o ombro de Lizzy. "Lizzy, acorde. Estão voltando para a cozinha."

Agora, o fogo estava quase apagado. Um frio se infiltrava pelas paredes de pedra. O vento uivava loucamente, sacudindo a porta, golpeando a janela. Olhei para cima e tentei enxergar o exterior, mas o gelo marmorizava o vidro.

"Lizzy."

Ela grunhiu e levantou a cabeça. "Que horas são, senhora?"

"Não sei. Hora de ir para a cama. Venha, não suporto mais ficar aqui. Pode ser que invadam a cozinha cantando."

Estávamos quase na escada dos empregados quando um estrondo atingiu a porta que levava ao pátio do estábulo. Isso me deteve. Quem poderia estar lá fora nessa tempestade?

O vidro se sacudia nos caixilhos das janelas. A chaminé gemia.

A batida soou mais uma vez.

Lizzy se dirigiu à porta, seus hábitos de empregada arraigados. Eu a segurei pela manga.

"Lizzy..." Não saberia dizer o que temia. O pânico me subiu do peito à garganta.

O barulho dos empregados aumentou.

"Tenho de atender, senhora. Uma pessoa pode congelar até a morte nessa nevasca!" Sua manga de lã roçou meus dedos e se soltou.

Ela chegou à porta do pátio no momento em que os empregados irromperam da outra direção. Mark cambaleou para o espeto, o rosto vermelho de embriaguez. Em seguida, veio Jane, rindo, depois Cook, a cozinheira, e uma série de lacaios que me pareciam desconhecidos sem a libré. Em seu rastro, assombrando cada passo, pairava uma nuvem amarga de álcool.

"Que absurdo! O que é isso? A patroa na cozinha?"

Lizzy lançou um olhar para eles antes de se virar e abrir a porta. A peça se escancarou para dentro, batendo na parede. Uma rajada de neve cobriu o piso, derretendo em um instante enquanto o fogo vacilava, projetando sombras no teto.

Rugidos de desaprovação vieram dos empregados bêbados.

"Por que abriu essa porta, maldita?", berrou Mark. "Lá fora está mais frio que a teta de uma bruxa!"

Não consegui ver quem havia batido à porta; a neve era espessa demais. Tremendo, estreitei os olhos para enxergar. Alguma coisa se movia em meio à neve. Chegava à cintura de Lizzy.

"Ah! Deus nos proteja, o que é isso?", Lizzy recuou, esbarrando em Jane. Agora eu conseguia ver: a criatura mais esquisita; preta como o diabo, mas toda pontilhada de branco. Ela avançou, resmungando em línguas. Jane gritou.

"Misericórdia." Uma única palavra compreensível. Tudo ficou imóvel. A criatura estendeu as mãos escuras; a atmosfera tremulou em torno dela. "M-m-misericórdia."

E vi que não era um demônio, mas uma simples criança, com os cabelos soltos e alvoroçados pelo vento, as pontas pingando.

"Não queremos mendigos aqui!", rosnou Lizzy. Eu nunca a tinha visto tão assustada. "Não queremos sua laia."

Abri a boca para dizer que ela podia dormir no estábulo. Então lembrei o que aconteceu da última vez que deixei um estranho entrar naquelas baias.

A garota apenas balançou a cabeça. Havia alguma coisa familiar em seus olhos pretos. "Josiah Bainbridge", disse ela, tropeçando no nome — ficou claro que não estava usando sua língua nativa. "Eu falar Josiah Bainbridge. Misericórdia."

Mark avançou cambaleando, empurrando Lizzy para trás. "Você não vai chegar perto do meu patrão. Fora daqui."

Não pude me conter. A pergunta partiu de mim. "Misericórdia... Misericórdia para quem?"

Aqueles olhos escuros se voltaram na minha direção. Havia diamantes de neve presos aos cílios longos. "Irmão."

O chão ruiu debaixo de mim. Arrepios percorreram minha pele e entendi, naquele momento, o que significava realmente ter clarividência. Não meus estranhos pressentimentos e sonhos, mas o poder nos olhos pretos daquela garota. Eu não precisava ouvir o nome, mas ela o forneceu.

"Irmão. Merripen."

Jane gritou novamente.

"Sangue de Cristo! É aquele cigano", berrou Mark. "É parente daquele menino imundo!"

"Leve a menina para o patrão", disse Cook. Ela se apoiou na parede e arrotou. "Ele vai enforcar essa aí com o irmão."

Em uníssono, os empregados se sublevaram. Havia menos de uma dúzia deles, mas tornaram-se legião: uma massa de dedos ávidos e faces vermelhas, furiosas.

Lizzy foi empurrada para o lado. Seu xale preto se rasgou. Ela se agarrou à chaminé de tijolos, uma súplica passando de seus olhos para os meus. *Detenha-os*. Dei um passo à frente, mas eles agarraram a criança, desajeitados e rudes em sua embriaguez.

"Parem!" Lizzy se lançou da chaminé e tentou fazer com que a soltassem. "Fuja, criança!", gritou ela. "Corra!"

Acrescentei minha voz. Eles não me deram ouvidos. Quem era eu para detê-los, agora? A patroa desonrada, a esposa que Josiah tratava como refugo na sarjeta.

Lizzy conseguiu libertar um dos pulsos da criança. Arranhando e rosnando, a menina desvencilhou o outro. Naquele instante, um punho atingiu a lateral da cabeça de Lizzy. Ela desabou — não restou nada entre a menina e a turba.

Nunca me mexi tão rápido em toda a minha vida. Indiferente aos bancos, às minhas saias, corri para o espaço que Lizzy tinha deixado e tomei minha decisão. Eles não se atreveriam a me bater, mas eu não poderia contê-los por muito tempo. Precisava tirar a menina dali.

Plantando as duas mãos em seus ombros ossudos, eu a empurrei de volta pela porta, para as garras vorazes da tempestade. Suas mãos se agitaram e roçaram meu pescoço — senti o colar de diamantes se separar da minha pele. Nossos olhos se encontraram novamente no choque de um instante. Então ela se foi, engolida por uma rajada de neve.

Eu me virei e fechei a porta atrás de mim. Minha coluna ficou firme contra a madeira, os braços abertos para bloquear a passagem.

"Afastem-se!", gritei. "Saiam daqui!"

Mark travou olhares comigo. Seu rosto se contorceu. "Vou contar isso ao patrão."

Um por um, eles se retiraram; ou para seus quartos, ou para um canto no chão. Agora, Jane está deitada, roncando diante do fogo quase extinto. Faz um frio mortal. No entanto, Lizzy e eu nos sentamos juntas diante de uma única vela, incapazes de nos mexer.

Só o que podemos fazer é ouvir o vento assobiar e arremeter pela floresta. Da janela, nada se vê: está coberta de neve, e nós, enterradas.

"Está muito frio", comenta Lizzy, de vez em quando. "Está muito, muito frio."

FIM DO PRIMEIRO VOLUME

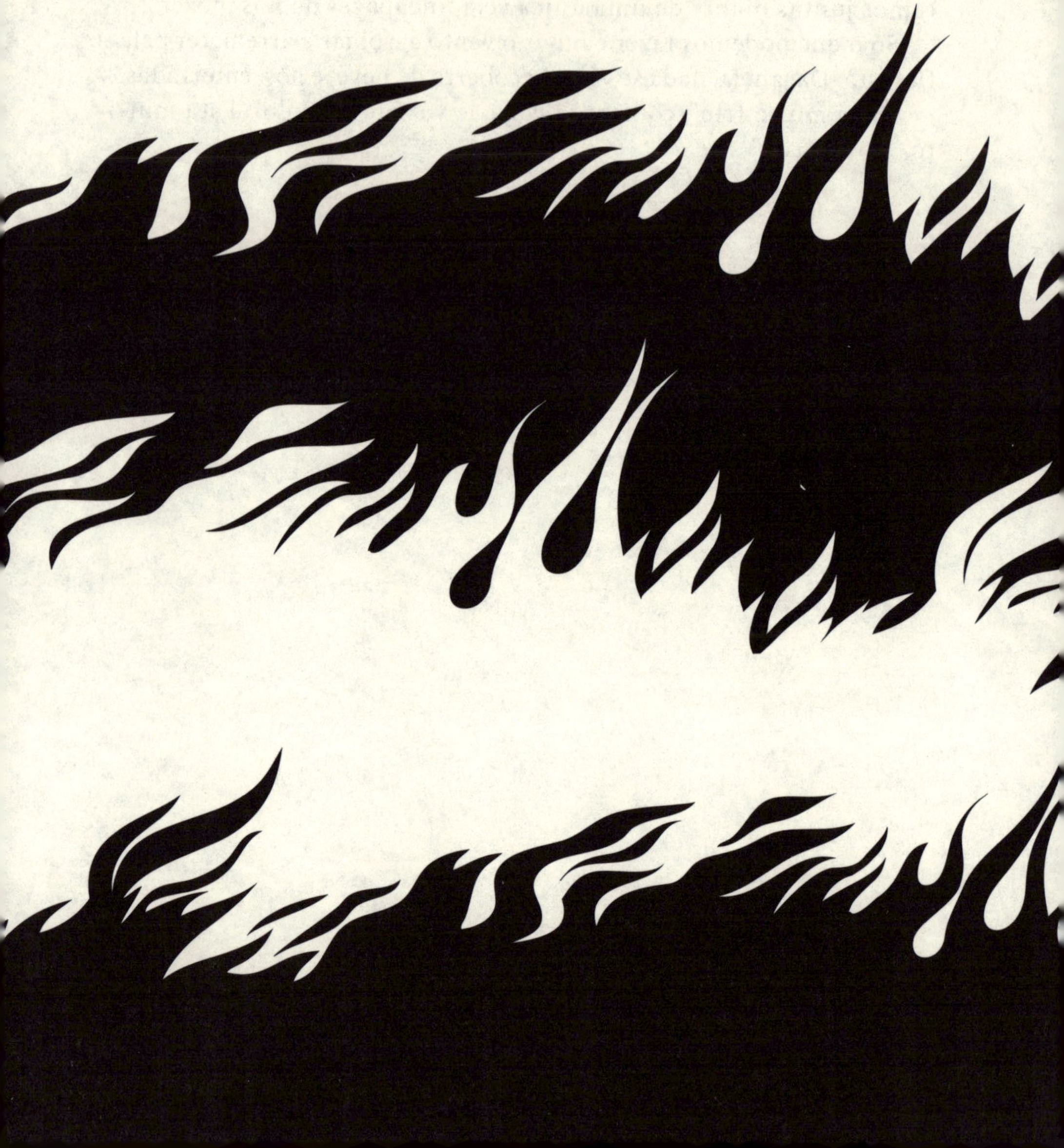

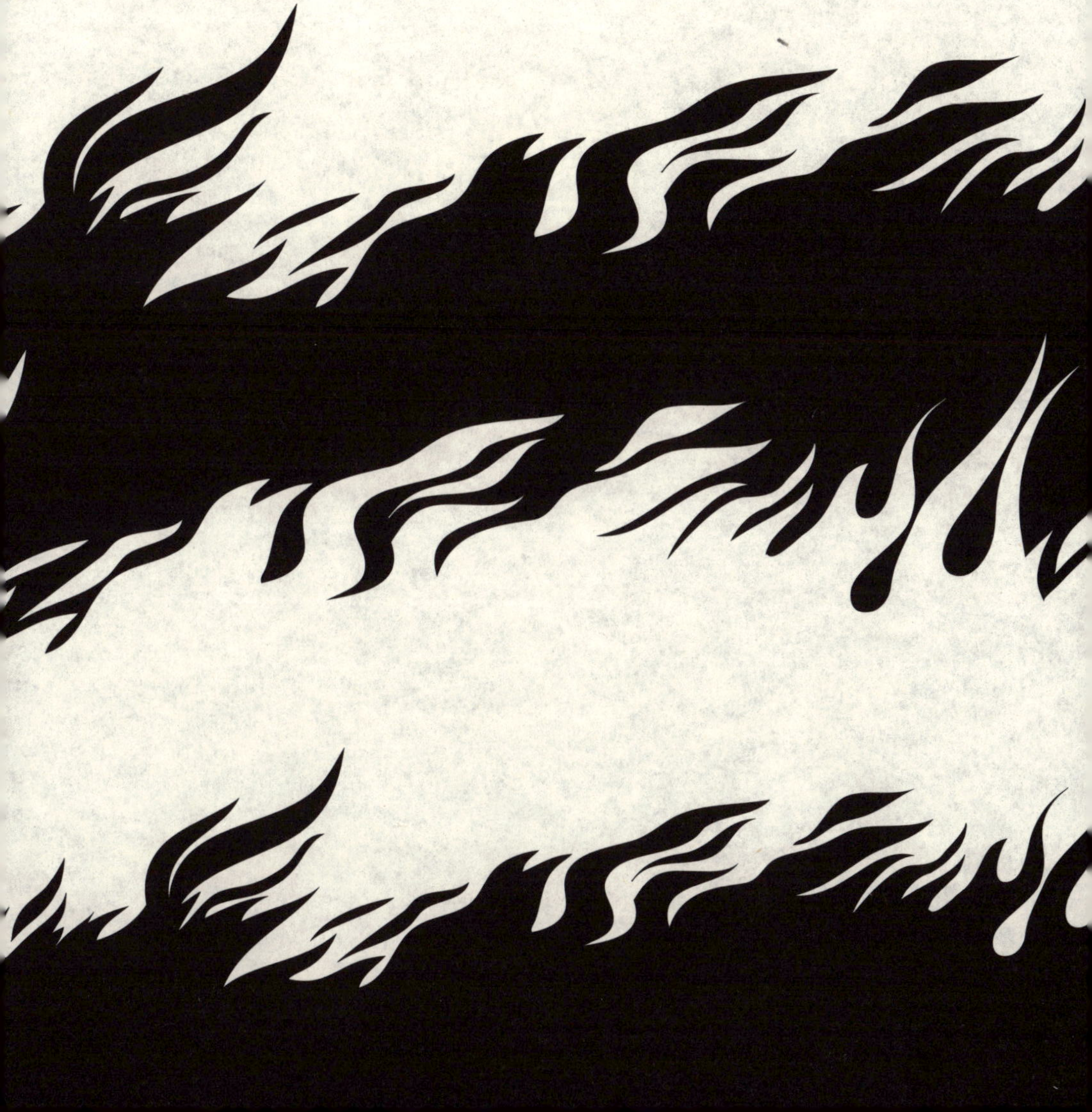

O SILÊNCIO DA CASA FRIA
LAURA PURCELL

A PONTE, 1866

Rígida como pedra, Elsie estava recostada na almofada do assento, os olhos fixos adiante, enquanto a carruagem ia para Fayford. Lá fora, o tempo estava ameno. Uma luz pálida e suave mostrava botões nas cercas-vivas e flores em todas as árvores. Mas esse ano a primavera era uma piada detestável.

Ela sentia o rosto rígido como cera solidificada. Um tordo trinou na floresta, e o som lhe pareceu o mais doloroso e dissonante que já ouvira.

Como é que aquilo tinha acontecido?

Um acidente, disse a sra. Holt. Mabel estava lavando as verduras para o jantar dos empregados e não enxugou as mãos antes de preparar a carne. O cutelo deve ter escorregado.

Escorregar. Uma palavra conveniente: sair do controle, ultrapassar o limite, escapulir, até mesmo da boca. Rápido demais. Não se pode provar que uma coisa escorregou. Elsie sabia muito bem disso.

Mas, se o cutelo escorregou da mão de Mabel, por que ela não correu a pedir socorro? Por que ninguém a ouviu gritar? Como era possível que ninguém soubesse do acidente até que Helen a encontrasse em uma poça de sangue no chão da cozinha, com um talho vertical do pulso até o cotovelo?

Só uma resposta se oferecia: ela não queria socorro. Fizera de propósito.

"A culpa é minha." Jolyon tragou um charuto e expirou com força pelo nariz enquanto andava de um lado para o outro do escritório. "Fiquei zangado. Acusei Mabel daquelas coisas pavorosas. A Páscoa está chegando, ela deve ter sentido tanto medo de voltar ao asilo que..."

"Não sei se você errou em acusá-la."

"Como pode falar assim?"

"Pense, Jolyon. Esse suicídio — se é que foi suicídio — não refuta suas suspeitas. Ele as confirma. Muitas vezes, esse tipo de coisa é um ato de remorso. Se ela me pregou uma peça e causou a morte do meu bebê... Bem, *quem* conseguiria viver com esse fardo?"

Ele soltou outra baforada. "De qualquer modo", disse em meio à fumaça, "minhas palavras levaram uma garota a tirar a própria vida. Tenho sangue nas mãos." E olhou para os próprios dedos, tremendo na haste do charuto. "Você precisa ir para lá imediatamente, Elsie. Tenho negócios a terminar aqui, mas irei também, assim que possível."

Qualquer que fosse a verdade, apoiariam a conclusão da sra. Holt: um acidente. O mínimo que podiam fazer era garantir que Mabel fosse enterrada em solo sagrado.

E pensar que toda aquela vivacidade e atrevimento se foram. A morte dava à garota uma dignidade que nunca tivera em vida. Ficariam em torno do caixão dela em um silêncio respeitoso, esperando que ela acordasse a qualquer momento e perguntasse por que estavam ali se lastimando.

Uma mão fria torceu suas entranhas conforme se aproximaram do povoado. A luz solar da primavera não melhorava em nada o aspecto das casas. Ervas daninhas brotavam da palha mofada que servia de telhado. Ela se remexeu no banco, sentindo algo se desenrolar em seu âmago. Voltava a ser rodeada por todos os seus antigos medos, vestindo as superstições como um velho manto.

Ergueu o véu e olhou para as castanheiras debruçadas junto da igreja. Flores brancas murchavam entre as folhas novas nos galhos. Aquela era Sarah, na entrada sul? Elsie espiou pela janela, mas as figuras por trás da parede de pedra eram tão pequenas e desfocadas que não conseguia distingui-las. É claro que Sarah poderia estar na igreja, tomando providências para o funeral. O que diria sobre a morte? O que o sr. Underwood diria? Que situação terrível.

A carruagem atravessou a ponte. A água gorgolejava ali embaixo, parecendo rir de sua desgraça. Havia alguma coisa errada na Ponte. Em Londres, ela aprendera a desdenhar do medo como uma bobagem, mas agora que estava de volta podia senti-lo, rastejando, serpenteando. Uma coisa escura e pérfida, tocando até as raízes das plantas que cresciam no jardim. Não era só o passado, aqueles estranhos acontecimentos no diário de Anne Bainbridge de que Sarah falava. A própria estrutura da casa era malévola. Elsie podia encarar a fábrica de fósforos onde havia sofrido quando criança, mas esse... esse lugar a deixava nervosa.

Depois que Mabel fosse enterrada, ela levaria Sarah de volta para Londres e trancaria a casa para sempre.

Enquanto a carruagem virava e ziguezagueava pela estrada, o sol brilhou sobre as colinas, lustrando a grama. Dessa distância, tudo era feito de sombra e luz; os arbustos brilhavam, os tijolos escureciam, as janelas cintilavam.

Só quando Peters deteve a carruagem na frente da fonte é que as chamas nas janelas se extinguiram e Elsie teve a visão que gelou seu coração.

Não podia ser.

Ela abriu a porta da carruagem e desceu, cambaleando no cascalho, piscando.

"Senhora?" A voz de Peters parecia ansiosa. "Espere aí, vou ajudar."

"Não", Elsie gemeu. "Não, você morreu."

Observando, como sempre fazia; apenas observando.

"Senhora?" Um ruído quando Peters pulou da boleia para o chão.

Mamãe não poderia ter feito isso, ela não *gostava* de assistir, não é?

"A senhora está passando mal?"

Elsie não deu atenção a Peters. Nunca tinha percebido antes, mas agora via — aquele lampejo de euforia mórbida nas pupilas. Era o olhar de alguém que se punha diante do cadafalso para assistir a um enforcamento. Sanguinário.

"Ah, não, Mamãe." A ideia era pior do que qualquer outra coisa, pior que o ato em si.

Agora, Peters estava balançando o braço de Elsie, com voz tensa. "Sra. Bainbridge? Sra. Bainbridge? O que foi, o que a senhora está olhando?"

"A companheira. Olhe!"

"Companheira? Não, senhora. Cortei todos em pedaços, lembra?"

"Aquela ali, não." Ela estendeu a mão. Havia uma espécie de satisfação em apontá-la, como uma vítima acusando seu agressor no tribunal. "É minha mãe."

"O quê?"

"Na janela! Olhe, homem!"

Mas Peters recuou, balançando a cabeça. "Não... não há nada na janela, senhora."

Não podia ser verdade. Ela segurou a testa com as duas mãos. "Olhe outra vez."

"Estou olhando. A janela está vazia." Peters fazia gestos lentos, estendendo as mãos como quem tenta apaziguar um cão perigoso. "Vou chamar a sra. Holt. Aí, a senhora pode sentar e tomar uma boa xícara de chá."

"Não. Não! Ela está lá, vou lhe mostrar."

"Por favor, senhora!"

Ela estava fora do alcance da razão, até mesmo do medo. Subiu correndo os degraus até a porta da frente e entrou no Salão Principal vazio. A serragem perfumava o ar. Um fogo estalava e crepitava na lareira.

"Mamãe! Mamãe!" Ela marchou até a sala de visitas, chamando pela mãe. Mil ecos ressoaram naquele chamado: súplicas da infância de anos atrás. Agora, assim como na época, apenas o silêncio respondeu.

A sala de música. "Mamãe!" Sua voz ecoou no teto alto e decorado. Não deveria se surpreender. Mamãe nunca vinha ajudar, nem mesmo quando Elsie estava sangrando, desesperada, gritando por ela. "Por favor, Mamãe, só desta vez!"

Lágrimas ardiam em seus olhos quando entrou na sala de jogos. Nunca deveria ter feito isso. Nunca teria sido *forçada* a fazer isso se Mamãe ao menos...

Uma voz irrompeu de dentro dela, trovejando, saindo da boca em um grito selvagem. Ela caiu de joelhos.

"Sra. Bainbridge!" As botas de Peters pisaram no tapete ao seu lado. "Sra. Bainbridge, o que está — ah, meu Deus!"

Ele recuou até a parede, segurando-se nela, quando viu o que ela via.

A cabeça do cervo não estava mais pendurada na parede. Tinha caído, os chifres primeiro. Mas não caíra sem encontrar resistência.

Helen estava lá, debaixo dela. Empalada, espetada, perfurada.

O sangue vertia de um buraco onde antes estivera um olho. Os músculos ao redor ainda se contorciam, como se pudessem piscar até expulsar a lança de chifre que atravessava o globo ocular, prendendo Helen ao tapete.

O sangue escorria de seus lábios. Eles se mexiam — tentavam se mexer —, mas ela estava se afogando. Um horrível gorgolejo lhe escapou ao mesmo tempo que Peters vomitava.

Elsie ficou zonza. As imagens estavam se desfazendo, desaparecendo. Ou melhor, *ela* estava desaparecendo — dando as costas à carnificina diante de si para se esconder em algum lugar nas profundezas de seu ser.

O SILÊNCIO DA CASA FRIA
LAURA PURCELL

HOSPITAL ST. JOSEPH

O lápis estava afiado. O dr. Shepherd o havia apontado com seu canivete. Ela não gostava do modo como o lápis escrevia agora: arranhando a página, agarrando-se a ela, ameaçando quebrar quando o calcava. Tinha que segurá-lo com delicadeza, como se fosse feito de vidro.

Mas não era de vidro, era de madeira. Cheirava a madeira, depois de ser apontado — ela reconhecia o cheiro inquietante das árvores partidas.

Várias vezes, as mesmas palavras. Talvez embotassem a ponta do grafite, tornando-o macio e lustroso para que ela pudesse retomar sua história. Ela se recusava a continuar enquanto as letras tivessem esta aparência: nítida e surpreendente em sua clareza.

Poderia embotar também seus sentidos? Havia muito, muito tempo, as drogas faziam isso. Lembrava-se de vagar pelos corredores com o dr. Shepherd quando mal conseguia continuar acordada. Mas agora seu corpo traiçoeiro estava se acostumando, como se acostumara a tantas provações.

Ela começava a sentir a tristeza entranhada nas paredes brancas e no piso frio do hospital. Toda a sua existência se reduzia a uma única cela fechada por grades. Por que os químicos fabricavam medicamentos que despertavam as pessoas quando a realidade era sombria e desolada? Preferia os sonhos de láudano, os tranquilizantes. Pois agora sentia-se como uma mulher na cama em uma noite escaldante de verão — tentando desesperadamente dormir, mas virando-se para lá e para cá, incapaz de descansar. Escrevendo as mesmas duas palavras, várias vezes.

Jolyon. Proteger Jolyon.

O destino de Elsie desde o dia em que ele nasceu, no décimo segundo aniversário dela. *Proteger Jolyon.* Contudo, ele não estava aqui e não viera visitá-la. Isso só podia significar uma coisa: ela havia falhado.

A janela de observação se abriu. "Sra. Bainbridge? Estou incomodando a senhora? Posso entrar?"

Ela viu os óculos do dr. Shepherd brilhando atrás da abertura na porta. O lápis caiu de seus dedos.

Ele tirou o ferrolho do suporte e entrou na cela, fechando a porta. A pilha de papéis que trazia estava mais grossa do que nunca.

"Por que não se senta na cama, sra. Bainbridge? Pretendo ficar de pé."

Ela fez o que ele pediu. Os lençóis ainda retinham o calor de seu corpo, aliado ao próprio cheiro. Era estranho como ela passara a ver a cama como um refúgio. Nem sempre foi assim.

"Achei melhor pedir que sentasse, sra. Bainbridge, porque receio que nossa conversa hoje possa ser inquietante. Sua história progrediu ao ponto de eu começar a entender o padrão de sua mente. Agora, chegamos ao ponto crucial."

As palavras afundaram no estômago dela. Teve vontade de se levantar da cama e fugir. Seus olhos percorreram a sala, da janela gradeada até a pesada fechadura da porta. Não havia escapatória.

"A senhora escreveu sobre esses 'companheiros', como os chama. Disse que tinha medo deles. Mas sabe o que nos assusta de fato? Não são as coisas que espreitam — ou mesmo sussurram — à noite. Nossos medos são muito mais próximos que isso. Temos medo das coisas dentro de nós — sejam lembranças, doenças ou impulsos pecaminosos." Ele inclinou a cabeça. Os óculos escorregaram para a esquerda. "A senhora, eu deduzo, tem medo de se tornar como um de seus pais."

Em algum momento teriam de aparecer, é claro: os pontinhos de luz na visão e o murmúrio, como o da água, nos ouvidos. Memórias infantis, ideias infantis de que, se ela fechasse os olhos, de alguma forma, o dr. Shepherd não poderia vê-la.

"Entendo o que está sentindo. Não posso fingir que ignoro as pistas que a senhora deixa, por mais que a gentileza natural prefira colocar um véu sobre o assunto. E acho que foi isso o que a senhora fez: o cobriu com um véu. Primeiro através da coerção, depois por meio de uma espécie de necessidade mental, a senhora escondeu o fato de que seus pais a maltratavam."

Se ainda tivesse voz, ela gritaria: *Não, não, fale de qualquer coisa, menos disso*. Ou não gritaria? Uma parte dela, pequena e traiçoeira, devia querer revelar a verdade, ou ela não a teria escrito, não teria contado a ele.

Ele pigarreou. "Acredite, sra. Bainbridge, lamento profundamente o que lhe aconteceu. A traição da sua confiança em tenra idade, vinda daqueles a quem o instinto nos incita a amar profundamente... E a mãe, que deveria cuidar e proteger, mas, em vez disso..."

Ela acreditara ter sobrevivido às lágrimas, tê-las deixado para trás rumo a uma paisagem árida onde nunca fluíam. Contudo, lá estavam elas; quentes, escorrendo até o queixo, restringindo a respiração. Será que a haviam espreitado o tempo todo, só esperando para aflorar?

"Eu queria, mais do que tudo, dizer à senhora que esse é um acontecimento positivo. Naturalmente, não é a sensação que a senhora tem — está forçando-a a encarar um mundo de angústias. Ainda assim, a senhora o está encarando, sra. Bainbridge. Teve força suficiente para recordar esses abusos anormais de sua confiança. Sei que também encontrará forças para lembrar o que aconteceu na Ponte na noite do incêndio. Depois disso, poderemos fazer nosso relatório. Poderemos limpar seu nome."

Surpresa, ela olhou nos olhos dele: tinham o verde suave dos botões de flor na primavera; eram complacentes, piedosos. E percebeu, com um alívio tão intenso que era quase dor, que ele estava do seu lado.

O SILÊNCIO DA CASA FRIA
LAURA PURCELL

A PONTE, 1866

No começo, o quarto foi gentil com Elsie. Os objetos recuaram para uma distância considerável, com bordas nebulosas, refreando o próprio peso. O pânico pairava em um lugar que ela podia identificar, mas não sentir de fato.

A luz brincava em ondas no teto. Os cílios tremularam.

"Elsie." Uma pressão em sua mão. "Sra. Holt, faça um *posset* quente! Rápido! Ela acordou!"

Tinidos no andar de baixo. Era tudo nítido demais, penetrando a névoa suave.

"Elsie, querida Elsie. Graças a Deus." Aos poucos, as feições marcantes de Sarah se definiram.

"Não estou..." Sentiu um gosto metálico na língua. Tentou novamente. "Por que estou..." Nenhuma lembrança pairava por tempo suficiente ao seu alcance para que pudesse agarrá-la. Viu um cervo, depois um fósforo... E as imagens fugiram outra vez.

"Não tente falar. O médico diz que precisamos mantê-la quieta. Mandei um telegrama para o sr. Livingstone, ele virá o quanto antes."

Ela olhou à sua volta. Estava tudo lá: as pesadas colunas da cama, com uvas e flores esculpidas; o lavatório; o espelho triplo na penteadeira. Os traços da Ponte voltavam como um sonho havia muito esquecido. Ela não conseguia processá-los.

Jolyon viria. Jolyon, sua constante, sua âncora. Precisava se agarrar a isso. Mas por que ele não estava aqui com ela agora? Estava aborrecido, não estava? Lastimando a perda de alguém. Mamãe. Não, Mabel. Mabel. *Helen.* Ela se levantou de repente, encharcada de suor frio. "Helen! Ela estava... Ela..."

A mão de Sarah empurrou seu ombro, deitando-a novamente nos travesseiros. "Calma, calma. Eu sei." Engoliu em seco. "Estávamos na igreja, a sra. Holt e eu, conversando com o sr. Underwood sobre o funeral de Mabel. Mas agora parece... Agora teremos que fazer dois funerais."

Elsie fechou os olhos. Ainda retinha a visão: o rosto corado de Helen a encará-la no tapete em todo o seu horror mutilado. "Como? Como isso foi acontecer?"

Sarah deu um suspiro trêmulo. "Recebemos o oficial de polícia de Torbury St. Jude. Depois, alguns inspetores. Peters deu um depoimento. Só conseguem supor que foi um acidente terrível. Helen devia estar limpando o cervo, eles disseram, quando..."

Luzes espocaram por trás de suas pálpebras. "Mas você não acredita nisso, Sarah. Percebo em sua voz. Não acredita em uma única palavra."

Ela sentiu Sarah se aproximar. "Não, não acredito."

"Conte."

Sarah irrompeu em lágrimas.

Os olhos de Elsie se abriram. O rosto de Sarah estava franzido em uma careta úmida e vermelha. Ela se esforçava para respirar em meio aos soluços. "Sarah? O que foi?"

"A culpa é minha. É tudo c-culpa minha."

"Como pode dizer uma coisa dessas?"

O queixo de Sarah tremeu. "Eu — ah, como posso contar? Fui eu, sra. Bainbridge. Eu p-peguei seus d-diamantes!"

O vômito subiu do fundo da garganta. Mabel não havia roubado os diamantes: era inocente. Inocente e levada a um ato de desespero pelo erro de Elsie.

"Eu só queria alguma c-coisa da minha f-família. Então Mabel foi acusada e eu — eu não sabia o que fazer. Nunca pensei que..."

Sangue, sangue quente escorrendo por suas mãos.

"Eu ia contar para você na Páscoa", Sarah continuou. "Ia contar a verdade a todos, eu juro. Mas aí Helen decidiu que os companheiros deviam ter roubado o colar! Ela..." Sarah torceu a boca, angustiada. "Ela queria queimá-los outra vez. Tomou Hetta de mim e a jogou no fogo da cozinha!"

Fraca e nauseada, Elsie apertou as têmporas com as mãos. "Não entendo. Por que ela suspeitou dos companheiros?"

"É isso que a sra. Holt não lhe contou. Elsie, havia uma companheira na cozinha com Mabel. Uma que eu nunca tinha visto, uma espécie de cozinheira."

Arrepios percorreram os braços de Elsie. "Sarah, vi uma companheira igual à minha própria mãe, parada à janela. Bem onde estava aquela marca de mão."

"Está vendo? Eles estão se multiplicando. Acho que o fogo só os torna mais poderosos. E nunca teria havido fogo, não fosse pela minha estupidez..."

"Você poderia ter me pedido os diamantes", interrompeu Elsie. "Eu não os negaria a você."

Sarah abaixou a cabeça. "Estou tão envergonhada. É quase como se... eu não pudesse me conter. Mas não sou só eu. Hetta também era obcecada por eles, obcecada pelos companheiros e pelo colar de diamantes. Venho lendo os registros que o sr. Underwood trouxe, descobrindo tudo o que posso sobre Anne. Geralmente, os textos sobre uma mulher do século XVII são escassos, mas encontrei registros sobre Anne porque... por causa da maneira como ela morreu."

Elsie não se encorajou a perguntar.

"Ela foi queimada", sussurrou Sarah. "Queimada na fogueira como bruxa."

"Bruxa? *Ela* é a bruxa que os aldeões ainda temem?"

"Sim. E por um bom motivo. Os registros dizem que ela matou pessoas, Elsie. Mas, no diário, ela não é perversa. Achava que estava usando magia branca, os antigos remédios com ervas das mulheres sábias. Mas deve ter cometido um erro. Sua pobre filha nasceu com a língua incompleta e mais uma coisa, uma coisa *maligna*..."

Elsie não queria acreditar. Na fábrica, havia se convencido a não acreditar. Mas ali, naquela casa em que Rupert morrera, onde os irmãos dele morreram, ela podia *sentir*. O antigo medo. Nem a razão nem a lógica poderiam apagar esse sentimento. Ela conhecia o mal desde criança — reconhecia sua voz aveludada.

Ouviu-se uma batida à porta. As duas se sobressaltaram.

"*Posset* quente." A sra. Holt.

"Entre", sussurrou Elsie.

O vapor entrou primeiro, misturado a noz-moscada e melaço quentes. A sra. Holt chegou carregando uma bandeja e uma xícara que vertia nuvens de calor. Novos vincos repuxavam os cantos dos lábios, fazendo-os parecer a boca articulada de um boneco. O branco dos olhos, sempre ictérico, estava agora raiado de vermelho.

Elsie aceitou a xícara. Aromas leitosos e doces provocaram suas narinas. O estômago implorava por sustento, mas ela não conseguia beber. Não queria engolir nada dessa casa. Não queria nada daquilo dentro de si.

"Srta. Sarah, acho melhor deixar a patroa sozinha agora. Lembre-se, ela precisa descansar. O médico disse."

"Mas...", começou Sarah.

"Eu realmente preciso insistir. Peço desculpas, senhorita, mas o sr. Livingstone nunca me perdoará se chegar e descobrir que não cumpri as ordens do médico."

Sarah acariciou os cabelos de Elsie. Aproximando-se de sua orelha, sussurrou: "Voltarei depois. A partir de agora deveríamos dormir no mesmo quarto. Sozinha, não me sinto segura".

Elsie assentiu. Não perguntou o que Sarah queria dizer com *sozinha*. Ninguém estava verdadeiramente sozinho. Nessa casa, nunca.

Sarah recolheu as saias e saiu do quarto. Elsie ouviu seus passos, pisando nas tábuas bem conhecidas até a biblioteca. A sra. Holt permaneceu.

O olhar da governanta tinha uma dureza que Elsie não havia percebido antes. "Mais alguma coisa, senhora?" A palavra *senhora* soou forçada, horrível.

"Ah, sra. Holt. Sinto muito. Não posso imaginar o que a senhora está sentindo. Primeiro Mabel e depois Helen."

"Eu amava aquelas meninas como se fossem minhas filhas. Elas eram inocentes. E agora estão esticadas e rígidas no frio da despensa, e terei que enterrá-las. As duas!" A sra. Holt desmoronou. Elsie desviou o olhar e a deixou chorar quanto precisasse. Só os soluços já eram terríveis.

"Errei em culpá-las", Elsie se arriscou a dizer, finalmente. "Elas não me enganaram nem mataram minha vaca. Agora sei disso. Há alguma outra coisa atuando, alguma coisa nesta casa."

Um espasmo passou pelo rosto da sra. Holt. "Cuido desta casa há quase quarenta anos. Nunca tivemos nenhuma assombração nem morte antes de a senhora vir para cá."

"Antes de Rupert vir para cá", Elsie a corrigiu com delicadeza.

"Elas ainda estariam vivas se não fosse pela senhora. Se não tivesse entrado com tudo, fazendo barulho, abrindo portas que deveriam ficar fechadas."

"Como assim?"

"Não importa." A sra. Holt afastou o olhar.

"'Portas que deveriam ficar fechadas?' Não entendo o que a senhora quer dizer. Está falando do sótão?"

O peito da mulher mais velha subiu e desceu, balançando o broche de camafeu. "Minha tarefa era guardar segredo. O velho sr. Bainbridge mandou, desde o dia em que cheguei aqui, que mantivesse o sótão trancado e nunca tocasse no assunto."

"Mas... por quê?"

"Não sei. Ele disse que havia umas coisas lá, coisas que perturbavam sua esposa. Livros."

"Um diário?"

Ao dizer isso, lembrou que havia dois diários. Dois volumes. Sarah não mencionou se chegara a pegar o segundo. Talvez ainda estivesse lá.

"Talvez. Não lembro que livros eram. Nunca tive motivo para lembrar até a senhora aparecer."

A mão de Elsie apertou a xícara. "O que — o que aconteceu com a mãe de Rupert? Como ela morreu?"

"Nem imagino."

"A senhora deve ter uma ideia. Quais eram os sintomas?"

"Já disse, eu não sei! Pelo pouco que me contaram, ela ainda pode estar viva."

Elsie ficou atordoada. "A senhora estava lá", disse ela, incrédula. "Foi a senhora quem disse. Falou de *quando perdeu a patroa*."

A sra. Holt fechou os olhos, parecendo lutar com as lembranças. "Não. Não, ela não morreu. Ficou..."

"O quê?"

"Perdemos a sra. Bainbridge, mas não foi para a morte. Foi a mente. No fim, sua própria mente a arruinou."

As mãos de Elsie começaram a tremer. A xícara tilintou contra o pires. "Está dizendo que o marido a colocou em um hospício?"

A sra. Holt a olhou por um longo tempo. "Nunca contamos ao patrão Rupert. Só dissemos que ela havia morrido, e era verdade, de certa forma. Aquela lunática não era mais a sra. Bainbridge. Já vi histeria, senhora. Vi uma mulher enlouquecer com a leitura de um romance e ter febres cerebrais. Já vi essa expressão nos seus olhos antes."

"Mas *eu* não estou louca!" A sra. Holt não respondeu. "A senhora sabe que não. A senhora estava lá, sra. Holt. Viu os companheiros. Viu quando foram queimados até virar cinzas, para depois reaparecerem do nada."

A governanta balançou a cabeça. "Talvez a perda de uma criança tenha feito isso com sua pobre mente... Que Deus me ajude. Não dei ouvidos aos delírios da última sra. Bainbridge, e que um raio me parta se der ouvidos aos seus."

Virando-se, ela saiu do quarto e fechou a porta. Elsie ouviu os passos bruscos ecoarem pelo corredor, depois escada abaixo, mais baixo, mais baixo, pelos degraus em espiral atrás da parede.

A noite era pesada e interminável. Sarah estava deitada ao lado de Elsie na cama, os cabelos castanho-claros espalhados no travesseiro. O peito subia e descia sob a camisola de babados. Como conseguia dormir?

Havia uma janela entreaberta, deixando entrar um sopro de ar no quarto abafado, mas não era refrescante; cheirava a calor e ervas. Lá fora, uma coruja-das-torres gritou para outra.

A mãe de Rupert valsava pelos pensamentos de Elsie. Ela havia dormido nessa casa, andado pelos jardins. Lunática? Ou vítima semelhante? Elsie lembrou o berço esfarrapado e espoliado no quarto das crianças e estremeceu.

Sarah se mexeu na cama. O corpo tornava os lençóis quentes demais, mas Elsie não se moveu. Continuou de olhos abertos, esperando. Sabendo que viria.

Sim.

Ssss. Foi tão baixo que poderia ter sido uma brisa passando pelo quarto. Mas não havia brisa nessa noite.

Ssss. Ela não aguentava mais. Precisava descobrir o que era. Tinha que pegar o segundo volume daquele maldito diário e descobrir o que a mãe de Rupert descobrira.

Com cuidado, tirou os pés de debaixo das cobertas e os pousou no tapete. A cama sussurrou, mas Sarah não se moveu. Elsie enfiou a mão debaixo do travesseiro em busca dos fósforos que guardava ali todas as noites, como um talismã.

Havia uma vela apagada no castiçal em cima da penteadeira. Ela a pegou ao passar. Fazia mais sentido acender o pavio quando estivesse no corredor — assim, poderia deixar Sarah adormecida, a salvo do perigo ao qual se dirigia.

Ssss, ssss.

Ela moveu uma perna depois da outra, esforçando-se para prosseguir, a mão à frente, tateando o caminho. Esperando, a qualquer segundo, o toque apavorante da madeira.

Sua palma colidiu com alguma coisa. Ela se retraiu — era a maçaneta da porta do quarto, só a maçaneta. Encostou-se na porta e escutou, apurando os sentidos para localizar o próximo chiado, mas não ouviu nada.

Esforçou-se para abrir a porta, as unhas estalando contra a maçaneta enquanto a segurava. Virou-a para baixo e abriu uma fresta.

Uma onda de calor a recebeu. Foi como abrir a porta de um forno. Os aromas de rosa e tomilho se entrelaçavam em torno dela, insinuando-se pelo tecido da camisola. *Acenda a vela, acenda a vela.* Nem a luz nem o fogo a protegeriam, mas precisava deles como precisava do próprio ar.

O fósforo cintilou na mão trêmula, projetando sombras sinuosas no corredor. Ela só ergueria o olhar depois que a vela estivesse acesa. Foi preciso cada grama de concentração para levar a chama ao pavio. Por fim, a vela se acendeu; ela sacudiu o fósforo e o deixou cair no chão, fumegando.

Rápido, rápido. Precisava se mexer, mas a mão se recusava a erguer a vela, se recusava a fazer qualquer coisa além de segurar o candelabro de metal até que os nós dos dedos ficassem brancos. À beira das lágrimas, ela finalmente conseguiu estender a vela à sua frente. A respiração se prendeu no peito.

O corredor marrom se estendia diante dela, entremeado por sombras. Poças prateadas de luar pontilhavam o caminho até os degraus. Havia três companheiros à sua espera, os olhos brilhando com uma avidez repulsiva.

Não, ela não gritaria. Eram só pedaços de madeira.

Pedaços de madeira que podem se mover.

Teria que andar mais rápido — só isso. Era capaz disso, era capaz. Era como pular, como acender um fósforo. *Um. Dois. Três.*

Suas passadas eram firmes, muito mais do que o coração desgovernado. Cada vez que o pé tocava o chão, a vela oscilava e batia no castiçal. A luz subia e descia como uma onda, mas a chama não se apagou.

A serragem emanou do tapete quando ela se aproximou da primeira companheira. Em meio à névoa iluminada pela vela, distinguiu a figura de uma mulher. Uma mulher sem braços.

Sentiu a garganta se apertar conforme se aproximava. A mulher tinha cabelos longos e emaranhados, e os olhos brilhavam com uma vivacidade medonha. De algum modo, familiar. Ela já tinha visto aqueles olhos antes, conhecia-os bem...

Rupert.

A mãe de Rupert, a outra sra. Bainbridge. Uma camisa-de-força escondia seus braços. Estava indefesa, implorando a Elsie com uma expressão tão vívida que tocou seu coração. Sob o ritmo acelerado do pulso de Elsie, surgiu um lamento, fraco e patético. Ela a ouviu. Ouviu a mãe de Rupert chorar.

Sentiu a pele se arrepiar e se preparou para o choque do contato — que não veio. De alguma forma, seus pés continuaram andando; ela passou, ilesa, e foi na direção da próxima companheira.

Esta devia ser a cozinheira de que Sarah havia falado: segurava um cutelo nas mãos roliças. Havia sangue respingado no avental e na touca que cobria os cabelos. *Tinta vermelha, só tinta.* Porém, tinha um cheiro rançoso de sangue verdadeiro. Combinado ao perfume de rosa e tomilho, era uma mistura nauseante, insuportável.

Mais uma vez, Elsie ultrapassou a companheira, e a pontada de medo foi mais profunda que a anterior. O terror turvou sua visão. Ela mal viu a última companheira: a velha com a boneca no colo. Guiada pela memória, virou a esquina ao passar pela Galeria da Cúpula e seguiu para os degraus que levavam ao sótão.

A escada estava vazia. Aliviada, inebriada com a sensação da própria bravura, começou a correr e subiu dois degraus por vez. Sombras giraram ao seu redor, refugiando-se nos cantos. Ela os havia derrotado. Pegaria aquele diário.

Quando contornou a coluna e chegou ao patamar, um som a deteve no ato. Olhou escada abaixo. Estavam todas ali — todas as companheiras por que havia passado — deslocadas como crianças que, no jogo das estátuas, só se movem quando alguém lhes dá as costas; uma no primeiro degrau, as outras duas em intervalos no corredor.

Elas a estavam seguindo.

Ssss.

Olhou rapidamente para o alto: mais companheiros haviam surgido, atraídos por ela como moscas por um cadáver. Bloqueavam o corredor caiado que levava ao sótão. *Ssss.* Lá embaixo — a companheira nos degraus havia se movido ligeiramente.

Centímetro a centímetro, passo a passo, estavam vindo atrás dela.

"Deus, me ajude, por favor, me ajude."

Ela não podia olhar para todos de uma vez.

Com um grito de agonia, largou o corrimão e avançou veloz pelo corredor. A vela se apagou, mas ela não se deteve, não podia parar; seguiu em frente, à força. Não queriam que alcançasse o diário, e era exatamente por isso que ela precisava lê-lo. Leria aquelas páginas nem que fosse a última coisa que faria.

Ultrapassou os companheiros, empurrando-os com os ombros, jogando-os com estardalhaço no piso de cerâmica holandesa. *Quase lá, quase lá.* Bateu o dedão do pé e quase gritou de alegria. Era um degrau — o primeiro dos degraus diante do sótão.

Ela tentou tirar outro fósforo. A caixa caiu no chão, mas ela conseguiu segurar um palito, que prendeu com firmeza. Riscou-o na parede e reacendeu a vela.

A porta do sótão estava aberta.

Ssss. O som a deixou nauseada. Não podia parar — eles estavam cada vez mais perto. Subiu os degraus, escancarou e fechou com força a porta do sótão. Bem a tempo. Pela fresta, teve o vislumbre de um sorriso sinistro pintado, olhos grandes e vulpinos.

Os pulmões arderam. Era difícil respirar com a poeira e aquele cheiro úmido e subterrâneo maculando a atmosfera. Sentia-se à beira de um desmaio, e ainda havia a longa corrida de volta ao quarto. Se conseguisse chegar lá. E se eles bloqueassem a saída? E se entrassem?

Ela vasculhou os arredores freneticamente, procurando o diário. O pó voava como penas em um galinheiro. Quando a poeira baixou, ela viu dois olhos brilhantes de esmeralda.

"Jasper!"

Em toda a sua vida, nunca ficou tão satisfeita em ver um animal. Correu até a mesa onde ele estava deitado e deixou a vela de lado. Ávidos, seus dedos se enterraram nos pelos do gato. O calor da pele dele e o pulsar do sangue atrás da orelha eram um imenso conforto. Mais um ser vivo — naturalmente vivo. Não podia ajudá-la, mas ela preferia encarar os companheiros com ele a enfrentá-los sozinha.

Miando, Jasper se levantou e se esticou em um arco longo e exuberante. Suas garras se estenderam e se retraíram novamente. Quando voltaram, arranharam de leve a superfície debaixo dele.

Couro. Gasto e desbotado, mas o cheiro era inconfundível. Jasper saltou com elegância para o chão e revelou sobre que objeto estivera dormindo: *O Diário de Anne Bainbridge*. Elsie agarrou o livro e o apertou junto ao peito. Ainda estava quente.

Ela deveria lê-lo aqui — aqui, agora, enquanto podia. Seus dedos folhearam as páginas, mas de nada adiantou. Não conseguia se concentrar, não conseguia ler. Era tudo uma confusão.

Nesse instante, sentiu um toque no ombro, afiado como a ponta de uma faca. Gritando, ela se virou. Pouco antes de a vela se apagar, viu uma boca de madeira sorrir para ela.

"Não! Jasper!"

Ouviu o gato miar do outro lado do recinto; suas garras tamborilaram quando cutucou a porta, abrindo-a, e escapuliu. Ele podia enxergar na escuridão. Ela só precisava segui-lo.

Avançando, ela agarrou novamente o diário e voltou por onde viera, em direção à porta e à escada além. Ou, pelo menos, achava que tinha vindo por ali. Não enxergava um centímetro diante do nariz. Os companheiros deviam estar apinhando-se em volta da porta — ela os sentia no ar: uma tensão crescente, malévola, cheia de ódio.

Sua mão esbarrou em uma mesa — papéis caíram no chão. Não conseguia ver, não conseguia respirar...

De repente, o chão se inclinou debaixo dela. Agarrou o ar e sentiu um grito verter de seus lábios. Então, caiu.

Um canto do diário bateu em suas costelas quando ela parou de repente. Sentiu um ardor nas pernas, um aperto no peito. O que havia acontecido? Gemendo, desferiu chutes no ar. Conseguiu mexer os pés. Estavam livres, mas ela estava presa.

Foi então que compreendeu: as tábuas do assoalho haviam se aberto outra vez. Estava retida no mesmo buraco em que Mabel havia caído.

Ssss, ssss.

Presa, encurralada. E os companheiros se aproximavam cada vez mais.

Ela chutou descontroladamente. Tinha que se libertar, mas uma das mãos estava presa junto do peito, abraçando o diário, enquanto a outra abanava inutilmente no escuro, incapaz de encontrar alguma coisa sólida.

Ssss, ssss. Não os via, mas ouviu quando se moveram: o raspar lento e doloroso da base de madeira contra o chão. Calafrios subiram seu pescoço. Alguma coisa dura tocou a parte de trás da cabeça.

"Não, não, não!"

Em um último impulso desesperado, agitou as pernas.

Ouviu-se um rangido longo e baixo. Então, de repente, ela estava caindo, caindo, até que sua coluna colidiu contra o chão.

Ficou ali, paralisada pelo choque e pela dor.

Finalmente, com grande dificuldade, virou a cabeça e viu o cavalo de balanço oscilar ao seu lado. O chão havia cedido. Estava no quarto das crianças.

O SILÊNCIO DA CASA FRIA
LAURA PURCELL

HOSPITAL ST. JOSEPH

Tudo começou com o som de um apito: estridente, anasalado, arrancando-a do sono. O mundo ficou turvo enquanto ela se esforçava para levantar.

Sons ecoaram: botas batendo no chão, gritos. Apenas o guincho daquele apito se destacava, até que a porta se escancarou. Auxiliares invadiram o quarto; ela não sabia quais. Era difícil distingui-los, todos de rosto rígido e vincado de resignação. Os braços musculosos agarraram os dela e os puxaram para trás.

"Sra. Bainbridge." A voz do dr. Shepherd. O alívio tomou conta dela por um instante, mas o médico balançou a cabeça loira. "Sra. Bainbridge, eu não esperava isso. O que aconteceu?"

O que havia acontecido?

Ele indicou alguma coisa à esquerda dela. "O que aconteceu com a escrivaninha?"

Ela se contorceu nas garras dos auxiliares, tentando olhar naquela direção. A escrivaninha havia implodido. As gavetas jaziam espalhadas pelo chão; algumas de cabeça para baixo, outras com o fundo arrebentado. Havia entalhes na madeira. Marcas de dentes? Sim, marcas de dentes. Mas de quem?

O dr. Shepherd se aproximou e se agachou, como se inspecionasse um espécime científico. "Extraordinário. Realmente extraordinário. Como ficou assim?"

Essa era a questão. Será que outra paciente entrara no quarto dela enquanto ela dormia? Certamente ela teria ouvido, não? Teria que ser alguém com uma chave, a capacidade de trancar e destrancar portas, de se mover sem emitir som quando...

Meu Deus, não.

Madeira; eles sempre vinham da madeira.

Uma enfermeira magra com malares afiados como facas se aproximou. "É o que ela faz, doutor. Ela parte tudo em pedaços."

"Não tenho certeza de que ela fez isso", murmurou o dr. Shepherd.

"O quê?"

Havia confusão no olhar dele. Ela se lembrava bem de como era: o momento exato em que começara a duvidar dos próprios sentidos. "Para começar, não acredito que a sra. Bainbridge seja forte o bastante para causar tantos danos. Depois, olhem para os braços dela. Não há rasgos na camisola, nenhum sinal de sangue nem de farpas nas mãos." Ele sacou um lápis e cutucou uma gaveta. "Não compreendo como uma pessoa poderia fazer isso sem se machucar."

"Então está me dizendo que a mesa fez tudo isso sozinha?"

"Não." Ele se levantou e mordeu a ponta do lápis. "Não, é claro que isso é impossível. Mas vocês ouviram o barulho? Por que nos convocaram com o apito?"

"Fui eu que apitei", disse a enfermeira, erguendo o queixo. "Ouvi um barulho estranho aqui, e ela geralmente é quieta como um túmulo."

"Um barulho de pancada? Ela teria que golpear a mesa por um bom tempo, para deixá-la nesse estado."

"Não, não era pancada. Só ouvi por uns minutos. Parecia... não sei. Um som áspero, como se ela tivesse algum tipo de serra."

Ele olhou diretamente para Elsie. "A senhora diria", perguntou ele, ainda se dirigindo à enfermeira, "que, talvez, o som fosse um chiado arrastado?"

Os joelhos dela cederam.

"Sim, é isso, doutor. Uma espécie de chiado áspero."

Meu Deus, o que ela havia feito? Nunca deveria ter escrito sua história, nunca deveria ter tentado se lembrar.

O dr. Shepherd franziu os lábios. "Não importa. Chame alguém para limpar esta sujeira. Até que o quarto volte a ficar adequado, teremos que encontrar outro aposento para a sra. Bainbridge."

Ela sentiu o hálito de um auxiliar em seu ouvido, quente e avivado por um cheiro de cerveja. "Levamos para fora, doutor?"

"Não, não", disse ele. "Soltem a sra. Bainbridge. Vou levá-la para o meu escritório."

"Para o seu escritório", repetiu o auxiliar, incrédulo.

"Sim. Soltem-na, por favor. Ela vai se apoiar no meu braço."

Ele ofereceu a dobra do cotovelo, branco e imaculado. Ela se agarrou a ele como se estivesse se afogando.

A enfermeira e os auxiliares resmungaram entre si enquanto ele a retirava do quarto.

Fazia muito tempo que ela não caminhava como uma dama, escoltada por um cavalheiro. Não conseguia prezar por isso agora. O terror desgastava seus sentidos. Era uma sorte que o dr. Shepherd fosse jovem e forte, pois precisou praticamente carregá-la pelos corredores intermináveis até uma passagem onde os ecos eram embotados e a tinta descascava das paredes.

"É bem aqui", disse ele.

Em sua história, ela havia sido valente, enfrentando os companheiros. Agora, o dr. Shepherd tinha que empurrá-la pela porta até uma cadeira, como se estivesse paralisada. Ela não conseguia falar e, agora, mal podia se mexer. Restava alguma coisa dentro dela além do medo?

O escritório do dr. Shepherd era menor do que ela imaginara. As paredes eram dos mesmos verde e branco que dominavam o resto do hospital. Continha uma escrivaninha robusta, de boa qualidade, e uma luminária de latão, mas pouco mais que isso. Ela notou uma campainha no canto, do tipo usado para chamar empregados. Devia haver um relógio em algum lugar, pois ela ouvia o tique-taque uniforme, muito mais lento que seu pulso acelerado.

"Lamento que isso tenha acontecido, sra. Bainbridge. Por favor, não se aflija. Pensando bem, eu deveria ter percebido que alguma coisa dessa natureza poderia ocorrer." Ele se sentou do outro lado da mesa e expirou. Estava um pouco mais pálido nos últimos dias. Os olhos pareciam mais fundos no rosto. O hospital estava cobrando seu preço. "As pistas estão lá, no seu arquivo. Quando não se pode mais fugir de lembranças desagradáveis, o instinto natural é combatê-las.

Muito compreensível. Uma expressão de raiva, se dirigida corretamente, pode ser purificadora." Ele tamborilou com os dedos na superfície da mesa. "Mas é preferível que a senhora e eu trabalhemos juntos para entender seus sentimentos, em vez de expressá-los assim. Tenho de incluir tudo o que vi em meu relatório e... Bem, os atos violentos não se apresentam a uma luz favorável."

Ela balançou a cabeça, incrédula. O chiado! Como ele explicava o chiado? E ele mesmo dissera que ela deveria ter arranhões ou cortes se tivesse destruído a mesa. Estendeu as mãos para dizer isso, mas estavam vazias — o giz e a lousa haviam ficado no quarto.

"Sim", disse ele, notando seu movimento. "Acho que poderíamos deixá-los para trás. Pelo que a enfermeira Douglas disse, a senhora começou a articular sons. Mesmo que sejam só ruídos da sua própria história... Estou começando a acreditar que esse 'chiado' tem mais significado do que imaginei. A senhora consegue repeti-lo?"

Ele acreditava mesmo que ela tentaria? Faria qualquer coisa para nunca mais ouvir aquele som, mas, mesmo que ficasse surda, ele ainda estaria lá, esperando em seus sonhos.

"Sra. Bainbridge?"

Para satisfazê-lo, ela abriu a boca, expirou e a fechou.

O sr. Shepherd suspirou. "Bem, talvez ainda não." Abriu uma gaveta, produzindo um *clak* de madeira pavoroso, que a fez rilhar os dentes. "Já que estamos aqui, há uma coisa que quero lhe mostrar, sra. Bainbridge. É um arquivo antigo com o qual me deparei enquanto procurava o seu. Na época, não considerei digno de nota o fato de que tratamos de outra Bainbridge aqui. Mas, quando seu relato mencionou a mãe de Rupert, decidi consultá-lo." Ele pegou um arquivo e o deixou na mesa. A capa estava manchada e parcialmente rasgada. "Esta, de fato, era ela. Julia Bainbridge."

Uma pequena explosão no peito. A mulher em prantos com os olhos de Rupert.

Ela estendeu a mão trêmula, mas o dr. Shepherd pôs a palma da mão em cima do arquivo com firmeza.

"Infelizmente, não há fotografias. Não havia muitas naquela época. Mas li o arquivo e estou pronto para lhe dar um resumo."

Ele não queria que ela o lesse pessoalmente. Por quê?

Distraído, o dr. Shepherd começou a alisar os cantos da pasta. "Em sua história, a senhora parece aflita com a suspeita de que a outra sra. Bainbridge sofresse de uma doença semelhante. Que as mesmas circunstâncias a perturbassem e, finalmente, confirmassem seus medos fantasmagóricos. Mas pensei que lhe faria bem saber que Julia era, na verdade, um caso muito diferente. Foi atormentada pela melancolia por toda a vida. A situação se tornava especialmente grave nos períodos pós-parto."

O teor daqueles soluços, tão diferentes dos de Sarah e até mesmo dos da sra. Holt. Ela fechou os olhos, tentando esquecê-los.

"A mudança fatal aconteceu em um verão, na Ponte. O filho dela, um menino de cinco anos, tentou pular uma cerca com um pônei. Era alta demais. O animal se feriu gravemente e teve de ser sacrificado. O menino sobreviveu por algum tempo, mas houve um severo inchaço no cérebro... Por fim, ele faleceu."

A colcha de retalhos. Ele devia ter se deitado debaixo dela, na cama, enquanto Julia se debruçava, atormentada, ao seu lado.

"Foi no pior dos momentos. Julia tivera uma filha apenas três meses antes. Seu estado permaneceu... instável. Ela desenvolveu uma obsessão peculiar em relação ao cavalo de balanço. Dizia tê-lo encontrado arranhado, dias antes do acidente, nos mesmos pontos em que o pônei se feriu."

Isso já era terrível o bastante, mas o pior estava por vir. Ela o sentia, pairando entre os lábios do dr. Shepherd. Devagar, abriu os olhos.

Ele estava olhando para o arquivo. Parecia olhar através dele, mirando o passado conturbado de Julia Bainbridge.

"Depois disso, os detalhes são contraditórios. Tenho o relatório oficial, a correspondência um tanto empolada do marido dessa dama... e o registro de uma conversa entre um de nossos médicos avaliadores e Edna Holt."

Ela prendeu o fôlego.

"Senti-me encorajado ao descobrir que a sra. Holt confirmou muitos detalhes da sua história. Por exemplo, ela não testemunhou a morte de nenhuma das crianças, mas cuidou de Julia durante a enfermidade. Talvez esse seja o único consolo que podemos encontrar na história lamentável." O dr. Shepherd a olhou nos olhos. Apertou os lábios, indeciso. Finalmente, disse: "Oficialmente, foi asfixia. De quando em quando, os bebês sofrem asfixia durante o sono. Mas, pelos indícios que a sra. Holt e o sr. Bainbridge forneceram, concluo que Julia afogou a filha na fonte".

Pulmões vazios, pressão no peito: ela também sentia. *Mamãe me machucou.*

"Trágico", disse ele. "Deduzo que o assunto tenha sido abafado com sucesso até, claro, o nascimento de seu próprio marido. Tanto o pai quanto a empregada se preocuparam com o bem-estar da criança. Julia falava em 'protegê-lo'. Foram as mesmas palavras que ela usou para falar da pequena Alice. Não podemos culpá-los por tomar medidas drásticas."

Ela pensou em seu bebê e no chifre que trespassara o olho de Helen. Talvez um afogamento fosse mais gentil.

O dr. Shepherd puxou a pasta para si e cruzou os braços sobre ela. Não havia necessidade real de mostrar seu conteúdo, já que ele parecia sabê-lo de cor. "Apesar da grande dedicação do hospital, não houve recuperação. Ela permaneceu aqui por alguns anos. Ao que parece, Julia morreu, como seu marido, por volta dos quarenta anos, de um problema cardíaco."

Pobre mulher. Era de admirar que ainda lhe restasse um coração.

O dr. Shepherd se endireitou na cadeira. Seu comportamento sombrio desapareceu. "Por mais estranho que pareça, sra. Bainbridge, na verdade contei essa história para elevar seu ânimo. Creio que essa é uma prova de que estamos extraindo lembranças autênticas de sua mente, não importam os...", ele abanou a mão, "adornos que venham com elas. Estamos progredindo."

Ela pensou na mesa, no chiado. Bem dentro de seu quarto.

Alguma coisa estava progredindo, certamente.

Só esperava que fosse ela mesma.

O SILÊNCIO DA CASA FRIA
LAURA PURCELL

A PONTE, 1866

Respirar doía. Por mais que tentasse, Elsie não conseguia encontrar uma posição confortável. Toda vez que se mexia, uma adaga se cravava entre as costelas.

O nariz parecia estar torto. Um dos olhos tinha inchado até que ela só conseguisse ver uma fina faixa de luz através dele. Agora, não restava dúvida em sua mente: não estava louca. Havia alguma coisa vindo atrás dela, tão certo quanto o avanço da maré sobre a praia. Mas não viria depressa. Não. Gostavam de fazê-la correr.

Ela virou a cabeça. Havia um travesseiro bem fofo embaixo; não estava no quarto das crianças. Alguém devia ter ouvido a queda e a encontrado nos escombros. Não conseguia lembrar. Tudo perdia o foco em meio à dor.

Ouviu passos no corredor, acompanhados por uma voz. Uma voz masculina — que ela reconheceu.

"Jolyon!" Seu nome era um grasnido, quase inaudível. Ela fez uma tentativa agonizante de se mexer. Travesseiros a apoiavam em ambos os lados; estava sentada em um ângulo inclinado.

Os passos cessaram no corredor, perto da porta. Elsie esperou. Nada aconteceu. Ninguém entrou.

Apurando os ouvidos, escutou Jolyon e Sarah conversando.

"Ela ainda está dormindo?"

"Acho que sim." A voz de Sarah soava esgotada. "Deus sabe que ela recebeu sedativos suficientes, sr. Livingstone."

"Isso é culpa minha. Eu nunca deveria tê-la deixado voltar para cá sozinha."

"O senhor não deve se culpar."

Jolyon disse alguma coisa que ela não conseguiu entender. Então, Sarah voltou a falar. "O médico disse que ela está com duas costelas trincadas e uma forte distensão no joelho esquerdo. É um milagre que nada tenha se quebrado. Há ferimentos no rosto, mas só estéticos. Muitos arranhões e contusões..."

"Não", disse Jolyon — ou talvez tenha sido outra pessoa, pois com certeza o tom foi muito rude. "Não é isso que quero dizer. Não pode fingir que esse é um comportamento aceitável, mesmo depois de tudo o que ela passou. O que tinha na cabeça para ficar passeando no sótão à meia-noite?"

Sarah murmurou uma resposta incompreensível. Deve ter sido em defesa de Elsie, pois Jolyon retrucou: "Não a incentive, srta. Bainbridge".

A porta rangeu ao se abrir. Elsie fechou os olhos, sabendo que não poderia esconder a mágoa que ardia dentro deles.

Passos atravessaram o tapete.

"Elsie? Está acordada?"

Ela resmungou e moveu a cabeça na direção da porta, mas não abriu os olhos.

"É o sr. Livingstone, sra. Bainbridge, que veio vê-la."

Às cegas, ela estendeu a mão. Só quando Jolyon a pegou, ela percebeu que suas próprias luvas tinham sido substituídas por ataduras.

"Elsie. Como está se sentindo?"

Ela umedeceu os lábios. Estavam inchados e ressecados. "Como se tivesse lutado no ringue com Tom Sayers. Mas saí ganhando. Você deveria ver o estado do quarto das crianças." Ela tentou usar um tom jovial, mas as palavras desabaram no chão como pássaros mortos.

"*Já vi*", respondeu ele. "Um estrago terrível."

Com cuidado, ela abriu o olho bom. Jolyon surgiu à vista. Ele estava com uma aparência medonha. Cabelos desgrenhados por trás das orelhas e barba despontando no queixo. Havia marcas roxas embaixo dos olhos opacos.

"Ah, Jo." Uma lágrima escorreu pelo rosto dela. Queria estender a mão e acariciar a face dele, mas havia mais uma coisa oculta na expressão aflita, algo quente demais para tocar. "Sinto muito que você tenha de vir aqui para cuidar disso. Só tivemos azar desde o dia em que Rupert morreu."

"É o que parece." Seus lábios se apertaram. "O que você estava fazendo no sótão, Elsie?"

"Procurando uma coisa. Havia um…" Ela silenciou quando viu Sarah atrás dele, balançando a cabeça e fazendo gestos frenéticos com a mão enfaixada.

"Um quê?"

Sarah tinha razão — Elsie não podia contar a ele sobre o diário. Ele o levaria embora, diria que a enervava demais, e ela voltaria à tintura de lavanda, aos banhos de assento frios.

"Um adorno", improvisou. "Helen o viu lá em cima e ficou encantada. Achei que seria um gesto gentil se… se o enterrássemos com ela, no caixão."

"Ah." Um som frio, impessoal. "Entendi. E isso não podia esperar até a manhã seguinte?"

Ela havia mentido para ele a vida toda. Por que era tão difícil fazer isso agora? Talvez as drogas que Sarah mencionou estivessem diminuindo sua agilidade, entorpecendo suas faculdades. "Eu… não conseguia dormir."

"Não?"

"Nenhuma de nós consegue dormir", interrompeu Sarah, estridente. "Não com os acontecimentos nesta casa."

"Não. Imagino que não." Ele soltou a mão de Elsie e enganchou dois dedos no bolso do colete. Ele olhava, mas não a via. Era um olhar indolente, insensível. O que se passava na mente de Jolyon?

Antes, ela o conhecia por inteiro. Seu querido menino. Mas não era mais um menino, era? Era um homem jovem, seis anos mais velho do que ela quando Mamãe morrera. Capaz de todas as coisas que ela fora capaz de fazer naquela época.

Guardar segredos de Jolyon era parte de sua natureza. Mas e se *ele* também escondesse fatos *dela*?

"Olhem o relógio — logo será hora do jantar", disse Sarah. "Devo pedir que a sra. Holt traga uma bandeja para o senhor, sr. Livingstone?"

"Não, vou descer e jantar com a senhorita. Só mais um momento." De repente, os olhos de Jolyon se ergueram, prendendo Elsie na cama. Por um instante sinistro, ele ficou idêntico a Papai. "Elsie, preciso que você me conte o que aconteceu com Helen."

"Ela... Não sei o que aconteceu. Entrei na sala de jogos e ela estava lá... daquele jeito."

"Peters disse que, antes disso, você teve um comportamento estranho. Nervoso."

"Foi? Não me lembro."

"Deve ter sido memorável", afirmou ele, ainda com aquela voz fria e distante. "Peters ficou muito impressionado. Pediu demissão."

Bem, Peters nunca fora idiota. Considerando o que vinha acontecendo à criadagem na Ponte, seria um tolo se não abandonasse o navio.

"É mesmo? Lamento perdê-lo. É um excelente cocheiro."

Jolyon assentiu. "Sim. O sr. Stilford e os jardineiros também partiram. Com todas essas mortes, é compreensível. Nossa casa sofreu perdas terríveis desde o inverno."

"Sr. Livingstone." Sarah foi na direção da porta, enrolando ansiosamente uma mecha de cabelo em volta do dedo. "Acabei de ouvir a sra. Holt tocar o sino."

"Só mais uma coisa, e descerei. Vamos enterrar Mabel e Helen na sexta-feira, Elsie. Não podemos postergar mais. Quero que você fique aqui, descansando."

"Mas..."

"Nada de *mas*. Não quero que passe por padecimentos desnecessários." Ele mexeu a boca, ensaiando uma frase, experimentando-a antes de falar. "Você é minha irmã. Vai... me obedecer."

Obedecer. A palavra apertou a garganta de Elsie como uma corda.

"Agora, durma um pouco." Ele se aproximou para beijá-la no rosto. Seus lábios estavam frios e secos. "A sra. Holt trará alguma coisa para você comer mais tarde." Ele foi até a porta e ofereceu o braço a Sarah. "Vamos, srta. Bainbridge?"

"Sim, é claro. Deixe-me só dar boa-noite à sra. Bainbridge primeiro." Sarah se aproximou e repetiu o beijo dele. Elsie sentiu o hálito quente junto do ouvido. "O diário está embaixo do colchão. Não tive a chance de ler, só o escondi da sra. Holt quando encontrei você. Por favor, leia enquanto jantamos. Descubra como podemos colocar um ponto final nisso antes que seja tarde demais."

O SILÊNCIO DA CASA FRIA
LAURA PURCELL

A PONTE, 1635

Eu me arrastei escada acima até a cama em torno das cinco horas. A neve continuava a cair, implacável. Não pararia até que tivesse obliterado todos os objetos em uma mortalha branca.

Eu mesma ficara tão gelada que já não sentia o frio. Entorpecida por dentro e por fora, subi como se estivesse em um sonho. Achei que fosse parte desse sonho quando vi Josiah se materializar no patamar com seu camisão de dormir e os pés descalços, olhando o cair da neve pela janela. Mas ele era real; o alento da vida fluía das narinas e nublava o vidro gelado. Ouvindo meus passos, ele se virou.

"Sangue de Cristo! Anne, o que está fazendo acordada a esta hora?"

"Não consegui dormir", respondi. A cabeça dele deslizou de um lado para o outro, de mim para a janela e de volta para mim. Angustiada, entendi o que estava pensando: olhava para a tempestade e imaginava se eu a havia conjurado. "O vento o acordou?"

Ele não me olhou nos olhos. "Não. Estou acordado porque assim planejei. Sairei dentro de uma hora. Pretendia partir um pouco mais tarde, mas esse tempo vai nos atrasar."

"Sair?" Eu não havia dormido — não estava pensando com clareza. Minhas têmporas latejavam de exaustão. "Aonde é que você vai?"

"Você sabe."

Então, lembrei: Merripen. Josiah ia assistir enquanto o garoto dançava na ponta de uma corda, enquanto cortavam sua barriga e a escancaravam na manhã invernal. Tive uma visão de suas entranhas, apodrecidas e pretas como carvão.

"Josiah, você não pode ir! Não pode viajar neste tempo! É loucura."

"Preciso tentar. Já mandei os homens saírem para cavar um caminho até a ponte." Estava falando dos homens que cavalgam com ele — não dos empregados da casa, convidados para o banquete da noite passada. Uma circunstância feliz, pois tenho certeza de que, se ele mandasse Mark sair com uma pá esta manhã, o homem tombaria de lado em um monte de neve. "Quero ser o primeiro a contar ao rei que a justiça foi feita."

Pousei a mão em seu ombro por um instante antes de ele se retrair. "Marido, isso realmente não vale o risco à sua saúde. Duvido que prossigam com a execução em um dia como este."

"Bem que você gostaria disso, não é?" O gelo que estalava em sua voz parecia infinitamente mais frio que o clima. "Está feito, Anne. Vou até lá cuidar para que tudo se cumpra."

O medo envolveu meu coração em suas garras. Uma coisa terrível aconteceria. Era o que eu pressentia, tão certo quanto sentia sua presença ao meu lado. "Josiah!", implorei. "Não seja precipitado! Você pode morrer!"

Foi então que vi: o antigo gesto que já vira milhares de vezes. Mas nunca partindo dele. Nunca sonhei em ver meu próprio marido fazer o sinal da cruz contra mim, como se eu fosse uma bruxa. "Não me amaldiçoe. Já fez o bastante, minha senhora."

Ele se virou e voltou para seu quarto.

Meus próprios aposentos estavam imensamente frios. Com os servos festejando no andar de baixo, ninguém acendera o fogo na lareira. Até mesmo a tinta que uso para escrever em meu diário tinha congelado no frasco, então eu o embalei entre as mãos enquanto me acomodava, completamente vestida, na cama. Os lençóis estavam tão frios que pareciam úmidos.

Devo ter adormecido, pois acordei com uma sensação de queda que sobressaltou meu corpo. A luz branca e fria entrava pelas janelas — eu me esquecera de fechar os postigos. O sol estava nascendo, mas nenhuma empregada veio trazer minha bebida matinal.

Exausta, levantei-me da cama sabendo que não voltaria a dormir. Havia alguma coisa errada. Eu a sentia, me atormentando, como uma tira de pele arrancada. Talvez devesse ir para a cozinha. Se houvesse fogo aceso em algum lugar da casa, seria ali.

Cambaleei escada abaixo com olhos turvos. Tive sorte. Chamas alaranjadas dançavam na lareira da cozinha, e havia uma panela pendurada sobre elas. Jane não estava mais deitada no chão, mas sentada à mesa com um dos homens de Josiah. Os dois estavam pálidos como leite.

"O que aconteceu?", exigi saber. Eles se levantaram com um salto ao som da minha voz. "Você", eu disse ao homem, "por que não saiu com seu patrão?"

Ele respirou fundo. "Eu saí", respondeu. "O patrão me mandou voltar para cá com uma mensagem. Há uma questão... de que se deve cuidar."

Jane olhou para a mesa marcada por cortes de faca.

"O quê?"

"Uma circunstância desagradável. Não se aflija, patroa, nós providenciaremos..."

Meu estômago revirou. "O quê?"

Ele e Jane se entreolharam. Estava nítido nas faces: suspeitavam de mim. Não sabiam o quanto poderiam esconder.

"Há uma coisa lá... Uma coisa dentro do rio", disse ele.

A compreensão me atingiu, pesada como chumbo. "Não", gritei. "Não, não!"

Corri para a porta aos tropeços. Era inevitável, eu sabia, mas tinha de ver pessoalmente.

Abri a porta perante a neve e saí para o quintal. Nada se mexia. Não havia som. Um feitiço branco caíra sobre tudo.

Investindo contra o ar cortante, segui o caminho aberto pelos homens de Josiah e seus cavalos, já coberto por uma camada de neve fresca, cada penoso passo após o outro. Em poucos minutos, meus sapatos estavam encharcados por dentro. Embora segurasse as saias na mão, muito acima dos tornozelos, elas absorveram a neve e se tornaram um fardo.

Meus dentes trepidavam. Flocos de neve tão frios que doíam como fagulhas ao cair no meu rosto. Um vento odioso me puxava os cabelos. Eu sabia que, se ficasse lá fora por muito mais tempo, pegaria um resfriado mortal.

Finalmente, os leões de pedra da ponte surgiram à frente. Pingentes de gelo pendiam das bocas ferozes. Cambaleei até me aproximar de um deles, meus nervos tensos, e me preparei para o horror.

Não havia nada. Só uma ponte vazia, coberta de geada cintilante, e o rio congelado.

Exausta, apoiei-me no leão de pedra. Estava tão frio que minha luva se colou nele.

Parei, ofegando, reunindo forças para voltar para casa. Meus pulmões ardiam. Estava cansada demais para sentir qualquer coisa semelhante a alívio.

Foi então que vi pelo canto dos olhos. Pisquei e olhei novamente para o rio. Observei com atenção o gelo cinza-prateado.

Por trás da água sólida, um rosto me encarava.

Dois olhos escuros voltados para o céu. Cabelos pretos se espalhavam como ramos em torno dos ombros. Ela devia ter tropeçado nos arbustos que cresciam na margem do rio e caído, pois estavam todos ao seu redor, retendo-a. Os lábios e as mãos tocavam o gelo em uma imitação hedionda de uma criança espiando através da janela. A boca aberta arquejava, buscando um ar que nunca encontraria. Eu a ouvi falar, enquanto caía de joelhos em um banco de neve.

"Misericórdia."

Fui covarde. Incapaz de suportar a visão da pobre menina cigana, voltei ao calor, à vida e ao conforto. Não dei nenhuma ordem para que se recuperasse o corpo. Em um silêncio vergonhoso, deixei que os acontecimentos passassem por mim. Os homens de Josiah fizeram o que precisava ser feito.

"Vou para a cama", eu disse a Jane. Não para dormir — se fechasse os olhos, aquele rosto solitário emergiria diante de mim. Mas pelo menos na cama eu podia me esconder, submergir no calor dos cobertores e trancar a porta.

Jane se levantou desajeitadamente. Notei que se apoiava na mesa. "A senhora precisa que eu a ajude a se despir?"

"Não, cuidarei disso sozinha. Na verdade, não creio que consiga afrouxar um corpete." Toquei suas mãos, que se sacudiram com pequenos tremores. Ela parecia incapaz de controlá-los. "Está com muito frio, Jane?"

"Acho que sim, patroa. Minhas pernas estão dormentes."

Isso me intrigou. O fogo estava alto e farto. O calor voltou à minha pele congelada em golpes dolorosos. "Sente-se diante da lareira e aqueça um pouco de vinho com especiarias. Não quero que fique resfriada."

Ela agradeceu e disse que eu era uma patroa gentil. Gostaria de poder dizer que minha gentileza vinha de uma fonte interior de boa vontade, mas era o pavor que me tornava generosa. Por já ter deixado uma garota congelar até a morte, receava não suportar o peso de outra em minha consciência.

Minhas saias deixaram uma trilha escorregadia no chão enquanto eu as arrastava pelo Salão Principal e subia a escada. A exaustão começava a me derrotar. Febril e trêmula, percorri a casa vazia. Não se via qualquer movimentação dos empregados. Tudo o que restava das festividades da noite anterior eram as tosses que vinham do sótão e o som ocasional do vômito. Jane me informara que um ou dois homens tinham vomitado durante a noite. Identifiquei o cheiro — forte, azedo e repulsivamente cremoso. Havia uma vassoura e um balde abandonados no patamar do primeiro andar, mas não consegui avistar seu dono.

Talvez, em outra ocasião, isso tivesse me aborrecido. Afinal, Josiah só dera folga a eles no dia do banquete — não os dispensara de seus deveres no dia seguinte. Mas quem sou eu para falar de dever agora? Nossa família está arruinada e duas crianças ciganas estão mortas — tudo por minha causa. Não posso repreender meus empregados.

Lamentei minha compaixão por Jane no momento em que entrei no quarto. Foi uma tarefa abominável livrar meu corpo entorpecido das roupas encharcadas. Deixei-as cair no chão e olhei para minha pele — ainda molhada, com um brilho sutil. Enxuguei os braços com um camisão limpo, acendi o fogo e depois voltei para a cama com meu diário. Estou aqui desde então.

O livro não me conforta como geralmente faz. Pensei que seria capaz de escrever longamente sobre o remorso que me consome, centímetro por centímetro; de explicar como os detalhes torturantes da noite passada continuam a girar em minha mente. *Se ao menos tivesse feito isso.* Mas agora acho que alguns arrependimentos são profundos demais para as palavras. A linguagem é insuficiente. Não posso fazer nada além de me lembrar daquele rosto. É da *imagem* que preciso para confessar meu crime. Toda a minha culpa insondável e imensa se expressa naqueles dois olhos vidrados.

Ela deve ter tropeçado. Deve ter tropeçado nos cardos e caído no rio. Eu a vejo quando fecho os olhos: cambaleando na neve; as plantas rasteiras firmemente emaranhadas em seus tornozelos. Será que levou meus diamantes consigo para o túmulo aquático? Aquelas pedras que Josiah escolheu com tanta esperança e orgulho? É apropriado que ela tenha feito isso. O homem que comprou aqueles diamantes e a mulher que os usou não estão mais aqui. Não os conheço mais.

Um silêncio perturbador toma conta da casa. Toda vez que se ouve um som, ele ecoa como se tivesse algum significado profundo. Gotas caem da janela enquanto os pingentes de gelo derretem. Acima de mim, há batidas esporádicas vindas do sótão. Há ruídos no andar de baixo — creio que Jane deixou cair uma panela com os dedos trêmulos.

Tento imaginar o que Hetta está fazendo no quarto com seus companheiros de madeira. Sei que eu deveria ir falar com Lizzy e contar a ela o que aconteceu com a menina cigana. Ela merece ouvir isso de mim. Mas, meu Deus, não suportaria presenciar seu desalento.

Parei mesmo neste ponto? Segura e exausta em minha cama? É onde deveria ter ficado. Olhando em retrospecto, vejo que estava feliz.

Daria céus e terras para não contemplar o passado e ver os acontecimentos das últimas horas. Mas não tenho céus e terras; só fardos dos quais devo me livrar. A verdade deve ser exposta aqui.

As imagens rodopiam e não consigo colocá-las em ordem. Preciso pensar. Onde eu estava? Na cama? Sim: dormindo na cama, pois a tensão da noite anterior e a marcha na neve finalmente se apoderaram de mim. Acordei ao som de soluços; desoladores, ainda que suaves.

Desci da cama. O ar frio me acordou na mesma hora. Pegando um manto seco no armário, joguei-o por cima dos ombros e abri a porta. Não vi ninguém. Os soluços subiam e caíam em uma onda delicada.

Com um vazio angustiante em meu âmago, concluí que era Hetta. Chorando por Merripen, ou apenas por sua própria existência solitária.

Um pedaço do meu coração se partia a cada suspiro que ouvia. Mas mesmo assim fui egoísta demais, temerosa demais. Não fui consolar minha filha — não conseguiria encará-la. Voltando ao meu quarto, coloquei um vestido e fui para o andar de baixo.

Ainda não havia sinal dos empregados. Isso me incomodou. A julgar pelo sol, já passava do meio-dia. Ninguém havia me trazido comida nem verificado se eu precisava de assistência. Isso não era comum.

Antes de chegar à cozinha, ouvi um baque e um tinido, um som de panelas. Era a cozinheira, pensei. Meu estômago roncou — já fazia muitas horas que eu havia comido pela última vez. Mas, para minha surpresa, quando abri a porta e passei à luz quente do fogareiro, encontrei o cômodo vazio.

Farejei o ar — um cheiro estranho e bolorento pairava ali.

A cozinha exibia sinais de atividade recente: havia uma tábua de madeira com as ervas de Hetta em um canto, as hastes meio picadas e a faca ainda molhada, reluzente e manchada de verde. Talvez a cozinheira tivesse ido até a despensa?

Entrei pela porta interna, chegando a um corredor úmido. Foi como entrar em uma caverna. Eu havia me esquecido de trazer uma lanterna e foi difícil enxergar. Segui em frente em um passo estranho e hesitante, incapaz de andar rapidamente.

A porta da despensa fria estava aberta. De dentro, não se ouvia nenhum som. Bati à porta. Nada.

Passei a cabeça pela porta. Era um recinto cavernoso com uma fileira de ganchos de carne na parede mais distante. Os animais mortos me encararam com seus olhos baços de pedra, e havia um cheiro tão forte, tão primitivo, que produziu calafrios em meus braços.

Não avistei a cozinheira.

Entrei com cautela. "Olá?"

A caixa torácica de uma corça, escancarada, ocupava a maior parte do espaço na mesa. Notei o cutelo, ainda fincado em um pedaço de carne.

Outro passo. Minha cabeça esbarrou em uma ave morta pendurada no teto. Recuei e a empurrei, cuspindo penas. A criatura estava meio frouxa, meio depenada, como se alguém tivesse começado a arrancar as penas e desistido. E, agora que pensava nisso, percebi que hoje havia muitas tarefas como essa em toda a casa: o balde abandonado; as ervas parcialmente picadas.

Uma carcaça rangeu ao se balançar em um gancho.

"Olá?"

Não houve resposta. Agora, quase amedrontada, fui em direção aos ganchos. Não sei o que esperava — que alguém saísse de trás de uma carcaça e saltasse sobre mim, talvez, ou que um dos animais subitamente ganhasse vida. Concentrada nesses medos, não pensei em olhar para baixo. Meu pé escorregou em alguma coisa macia e, em um instante, meu corpo desabou no chão de pedra.

A queda roubou meu fôlego. Por um momento, fiquei deitada, perplexa.

Uma silhueta longa e volumosa jazia ao meu lado. Enojada com a ideia de que poderia ser uma vaca morta, caída do gancho, estendi o pé para empurrá-la. Mas a massa preta simplesmente rolou de lado, desdobrando um braço.

Era um ser humano.

Meu grito ecoou. Ergui o tronco, apoiada nos braços, e rastejei, afastando-me do corpo. Logo vi o rosto: era a cozinheira.

Engolindo em seco, estendi a mão trêmula e toquei sua face com os dedos. A pele estava fria como mármore. Não havia modo de salvá-la.

Eu precisava sair da despensa. Agarrando a mesa suja de sangue, me levantei. Minhas pernas tremeram, mas não cederam. *Procure ajuda*, gritou minha mente. *Jane, Mark, qualquer um.*

Eu me lancei de volta pelo corredor de pedra até o calor da cozinha. Aquele cheiro de mofo ainda maculava o ar.

"Socorro!", gritei. "Alguém me ajude! Estou na cozinha."

O silêncio reinava.

Terá sido então que o pensamento astuto e terrível me passou pela cabeça? Uma parte de mim devia saber, pois meus pés me levaram pelo corredor dos empregados até a área de serviço.

O cheiro me atingiu primeiro: vômito, e o fedor acre de um monte de esterco. Em uma poça de líquido viscoso havia pedaços de louça quebrada, facas manchadas e, ao lado delas, minhas duas jovens lavadeiras.

Os olhos raiados de vermelho olhavam cegamente para o teto. Marcas escuras manchavam os lábios e um padrão amarelo e vermelho mosqueava a pele.

"Não", arfei, "não."

Sem pensar no que fazia, corri de volta à cozinha. Parei. A sala ondulava como água ao meu redor. Quando minhas vistas clarearam, a tábua de corte surgiu à minha frente, terrivelmente nítida. Nas ervas cortadas, vi o que não notara antes.

"Não." Meus dedos viraram os talos molhados. Estavam repletos de pintas roxas.

Apanhei a faca e procurei a porta. Não podia ser verdade. Ainda que tivesse de correr por quilômetros na neve com o vento feroz rasgando meu vestido, eu provaria que não era verdade.

O jardim de Hetta estava debaixo de uma camada de neve e geada. Mergulhei as mãos nuas nas ervas. O cardo enredara tudo. Em um canto da mente, as palavras de Harris ecoaram para mim: *planta que invade*. Brandi a faca e abri caminho a estocadas.

Arranhada e ensanguentada, golpeei até que toda a neve se abrisse. E lá, escondidas sob o cardo azul-acinzentado, cresciam as plantas que eu não pudera ver — eu, que me orgulhava da clarividência. Meimendro, acônito e chapéu-de-sapo, venenosas. Verbena para feitiçaria. Por último, crescendo na parte de trás, as bagas escuras da beladona.

Meus dedos ficaram frouxos; a faca caiu na neve sem emitir um único som.

Era verdade. Pior do que eu jamais imaginara.

A lembrança me inundou com uma força implacável. Vi imagens piscando à minha frente: a poção; a tesoura enferrujada; o rosto frio e impassível de Hetta; uma antimascarada de fumaça e luzes vermelhas, e, em meio a tudo isso, o demônio mascarado do tamanho de uma criança.

"Meu Deus", sussurrei. "Meu Deus."

Não me lembro de quanto tempo fiquei ajoelhada ali com as ervas amargas que minha filha havia cultivado. Mal senti o frio mordiscar meu rosto, nem o gelo se desfazer em água debaixo das minhas saias.

Josiah tivera razão o tempo todo. Por meio de minhas poções e feitiços, invoquei uma coisa perversa. Eu a *criei*. Sou pior que uma bruxa.

Meu bebê. Podre até a raiz. Cada lembrança de sua infância assume agora uma aparência sórdida e vergonhosa. Ela foi um demônio desde a concepção? Mas é claro que foi. O que mais poderia ser, antinatural e ilegítima a um só tempo?

Agora, tem nove anos, e seu poder é pleno. A nona hora, a hora em que Cristo morreu. No entanto, mesmo antes disso, ela vinha conspirando. O que interpretei como amizade com o cigano deve ter sido um engodo. Ela o ludibriou de modo que levasse a culpa enquanto ela matava o cavalo. E agora matou minhas empregadas.

Não sei se uma criança criada por mãos humanas possui alma. Contudo, de uma coisa sei — *eu* receberei o castigo pelos pecados de Hetta no Dia do Juízo Final. *Eu* assassinei aquelas empregadas quando misturei minha poção: foi só uma combinação diferente de ervas.

Devo ter cometido um erro. Uma proporção de um ingrediente, uma palavra do feitiço. Não fiz uma criança. Criei um monstro.

Gostaria de poder dizer que reuni coragem para entrar e encarar Hetta, mas foi o frio que me derrotou no fim. O sol se pôs cedo, salpicando as nuvens de rosa e cinza, como madrepérola. Meus dedos trêmulos procuraram a faca ao meu lado.

Minhas saias estavam congeladas, rígidas. Era como se arrastasse uma corrente em torno da cintura enquanto cambaleava de volta para casa, e minha mente também rastejava, incapaz de traçar o rumo que devia seguir. O que diria à minha família? Lizzy tem adoração pela menina, nunca acreditaria em mim.

Então, o pensamento me atingiu em cheio.

Lizzy.

Corri. Cambaleando, tropeçando, incapaz de controlar os membros, arremeti pela porta do pátio. A casa fedia a morte. Cobrindo a boca com a manga, tossindo, me arrastei para o Salão Principal.

Minhas saias espalharam lascas de gelo enquanto subia as escadas. O medo apertou meu peito quando me aproximei do quarto.

Cheguei à porta. O pardal de Hetta chilreou lá dentro. Antes, era um prazer ouvir o pássaro cantar, mas agora ele gritava, chamando os mortos, chamando as almas para que pudesse levá-las do mundo.

Hesitei. Então, abri a porta.

Meus olhos não quiseram processar o que viram. Avistaram as folhas no chão, os companheiros silenciosos dispostos pelo quarto como a plateia em um teatro, e Lizzy, deitada de costas. *Dormindo*, diziam meus olhos. *Dormindo*. Mas com alguma coisa em torno do pescoço. Trepadeiras. Uma corda feita de trepadeiras e ramas.

Lembrei-me dos soluços que ouvira antes. Não era Hetta chorando, arquejante — era Lizzy.

Hetta se voltou para mim. Quando cravou os olhos nos meus, tudo ganhou nitidez. Vi minha amiga mais antiga, a mulher que eu amava como mãe, a vida arrancada do seu corpo, estrangulada, e, de pé ao lado dela, o demônio que um dia chamei de *filha*.

Não havia pesar em seu rosto — só um triunfo repugnante e orgulhoso.

Eu ainda segurava a faca na mão.

Que Deus me perdoe.

Agora, tudo é silêncio. O pardal está imóvel na gaiola. Por toda a casa, os corpos enrijecem e apodrecem enquanto o sangue de Hetta se alastra pelas tábuas do chão até os pés dos companheiros, seus únicos amigos de verdade. Vejo a poça vermelha coagular em torno das trepadeiras e adquirir um marrom ferruginoso — a mesma cor da poção que bebi, tanto tempo atrás.

Sei o que vai me acontecer: Josiah e seus homens me encontrarão sozinha nesta casa da morte. Chamarão o caçador de bruxas. Os boatos já me perseguiram por tempo suficiente. Serei queimada.

É a mais horrível de todas as mortes. Eu poderia evitá-la — a faca ainda está afiada. Deveria passar a lâmina suja nos pulsos agora e me salvar. Mas isso seria bom demais para mim.

Eu invoquei o demônio. Preciso do fogo purificador da ira de Deus.

Preciso sentir as chamas.

O SILÊNCIO DA CASA FRIA
LAURA PURCELL

A PONTE, 1866

Antes que Sarah voltasse, amanheceu e o relógio no Salão Principal anunciou as dez horas. A luz do sol raiava pelas cortinas abertas e esticava a sombra dela, dobrando-a no ângulo da parede. Em seu vestido cor de lavanda, o corpo parecia encolhido. Ela não sorriu ao entrar no quarto, arrastando ataduras como se fosse uma múmia a sair da tumba. Trazia uma tigela de água.

"Sarah, graças a Deus. Pensei que nunca mais a veria."

"Vim trocar seus curativos", respondeu Sarah em voz alta. "Isso é necessário para evitar uma infecção." Ela empurrou a porta com o pé, fechando-a, e baixou a voz até um sussurro. "Pronto, isso nos dará algum tempo."

Elsie a observou enquanto deixava as faixas de linho e a tigela na penteadeira. "O que foi, Sarah?"

Sarah olhou para a porta. "Daqui a pouco. Vamos, me dê a mão." Ela se sentou ao lado da cama e colocou a mão de Elsie no colo.

Ela estremeceu quando Sarah afastou um pedaço de tecido, colado ao sangue seco, de sua palma. "Eu li o diário", sussurrou Elsie.

"E então? Conte!"

Ela fez uma pausa, sabendo que nunca seria capaz de comunicar o desespero e a culpa apavorante daquelas últimas páginas. A voz de que precisava pertencia a Anne, pertencia a outra época. "Você tinha razão. Sobre Anne. Ela nunca teve a intenção de fazer mal. Foi tudo uma série terrível de acontecimentos que ela não pôde controlar." Ela prendeu a respiração, mas não precisou disfarçar o gesto — no mesmo momento, a atadura caiu, expondo os ferimentos. A maior parte havia formado casca, mas um ou dois ainda sangravam.

Era estranho que as mãos de Elsie estivessem se curando mais rápido que o único corte de Sarah. A essa altura, até mesmo uma infecção deveria ter cedido.

"Mas o que aconteceu com a pobre Hetta?"

"Anne... Anne matou Hetta."

"Ela matou a própria filha?!"

"Foi obrigada a isso!" Um arroubo defensivo que não tinha nada a ver com Anne. "O mal de que você falou. Alguma coisa a ver com uma poção e um feitiço. Estava em Hetta. Vinculado a ela. Anne teve que matá-la e salvar o que restava da família. Precisava salvar os filhos."

Sarah franziu a testa, pensativa. Molhou um lenço na tigela de água e o passou delicadamente na palma da mão de Elsie. As feridas suspiraram de alívio. "Então não é o fantasma de Hetta que nos assombra?"

"Não exatamente. É mais do que isso. Acho que... os companheiros estavam lá quando Hetta morreu. Anne escreveu que o sangue dela escorreu até os pés deles. Eles o absorveram, entende? O mal se transferiu para eles."

"Mas o que ele quer?"

"Não faço ideia." O mal tinha desejos e necessidades? É claro que não, isso o tornaria humano demais. Não seria mais um impulso das profundezas do abismo, mas uma coisa senciente que poderia aflorar em qualquer pessoa. Nela.

"Talvez o mal esteja procurando alguma coisa." A respiração de Sarah ficou quente junto de sua pele. "Procurando... um hospedeiro mais duradouro."

Um silêncio nauseante pairou enquanto pensavam nas consequências disso. Farpas. Em Rupert, no bebê. Alguma coisa tentando entrar.

Sarah desenrolou uma atadura nova e a posicionou no centro da palma da mão de Elsie. "Enquanto ele permanecer nos companheiros, estará preso na casa."

"Então temos que detê-lo, antes que consiga escapar."

Sarah envolveu as feridas de Elsie e deu um nó na atadura. Finalmente, ela expirou o ar. "Não podemos detê-lo. Não temos tempo. Só o que podemos fazer é fugir."

"Fugir?!", gritou Elsie. "Não podemos simplesmente fugir! E se essa coisa ferir outras pessoas?"

"Talvez ela *faça* isso, Elsie! Mas não estou preocupada com as outras pessoas. Só me preocupo com você." Elsie quis retirar a mão. Havia alguma coisa nos olhos de Sarah que exigia demais. "Ouça, por favor. Passei toda a minha vida sozinha. Não podia considerar a sra. Crabbly como parte da minha família, com todas aquelas reprimendas e hábitos pavorosos. E Rupert... Bem, houve uma época em que pensei que ele talvez se casasse comigo. Achei que um dia ele apareceria para me salvar daquela vida de dama de companhia. Mas você sabe o que aconteceu."

Elsie não sabia o que dizer.

"Então, eu a conheci. E você foi bondosa comigo. Comecei a pensar que talvez... você me permitisse ser sua amiga, afinal. Que eu poderia ajudá-la."

"É verdade, Sarah. Você é a única pessoa no mundo que acredita em mim, que entende o que estou passando. Tem sido a melhor das amigas."

"Nunca tive uma amiga antes." O toque de Sarah na mão ferida de Elsie estava dolorosamente apertado. "E que um raio me parta se eu deixar que a levem para longe de mim."

"Os companheiros?"

"Os companheiros, não! Os médicos!"

O corpo de Elsie se retesou debaixo dos lençóis. "Por que... por que os médicos me levariam?"

"Sinto muito, Elsie. Não queria contar a você, mas o sr. Livingstone tomou uma decisão. Ele mesmo disse isso, no jantar da noite passada. Escreveu para um hospício."

O pânico estendeu as garras e a tocou no fundo do peito. Devia ser um engano. É claro, só podia ser — Jolyon nunca a internaria! Mas os olhos rasos e castanhos de Sarah contavam uma história diferente.

"O que ele disse a você, exatamente?"

"Que você estava muito doente." Com delicadeza, ela deixou a mão de Elsie novamente na cama. "Ele disse que desconfiava disso havia algum tempo. Então, pediu que eu fizesse suas malas porque uns homens, médicos, viriam aqui para examiná-la. Que a levariam daqui e seu afastamento provavelmente duraria um bom tempo."

Queda — era essa a sensação. Despencar da beira de um penhasco sem nada além de rochas abaixo. *Jolyon*, traindo-a? O garoto por quem ela havia sangrado, renunciando à sua juventude para criá-lo. Não, ele nunca faria... A menos que... a menos que, na época, não estivesse dormindo.

"Tem certeza disso, Sarah? Tem certeza *absoluta*?"

Sarah assentiu. Fios de cabelos caíram, lânguidos, soltos dos grampos. "Eu fui à biblioteca. Vi as cartas que ele escreveu."

"Mas *você* sabe que não estou louca!"

"É claro que sei. E foi por isso que decidi." Ela ergueu o queixo em desafio. "Vou tirá-la daqui. Hoje à noite."

Elsie teve uma vontade imensa de rir. Aquela risada chocada e histérica que só vinha quando se perdia toda a esperança. "Como propõe fazer isso? Pense na minha perna."

"Encontrei uma bengala. Pode usá-la para se apoiar."

"A bengala fará barulho. Vão me ouvir quando descer as escadas."

Rosas floresceram nas faces de Sarah. "Há uma coisa... que posso fazer durante o jantar. Eu costumava fazer isso com a sra. Crabbly, quando ela estava rabugenta." Elsie a encarou. "Uma gota na bebida, para induzir um sono profundo."

Elsie teve a impressão de que estivera errada sobre Sarah o tempo todo. "Você realmente fazia isso? Drogava a sra. Crabbly só para conseguir um pouco de paz?"

Um sorriso travesso se abriu no rosto de Sarah. "Todos fizemos coisas das quais nos envergonhamos um pouco, sra. Bainbridge."

A noite caiu depressa. Por toda a tarde, a chuva investiu contra as janelas. Cada vez que Elsie acordava de um cochilo, as nuvens haviam ficado um pouco mais escuras. Ela fechou os olhos perante um céu cor de pólvora e os abriu para descobrir que adquirira o tom preto do alcatrão. Estava na hora.

Elsie saiu da cama cambaleando antes que tivesse a chance de voltar a dormir. Com grande dificuldade, vestiu o manto que Sarah havia deixado para ela e colocou uma nova caixa de fósforos no bolso. Uma névoa de láudano embotava a visão. Cada músculo protestava contra sua atitude. Como conseguiria sequer descer as escadas?

A bengala era frágil demais, tremendo sob seu peso enquanto ela mancava até a porta. Se os companheiros viessem, não seria capaz de correr.

Mas que escolha tinha?

Duas batidas leves à porta. Elsie ergueu a cabeça.

"Entre", sussurrou.

A porta se abriu em silêncio e Sarah entrou, trazendo consigo uma aura de luz dourada. Carregava uma lanterna a óleo em cada mão.

"Tome." Sombras dançaram em seu rosto quando entregou uma lanterna para Elsie. Suas pupilas refletiram a luz.

"Os dois estão dormindo?"

"Houve um pequeno problema", disse Sarah. "O sr. Livingstone foi para a biblioteca. Receio que tenha adormecido lá. Quando acordar, estará com torcicolo."

A aflição apertou o peito de Elsie. Agora que havia chegado a hora, ela fraquejava. Não queria deixá-lo para trás. "Sarah... talvez devêssemos esperar. Precisamos de um plano. Para onde vamos, o que faremos?"

Sarah a encarou. "Não há tempo. Juntas, temos dinheiro suficiente para pegar um trem."

"Mas... não posso abandonar Jolyon assim. E se os companheiros forem atrás dele? E se o usarem como hospedeiro?"

"Você será capaz de detê-los, se ficar aqui?"

"Não... mas..."

"Será capaz de protegê-lo se estiver em um hospício?"

Elsie fechou os olhos. Não havia como vencer. Qualquer que fosse sua escolha, perderia Jolyon. E então como seria sua vida?

"Não posso..."

"Não é você quem o está traindo, Elsie. Foi *ele* quem desistiu de *você*."

Relutante, ela assentiu. Era melhor se arriscar com Sarah do que passar a vida enclausurada entre muros. Não deixaria que ninguém a forçasse, nunca mais.

Sarah seguiu na frente. Elsie mancou atrás dela. Tudo era escuridão. Nem mesmo as lamparinas a gás estavam acesas.

Tudo o que ouvia eram os passos de Sarah e o *toc, toc* constante da bengala. A lanterna em sua mão balançava com os passos desiguais, iluminando trechos de um tapete marrom.

De repente, Sarah ficou paralisada. Elsie não pôde parar a tempo. Houve um baque e o som de vidro se quebrando, derramando óleo. As sombras inundaram o corredor, escurecendo-o ainda mais. Sarah havia derrubado a lanterna.

"Rápido." Ela se virou e tomou de Elsie a luz que restava. No momento em que a ergueu, arfaram de susto.

Havia sete companheiros à espreita ao lado da escada.

Estava escuro demais para distinguir os rostos. Viam-se apenas as grandes silhuetas contra a parede enquanto a lanterna tremia na mão de Sarah. Elsie olhou para trás, lembrando-se de como tinham vindo antes, dos dois lados, como um bando de lobos. Não conseguiu distinguir nada, só uma faixa amarela que descia do teto ao chão no final do corredor.

"Sarah, o que..." Antes que pudesse terminar, ouviu o ronco de Jolyon. Imagens confusas se encaixaram e ela entendeu: a faixa amarela era uma lamparina acesa na biblioteca. A porta da biblioteca estava aberta. Ela agarrou o vestido de Sarah. "Ele está lá dentro sozinho. Não posso abandoná-lo com eles aqui fora."

Os olhos de Sarah estavam fixos nos companheiros. "Como assim?"

"Jolyon!"

"Mas ficar na casa não vai impedi-los!"

A perna ferida começou a tremer. "Ele deixou a porta aberta."

"Que diferença isso faz?"

Ela estava certa. Havia lógica, mas também havia o coração: o coração de uma mulher que criara um menino, sozinha, desde que ele tinha cinco anos. Elsie não podia abandoná-lo. Precisava, pelo menos, fechar a porta.

"Continue vigiando-os!", gritou e girou apoiada na bengala. Pensando apenas em Jolyon, lançou-se através do corredor.

A bengala batia no ritmo de seu pulso frenético. Ouviu o grito de aviso de Sarah, mas já parecia muito distante. Estava afundando na escuridão. Seu olhar voava por toda parte, buscando alívio das trevas implacáveis. *Jolyon. Concentre-se em Jolyon.* Apesar da dor que escaldava as costelas, apesar da fraqueza dormente da perna esquerda, ela avançou rumo à brecha de luz.

Achou que fosse cair. A dor, o medo e o láudano a engolfaram. Só o frio antinatural que emanava da biblioteca e o cheiro úmido e bolorento penetravam a névoa. Ela passou a soleira da porta, arfando. Jolyon estava sentado à escrivaninha no canto, encurvado, a cabeça apoiada na superfície polida.

Aproximando-se, ela viu o movimento dos olhos do irmão sob as pálpebras e a pulsação lenta no pescoço. Vivo. Estava apenas dormindo. Sua respiração agitava uma folha de papel debaixo do rosto.

Foi só por acaso que ela notou o papel timbrado. Estava prestes a se virar e sair, mas seu olhar se cravou nas letras, impressas como um grito.

Hospital de Insanos St. Joseph

Por um momento, tudo ficou inerte. Então, o coração de Elsie voltou a bater, bombeando sangue até a cabeça em batidas dolorosas. Ela mancou para fora da biblioteca.

Aquela palavra ricocheteava pela mente: *insanos*.

Não podia mais duvidar de Sarah. Jolyon realmente achava que ela estava louca. Havia desistido dela. Essa dor era pior do que as costelas rachadas. Fechando a porta com força, ela se virou e abriu caminho em meio à escuridão. Voltou pelo corredor.

"Por favor, Elsie!" A voz agoniada de Sarah a guiou. "Você está aí? Não suporto mais olhar para essas coisas."

"Elas se mexeram?"

"Só os olhos. Estavam olhando para você."

Elsie estremeceu.

Se ao menos pudesse ver com clareza. Não podia reacender a lanterna quebrada, pois o óleo havia encharcado o tapete. Será que se atreveria a acender uma lamparina da parede? Certamente a luz de uma só não acordaria Jolyon, não é?

Com a mão livre, puxou a alavanca.

"Sarah, aqui, pegue meus fósforos. Vou segurar a lanterna enquanto você acende o gás."

Sarah obedeceu e a chama ganhou vida. A luz se esparramou sobre o papel de parede vermelho, os bustos de mármore. "Ah, Deus. Eles parecem mais próximos."

"Não podemos parar de vigiá-los", disse Elsie. "Vou descer a escada primeiro com a lanterna, para ver se algum deles está no Salão Principal. Caminhe de costas e não deixe de olhar para eles."

Os dedos de Sarah apertaram a caixa de fósforos. "De costas? Por que eu?"

Elsie bateu a bengala no chão, impaciente. "Para mim já será difícil andar para a frente."

Ficaram de pé, de costas uma para a outra. Felizmente, usavam roupas simples, sem crinolinas volumosas. Elsie sentiu os ombros de Sarah junto dos seus, o suor úmido atravessando o vestido. "Está pronta?"

Sarah ofegou. "Estou."

Juntou as saias na mão que segurava a bengala, o tecido dando firmeza à palma escorregadia. "Então, vamos."

Suas pernas tremiam — não só a ferida. Um passo. Dois. Devagar, devagar, os calcanhares de Sarah colidindo com os seus. A nuvem de luz da lanterna avançou até a escada, mostrando trechos do tapete e do papel de parede. Nenhum companheiro.

"Último degrau", sussurrou Elsie, e chegaram a um pequeno patamar. Um lance de escadas já fora, faltava outro.

Ssss, ssss.

Os ombros de Sarah ficaram rígidos. "Não consigo mais vê-los. A lamparina a gás... está longe demais."

"Acenda um fósforo. Falta pouco."

De cima, ouviram o som de um arranhão lento. Elsie os imaginou, arrastando as bases monstruosas pelas tábuas do assoalho.

A exaustão ameaçava vencê-la, mas não podia se entregar. *Tum, tum*, batia a bengala na escada, a perna quase cedendo. A cada passo, Sarah esbarrava nela, fazendo a dor se irradiar pelo peito. E o tempo todo as sombras vinham atrás delas.

Ssss, ssss.

Finalmente a lanterna cintilou no metal e iluminou o brasão azul e dourado dos Bainbridge. O Salão Principal surgiu à vista. Estavam quase lá.

"Elsie! Elsie, estou *sentindo* alguma coisa!"

Estavam no último degrau. Elsie se apressou para alcançar a segurança do chão, mas tropeçou.

Não, não. A bengala escorregou, a lanterna balançou. A dor percorreu a perna ferida. Sarah gritou. Lá estava: o chão, duro e firme debaixo dos sapatos. Elsie cambaleou e, de alguma forma, conseguiu recuperar o equilíbrio.

Haviam chegado ao Salão Principal.

"Deus do céu! Srta. Sarah!"

Uma luz se infiltrou, vinda do outro lado do Salão Principal. O coração de Elsie pulou para a garganta.

"Como a senhorita pôde?"

Arquejando, estreitando os olhos, ela se virou para enfrentar a voz. A porta de baeta verde das dependências dos empregados estava aberta. A sra. Holt, delineada pelo fogo, iluminada por trás. Ela fez um movimento, ouviu-se um estalo e uma lamparina se acendeu.

"Ora, ora." Os passos da sra. Holt soaram no piso de pedra, cortantes, repreensivos. "Quem teria imaginado? Eu poderia ter esperado isso *da senhora*", ela indicou Elsie com um gesto rude da cabeça. "Mas a srta. Sarah! Deveria ser mais sensata."

Desorientada, Elsie deixou a lanterna cair da mão. A sra. Holt acendeu outra lamparina.

"Você!" Sarah soou estridente, atrás dela. "Você deveria estar... Por que não está dormindo?"

"Deus a perdoe, menina, acha que não reconheço chá de papoula quando sinto o cheiro? Sabia que estava tramando alguma coisa, mas nunca imaginei que tentaria levá-la embora! O que tem na cabeça?"

Onde estavam os companheiros? O Salão Principal se materializou ao redor dela. Armaduras, espadas, o tapete oriental. Não havia companheiros. Havia apenas a sra. Holt e o murmúrio das lamparinas a gás.

"Vocês estão tentando tirá-la de mim!", berrou Sarah. Sua mão prendeu o braço de Elsie. "Não vou permitir. Ela não é lunática! Eles estavam bem aqui, você não viu? Não ouviu, sua velha estúpida?"

Sarah ainda tinha ímpeto e resistência. Elsie, não. Os sentimentos haviam se esvaído, fazendo dela uma casca vazia. Foi-se a decepção. O medo jazia em uma poça a seus pés. Os últimos resquícios se assemelhavam a alívio. Pelo menos por enquanto, não abandonaria Jolyon.

"Não ouvi nada. Não havia *nada* aqui." O desgosto torceu as feições da sra. Holt. "Céus! A senhorita está tão louca quanto ela!"

Sarah retesou a mandíbula. Por um momento, pareceu mesmo prestes a atacar a sra. Holt, mas então ouviu-se um ruído de mobília caindo no andar de cima e de passos ruidosos, instáveis, até que Jolyon apareceu na galeria. Parecia um homem embriagado: rosto vermelho, cabelos desgrenhados. "O que é isso?" Ele piscou para elas, confuso, arrancando as palavras à força de seu sono narcótico. "Ouvi um grito e — Elsie? É você?"

"São as duas moças, sr. Livingstone", respondeu a sra. Holt. "Eu as peguei tentando escapar."

"Escapar?!"

"Creio que o drogaram, sr. Livingstone. São astutas. Muito mais perigosas do que temíamos."

Elsie nunca esqueceria a expressão no rosto dele: uma mistura de medo e ira. Pois não era mais Jolyon quem a olhava por trás daqueles olhos cor de avelã, avermelhados. Seu querido menino fora apagado da existência pelas palavras da sra. Holt. Em seu lugar havia outra pessoa, alguém que ela rezara para nunca mais ver enquanto vivesse.

Era Papai.

"Deixe-me sair!" A palma da mão de Elsie bateu na madeira várias vezes, sacudindo a porta. Cada golpe vibrava por suas costelas, produzindo uma dor incandescente, mas ela não parava. *Não podia* parar. "Jolyon, destranque a porta agora mesmo!"

"Não posso fazer isso."

"Por favor! Deixe-me sair! Passei a noite toda aqui!" Sua voz se elevou acima do tom natural. Histérica, enlouquecida. Mesmo para seus próprios ouvidos, soava como uma prova daquele diagnóstico. "Jolyon!"

"Você não está bem. Eu deveria ter percebido." Ela o ouviu apoiar o ombro na porta. "Deveria ter desconfiado há muito tempo."

A mão de Elsie pairou a um centímetro da madeira. Estava se empanturrando de fumaça; por dentro dos olhos, do estômago, debaixo da língua. Uma fumaça amarga e sufocante que era o passado e o presente, engolfando-a com torvelinhos acres.

"Do que está falando?" Como as palavras soavam falsas. Uma frase entregue a uma atriz em uma peça.

"Depois que Mamãe..."

"Não!"

"Eu vi o que você fez, Elsie. Vi quando colocou o travesseiro em cima do rosto dela..."

"Não foi bem assim!", gritou ela, sacudindo a maçaneta mais uma vez. "Escute, eu posso explicar..."

"Não posso acreditar em nenhuma palavra que venha de você!"

"Ela estava sofrendo demais. Já estava à beira da morte, não foi pecado."

"Não foi pecado!", explodiu ele. "Deus do céu. Talvez a pobre Mamãe tivesse razão o tempo todo. Talvez não estivesse louca. As acusações que ela fez contra você..."

"Tudo o que fiz, fiz por você."

Ela ouviu um soluço emanar dele. "Você não fez isso em meu nome. Não matou minha mãe pelo meu bem."

"Jolyon, escute. Há coisas que nunca lhe contei, coisas..."

"Pare!" Ele bateu a mão do outro lado da porta. "Por favor, não me faça ouvir isso. Suas palavras vão me enlouquecer também. O socorro está chegando. Só preciso mantê-la em segurança até os homens chegarem."

"Os homens do St. Joseph?"

"A sra. Holt saiu para mandar o telegrama. É o melhor lugar para você. Talvez eles consigam..." Ele se deteve.

Lágrimas escorriam pelo rosto de Elsie. Como isso podia estar acontecendo?

A cada dia, o impossível se tornava realidade, mas era mais fácil acreditar em assassinos de madeira do que aceitar que Jolyon, seu Jolyon, estava contra ela.

Ela apoiou a testa na porta. Debaixo da tinta branca, pôde distinguir os veios e nós da madeira, como se não fosse apenas uma barreira entre eles, mas um ser vivo, com veias e tendões.

"Jolyon, pense bem." Ela se esforçou para manter a respiração estável, para falar como uma pessoa sã. "Você sabe que isso não é do meu feitio. Com seus próprios lábios, você disse ao sr. Underwood que apostaria sua vida na minha firmeza."

"Sua firmeza desmoronou, e meu coração, junto com ela."

Ela pousou a palma da mão na porta, imaginando a cabeça de Jolyon encostada à madeira. Se ao menos ele olhasse para ela. Se olhasse em seus olhos, saberia que ela estava dizendo a verdade. "Você está se precipitando. Pergunte a Sarah..."

"Mandei Sarah para o quarto dela! Não posso deixar que ela venha aqui para incentivar seus delírios."

Ela escorregou até o tapete, caindo dolorosamente apoiada no joelho ferido. "Você não pode confinar Sarah", tentou outra vez. "Não tem autoridade sobre ela. Não pode nos tratar como prisioneiras."

"É para sua própria segurança. Sei o que é melhor para vocês."

Mas ele nem mesmo sabia quem ela era.

Elsie continuou no chão, vazia e exaurida. Naquele momento, ouviu os passos de Jolyon no corredor. A porta da biblioteca se abriu e fechou.

As sombras das árvores se projetavam no tapete perto da janela. Centímetro após centímetro, alongavam-se pelo chão. Uma parte de Elsie se perguntava o que acabaria com ela primeiro —os companheiros ou o hospício. Talvez, a essa altura, a sra. Holt tivesse selado seu destino, decretado sua ruína em fios e estalos e cliques. Já sentia o frio de um dormitório hospitalar se fechando ao seu redor.

Merecia isso? Talvez, sim. Não por causa dos companheiros, mas pelas outras coisas. Papai, Mamãe. Podia apagá-los da vista, mas eles nunca a abandonavam; corriam, sombrios, em sua corrente sanguínea. Em Jolyon.

Talvez tenha sido uma hora depois que ouviu o barulho: baixo, a princípio, um crepitar como o da lenha sendo consumida por uma chama. Lançou um olhar à lareira, mas a madeira tinha se incinerado. Mais uma vez: um som áspero, sussurrante. Bem diante da porta do quarto.

Elsie inclinou a cabeça, escutando. Desta vez, ouviu pequenos estalos. Depois, uma porta a ranger, abrindo-se.

A exclamação inarticulada de Jolyon a assustou. Talvez fosse a sra. Holt que voltara da cidade? Mas não havia passos, nem vozes. Só aquele ruído distante, como o de galhos estalando. Ou ossos minúsculos.

Ela se deitou desajeitada no chão. A nesga de luz debaixo da porta revelava apenas distinguir nada do tapete marrom.

Jolyon gritou.

Ela se levantou de repente, encolhendo-se com o ardor nas costelas. "Jo?" Tentou virar a maçaneta da porta. Continuava trancada. Ele gritou novamente, uma palavra estrangulada que parecia o nome dela. "Jolyon!"

Agora os sons se amplificavam. Torcendo, serpenteando. Ela pensou em animais se debatendo na vegetação rasteira, enredados por ramos. Deus, o que estava acontecendo?

"Elsie!" Um grito angustiado, afogado em líquido.

Ela sacudiu a maçaneta, esmurrou a porta, furiosa. Não conseguia alcançá-lo. Não conseguia sair.

Nenhuma tortura poderia ser mais enlouquecedora: ouvir e não enxergar, ver-se impotente enquanto ele uivava de dor. O ar se tornou sufocante, impossível de respirar, cada vez mais opressivo.

Elsie percorreu o quarto em busca de um objeto para atacar a porta. Seus olhos errantes encontraram a penteadeira, e ela proferiu uma prece de gratidão. Por que não havia pensado neles antes?

Correu, ignorando a dor no joelho, e agarrou um punhado de grampos de cabelo. Com as mãos suadas, entortou o primeiro grampo e tentou enfiá-lo no buraco da fechadura. Errou. Mais uma vez, ela o alinhou, e mais uma vez o objeto saiu do controle. "Que inferno!" Suas mãos tremiam como se tivesse febre.

Vidro se estilhaçou.

"Vamos, vamos." Por fim, introduziu o grampo no buraco, mas ele sacudia, e ela não conseguia identificar os pinos. "Por favor!"

Ssss. O grampo caiu da mão. *Ssss.*

Ouviu outro grito, e a voz de Jolyon desapareceu. O silêncio era ensurdecedor.

Pegando outro grampo, ela o dobrou com os dentes e o enfiou na fechadura. O alívio veio em uma onda quando os pinos estalaram e se deslocaram, e a porta cedeu à sua mão.

No corredor, nenhum movimento. Ela saiu mancando, rangendo os dentes. Ouviu passos à esquerda. Quando se virou, viu Sarah correndo em sua direção, os olhos arregalados, e Jasper no encalço.

"Elsie! O que aconteceu? Ouvi gritos."

"Jolyon", ofegou ela. "Jolyon."

Os olhos de Sarah se arregalaram ainda mais. "Foram *eles*?"

Um barulho irrompeu de seus lábios: um lamento animalesco. Nunca havia sentido uma dor como essa. "Não! Por favor, Deus, não."

Sem nem mais uma palavra, Sarah encaixou o ombro sob a axila de Elsie e a ajudou a chegar à biblioteca.

Estava em ruínas. Havia livros escancarados no chão com as páginas soltas. O tapete era um cemitério de papel, vidro e folhas murchas. Conforme avançaram em passos trôpegos para dentro do recinto, Elsie viu rasgos nas cortinas, que tremulavam e dançavam à brisa.

"Jolyon?" A voz não parecia a dela — o nome não parecia o dele.

Havia tinta respingada na mesa, salpicada com cacos de vidro verde da lamparina, mas a cadeira estava vazia.

"Elsie! Ali!"

Ela se virou. O menino cigano com seu cajado assomava diante do fogo. Uma coisa inumana cintilou no rosto plano. Os olhos de Elsie se dirigiram ao cajado.

A janela do meio estava estilhaçada, o vidro semelhante a uma teia de aranha. Rachaduras irradiavam de um buraco irregular no centro. Havia uma coisa presa a uma das pontas. Tecido. Cabelo?

As cortinas rasgadas acenavam, frenéticas, mandando-a embora. Mas os pés de Elsie avançaram sem sua permissão, atravessando o tapete implacavelmente, esmagando o vidro no chão, para se postar onde o vento podia fustigar seu rosto.

Dezenas de Elsies a olhavam da janela quebrada, cada uma com um formato diferente. Bocas alongadas, estilhaçadas e ausentes; o rosto derretendo. E viu que as rachaduras tinham bordas sujas de sangue.

Respirando fundo, olhou para fora e para baixo.

Seu Jolyon, seu menino, jazia de bruços nos cascalhos, o pescoço virado em um ângulo impossível. Morto.

O vento abriu as cortinas, que a abraçaram enquanto gritava.

Uma vez, quando era muito nova, Papai havia rompido seu tímpano. Isso criara um ruído, um ruído tão intenso que, de algum modo, era mais do que som, afogando tudo, menos o tinido insistente.

Depois do ruído viera uma dor violenta. Perfurava-lhe a cabeça e deixava-a tonta, afrouxando o rosto. Ela sentia tudo e nada.

Devia ter acontecido outra vez, pois agora ela não conseguia ver nem ouvir. O tempo passava como se ela não estivesse mais lá.

De repente, caiu em si e se viu sentada atrás da mesa, no que restara da cadeira. O forro de crina de cavalo brotava dos cortes no couro, áspero em sua pele sensível.

Sarah estava à sua esquerda, abanando um frasco de sais aromáticos estimulantes embaixo do nariz. À direita estava a sra. Holt.

"Outro acidente terrível?", ela ia dizendo. "Coisa nenhuma! É ela, sua tola. Ela não está bem da cabeça. Vou chamar a polícia."

"Foram os companheiros, sra. Holt! Elsie tinha acabado de sair do quarto, vi a porta se abrir. É completamente impossível que ela tivesse entrado aqui e..." Sarah viu Elsie recuperar os sentidos e baixou os sais estimulantes.

"Acho que o sr. Livingstone perdeu uma oportunidade quando escreveu aquele telegrama", resmungou a sra. Holt. "Ele deveria mandado internar vocês duas."

Até o nome dele era um soco no estômago. Agora, não existia nenhum sr. Livingstone, não havia nada de bom pronto a surgir do sofrimento: só restava o corpo de um belo jovem esparramado no chão como um pássaro caído. "Meu bebê", disseram os lábios entorpecidos de Elsie. "Meu menino."

"Está vendo?" A sra. Holt balançou a cabeça. "Doida." Ela se aproximou e se inclinou, de modo que Elsie pôde ver as rugas em torno daqueles olhos e sentir o hálito velho e picante. "A senhora pode ter perdido um bebê, mas isso não é nada comparado a perder uma filha já crescida, a luz da sua vida. Vê-la espetada como um pedaço de carne assada!" O rosto dela era assustador, distorcido pelas lágrimas. "Deus sabe que eu deveria ter pena da senhora por sua moléstia, mas não consigo. Não consigo. Só rezo para que vá para a forca pelo que fez com ela."

Em qualquer outro momento, a mente de Elsie poderia ter juntado as peças. Mas pegou-se encarando a sra. Holt com a mesma confusão que franzia a testa de Sarah. "Do que está falando? Que filha?"

A sra. Holt passou a mão pelo rosto devastado. "Imagino que não seja mais necessário guardar segredo. Havia uma razão para o sr. Bainbridge me chamar de seu anjo. Houve também uma razão pela qual vim morar aqui, no meio do nada."

"Ah!", ofegou Sarah. "A senhora estava grávida de uma filha dele."

Ela fechou os olhos e assentiu. "Estava. Entenda, minha patroa estava tão doente e ele precisava... Não era um homem maldoso. Quis fazer a coisa certa por nós duas."

"Então ele a promoveu. Deu-lhe uma casa onde ficaria longe das fofocas."

"No começo, escondi a criança. Depois, eu a treinei para trabalhar comigo na casa. Não sou idiota, nunca esperei que Helen fosse criada com o patrão Rupert."

"*Helen*. Helen era sua filha? Então..." Sarah levou a mão ao peito. "Minha prima?"

"Era, sim. Essa mulher maldita sentada diante de nós também tomou sua família, srta. Sarah. Deixe-me chamar a polícia."

Elsie não temia o ódio da sra. Holt. Queria abraçá-la como alguém que havia sofrido a mesma dor e sobrevivera. Ou será que não? A mulher que discutia com Sarah não era a mesma sra. Holt que ela conhecera na primeira noite. Era uma versão endurecida, uma versão de ferro, de coração amargo.

"Vá", disse Elsie. "Por favor. Chame a polícia."

A sra. Holt piscou os olhos lacrimejantes.

"Não", gritou Sarah. "Não, Elsie, você não está pensando com clareza. Tem que sair daqui antes que as pessoas do hospício cheguem e..."

"Que venham. De que isso importa agora?"

"Importa para mim! Preciso de você!"

Elsie reclinou a cabeça na cadeira. "Não vou abandonar Jolyon. Não aceito que mãos estranhas o lavem e o preparem para o funeral. Estarei lá quando ele for enterrado, assim como estava lá quando nasceu."

Sarah exalou o ar, encurvando os ombros. "Então, acho que... a sra. Holt tem razão. Devemos chamar a polícia; do contrário, os médicos do hospício farão isso no momento em que chegarem. Se isso acontecer, será pior para todas nós."

"Três corpos na casa", disse a sra. Holt. "Três."

"Um deles lá fora. Venha, vamos trazê-lo para dentro antes que eu vá chamar a polícia."

"Você?", cuspiu a sra. Holt. "Por que eu confiaria essa tarefa a *você*? Ontem à noite estava tentando libertá-la!"

Sarah pôs a mão no ombro da sra. Holt e a fez dar as costas a Elsie, guiando-a até a lareira. "É uma longa caminhada até Torbury St. Jude. A senhora já foi até lá e voltou, hoje."

"Mas você acha mesmo..." A frase terminou de repente. Alguma coisa se alterou por trás de sua expressão. "Foi você quem fez isso?", rosnou ela.

"Fiz o quê?"

"Isso!" A sra. Holt abanou o braço, indicando a lareira. "Foi você ou foi ela?"

"Não entendo a senhora."

Mas Elsie entendia. Viu a mudança que se operou enquanto as duas estavam de costas para a lareira. Sua pele se arrepiou.

"Não estava assim quando entrei nesta sala. Olhe!"

Linhas brancas e frenéticas riscavam a madeira. Talhos profundos e raivosos.

Os olhos do menino cigano haviam sido arranhados até que sumissem.

Agulhas de chuva entraram pela porta aberta. O ar da tarde tinha um odor estranho: turfoso e intenso. Elsie tentou se concentrar no aroma, se perder nele; qualquer coisa para se afastar da terrível cena que se desenrolava diante de seus olhos.

Nem a sra. Holt nem Sarah eram fortes. Tiveram de empurrar e arrastar o corpo de Jolyon pela soleira da porta. A cabeça dele pendia, grotesca. Partículas de cascalho aderiram à face e aos cílios que emolduravam os olhos castanhos, abertos.

Ela sempre havia tentado salvá-lo. Deus, como havia tentado.

Elas o deitaram como uma marionete quebrada no mesmo tapete oriental onde o caixão de Rupert estivera. A sra. Holt dobrou os braços esparramados de Jolyon para que as mãos descansassem, uma sobre a outra, sobre o estômago. Ela franziu a testa. "Há farpas nos dedos dele."

Elsie se retraiu.

"Havia farpas em Rupert", afirmou Sarah. "E no bebê."

A governanta contraiu os lábios. Elsie percebeu que lutava contra a verdade intragável: acreditava; não queria acreditar; tentava provar que estava errada.

"Havia farpas em Mabel ou Helen?", perguntou Sarah.

"Não vi. Não procurei." A sra. Holt deu um passo. Parou. "É melhor... ir até lá e olhar." Ela lançou outro olhar zangado para Elsie.

Elsie entendeu. A governanta queria odiá-la. Preferiria encontrar as impressões digitais ensanguentadas de Elsie em volta do pescoço de Helen do que uma porção de farpas.

Pobre sra. Holt. Era muito melhor acreditar que sua filha fora assassinada rapidamente, em vez de perseguida, experimentando medo agudo em seus últimos momentos. Viu a velha desaparecer atrás da porta de baeta e seu coração foi com ela.

"Não entendo." Sarah mordeu um fio de cabelo solto, nervosa. "O que essa coisa quer? O que não conseguiu encontrar nem em Rupert, nem no bebê? Do que exatamente ela precisa?"

Elsie vacilou. "Não sei, Sarah, e não quero saber. Só estou grata porque, agora, Jolyon está livre dessa coisa. Não darei outra chance a ela. Traga um pouco de água, por favor. Vou lavá-lo."

Sarah hesitou. "Não sei se pode fazer isso. Se a polícia vier investigar, vão querer vê-lo... do jeito que era."

"Do jeito que era!" Um soluço seco saiu. "Meu Deus, todas nós queremos isso."

Sarah abaixou a cabeça. "Você... ainda quer que eu vá chamar a polícia?"

"Sim! Alguém tem que nos ajudar. Não podemos enfrentar isso sozinhas."

"Mas não vão acreditar nos companheiros! E se nos prenderem?"

A prisão, o hospício. Sem Jolyon, não fazia diferença. "Pois que nos prendam. Pelo menos, estaremos longe desta casa maldita."

Sarah foi buscar o chapéu e amarrou as fitas debaixo do queixo às pressas. Enquanto ela calçava as luvas, Elsie olhou para a porta de baeta. A sra. Holt não havia emitido o menor som desde que passara por ela.

"Não se preocupe, sra. Bainbridge. Vamos passar por isso, você e eu. Parece impossível agora, mas... De alguma forma, vamos reconstruir nossas vidas. Juntas." Sarah apertou o ombro de Elsie. "Acho que Rupert teria gostado disso."

Sem dúvida, Sarah pretendia ser gentil, mas Elsie não podia suportar suas palavras açucaradas. Afastou-se dela.

Sarah abriu a porta outra vez, deixando entrar um fino jorro de chuva. Os jardins estavam encharcados. As sebes pingavam e a água caía em cascatas, como baba, das mandíbulas do cão de pedra. Sarah pôs o pé fora da porta.

"Espere!" Elsie sacou a bolsa de moedas e a entregou a Sarah. "Leve isto, caso tenha problemas. Para pagar por hospedagem ou transporte para casa."

Lançando-lhe um último olhar, Sarah se aventurou na chuva. Elsie a viu partir: uma figura curvada e cinzenta pisando no chão de pedras, escurecendo cada vez mais à medida que a sombra da casa caía sobre ela. Cruzou as colinas e desapareceu de vista.

Menos de dez minutos depois, a névoa desceu.

Elsie desabou junto da lareira e sentou-se com as pernas esticadas ao lado de Jolyon. Ou o que ficara no lugar de Jolyon: uma paródia azul-acinzentada e cruel. Não queria guardar essa imagem de seu menino: pálido e inchado, as feições tomadas pelo horror, cortes horrendos na pele querida. Mas sabia que essa visão furtivamente a invadiria e suplantaria todos os momentos felizes. A morte, uma vez concebida, era voraz. Tomava tudo para si.

Todos os tique-taques do relógio de chão ecoavam pelo Salão Principal. A chuva tamborilava em contraponto. Elsie sentia as nuvens baixando, bloqueando o sol. Segurando a cabeça com as mãos enfaixadas, ela esperou.

Não se atreveu a fechar os olhos. De costas para a parede, manteve vigília. Os companheiros podiam ter levado a vida de Jolyon, mas ela não deixaria que profanassem seu corpo com mais farpas. Sabia como era a sensação de ser invadida contra sua vontade. Nunca, jamais deixaria que isso acontecesse com ele.

O tempo passou. Nada se movia. Só o que ela via era a inércia cinzenta; só o que ouvia eram as pancadas constantes da chuva nas janelas. Era uma espécie de tortura.

Sua mente vagou pelos caminhos nebulosos até Torbury St. Jude; viu Sarah perdida, caindo no rio, arrastada pela corrente e pelas saias encharcadas como a menina cigana no diário de Anne. Deu tapinhas no próprio rosto e tentou orientar seus pensamentos para uma direção melhor. Eles rodopiaram por um momento e, depois, atordoados, foram na direção de Jolyon. *Não.*

Depois de duas horas, ela achou que perderia o juízo. Com as articulações rígidas, levantou-se, gemendo. A chuva continuava, leve mas insistente. Nada parecia ter mudado desde a manhã. Ela se sentiu como se tivesse vivido dez vidas desde então.

O ar estava mudando. O odor surgiu devagar, emanando do cadáver de Jolyon, roubando o cheiro de folhas de louro e limão que sempre fizera parte dele. Parecia tão sujo e negligenciado: manchas de lama nas mãos, fragmentos de vidro brilhando nos cabelos emaranhados. Para o inferno com a polícia — ela ia lavar seu menino.

Passou a porta de baeta e entrou nos aposentos dos empregados. Com um rangido, a porta se fechou atrás dela, envolvendo-a em pedra fria.

Na última vez que adentrara por essa passagem, havia uma equipe de cinco empregados. Agora, os corredores tinham um ar de abandono. Não havia mais os sons da cozinha e o cheiro de sabão. Nenhuma lamparina a óleo ardia.

Enquanto se dirigia à cozinha para buscar água, passou pelo quarto da governanta. A porta estava fechada. A sra. Holt estava sentada sozinha, todo esse tempo, na escuridão?

A mão de Elsie pairou diante da porta, indecisa. Se a governanta quisesse ficar sozinha, não tinha o direito de perturbá-la. Acabara de decidir que sairia dali quando ouviu um som vir de dentro do quarto.

Não um soluço, como esperava. Um som mais baixo, prolongado. Um grunhido ou um rangido, como o de velhos ossos.

Segurou a maçaneta da porta, mas não a virou. A pulsação palpitou no pescoço.

Criiic. Uma corrente de ar se esgueirou por baixo da porta e tocou seus tornozelos. Tinha que voltar para perto de Jolyon, tinha que...

Assim que ela se virou, Jasper soltou um miado estridente.

O som a imobilizou. Aquele lamento agudo, tão semelhante ao choro de um bebê. Ela tentou ignorá-lo e endurecer o coração, mas o escutou novamente, desta vez mais alto. Lancinante. Depois, o mesmo rangido.

"Que inferno, Jasper." Repreendendo a si mesma, virou a maçaneta e empurrou a porta.

O quarto surgiu à vista. Elsie apertou o batente com os dedos feridos, cravando as unhas na madeira.

Todas as gavetas da escrivaninha da sra. Holt estavam abertas. Papéis cobriam a mesinha com a toalha estampada de flores. Jasper estava sentado em cima dela, miando, enquanto vários recibos e receitas flutuavam abaixo dele. Diamantes de chuva salpicavam seu pelo preto. A janela estava escancarada.

"O quê...?" Faltava uma das cadeiras. "Jasper, onde está a sra. Hol...?"

O rangido soou bem ao lado de seu ouvido. Ela se virou. O ar parou na garganta.

Viu primeiro o movimento — sutil, como uma árvore balançando ao vento. Só então começou a entender: o rangido não era de madeira, mas de uma corda; os pés balançavam. Seu olhar percorreu o vestido preto até os ombros caídos e o rosto que não pertencia a ninguém: arroxeado; olhos arregalados; língua pendurada fora da boca. A governanta havia passado um nó corrediço em torno de um gancho no teto. Tudo o que já fora a sra. Holt pendia ali, suspenso como um saco de grãos.

A náusea subiu do estômago. Enquanto as saias ondulavam de um lado para o outro, ela captou vislumbres de um rosto de madeira atrás delas; o rosto de uma empregada, desfigurado pelo medo. Helen.

Elsie estendeu as mãos e arrancou Jasper da mesa.

O medo dominou sua dor enquanto escapulia pela porta, cruzava os corredores e entrava na cozinha. *Ssss, ssss.* Ah, sim, eles estavam chegando. Só haviam esperado até que ela visse o pesadelo da sra. Holt antes de começar o seu.

Sua mão se atrapalhou com a maçaneta da porta do pátio. "Vamos, vamos."

Jasper arranhava a porta, como que para ajudá-la.

A porta rinchava e gemia, mas não se movia. Estava trancada.

Ssss.

O quarto da governanta — a sra. Holt tinha o molho de chaves. Só precisava entrar lá e — não, inferno, não precisava roubar as chaves de um cadáver, podia sair pela janela aberta. Por que não havia pensado nisso antes?

Ssss, ssss. Dentro do crânio, sibilando entre seus pensamentos. *Ssss.*

"Cale-se!", gritou ela. "Cale-se, diabo!"

Foi forçada a se abaixar e deixar Jasper a seus pés. A dor a incendiou: agulhas quentes subindo e descendo pela perna, chamas ardendo no peito. Depois, aquela sensação dentro da mente quando o som voltou, um rojão acendendo-se.

Jasper miou e correu adiante, voltando-se para ver se ela o acompanharia. Com grande dificuldade, ela mancou atrás dele.

Ssss, ssss. Diferente do som que assombrava seus sonhos: agora, ouvia nele o vapor da fábrica. Uma serra também, mas não cortava madeira. Rasgava uma outra substância, espirrando líquido.

"Não."

As letras em tinta branca que diziam *Governanta* surgiram à vista. Aquelas letras ficavam na frente da porta — mas ela não a deixara aberta?

Ssss.

Trancada. Outra porta trancada. Arremeteu contra ela com o ombro, gritando de dor e frustração. Seus punhos esmurraram a madeira em vão.

Ssss, ssss.

Jasper sibilou em resposta. Partiu pelo corredor de pedra. Caçando.

"Espere."

Ela cambaleou atrás dele. A dor se incendiou e lançou formas pretas diante de seus olhos. Precisava ignorá-las, não podia desistir agora. Essa agonia não era nada comparada a...

Ssss.

O choque a atingiu no estômago, depois no peito. Reconheceu o som. Estava dentro dela, era parte dela, mas a mente o abafava e se recusava a deixar a lembrança vir à tona.

Ssss.

Objetos batendo na calha. Não eram de madeira. Mais macios, mais úmidos.

Chegaram à porta verde.

Jasper se preparou e atacou. A porta se escancarou, ampliando o som e o cheiro — desta vez, não era de rosa, mas de fósforo, madeira queimada e metal chamuscado. Uma nota distinta e nauseante pairava acima de tudo. Sangue.

Ela cambaleou rumo ao Salão Principal. O vento uivava, lançando alegremente a chuva contra as janelas. A luz diminuía depressa. O fogo moribundo da lareira tocou o rosto de Jolyon com raios alaranjados e, ao lado dele...

"Não!" A palavra irrompeu dela, rasgando suas entranhas.

Jasper guinchou e arqueou as costas.

Outro companheiro: um que ela havia carregado consigo por muito tempo. O rosto malicioso, a silhueta robusta, brutal.

Papai.

Ssss.

Ela não sentia mais a dor nas costelas. Outras sensações tomaram o controle. Era muito pior do que ela se lembrava; não só o terror, mas a raiva, a impotência e a repulsa.

Ssss.

"Você não pode ficar com ele! Vá embora!"

Elsie quis se mover, mas a perna ferida desabou e ela caiu de joelhos, nauseada.

"Afaste-se dele!"

Ssss.

Olhou para as próprias mãos, espalmadas sobre as pedras cinzentas e pretas. As bandagens estavam se soltando. Ali, abaixo dos ferimentos recentes, jaziam as cicatrizes de outros tempos — o pecado marcado na pele.

Ssss.

A barragem cedeu. Ela se lembrou de tudo.

E não se arrependeu.

Estava na fábrica, aos doze anos, agachada com sua caixa de fósforos, as veias palpitando com os batimentos cardíacos. Acendendo o fogo, rápido demais, dedos ávidos. Mais uma vez, sentiu o calor vingativo responder à fúria que grassava dentro dela. E não se importou por ter queimado as mãos, porque ela própria se tornou o fogo, tornou-se as chamas, tornou-se o chamariz para o pai, que correu como um louco para tentar apagar o incêndio.

Será que ele a viu? Esperava que a visse, como Mamãe vira, naquela fração de segundo antes de ele cair. A criança de que o homem havia abusado investindo contra a perna dele, empurrando-o para a serra circular.

Ssss, ssss. As máquinas lutando para funcionar, as lâminas emperradas. Sangue e vísceras se derramaram na calha. Uma espécie de silvo quando o sangue espirrou pelo chão, fazendo as operárias gritarem. Mas em seguida o som se transformou em um zumbido, em um estrépito quando os ossos emperraram os dentes da serra. A máquina arquejava vapor. A serra sofreu um estertor mortal. Tudo parou de se mover, e Jolyon estava a salvo.

Até agora.

"Você... não pode... ficar... com ele!"

Jasper atacou antes que ela o fizesse, as garras brilhando à luz das brasas. O companheiro que era Papai desmoronou, o rosto impassível, na lareira.

Uma nuvem de fumaça, um estalo. Então, ele irrompeu em chamas.

Jasper recuou e se afastou do fogo. Avançava rápido demais; serpenteando por todo o companheiro, lançando faíscas como insetos luminosos. Nenhum fogo natural poderia queimar assim.

A fumaça fez os olhos de Elsie arderem. Ela agarrou Jasper e se pôs de pé, instável.

Uma tora estalou e o tapete oriental se incendiou.

"Jolyon!"

Mas ele já estava nas garras do fogo. As labaredas saltaram e se contorceram, refletindo-se nas espadas penduradas na parede. Ela viu o fogo dançar, fascinada, amedrontada, até que começou a tossir.

Virou-se e viu os contornos ondulantes dos companheiros por toda parte: na escada, espreitando-a da galeria, parados junto de todas as portas. Bloqueando o caminho.

Estava quente. Tão quente. O pelo de Jasper fazia seus braços suarem.

As cinzas tremulavam no ar como flocos de neve. Ela não conseguia mais distinguir quais eram os companheiros; nem conseguia ver a porta da frente.

Não havia nada além das chamas.

Uma janela. Tossindo, avançou como pôde até o retângulo brilhante em meio à fumaça. Era a janela voltada para a estrada. Era ali que eles estiveram, Hetta e o menino cigano, observando-a. Sabendo que isso aconteceria.

Aninhando Jasper em um braço, ela esmurrou a janela com a mão livre. Vidro quente — insuportavelmente quente.

"Vamos!"

Aquele ardor velho e conhecido na palma das mãos. Fora assim que ela vencera antes — lutando em meio à dor. Era capaz. Poderia mandar que seu corpo fizesse qualquer coisa. Havia aprendido do modo mais difícil.

Bateu no vidro mais uma vez. Mais uma. A dor nos dedos foi imensa e ela os recolheu, pingando sangue. Mais uma vez. O vidro rachou.

O fogo rugiu atrás dela. Sentiu o hálito das chamas extrair suor da sua nuca. Claro, ela havia deixado que o ar penetrasse. Havia piorado a situação.

"Rápido, Jasper, rápido!"

Ele era uma confusão de membros e garras nervosas, apertando cada lado do buraco com as patas para impedir que ela o empurrasse através dele. Mas ela foi rígida, implacável. O vidro se partiu ainda mais e ela empurrou o gato para fora, miando furiosamente.

Sentiu um jorro de calor nas costas. Sentiu a pele se encrespar e repuxar. A dor. A *dor*, percorrendo suas roupas com mãos escaldantes.

Não pensou no que fazia. Não havia tempo para isso — recuou alguns passos e correu, como Jolyon devia ter feito, diretamente para o vidro. Com os braços protegendo o rosto, lançou-se na janela e a partiu em pedaços.

Uma lança de fogo investiu contra ela, mas já estava no chão, batendo no vestido, rolando sobre os cascalhos e abafando as chamas.

A chuva extinguiu o que restava. Tarde demais. O estrago fora feito — ela podia sentir a pele borbulhar e estourar no ar impiedoso.

Jasper havia corrido até a árvore mais próxima. Os olhos verdes a espiaram do alto enquanto ela engatinhava, fumegante e semimorta, para o jardim úmido. Precisava se afastar do fogo. Da casa.

Os músculos berravam de dor. Manchas pretas dançavam em sua visão e ameaçavam tomar o controle. Este era o limite: a fonte. Seu corpo não iria mais longe. Ela caiu sobre a borda, os braços vermelhos, em carne viva, pendendo para dentro da bacia.

Uma rajada de vento soprou pelas colinas. Ela sentiu o cheiro na brisa: rosa e tomilho temperando a fumaça. Tossiu.

"Sra. Bainbridge!"

Sarah?

Ela olhou por entre a névoa de calor ondulante que cobria o jardim. Mas não foi Sarah quem viu. Havia uma companheira ao lado dos arbustos. Aquela que começara tudo: Hetta.

"Sra. Bainbridge! Meu Deus!"

Parecia a voz de Sarah, vindo do outro lado do jardim, embora não soubesse ao certo se era. Ouvia duas vozes ao mesmo tempo, uma sobreposta à outra.

Enquanto fixava o olhar em Hetta, uma silhueta escura, mais alta, percorreu o jardim e o piso de cascalhos em sua direção. Humana. Se era homem ou mulher, não pôde distinguir. Parecia haver duas pessoas ali, não uma. Ambas estenderam a mão para ela.

"Sra. Bainbridge!"

Quando voltou a si, outra pessoa chamava seu nome; uma enfermeira com rosto de rato. O ambiente era branco e estéril. Sentiu cheiro de sabão carbólico. Urina. A dor estava cerzida à sua pele.

Abriu a boca ressecada para falar, mas só um grasnido rastejou por seu lábios. A voz havia sumido — desaparecida com a memória e a fumaça.

O SILÊNCIO DA CASA FRIA
LAURA PURCELL

HOSPITAL ST. JOSEPH

Quando terminou de ler, ele permaneceu debruçado na mesa, fitando a última palavra. Então recuou e se encostou na cadeira, produzindo um som oco e gutural. Assim como uma moeda que, atirada em um poço, ecoa ao esbarrar nas paredes e aterrissa com um baque no fundo, o som caiu através dela até atingir a boca do estômago.

Fracasso. Todo aquele trabalho para extrair lembranças e emoções até fazer delas sementes acima do solo para os corvos bicarem, e, ainda assim — fracasso.

Ou será que não? Ela o observou minuciosamente, alerta à menor mudança no semblante. Os olhos verdes não se mexeram, continuaram cravados no papel. Três minutos se passaram. O espaço entre eles estava denso, pesado de expectativa.

Ela imaginou a mente do médico como uma grande máquina, os pistões em movimento, reunindo o passado dela em... quê? Ela queria mesmo saber?

"Muito bem", suspirou ele. "Muito bem. Deve ter sido o sr. Underwood quem a senhora ouviu chamar seu nome. Ele a encontrou."

Uma simples migalha de informação, mas ela se inclinou para a frente, ansiosa para absorvê-la.

"Contudo", continuou ele, mudando de posição, "foi consideravel-
mente mais tarde do que a senhora escreveu aqui. Tarde da noite. Ele
viu a luz do fogo em sua casa no horizonte e deu o alarme."

Ninguém havia contado isso a ela. Ninguém havia contado nada.

Surgiram lampejos de memórias dolorosas: não só as imagens em
sépia das pessoas, mas as vozes, os cheiros, os sentimentos que inspi-
ravam. Sr. Underwood, Sarah, Jasper. *O que* havia acontecido com eles?

Ela considerava essa história o seu segredo. Agora, o relato estava
na mesa à sua frente, páginas e páginas cobertas por sua letra grande
e rígida, e percebeu que estava incompleto. O fim não estava em suas
mãos. O dr. Shepherd retinha o último ato, confinado dentro dele.

Hesitante, ela pegou o lápis do médico e escreveu uma palavra no
final da última página.

Sarah?

"Eis a questão. O que aconteceu com Sarah Bainbridge?"

Ela inclinou a cabeça, tentando ver a expressão nos olhos dele,
mas a luz a prejudicou. As lentes dos óculos estavam opacas, ocul-
tando o olhar.

"O que a senhora escreveu... Acho que talvez eu possa usar isso.
Mas creio que não do modo como a senhora esperava. O relato não
prova sua inocência, nem qualquer outra coisa exceto uma grande
facilidade em fantasiar. E, se a imaginação fosse uma doença, o sr.
Dickens seria residente permanente deste hospital."

Imaginação! Pelo menos a *loucura* tinha poder. Não a fazia parecer
pueril, uma menina sonhando com fadas e unicórnios.

Sarah? Ela sublinhou a palavra, arranhando o papel.

"Sim. Ela é a única pessoa capaz de corroborar sua história. Se o
que a senhora escreveu for verdade, ela pode confirmar seu paradei-
ro no momento da morte de Jolyon Livingstone."

Uma lágrima molhou a face dela à menção do nome de Jolyon.

"Aqui chegamos ao nosso obstáculo, sra. Bainbridge. Desde que
começou a escrever, tenho vasculhando registros à procura de Sarah
Bainbridge. Quer tentar adivinhar o que encontrei?" Ele estendeu as
mãos, mostrando-as vazias. "Nada. Não consigo localizar um registro
de censo, uma morte — nenhum sinal. Cheguei a publicar um anúncio pedindo informações. Sarah Bainbridge desapareceu."

Outra lágrima foi se juntar à primeira e acelerar sua queda. A pobre
Sarah nunca chegara à polícia. Não encontraram seu corpo. Poderia

estar apodrecendo em uma vala, as moscas entrando e saindo pelos lábios. Ah, Sarah. Ela merecia um destino muito melhor.

O sr. Shepherd tossiu — não uma tosse verdadeira, mas um pigarrear discreto. Um prenúncio. Era hora de expor sua teoria.

"Ao ler o que escreveu, uma coisa ficou clara para mim, sra. Bainbridge. A senhora tem uma tendência a reprimir emoções desagradáveis. É sua defesa, sua estratégia para lidar com elas. Os — acontecimentos — com seu pai, por exemplo. Então, faltam episódios à história. Elsie — isto é, a Elsie que está nestas páginas — desmaia em várias ocasiões. Não posso deixar de crer que cada uma representa um pedaço do passado que a senhora se recusa a recordar."

No corredor, um sino tocou.

"Vamos considerar, por um momento, que esteja ativamente soterrando suas lembranças dolorosas. A raiva que tem de seus pais, a culpa que sente pela morte deles — justificada ou não, eu não saberia dizer neste momento. Todas essas emoções sombrias precisam ir para algum lugar. Já li sobre casos em que esse tipo de emoção se volta contra o corpo do paciente, deixando-o doente. Mas também há casos em que o paciente se divide, por assim dizer, no que só podemos chamar de um estado de consciência dupla.

"Pode avaliar uma possibilidade para mim, sra. Bainbridge? Sem dúvida, será uma experiência alarmante, mas quero que a senhora se abra para a possibilidade de que Sarah Bainbridge nunca existiu. Que ela foi, na verdade, um aspecto da sua pessoa."

Ela pegou o lápis, tentou manter a mão firme. *As pessoas a viam. Falavam com ela.*

"É o que a senhora crê." A voz do médico era suave, mas não gentil. Insinuava, incomodava os ouvidos. "Mas não podemos verificar isso. O elenco de sua história se foi. As únicas pessoas que poderiam atestar a existência de Sarah Bainbridge agora estão mortas e enterradas."

Sr. Underwood.

"Ah." Ele cruzou as pernas." Lamento informar que o sr. Underwood também pereceu."

Os dedos dela se mexeram, mas a única coisa que sentia eram as vibrações do lápis. *Como?*

"No incêndio. Parece que, quando um grupo de resgate chegou de Fayford, o sr. Underwood mandou alguns aldeões buscarem ajuda em Torbury St. Jude. Mas não esperou até que voltassem. As testemunhas dizem que ele falou de outras pessoas presas dentro da casa. Isso corresponde à sua história — ele não sabia sobre a morte do sr. Livingstone e da sra. Holt, deve ter imaginado que ainda estavam lá. Entrou na Ponte para tentar resgatá-los, mas, infelizmente... Pobre homem."

Jasper?

Um sorriso aliviado se abriu no rosto do médico. "Pelo menos nesse caso, tenho boas notícias. O animalzinho não a abandonou com seus ferimentos. Ficou ao seu lado e a protegeu. Ao amanhecer, nossos funcionários chegaram em resposta ao telegrama do sr. Livingstone. Dada sua condição, a polícia aceitou deixar que nós a levássemos à nossa enfermaria, e o gatinho tentou acompanhá-la. Um dos auxiliares teve pena dele e o trouxe para cá. Desde então, ele tem vivido com nosso superintendente-chefe. Eu o vi. Parece estar bem gordo e também muito feliz."

Sete, ela escreveu.

"Perdão?"

Sete vidas.

"Ah! Sim, é verdade." O dr. Shepherd descruzou as pernas e se inclinou para a frente, apoiando as mãos na mesa. Tinha unhas curtas e uniformes. Pelos loiros cresciam nas falanges. Em comparação, a mão dela, queimada, parecia a pata de um monstro. "Felizmente, não precisamos prestar contas por sete vidas. Só duas. O sr. Livingstone e a sra. Holt."

Finalmente, os olhos dele se cravaram nos dela.

"Sra. Bainbridge, não acredito que tenha matado essas pessoas. Nunca acreditei. E, embora tampouco possa crer em todos os aspectos da sua história, creio em seu amor pelo sr. Livingstone. A senhora não o machucaria. Parece-me que o incêndio foi um acidente, como tantos outros. Ele consumiu a vida de duas pessoas, e quase tomou a sua, até que a Providência a ajudasse a escapar. Mas precisa entender que minha crença é irrelevante. Um júri examinará o caso e verá uma mulher cujo pai morreu em circunstâncias suspeitas, cujo marido faleceu um trimestre depois do casamento, para seu notável benefício. Duas empregadas mortas em acidentes misteriosos. Então, no mesmo dia em que um telegrama é enviado a um hospício para dizer que a senhora está intratável e precisa ser internada... Já imagina o que vão pensar."

Assassina. O nome não condizia com a Elsie da história, mas agora tinha o rosto certo para ele: pele avermelhada e brilhante, cabelos curtos, olhos que pareciam ter afundado nas órbitas. Um monstro entregue às multidões. Como a engoliriam viva, escreveriam sobre ela, se deleitariam com gritinhos dissimulados enquanto ela cambaleava até o banco dos réus.

"Tenho pouquíssimas opções, sra. Bainbridge. Preciso fazer o relatório, e logo." Ele agitou os dedos. Escreveriam as próximas palavras, as palavras que decidiriam seu destino. Ela os fitou, atenta. Poderiam aqueles dedos tão finos e delicados protegerem sua vida?

"Pelo que vejo, há apenas dois modos de impedir que a senhora vá para a cadeia. O primeiro é que a senhora se sujeite à minha teoria. Aceite que é uma pessoa perturbada, prejudicada por pais cruéis e insensíveis. Deixe-me dizer que Sarah é uma parte separada do seu subconsciente, que a senhora pode ter matado, mas não consegue aceitar o que fez, por isso criou esses fantasmas, esses *companheiros*, para assumir a culpa em seu lugar. O veredito será indubitavelmente culpada, mas pelo menos temos uma chance de alegar insanidade criminosa. Isso significa ir para Broadmoor em vez de Newgate."

Deixar que todos acreditassem que ela assassinara Jolyon? Que seu nome fosse registrado como o de quem destruíra a vida dele? Ela balançou a cabeça, veemente.

"Precisa pensar nisso, sra. Bainbridge. Prometa que fará isso. Pode não ser a verdade completa, mas... é nossa maior esperança."

O lápis escorregou na mão suada. *Outra opção?*

Ele torceu os lábios. "Bem, há uma, mas receio que seja improvável."

Sim.

"Minha cara sra. Bainbridge, sua única outra opção é rezar para que Sarah Bainbridge passe por aquela porta, pronta para jurar sua inocência."

Naquela noite, ela sonhou com Sarah. Vestido lavanda, capa cinza, açoitada pela chuva. Ramos se contorciam acima da cabeça, estendendo as mãos para ela em uma súplica muda. Suas botas contornavam as poças no chão.

A paisagem se estendia à sua frente; valas, colinas sombrias e a profusão desordenada de sebes. Atrás ficava o povoado de Fayford em tons de prata e cinza, um daguerreótipo do lugar que Elsie conhecera. Não havia luz.

Sarah tropeçou. A lama agarrava a barra da saia. Os tornozelos estavam encharcados, e o vestido, molhado, grudando em suas pernas. Parecia totalmente perdida, absolutamente só. Afogando-se.

Um rangido; longo e baixo, como um gemido de dor na escuridão. Duas batidas pesadas — *tum, tum*. Depois, o rangido novamente.

As pálpebras de Elsie tremularam. O som vinha do sonho? Ou estava no quarto? Ainda podia ver Sarah, intimidada pelas agulhas de prata que choviam sobre ela, mas não sentia o cheiro de turfa úmida nem o aroma metálico da chuva; um perfume mais doce e forte tomava seu nariz. *Rosas*.

Ela acordou em um sobressalto. Por instinto, contraiu os braços. Estavam pregados nas laterais do corpo, contidos pelos lençóis enfiados nos cantos da cama. Tentou olhar em volta, mas só viu o breu.

As tábuas do assoalho gemeram. Elsie ouviu o som subir e descer sua espinha. Pancadas leves, como os passos de um animal.

Jasper?

Mas não; Jasper não estava ali. Ela não estava na Ponte. Soltou a respiração, aliviada por este fato: ela não estava naquela casa.

Bam, bam. Pulou de susto. Alguém à porta.

Ela não atenderia, pensou enlouquecidamente, não podiam obrigá-la. Tentou se esconder debaixo dos lençóis, mas estavam apertados, tão apertados. A batida soou mais uma vez.

Quem poderia ser? Enfermeiros, atendentes, médicos — nenhum deles *batia* antes de entrar.

As tábuas a seus pés rangeram. O som vinha de dentro do quarto.

O medo apertou sua garganta. Não conseguia pedir socorro, não conseguia gritar; só podia mexer as pernas na ponta da cama enquanto o rangido se aproximava cada vez mais. Os lençóis se recusaram a ceder, e a cama estava quente; ardia como um sopro do inferno.

Ela sentiu náuseas. Queria chorar. Fortalecida pelo desespero, livrou os braços dos lençóis e tateou debaixo do travesseiro. *Por favor, esteja aí, por favor, esteja aí*. Mas não, isso era passado. Aqui, não a deixavam ter uma caixa de fósforos.

Alguma coisa tocou seu pé.

Queimava como ferro em brasa. Flechas incandescentes perfuraram sua pele, percorrendo as veias. Rasgaram a garganta de Elsie por dentro e liberaram seu grito.

Passos soaram do lado de fora. Vozes, pessoas reais vindo ajudar. Ela manteve os olhos bem fechados e gritou mais alto. Eles vieram rápido, mas não o bastante.

Ela as ouviu balançar a corrente, arrancar as tranquetas dos encaixes. Por que demoravam tanto?

Outra brasa em sua perna. Agora, até a canela.

Bam. A porta se escancarou, batendo na parede. Havia lamparinas a gás acesas no corredor; a luz invadiu o quarto.

Foi só um vislumbre em meio à escuridão crepitante, mas Elsie a viu: Sarah. Pintada em madeira.

Ela gritou novamente.

"Cuidado." A voz baixa de um auxiliar.

Alguma coisa sibilou, e, em seguida, um talho de luz atravessou sua visão. Ela fechou os olhos, ofuscada. Era a lamparina do quarto — eles a acenderam. Bem devagar, conseguiu abrir os olhos apertados. Sarah havia sumido. Em seu lugar estavam dois auxiliares corpulentos e um homem com punhos de papel nas mangas.

"Agora!"

Eles atacaram, agarrando a pele tenra dos pulsos dela. Mais dois auxiliares seguraram os tornozelos. Agora, os lençóis se afastaram com facilidade, frouxos, não mais sufocantes.

Ela chutou e se debateu, mas os auxiliares não cederam. Eram indiferentes aos golpes e surdos aos gritos. Ela tentou morder. Um gosto amargo e seco tomou sua boca quando a bloquearam com um trapo. Engasgando, ela tentou cuspi-lo, mas alguma coisa cobriu seu rosto, passando pelos olhos; um tecido áspero e rígido que fedia a terror.

Uma pressão envolveu suas costelas. As mãos foram mergulhadas em mangas infinitas. Por um momento ela se tornou uma figura macabra com braços longos e caídos e sem mãos. Depois, as mangas foram cruzadas sobre o peito e presas com firmeza nas costas. Um cadáver: ela foi amarrada na posição de um cadáver.

O homem dos punhos de papel abriu um sorriso horrível. Seus dentes estavam podres. "Melhor chamar o médico. Digam a ele que é um milagre. A assassina consegue falar."

Ela tentou. As palavras estavam todas lá, enfileiradas na garganta, clamando por liberdade: *fugir, Sarah, companheiros, chegando.* Mas a língua seca e inchada se recusou a articular.

Ela emitiu um chiado e nada mais. Um eco patético do som dos companheiros.

"Para mim não parece que ela consegue falar", disse um auxiliar.

O homem a encarou. O sorriso se transformou em uma expressão maliciosa. "Bem, no mínimo, consegue gritar."

O quarto acolchoado outra vez. Só podia ser. Ela sentia o cheiro da palha debaixo da lona imunda nas paredes. Palha, odor corporal e medo: não é fácil esquecer um cheiro tão pungente.

O chão coberto de lona encerada guinchou quando os pés descalços o pisaram, de cá para lá, de lá para cá. Ela ouvia o guincho; sentia as fivelas da camisa de força apertando o torso. Teriam atado também a mãe de Rupert? *Não, não, não.* Tudo o que ela queria era voltar ao tempo em que o mundo era sereno e seguro. Por que havia começado a escrever, afinal?

Em algum lugar dentro do hospital, um sino tocou. Alto demais, real demais, mesmo soando através do acolchoado.

Ela precisava se comunicar com o dr. Shepherd. Se ele a acordara, então talvez pudesse fazê-la voltar a dormir. Assim, ela não teria aqueles pesadelos horríveis sobre Sarah, nem seria forçada a suportar as próximas etapas do processo. Um inquérito? Um julgamento? Ele subiria a uma plataforma para falar sobre ela como se fosse uma espécie rara de planta, expondo tudo o que ela manteve oculto debaixo da terra. Homens como aquele possível investidor para a fábrica, o sr. Greenleaf — gordo, privilegiado, com uma barba hirsuta — o escutariam e decidiriam o destino dela.

E qual destino seria esse? O dr. Shepherd dizia que o melhor que ela poderia esperar era Broadmoor: a fortaleza para criminosos insanos. Ela tinha uma noção de que aquele lugar faria St. Joseph parecer um hotel de luxo.

Talvez, se o remédio fosse forte o bastante, como era antes, ela pudesse aguentar. Mas sobreviver como estava agora — consciente, cheia de lembranças? Impossível.

A fechadura estalou. O dr. Shepherd entrou depressa no cômodo.

Alguma coisa acontecera com ele. Não usava casaco nem colete, só mangas de camisa e um par de suspensórios bege à mostra. O cabelo estava despenteado. Ela notou a impressão de um polegar na lente dos óculos e manchas de tinta na ponta dos dedos.

"Sra. Bainbridge, perdoe-me. Eu deveria ter vindo muito antes, quando soube de seu pequeno rompante, mas os acontecimentos me pegaram desprevenido." Ele a olhou de cima a baixo, só então vendo-a de fato. "A camisa de força? Não sabia que haviam feito isso. Minhas desculpas, sra. Bainbridge, vou mandar que a libertem e a levem de volta ao seu quarto. Por que acham que tudo isso é necessário? Pelo que entendi, a senhora só teve um sonho ruim, não é?"

Ele a olhou. Ela o fitou em resposta.

"Ah, é claro, a senhora não pode escrever — seus braços. Peço que me perdoe. Não estou sendo coerente."

Em uma decisão de última hora, ele fechou a porta. Seus olhos estavam vermelhos: parecia não ter dormido. Em todo caso, ela não podia saber quanto tempo se passara nessa cela sem janelas. Talvez ainda estivessem no meio da noite.

"Eu estava escrevendo meu relatório", disse o dr. Shepherd. Percebendo os próprios dedos manchados de tinta, esfregou-os nas paredes em um gesto distraído. "A senhora pode ver as marcas! Eu estava propondo a teoria que discutimos sobre seus pais e a srta. Bainbridge quando — bem, terei de reescrever tudo. Ou não escrever nada, afinal. Isso é muitíssimo irregular."

Ela nunca sentira tanta falta da própria voz. Ontem à noite, havia gritado, mas gritar parecia a única coisa que conseguia fazer. Lembrou-se do diário de Anne, do demônio que continha a língua de Hetta. Era esta a sensação: a de ter uma camisa de força na língua sem ninguém para soltar as amarras.

O dr. Shepherd tirou os óculos e os poliu na camisa. "Devo dizer que é um grande golpe contra meu orgulho. Achei que tivesse entendido tudo, e o relatório estava muito bom. Mas, nesses casos, é um prazer saber que eu estava enganado. A senhora me olha sem entender. Mas é claro, nem comecei a explicar." Ele recolocou os óculos — continuavam sujos. "Eu pediria para a senhora se sentar, mas parece que meus colegas descuidados não forneceram uma cadeira. Não importa. Vou pedir, sra. Bainbridge, que se prepare para uma coisa maravilhosamente estranha."

Ele falava a sério? *Maravilhosamente estranha?* Não tinha lido a história dela?

"Na noite passada, bem tarde — ou melhor, no começo da manhã —, recebi um telegrama. Veio em resposta ao anúncio que publiquei pedindo informações sobre Sarah Bainbridge."

O quarto pareceu se dilatar. Ela prendeu o fôlego.

"A senhora não vai acreditar, depois de todo esse tempo, mas era *da própria Sarah*. Ela existe, está viva."

Viva. Tantas possibilidades em uma só palavra — era uma porta abrindo-se na cela, abrindo-se na cripta.

Ela devia estar pálida, pois ele segurou seu ombro com força. "Sim, entendo o que está sentindo. É um milagre. Estou tão, tão contente pela senhora, sra. Bainbridge. Parabéns."

Sarah juraria que a morte de Jolyon fora um acidente. E, embora não estivesse lá para ver a sra. Holt enforcada, poderia depor sobre seu estado de espírito na época, a raiva e o desalento que demonstrara após perder a única filha.

Ninguém poderia chamar Elsie de criminosa insana depois disso. Não era uma assassina. Ou, pelo menos, não nesse caso. O dr. Shepherd revelaria sua estranha narrativa e a confissão sobre a morte dos pais? Ela achava que não. Ele sorria de orelha a orelha, como se a tivesse salvado pessoalmente da forca.

"Naturalmente, a comunicação por telegrama é um tanto limitada. Não pude fazer muitas perguntas a Sarah, mas posso fazê-las pessoalmente. Ela chegará depois de amanhã. O hospital permitiu que ela falasse com a senhora e comigo. Imagino que ela pretenda se apresentar à polícia, mas queira ver a senhora primeiro."

Sarah. Não era mais só uma personagem em sua história, mas uma pessoa de carne e osso que a estimava. A ideia a inundou de alegria.

O que ela havia dito antes de partir para Torbury St. Jude? Alguma coisa sobre reconstruir a vida juntas. Sim, poderiam mesmo fazer isso. Com as provas de Sarah, Elsie poderia ser libertada. Haveria alguém para cuidar dela, alguém por quem viver. Não trataria Sarah como a sra. Crabbly havia tratado, como uma simples dama de companhia assalariada. Recomeçariam como iguais.

"Agora", disse o dr. Shepherd, "é melhor que eu trate de ficar apresentável antes de começar minha ronda. Aguarde, sra. Bainbridge, e mandarei que alguém venha soltá-la. Agora, os funcionários não têm desculpa nenhuma para tratá-la como uma criminosa."

Ela não se importou quando ele fechou a porta, mergulhando-a novamente na escuridão. Nem se importou com a camisa de força restringindo o fluxo de sangue nos braços. Agora, suportaria qualquer coisa. A situação era apenas temporária.

Deram-lhe um banho. O dr. Shepherd até persuadiu as enfermeiras a trocar o vestido do hospital por outro mais novo, que a lavanderia ainda não tivesse desbotado. Um lenço azul foi amarrado em volta do pescoço — uma aparência respeitável, em se tratando de uma lunática. Mas Elsie não pôde conter a ansiedade paralisante. Como Sarah reagiria quando finalmente chegasse?

Com o chão de azulejos e a luz turva, a longa sala fazia Elsie pensar em um necrotério. Haviam colocado uma mesa de metal no centro. Ela e o dr. Shepherd sentaram-se de um lado; do outro, havia uma cadeira pronta para Sarah. Elsie tinha uma visão da porta no canto esquerdo da sala e, do outro lado, um espelho redondo pendurado junto do teto. Estava inclinado para que um médico ou auxiliar, ao entrar, pudesse ver os cantos mais distantes — em resumo, ver se um lunático estava prestes a atacá-los.

O espelho não mostrava uma visão nítida do rosto de Elsie. Só refletia a cor da pele, como carne de salsicha. Ela parecia reduzida, escombros da mulher que Sarah conhecera. Uma touca branca cobria a cabeça, escondendo os tufos esparsos de cabelo.

Teriam preparado Sarah para o choque de revê-la?

O dr. Shepherd pousou a mão sobre a dela. "Coragem, sra. Bainbridge. Ela chegará daqui a pouco."

Seu estômago se revirou de nervosismo. Em parte, temia que Sarah olhasse para ela e gritasse. Mas esta era Sarah, alguém que cuidava de velhas senhoras, que se compadecia até mesmo de Hetta. Era bondosa. Enxergaria além do rosto desfigurado. Assim que o incômodo inicial passasse, continuariam como antes — só que, desta vez, estariam livres do medo.

O que Sarah havia dito uma vez? *O fogo só os torna mais poderosos.* Não fora assim. A Ponte havia queimado e desaparecido, e, com ela, o mal. Nenhum companheiro fora encontrado nos destroços, o dr. Shepherd confirmava isso. Só ossos e cinzas.

As dobradiças da porta gemeram. O dr. Shepherd se levantou. Elsie não podia confiar nas pernas para sustentá-la — limitou-se a agarrar a borda da mesa.

"É a srta. Bainbridge para o senhor, doutor", disse um auxiliar.

Elsie estava tão preocupada com a própria aparência que não parou para pensar em como Sarah estaria. Esperava a mesma jovem mal vestida e insípida de que havia se despedido. Mas a dama que entrou na sala usava um vestido de seda verde-arsênico, com botões até o pescoço. Uma anquinha com franjas farfalhava atrás dela. O cabelo castanho-claro que sempre se soltava dos grampos estava penteado para trás e arrumado em uma pilha de cachos que caíam em cascata. Empoleirado na lateral da cabeça, estava um chapéu preto com uma pena verde e um véu de rede.

Uma impostora.

Mas não — o rosto era o mesmo. Um pouco mais cheio, talvez, e embelezado por cosméticos, mas as maçãs do rosto ainda eram muito altas, e a boca, que sorriu ao cumprimentar o dr. Shepherd, ainda era muito larga.

"Ah! Sra. Bainbridge." Ela se aproximou para segurar as mãos de Elsie nas suas. Eram macias, envoltas em luvas justas de pelica. "Deus do céu, eu não imaginava que fosse tão grave. Seu pobre rosto! Que apuros deve ter passado."

Havia uma nota em sua voz que Elsie não havia percebido antes — mais juvenil e aguda. Mas talvez não se lembrasse dela corretamente.

Apertou as mãos de Sarah, tentando transmitir todo o sentimento por meio da pressão. Não conseguia olhar nos olhos de Sarah, ainda não. Não queria ver a pena e a repulsa que continham.

"Creio que eu tenha mencionado, srta. Bainbridge, que minha paciente tem dificuldade para falar desde o acontecimento. Vou atuar como intérprete, se a senhorita estiver de acordo."

"Sim, é claro." Sarah retirou as mãos e aceitou a cadeira que o dr. Shepherd puxou para ela. A estrutura do vestido lhe conferia uma postura ereta. "Não me surpreende, depois de tudo o que aconteceu."

O dr. Shepherd voltou ao seu lugar. Elsie fitou de soslaio o rosto de Sarah, mas ela olhava o médico.

"De fato, é comum quando um paciente passa por um trauma", concordou o dr. Shepherd. "Mas, neste caso, é um tanto inconveniente. Sem poder interrogar a sra. Bainbridge, a polícia encontrou um obstáculo na investigação. As especulações sobre o que ocorreu na Ponte saíram do controle."

"É por isso que estou aqui. Para contar o que sei." Sarah ofereceu um sorriso ao médico. Foi um tanto estranho.

"Antes tarde do que nunca! O inquérito acontecerá em breve. Posso perguntar, srta. Bainbridge — perdoe a impertinência — o que a impediu de se apresentar por tanto tempo?"

"Eu imaginava que fosse óbvio, doutor. Tive medo."

"Medo? Mas de quê?"

"Ah, sem dúvida, parecerá tolice para um homem inteligente como o senhor." Ela jogou um cacho de cabelo por cima do ombro. "Mas houve tantas mortes na Ponte! Depois, o sr. Livingstone decidiu colocar a irmã no hospício, e me ocorreu que era melhor ficar o mais longe possível daquele lugar."

O ar se alterou ao redor deles. O que — o que ela havia dito?

O dr. Shepherd se deteve, a boca ligeiramente aberta. "Então... a senhorita fugiu? Não se perdeu nem se machucou quando foi chamar a polícia?"

"Sei o que deve pensar de mim, doutor. Fui extremamente covarde. Mas agora estou disposta a ser corajosa. Depois de todos esses anos, finalmente encontrei minha voz."

Elsie a fitou. Seus contornos tremularam, ondulando em meio às lágrimas que nublavam os olhos de Elsie.

Sarah a abandonara? *De propósito?* Havia mentido descaradamente, aceitado a bolsa e fugido, deixando-a para trás com os companheiros? Dentre todas as pessoas, justamente *Sarah*?

O sentimento de traição era tão sombrio e intenso que amargou sua boca. Suas próprias palavras voltaram para ela. *Isso é o que acontece comigo, Jo. Confio nas pessoas e elas abusam dessa confiança.*

O dr. Shepherd estava folheando as anotações, atrapalhado. "Mas a senhorita — hã — não considerou que era seu dever se apresentar depois do incêndio? Quando a polícia pediu informações?"

"Naquele momento, não estava claro se a sra. Bainbridge se salvaria ou não. Li sobre os terríveis ferimentos da pobrezinha."

Outro golpe. Ela sabia de tudo havia um bom tempo. E, embora os jornais tivessem dito que a Ponte fora totalmente incendiada, liberta para sempre dos companheiros, ela não se incomodara em visitá-la. Elsie vinha lutando para sobreviver, e Sarah não levantara um dedo.

Ainda ontem, essa era a garota com quem, e por quem, Elsie esperava viver! Como podia conhecer Sarah tão mal?

"Bem, sim, mas certamente isso não faria... Quero dizer, apesar de a sra. Bainbridge ter sobrevivido, a senhorita tinha conhecimento. Conhecimento da morte do sr. Livingstone."

"Sim, que Deus me ajude." Sarah tirou um lenço e enxugou delicadamente os olhos. A cor do vestido era tão intensa que se refletia em suas íris, emprestando um tom verde ao castanho. "Eu não queria falar disso a menos que fosse necessário. Mas agora percebo que é meu dever. Outras pessoas podem estar em perigo."

"Em perigo de...?"

Sarah olhou para Elsie. Seu rosto se franziu. "Ah, perdoe-me! Você sabe que preciso contar a eles!"

Contar a eles? Sobre os companheiros, ela queria dizer? Trocou um olhar perplexo com o dr. Shepherd, cujas faces ficavam mais vermelhas a cada instante.

"Parece que há um mal-entendido, srta. Bainbridge. Não dei muita importância a isso, mas a sra. Bainbridge me falou de certas peças de mobiliário que ambas pareciam temer, que ela chamou de companheiros. É a isso que se refere?"

"Pobrezinha", sussurrou ela, "pobrezinha."

"Srta. Bainbridge?"

"Foi por isso mesmo que o sr. Livingstone escreveu para seu hospital, doutor. Ela via esses companheiros em toda parte, quando ninguém mais conseguia vê-los."

O dr. Shepherd inclinou a cabeça. "Pensei que... ela havia escrito que a senhorita também os via?"

"Posso ter concordado que sim, doutor, para apaziguá-la." Sarah torceu o lenço. "Não sabia o que mais fazer. Tive medo de que, se a contrariasse, eu seria a próxima."

"A próxima?"

"Aqueles... acidentes. O que realmente estava acontecendo era evidente, mas ninguém queria admitir. A vaca, o bebê Edgar, Helen. O sr. Livingstone não conseguiu encarar a verdade até que foi tarde demais para ele."

"A — a senhorita —", o dr. Shepherd começou a gaguejar. Elsie viu sua própria confusão e desalento estampados no rosto dele. "Está dizendo que..."

"Eu vi. Vi quando ela o empurrou da janela com as próprias mãos. E não tenho dúvida de que ela matou a pobre sra. Holt também, antes de causar o incêndio."

Não. Como é que não conseguiam ouvir — como é que a língua dela não dizia nada? A palavra soou tão alto em sua mente que deveria estar ecoando pelas paredes, saltando pelos corredores. *Não!*

Não era verdade, ela nunca machucaria Jolyon! Não era assassina!

Mas então por que Sarah a olhava assim?

Viu a certeza do dr. Shepherd desmoronar, sua coragem se esvair. "Ah! Ah, entendi..."

Ainda estavam sentados do mesmo lado da mesa, mas não eram mais uma equipe. O espaço entre os ombros de um e do outro formigava como estática. A mente do médico devia estar aturdida com os mesmos pensamentos que a de Elsie: por que confiei nela? Como pude ser tão idiota? Por que ela me trairia assim?

"Agora o senhor entende por que me contive", disse Sarah. "Eu amava a sra. Bainbridge, sinceramente, e fiquei horrorizada quando... Não queria falar contra ela se pudesse evitar. Mas chegou a hora."

"Sim." O dr. Shepherd tirou os óculos e esfregou os olhos. Não olhou para Elsie. "Sim, acredito que o inquérito será na semana que vem. Precisamos informar a polícia. A senhorita faria..."

"Estou pronta para depor. Preciso deixar meus sentimentos de lado em nome da justiça." Soltou um pequeno suspiro. "Mesmo que isso signifique ver a pobre viúva de meu primo sendo enforcada."

"Enforcada!", repetiu o dr. Shepherd.

Elsie já a sentia em volta do pescoço: a corda bem apertada. Madeira, sempre a madeira, debaixo dos pés até que baixassem uma alavanca e o alçapão se abrisse.

"É uma possibilidade, não é, doutor? Quatro pessoas morreram."

"Bem... Sim, teoricamente, a sentença de morte poderia ser aplicada. Mas a senhorita disse que ela não está em seu juízo perfeito. Certamente um júri a julgaria inocente por insanidade."

"Esse é meu maior desejo." Sarah olhou para Elsie do alto de seu longo nariz. Esse olhar a congelou. "Mas imagino que dependa do que for dito no julgamento."

Nada daquilo era real. Aqueles eram atores se levantando, apertando as mãos, a conversa girando em torno de Elsie. O ruído das pernas da cadeira contra o piso; o sussurro de Sarah: "Que Deus a proteja, querida sra. Bainbridge!" — essas coisas não podiam estar acontecendo. Não aqui. Não com ela.

Olhou para o espelho no canto da sala. Uma mulher esquelética, de pele manchada, estava debruçada à mesa, sozinha. Suas mãos pareciam cascos rachados. Ela parecia uma assassina.

Jolyon. Nem no mais louco dos rompantes, nem sob o efeito das drogas mais poderosas, ela sabia que jamais poderia machucá-lo. A sra. Holt, Mabel — bem, talvez. Em um caso extremo. Mas Jolyon, nunca, nunca.

O dr. Shepherd e Sarah agora estavam à porta, conversando.

"Posso acompanhá-la até a estação depois de fazer minha ronda aqui. Tenho certeza de que não gostaria de ir sozinha."

"É muita gentileza sua. Agradeço pelo seu tempo, dr. Shepherd."

"Não há de quê. E talvez a senhorita queira apoio quando a interrogarem. Os inspetores podem ser indelicados. Podem ser um pouco rudes quando perguntarem onde a senhorita esteve por todo esse tempo."

"É uma pergunta válida. Só posso culpar a mim mesma." Sarah inseriu um dedo por baixo da gola do vestido. Alguma coisa brilhou ali.

"É compreensível, considerando tudo."

"Espero que o senhor a trate com bondade, doutor. Pelo tempo que puder. Sei que ela fez coisas terríveis, mas... não gosto de pensar que ela sofrerá sem necessidade."

Diamantes. Havia diamantes no pescoço de Sarah.

"Farei o melhor que puder. Não posso responder por Broadmoor, Newgate nem qualquer outro lugar aonde a mandem depois."

Sarah se virou e falou para dentro da sala. "Adeus, sra. Bainbridge. Deus lhe conceda descanso. Rezo para que com o tempo a senhora entenda o que fiz. Não posso ficar em silêncio para sempre. Preciso me libertar." Ela suspirou. "Não vai nem ao menos acenar em despedida, minha cara?"

Mas Elsie não olhava para Sarah. Seus olhos estavam fixos no espelho e nas duas figuras refletidas à porta.

Tudo estava invertido. O vestido verde-arsênico, a anquinha, o chapéu. No entanto, o rosto que espiava por baixo da aba não era a imagem espelhada de Sarah. O nariz era mais curto, as bochechas, mais fartas.

Cabelos acobreados substituíam a pilha de mechas pardacentas de Sarah.

Não se parecia nada com Sarah. Parecia...

"Bem, adeus, sra. Bainbridge. Obrigada por tudo que fez por mim."

Quando ela se virou e fechou a porta, Elsie se lembrou de onde tinha visto aquele rosto.

Hetta.

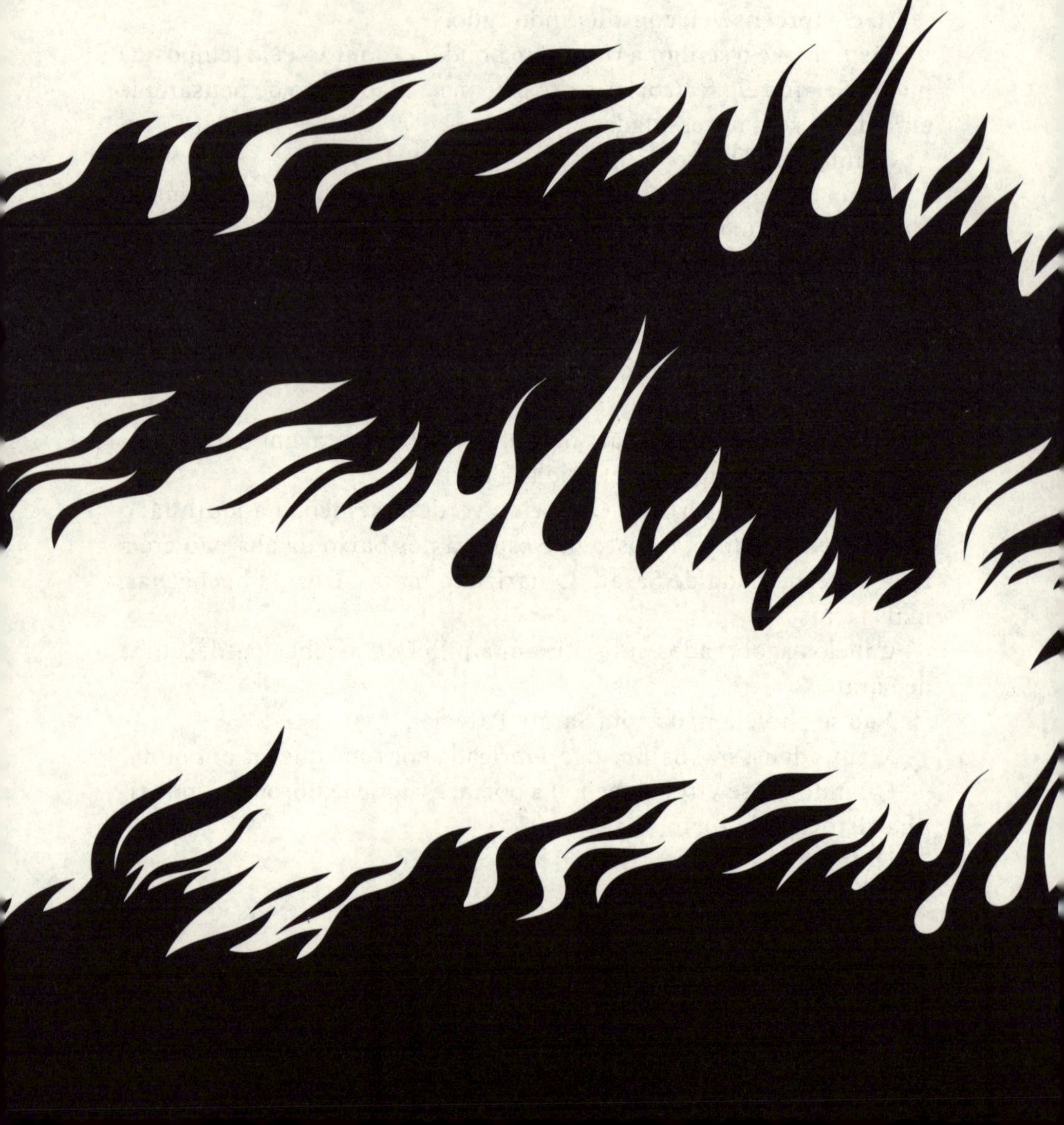

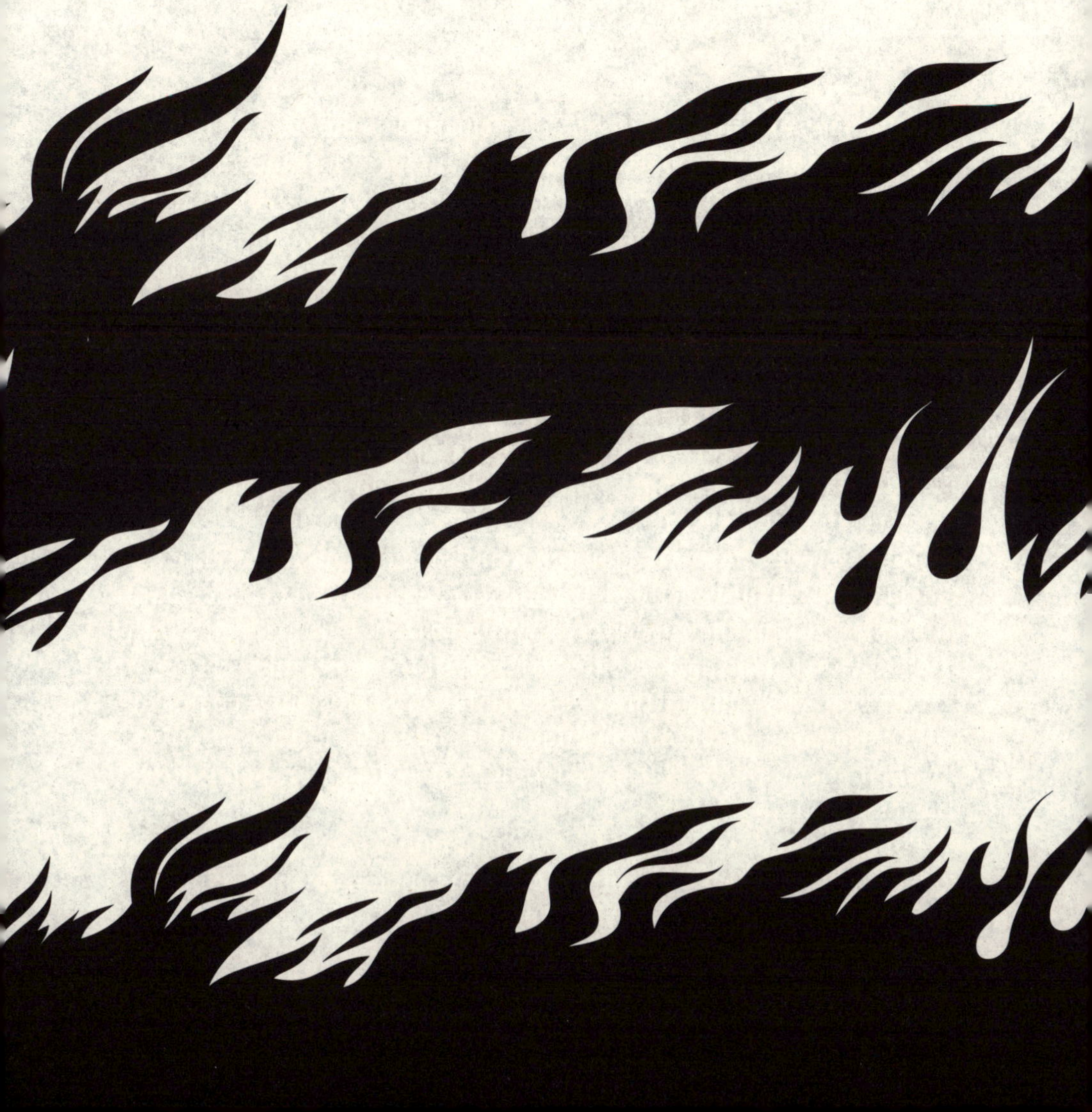

AGRADECIMENTOS

Muitos "companheiros silenciosos" participaram do processo deste livro. Quero aproveitar esta oportunidade para agradecê-los sinceramente.

Juliet Mushens, minha agente maravilhosa, a quem o livro é dedicado. Você acreditou na minha ideia desde o começo. Eu nunca poderia ter chegado tão longe sem seus conselhos e seu incentivo. Obrigada, obrigada, obrigada.

À equipe da Raven Books, principalmente minhas editoras, Alison Hennessey e Imogen Denny. Vocês são as pessoas mais inteligentes e amáveis com quem já trabalhei. O entusiasmo de vocês pela história me manteve motivada e tornou prazerosa a publicação deste livro. E a David Mann — que capa! Sempre serei grata por ter envolto minha escrita com tanta beleza.

Meus agradecimentos a Hannah Renowden por me alertar da existência dessas figuras de madeira sinistras e por minha cabeça para funcionar. Aos primeiros leitores, Anna Drizen, Laura Terry, Sarah Hiorns e Jonathan Clark — seus pareceres foram inestimáveis.

Sou grata a Mimi Matthews e Past Mastery pelos blogs cheios de informação que me ajudaram enquanto eu me dedicava à pesquisa. Também à equipe da Harris & Hoole, em Colchester, pelas doses diárias de cafeína!

Por fim, e mais importante, ao meu marido, Kevin, que me ajudou com detalhes da trama, discutiu ideias e me apoiou em meio a inúmeras crises no processo de escrita. Amo você com todo o meu coração.

LAURA PURCELL mora em Colchester com o marido e seu porquinho--da-índia de estimação. *O Silêncio da Casa Fria* ganhou o prêmio WHS-mith Thumping Good Read Award de 2018 e foi apresentado nos clubes literários Zoe Ball e Radio 2. Laura Purcell também já foi livreira e escreveu outros romances, como *Queen of Bedlam* (2014), *Mistress of the Court* (2015) e *The Corset* (2018). Saiba mais em laurapurcell.com

*E ao observar a casa do lado de fora,
pus-me a imaginar o quão divertido seria
vê-la consumir-se em chamas.*

— SHIRLEY JACKSON —

DARKSIDEBOOKS.COM